RAYMOND FEIST

Die Schlangenkrieg-Saga 6

Raymond Feist wurde 1945 in Los Angeles geboren und lebt in San Diego. Seine in den achtziger Jahren begonnene Midkemia-Saga wurde zum Welterfolg und gilt als moderner Fantasy-Klassiker in der Tradition Tolkiens.

Der Midkemia-Zyklus beginnt mit dem Traum der Jungen Pug und Tomas von Ruhm und Ehre. Als Midkemia von Invasoren aus Kelewan angegriffen wird, werden sie in den gewaltigen Spaltkrieg hineingezogen. Zeitgleich zu »Die Midkemia-Saga« ist »Die Kelewan-Saga« angeordnet: In ihr werden die Geschehnisse auf der Gegenseite während des Spaltkriegs geschildert. Chronologisch folgen dann die Romane von »Die Krondor-Saga«, bevor Midkemia in »Die Schlangenkrieg-Saga« von einer weiteren Invasion heimgesucht wird: Die Flotte der Smaragdkönigin kommt übers Meer, und ihre Armee überzieht das Land mit Krieg. »Die Legenden von Midkemia« führen zurück in die Zeit des Spaltkriegs. In dem zeitlich jüngsten Abschnitt »Die Erben von Midkemia« erleben die Leser mit Talon einen neuen jungen Helden und einen bislang unbekannten Teil von Midkemia, treffen aber auch auf viele alte Bekannte.

Aus dem Midkemia-Zyklus bereits erschienen:

Die Midkemia-Saga: 1. Der Lehrling des Magiers (24616), 2. Der verwaiste Thron (24617), 3. Die Gilde des Todes (24618), 4. Dunkel über Sethanon (24611), 5. Gefährten des Blutes (24650), 6. Des Königs Freibeuter (24651)

Die Kelewan-Saga: 1. Die Auserwählte (24748), 2. Die Stunde der Wahrheit (24749), 3. Der Sklave von Midkemia (24750), 4. Zeit des Aufbruchs (24751), 5. Die Schwarzen Roben (24752), 6. Tag der Entscheidung (24753)

Die krondor-Saga: 1. Die Verschwörung der Magier (24914), 2. Im Labyrinth der Schatten (24915), 3. Die Tränen der Götter (24916)

Die Schlangenkrieg-Saga: 1. Die Blutroten Adler (24666), 2. Die Smaragdkönigin (24667), 3. Die Händler von Krondor (24668), 4. Die Fehde von Krondor (24784), 5. Die Rückkehr des Schwarzen Zauberers (24785), 6. Der Zorn des Dämonen (24786), 7. Die zersprungene Krone (24787), 8. Der Schatten der Schwarzen Königin (24788)

Die Legenden von Midkemia: 1. Die Brücke (24190), 2. Die drei Krieger (24236), 3. Der Dieb von Krondor (24237)

Die Erben von Midkemia: 1. Der Silberfalke (24917)

Weitere Bände sind in Vorbereitung.

Raymond Feist

Der Zorn des Dämonen

Die Schlangenkrieg-Saga 6

Ein Midkemia-Roman

Aus dem Amerikanischen
von Andreas Helweg

BLANVALET

Die amerikanische Originalausgabe erschien 1997
unter dem Titel »Rage of a Demon King« (Chapters 14–28)
bei Avon Books, New York.

Umwelthinweis:
Alle bedruckten Materialien dieses Taschenbuches
sind chlorfrei und umweltschonend.

Blanvalet Taschenbücher erscheinen im Goldmann Verlag, einem
Unternehmen der Verlagsgruppe Random House GmbH.

5. Auflage
Deutsche Erstveröffentlichung 1/98

Umschlaggestaltung: Design Team München
Umschlagillustration: Agt. Schlück/Berni
Satz: deutsch-türkischer fotosatz, Berlin
Druck: GGP Media, Pößneck
Titelnummer: 24786
Redaktion: Cornelia Köhler
V. B. · Herstellung: Peter Papenbrok
Printed in Germany
ISBN 3-442-24786-1
www.goldmann-verlag.de

1 DAS WRACK DER >ADLER<
2 SHINGAZIS ANLEGESTELLE
3 STADT AM SCHLANGENFLUSS
4 DAS GEBIRGE AM MEER
5 DER FLUSS DEE
6 DER FLUSS SATPURA
7 BUCHT VON SULTH
8 RATN' GARY GEBIRGE
(PAVILLON DER GÖTTER)
9 DIE FLUSSLANDE
10 DIE OSTLANDE
11 SCHLANGENFLUSS
PFERDE-KOPF-KAP
SOTHUGEBIRGE
SUMANUGEBIRGE
SCHLANGENSEE
DIE HOHEN KLIPPEN
DIE HEISSEN LANDE
HAMSA
SULTH
DIE GROSSE STEPPE
KILBUR
IRABEK
KHAIPUR
LANADA
EBENE VON DJAMS
MAHARTA
WALD VON IRABEK
HAFEN DES LEIDS
PUNI
PALAMDS
BUCHT VON MAHARTA
CHUFTSKAN
ISPAR
DAS BLAUE MEER
DAS GRÜNE MEER
DER GROSSE WALD DES SÜDENS
GOLF VON RATN' GARY
KAP DES SCHICKSALS
NOVINDUS

NORDBERGE
NORDLANDE
BERGENSTEIN
5
ELVANDAR
HOHE BURG
TYR-SOG
4
YABON
CRYDEE
DIE GRAUEN TÜRME
LORIEL
LA MUT
FALKENHÖHLE
HOGEWALD
10
WALINOR
YLITH
CALASTIUS GEBIRGE
CARSE
JONRIL
HUSH
NATAL
NATALHAVEN
QUESTORS SICHT
SETHANON
TULAN
BORDON
QUEG
SARTH
DIE ENDLOSE SEE
MARGRAVS HAFEN
1
FINSTERMOOR
STRASSE DER FINSTERNIS
PALANQUE
2
KRONDOR
SALADOR
DAS BITTERE MEER
LANDRETH
SEE DER TRÄUME
ELARIAL
DURBIN
SHAMATA
TAL DER TRÄUME
9
CARALYAN
TROLLHEIM-GEBIRGE
DIE STERNPFEILER
WÜSTE VON JAL-PUR
MIDKEMIA
N
W
S

DIE ZÄHNE DER WELT
EISENPASS
WÄCHTER DES NORDENS
6
RODEZ
RAN
ROMNEY
TIBURN
3
SILDEN
CHEAM
SADARA
RILLANON
8
TIMONS
DURRONYS TAL
SEE DES KÖNIGREICHS
NIEDERHOHNHEIM
DIE GRAUEN BERGE
MALVENHAFEN
GIPFEL DER RUHE
DAS KAISERREICH GROSS-KESH
7
1 KÖNIGREICH QUEG
2 INSEL DES ZAUBERERS
3 DAS KÖNIGREICH
4 DAS GRÜNE HERZ
5 HIMMELSSEE
6 DUNKELHAIN
7 DIE GRÜNEN WELTEN
8 KÖNIGREICH ROLDEM
9 GROSSER STERNENSEE
10 FERNE KÜSTE

Widmung
Für Stephen A. Abrams,
der mehr über Midkemia
weiß als ich.

Eins

Betrug

Roo runzelte die Stirn.

Jason setzte die Auflistung der Verluste fort, die daraus resultierten, daß sie Schulden hatten machen müssen, um der Krone Geld zu leihen. »Und jetzt will er noch mehr«, stöhnte Roo.

»Ich weiß nicht, wo wir das Geld für den Herzog auftreiben sollen«, erwiderte Jason. »Wir müßten schon einige der profitableren Unternehmen verkaufen. Dadurch allerdings würde wieder weniger Geld in die Kasse kommen.« Er schüttelte den Kopf. »Kennst du nicht jemand anderen, der dem Herzog das Geld leiht?«

Roo lachte. »Nun, vielleicht kann ich Jacob Esterbrook überzeugen, mit einzusteigen.« Er wußte, wie unwahrscheinlich das war. Bei den seltenen Abendessen mit Jacob hatte er stets einen großen Bogen um die Frage gemacht, ob Jacob das Königreich im bevorstehenden Krieg unterstützen werde. Doch es gab auch noch andere Geschäftsleute, und Roo würde sehen, was er tun konnte. »Ich bin für den Rest des Tages unterwegs«, teilte er Jason mit. »Würdest du meiner Frau eine Nachricht schicken, daß ich noch einige Tage länger in der Stadt bleibe?«

Jason schrieb die Nachricht.

»Und dann such doch bitte Duncan, und sag ihm, ich würde mich gern um fünf Uhr hier mit ihm treffen. Und es wäre schön, wenn Luis dabei wäre.«

»Wo wirst du dich bis dahin herumtreiben?«

Roo lächelte. »Ich werde dem Herzog sein Geld besorgen. Um drei Uhr werde ich bei Barret sein, und danach komme ich hierher zurück. Bis dahin bin ich beschäftigt.«

Roo nahm sich einen Mantel, einen leichten, denn draußen war es heiß, und setzte einen eleganten Hut mit breiter Krempe und gelber Feder auf. Dazu trug er ein Paar Reitstiefel aus feinstem Leder. Und am Gürtel hing sein altes Schwert.

So bekleidet trat er hinaus auf die belebten Straßen Krondors, drehte sich um und bewunderte das Gebäude von Avery und Sohn. Das tat er häufig, wenn er das Geschäft verließ. Er betrachtete das riesige Lagerhaus, welches er zu seinem Hauptgeschäftshaus umgebaut hatte. Um das Lagerhaus herum hatte er Grundstücke dazugekauft und darauf Bürogebäude errichten lassen. Seine Wagen füllten den großen Hof.

Er wandte sich ab und ging los, um seinen ersten Besuch zu machen, bei einem Bankier, den er zwar nicht als Freund bezeichnen würde, der ihm jedoch einen Gefallen schuldete.

»Ich brauche das Gold«, sagte Herzog James.

»Ich weiß, mein Lord«, antwortete Roo. »Aber ich kann kein Gold mehr auftreiben.«

»Man kann immer noch etwas auftreiben«, widersprach Herzog James. Roo fiel auf, wie erschöpft der Mann wirkte. Seine Augen waren dunkel gerändert, als hätte er in der letzten Zeit kaum geschlafen. Die Spannungen in der Stadt wuchsen, und Kriegsgerüchte machten die Runde. Die Nachricht von einer großen Seeschlacht bei Banapis in der Straße der Finsternis war gestern eingetroffen, und inzwischen waren auch die Schiffe von der Fernen Küste und den Freien Städten überfällig.

»Wenn Ihr die Steuern erhöht, könnt Ihr vielleicht noch etwas aus den Händlern und Bauern herausquetschen, doch die Geschäftswelt ist schon jetzt höchst nervös. Ein Teil des Goldes, auf das Ihr anspielt, ist in den letzten Monaten bereits in den Osten geflossen.«

»Und kein geringer Teil davon gehört Euch!« entgegnete der Herzog und schlug mit der Faust auf den Tisch.

Roo riß die Augen auf. »Ich habe nur das getan, was jeder Mann in meiner Situation getan hätte, mein Lord!« Roos Antwort kam so scharf, als hätte er vergessen, wem er gegenüberstand, und es gelang ihm nur mit Mühe, seine Wut im Zaum zu halten. »Ich habe Euch jedes Kupferstück gegeben, das ich erübrigen konnte. Falls ich Euch noch mehr überlasse, tötet Ihr die Kuh, die Euch Milch gibt.«

James blickte den kleinen Mann an. »Dann wird die Kuh eben geschlachtet. Ich brauche Geld für Waffen, und das eigentlich gestern schon.«

Roo seufzte. »Ich werde heute abend mit Jacob Esterbrook zu Abend essen und sehen, was ich aus ihm herausholen kann.«

James sah Roo einen Augenblick lang an. »Er wird die Gelegenheit ausnutzen.«

»Wie meint Ihr das?«

»Er weiß, daß Ihr das Gold schnell braucht, und er wird etwas von Euch verlangen, das Ihr ihm nicht verkaufen wollt.«

Roo überlegte. »Falls wir diese Armee nicht besiegen, wird mein gesamter Besitz keinen Pfifferling mehr wert sein. Was macht es da aus, wenn ich den Verlust schon jetzt einstecken muß?« Er erhob sich. »Mit Eurer Erlaubnis, aber ich werde um drei Uhr bei Barret erwartet, und ich habe noch zwei Besuche zu absolvieren. Ich muß mich um einige Geschäfte kümmern.«

Roo verneigte sich und wandte sich zur Tür. James rief ihn zurück. »Rupert?«

»Mein Lord?« fragte der kleine Mann und drehte sich noch einmal um.

»Habt Ihr viel Besitz in Landreth und Shamata?«

»Ja, Euer Gnaden.«

James wog seine Worte genau ab. »Es wäre möglicherweise klüger, wenn Ihr Euren Besitz auf die Nordseite des Sees der Träume verlagert.«

»Aus welchem Grund, mein Lord?«

»War nur so ein Gedanke«, sagte der Herzog und richtete seine Aufmerksamkeit wieder auf die Papiere, die er durchgesehen hatte, als Roo eingetreten war.

Roo ging hinaus. Im Vorzimmer hing eine riesige Wandkarte des Westlichen Reiches. Das Tal der Träume befand sich seit bald hundert Jahren im Besitz des Königreichs. Zuvor war es Gegenstand eines langanhaltenden Konflikts zwischen dem Königreich und Groß-Kesh gewesen. Bei Endland tippte Roo mit dem Finger auf die Karte. Das war der westlichste Punkt des Königreichs an der Südküste des Bitteren Meeres. Nordwestlich davon lag ein kleiner Meerbusen, die Shandonbucht. Eine kleine Stadt, Dacadia, war die einzige nennenswerte Siedlung zwischen Endland und dem See der Träume. Roo fuhr mit dem Finger über die Bergkette, die sich von der Küste aus ostwärts bis zu dem Fluß zog, der das Bittere Meer und den See der Träume verband. Dann sah er sich die Umgebung an, das Gebiet zwischen Großem Sternensee und Stardock und dem Fluß zum See der Träume. Östlich vom Großen Sternensee erhob sich ein Gebirge, die Grauen Berge. Plötzlich riß Roo die Augen auf. »Das kann er nicht wagen!«

James' persönlicher Sekretär fragte: »Wie bitte, Sir?«

Roo lachte. »Nichts, nichts.«

Indem er das Vorzimmer des Herzogs von Krondor verließ, murmelte er in sich hinein: »Verdammt, und ich wette, er hat es doch gewagt!«

Fast hüpfend eilte Roo die Treppe vom Palast zum Hof hinunter, wo ein Lakai sein Pferd hielt. Er nahm die Zügel, und während er das Tier in Richtung Tor herumzog, schweifte sein Blick über den belebten Exerzierplatz. Wo mochte Erik nur stecken? fragte er sich. Seit Banapis hatte er ihn nicht mehr zu Gesicht bekommen, und inzwischen machte er sich Sorgen um den Freund.

Dann verdüsterte sich seine Stimmung, als er daran dachte, daß es nur noch einige wenige Wochen dauern würde, bis der Krieg die Stadt fest im Griff hielt. Er gab dem Pferd die Sporen und ritt zum Tor, wo er den wachhabenden Leutnant beiläufig grüßte. Der junge Soldat erwiderte den Gruß, denn Roo Avery wurde im Palast häufig gesehen und war als Freund des Herzogs bekannt. Was ihn zusammen mit seinem schier unermeßlichen Reichtum zu einem der wichtigsten Männer Krondors machte.

Jacob Esterbrook fragte: »Habt Ihr über mein Angebot nachgedacht?«

Roo lächelte. »Es ist durchaus in Betracht zu ziehen.« Er hielt es für den besten Kurs, sich freimütig zu geben und seinem Geschäftsrivalen das zu verraten, was dieser sowieso schon wußte. »Ich habe der Krone einen beträchtlichen Betrag Geld geliehen, wegen des bevorstehenden Krieges, und dadurch bin ich jetzt selbst nicht mehr flüssig.«

Sylvia lächelte Roo an, als wäre das, was er sagte, von immenser Bedeutung. Er erwiderte ihr Lächeln. »Obgleich ich nicht über die Belange der Bittermeer-Gesellschaft verhandeln kann, ohne meine Geschäftspartner zu konsultieren, glaube ich doch, daß sie allem, dem ich zustimme, ebenfalls zustimmen werden, wenn ich ihnen erkläre, wie die Dinge stehen.« Er hielt inne, aß den letzten Bissen von seinem Teller und tupfte sich den Mund mit der Serviette ab. »Hingegen kann ich über die Vermögenswerte von Avery und Sohn frei verfügen, und da gibt es einiges, was Euch vielleicht interessieren würde.«

Jacob lächelte. »Ihr habt ein Gegenangebot.«

»Mit einem Wort, ja«, antwortete Roo. »Da Ihr den Handel mit Kesh fest im Griff zu haben scheint, denke ich darüber nach, ob ich nicht meinen Fuhrhof in Shamata und meinen Schiffsanleger in Port Shamata veräußere. Beides sind hübsche Anlagen, doch seit sie sich in meinem Besitz befinden, haben sie bislang nicht eine einzige Kupfermünze abgeworfen, wie Ihr vermutlich wißt.« Letzterem ließ er ein bedauerndes Lachen folgen.

»Nun, was die Geschäfte im Süden betrifft, halte ich mich stets auf dem laufenden. Glücklicherweise darf ich mich langer und lukrativer Handelsbeziehungen mit einigen der wichtigsten keshianischen Unternehmen erfreuen.« Jacob schob den Stuhl vom Tisch zurück, und ein Diener eilte herbei, um ihm beim Aufstehen zu helfen. »Ach, ich hab's mal wieder in den Knien. Sicherlich das Wetter. Wenn der Himmel klar ist und die Luft heiß und trocken, schmerzen sie fast genauso schlimm, als wenn Regen bevorstehen würde.«

Roo nickte, während er sich ebenfalls erhob. »Hättet Ihr an diesen Einrichtungen Interesse?« fragte er.

»Ich habe stets Interesse daran, Rupert, meinen Besitz zu vergrößern. Es ist eher eine Frage des Preises.«

Roo grinste. »Welche Antwort sollte ich auch sonst von Euch erwarten?«

Jacob schlug vor: »Nehmen wir den Brandy doch draußen im Garten zu uns, und dann überlasse ich euch meiner Tochter; ich kann des Abends nicht mehr so lange aufbleiben wie früher einmal.«

Sie gingen hinaus in die warme, sternenklare Nacht. Die Luft im Garten war erfüllt vom Duft der Sommerblumen und dem Gesang der Grillen und Nachtvögel.

Roo schnupperte am Brandy. Langsam fand er Geschmack an diesem destillierten Wein, doch noch immer konnte er einen aus Kesh nicht von einem aus Finstermoor unterscheiden. Gegen den armseligen Fusel, den Lord Vasarius ihm aufgetischt hatte, war dieser hier allerdings ein Hochgenuß. Er war scharf, schmeckte stärker nach Holz als jeder andere, den er je probiert hatte, und hinterließ ein angenehm warmes Gefühl in der Kehle. Und der feine Geschmack von Weintrauben und Holz hielt sich noch eine Weile auf seiner Zunge.

Sylvia setzte sich neben Roo und legte ihm wie abwesend die Hand aufs Bein, während ihr Vater sagte: »Warum fertigt Ihr nicht eine detaillierte Liste der Objekte an und schickt sie mir morgen?«

»Das werde ich tun«, versicherte Roo. »Und was die Besitztümer hier in Krondor angeht, so bin ich durchaus bereit, mich von einigen zu trennen, aus denselben Gründen, aus denen ich auch die in Shamata loswerden will.«

»Was ist mit Landreth?«

Roo zuckte mit den Schultern. »Also – an der Nordküste des Sees der Träume wirft der Handel sogar ein wenig Gewinn ab. Es würde ganz vom Preis abhängen.«

Noch eine Stunde sprachen sie über Geschäfte, dann erhob sich Jacob. »Ich werde mich für die Nacht zurückziehen. Falls Ihr mögt, trinkt doch noch einen Brandy. Sylvia wird Euch Gesellschaft leisten, bis Ihr aufbrecht. Gute Nacht, Rupert.«

Der alte Mann ging ins Haus, und als sie allein waren, fuhr Sylvia mit der Hand an Roos Bein aufwärts. »Soll ich dir Gesellschaft leisten?« fragte sie neckisch.

Roo stellte sein Brandyglas ab und küßte sie. »Laß uns nach oben gehen.«

»Nein, ich will hierbleiben.«

»Im Garten?« fragte er.

»Warum nicht?« erwiderte sie und öffnete ihr Mieder. »Es ist so warm, und ich will nicht länger warten.«

Unter den Sternen liebten sie sich, und danach lag Sylvia neben Roo im Gras, den Kopf auf seiner Brust. »Du warst in letzter Zeit viel zu selten bei mir, Roo.«

Roo hatte vor sich hin geträumt, nun wurde er aus diesem angenehmen Dämmer gerissen. »Die Lage spitzt sich zu.«

»Ich habe gehört, es werde Krieg geben«, sagte Sylvia.

»Viele Leute meinen das.«

»Stimmt es denn?«

Roo überlegte, was er ihr darauf antworten sollte. Schließlich sagte er: »Es stimmt tatsächlich, glaube ich, obwohl ich nicht weiß, wie bald der Krieg beginnen wird. Aber überlege dir, ob du nicht in den Osten gehen willst, wenn du hörst, daß es in Krondor Schwierigkeiten gibt.«

»Krondor?« hakte sie nach und knabberte verspielt an seiner Schulter. »Ich dachte, Kesh würde sich wieder rühren.«

»So ist es auch«, antwortete Roo, wobei er versuchte, die volle Wahrheit zu vermeiden; er liebte sie und wollte sie in Sicherheit wissen, dennoch vertraute er ihr nicht gänzlich, denn vermutlich war sie ihrem Vater gegenüber loyal. »Aber diesmal geht es nicht ums Tal der Träume.« Er dachte darüber nach, welche Auswirkungen diese Mitteilung auf seine Verhandlungen mit Jacob haben würde. Sicherlich würde es nicht schaden, also entschied er, die Geschichte ein wenig auszuschmücken.

»Weißt du, daß Lord Vykor von Rillanon nach Krondor berufen wurde?«

»Wer ist das?« erkundigte sich Sylvia.

Roo fragte sich, ob sie es wirklich nicht wußte oder ob sie ihm nur das Gefühl geben wollte, wichtig zu sein. Er strich über ihre nackte Taille. Was änderte das schon? »Er ist der Admiral der Flotte des Westens. Er lauert mit einer großen Flottille in der Salzbucht, damit er die Keshianer, wenn sie aus Durbin kommen, aus dem Hinterhalt überfallen kann. Prinz Nicholas hat im Westen jenseits der Straße der Finsternis ein großes Geschwader versammelt und wird ihnen in den Rücken fallen.«

Sylvia spielte mit dem Haar auf Roos Brust. »Ich habe gehört, er solle eine große Schatzflotte eskortieren.«

In diesem Augenblick wurde Roo gewahr, daß sie sehr viel mehr wußte, als sie offenbarte. Seine Leidenschaft erlosch plötzlich, und er sagte: »Entschuldige, aber ich denke, ich muß jetzt nach Hause.«

»Oh.« Sie zog einen Schmollmund.

»Es tut mir leid, aber ich muß die Dokumente für deinen Vater zusammenstellen.«

Er zog sich an, während sie auf dem Rasen lag und im Licht des Mondes wunderschön anzusehen war. Als er fertig war, erhob sie sich und küßte ihn. »Wenn du davonrennen mußt, also bitte. Werde ich dich morgen sehen?«

Roo erwiderte: »Morgen nicht, aber vielleicht am Abend darauf.«

»Also gut, dann werde ich nun ins Bett gehen und an dich denken, während ich ganz allein daliege«, hauchte sie und strich mit der Hand über seinen Bauch.

»Mach es mir nicht so schwer«, stöhnte er.

Sie lachte. »Du bist es, der mir das Leben schwermacht. Wie kann ich an einen anderen Mann auch nur denken, wo es dich in meinem Leben gibt?« Sie küßte ihn. »Mein Vater fragt dauernd, warum ich nicht heirate. Er will endlich Enkel.«

»Ich weiß«, erwiderte Roo. »Aber das ist unmöglich.«

»Vielleicht meinen es die Götter gut mit uns, und wir werden eines Tages vereint sein.«

Roo antwortete nur: »Ich muß gehen.«

Er verließ sie, und sie sammelte ihre Kleider zusammen. Anstatt sich anzuziehen, nahm sie sie mit ins Haus. In ihrem Zimmer angekommen, ließ sie das Bündel einfach auf den Boden fallen.

Vom Bett her hörte sie ein leises Stöhnen und mußte lächeln. Im Dunkeln ging sie hinüber und sah zwei Gestalten unter der Decke. Sie klatschte der Magd auf den nackten Hintern, und das Mädchen schrie überrascht auf.

Duncan Avery blickte im fahlen Licht, das durch das Fenster hereinfiel, zu Sylvia auf. »Da bist du ja, mein Liebling.« Er grinste frech. »Wir haben uns gelangweilt, während wir auf dich gewartet haben.«

Sylvia schob das Dienstmädchen zur Seite und trug ihm auf: »Such meine Kleider zusammen und bring sie in die Wäsche.«

Das Mädchen sah die Herrin ausdruckslos an und schlüpfte

aus dem Bett. Sie hob die eigenen Kleider und die ihrer Herrin auf und eilte hinaus.

Sylvia streckte die Hand aus und begann, Duncan zu streicheln. »Na wenigstens hat sie dafür gesorgt, daß du bereit bist.«

»Ich bin allzeit bereit«, gab er zurück und küßte sie auf den Hals.

Sie stieß ihn zurück und setzte sich rittlings auf ihn. »Du mußt etwas für mich erledigen.«

»Alles, was du willst«, sagte er, während sie sich tief in die Augen sahen.

»Ich weiß«, gurrte sie, beugte sich vor und küßte ihn.

»Du riechst nach Gras«, stellte er fest.

»Wie sollte ich auch nicht. Ich habe deinem Cousin auf dem Rasen Gesellschaft geleistet.«

Duncan lachte. »Es würde ihn umbringen, wenn er wüßte, daß du aus seinen Armen direkt in meine geeilt bist. Er nimmt solche Dinge ein wenig zu ernst.«

Sylvia umfaßte sein Gesicht und drückte ihm ihre Fingernägel in die Wangen. »Und das solltest du auch tun, mein erregter Pfau! Ich werde dich so reich machen, wie du es dir im Leben nicht erträumt hättest.« Ihr war klar, daß sie einen Mann brauchte, der nach außen hin an der Spitze von Roos Gesellschaften und der ihres Vaters stand. Duncan war dumm genug, unter ihrem Einfluß alles zu tun, was sie wollte. Und wenn sie ihn satt hätte, würde sie ihn mit Leichtigkeit loswerden können.

Duncan ignorierte den Schmerz. »Reichtum gefällt mir.«

»Und jetzt zu dem, was du für mich erledigen sollst.«

»Was?«

»Du mußt deine Schwägerin umbringen.«

Duncan erwiderte einen Augenblick lang nichts, und nur sein schwerer Atem war zu hören. Schließlich fragte er: »Wann?«

»Im Laufe dieser Woche.«

»Und warum?«

»Damit ich Roo heiraten kann, du Dummkopf!« sagte sie. Langsam steigerte sich ihre Lust.

»Wie soll ich denn reich werden, wenn du meinen Cousin heiratest?« fragte Duncan.

Plötzlich drückte Sylvia den Rücken durch und erschauderte, dann sank sie auf Duncan zusammen, der sich ebenso der Leidenschaft hingab wie sie. Nach einem Moment des Schweigens wiederholte er: »Und wie soll ich reich werden ...«

»Ich hab's gehört«, unterbrach sie ihn. Er ist genauso wie Roo, dachte sie. Er kann mich nicht einmal eine Minute in Ruhe genießen lassen. Schließlich wälzte sie sich von ihm herunter. »Weil wir mich nach einer angemessenen Zeit zu Ruperts Witwe machen. Und dann, wieder nach einer angemessenen Zeit der Trauer, können wir heiraten.«

Duncan lachte, griff ihr grob ins Haar und zog ihren Kopf ohne die leiseste Zärtlichkeit zu sich heran. »Du bist wirklich eine bewundernswerte Frau«, sagte er und biß ihr in die Lippe. »Romantik, nein, das zählt für dich nicht, mein Liebling.« Er drehte sie herum und sah ihr in die Augen. »Der Gedanke, aus Habgier zu heiraten, gefällt mir. Das ist etwas, das ich verstehen kann.«

»Gut«, fauchte Sylvia und schlug ihm mit der flachen Hand ins Gesicht, gerade so fest, daß es weh tat. »Dann wären wir uns mal wieder einig.«

Sylvia legte sich auf den Rücken, während Duncan abermals alle Anzeichen von körperlicher Erregung zeigte. Seine Nützlichkeit als Oberhaupt des Hauses nach außen hin und seine Talente im Bett wurden leider durch sein rüpelhaftes Benehmen negativ beeinflußt. Wie konnte er nur mit dem Dienstmädchen anfangen, bevor sie selbst eintraf. Das war unverzeihlich. Und morgen früh würde sie das Mädchen dafür bestrafen, daß es dies Duncan nicht klargemacht hatte. Bestimmt war sie nicht eifersüchtig, doch sie bestand auf Gehorsam, und sie hatte keinem der beiden die Erlaubnis erteilt.

Sie seufzte und erbebte, während er ihren Körper in Wallung brachte. Ja, ein Jahr oder zwei würde sie es mit Duncan aushalten, bevor sie ihn aus dem Weg schaffen würde. Dann würde sie sich nach einem jungen Adligen umsehen, vielleicht diesem dreisten Enkel des Herzogs, der sich gegen all ihre Annäherungsversuche so resistent gezeigt hatte. Jedenfalls wäre der eine echte Herausforderung. Doch wer auch immer es am Ende sein mochte, sie würde einen Titel besitzen, wenn sie mit ihm fertig wäre. Und wenn es denn unbedingt notwendig wäre, würde sie sogar ein Balg oder zwei für einen Baron oder einen Grafen zur Welt bringen. Dann bedachte sie den Preis der Mutterschaft. Ihr fester Körper würde seine Form verlieren. Vielleicht gab es ja Zaubertränke oder andere magische Mittel, mit deren Hilfe sich solche Folgen vermeiden ließen. Darüber machten sich Frauen schon lange Gedanken. Dann fragte sie sich: Warum eigentlich nur einen Grafen? Warum keinen Herzog? Dieser Dashel, der für Rupert arbeitete, hatte der nicht noch einen Bruder? Und der würde doch irgendwann einen Adelsrang besitzen, vielleicht sogar den eines Herzogs. Würde dieser leichter zu umgarnen sein als sein Bruder, oder würde er die gleiche Herausforderung darstellen?

Während Duncan ihren Bauch mit Küssen liebkoste, wußte sie mit einem Mal, was ihr fehlte. Eine echte Herausforderung. Die Männer in ihrem Leben waren einfach so berechenbar. Und als sie die Augen schloß und ihr Körper sich anspannte, schoß es ihr durch den Kopf: Auch der Prinz ist noch nicht verheiratet!

Pug materialisierte sich in der Nähe des Ufers, wo eine Guppe Studenten gerade einem Vortrag von Chalmes lauschte. Der Meistermagier hielt inne, als er die drei Männer erkannte: Pug hatte Nakor und Sho Pi mitgebracht. Pug hatte sich verändert; er war dünner, und sein Haar und sein Bart waren kurz, als würden sie noch nicht lange wachsen. Und seine Bewegungen erweckten den Eindruck großer Erschöpfung.

»Mein Lord«, begrüßte Chalmes Pug, »Ihr kommt so unerwartet wie bei Eurem letzten Besuch.«

»Es gibt Dinge von äußerster Wichtigkeit, die wir besprechen müssen. Versammelt die anderen Hohen Magier im Ratssaal. Ich werde mich auch gleich dazugesellen.«

Wenn der Magier, der inzwischen das Oberhaupt der Gemeinschaft war, etwas dagegen hatte, auf solche Weise Befehle erteilt zu bekommen, verbarg er dies meisterhaft. Er legte zum Gruß die Hand aufs Herz, wie es in Kesh üblich war. »Es wird sofort erledigt, mein Lord.«

Nakor sah die Studenten an, die mit offenen Mündern dasaßen. »Husch, husch!« scheuchte er sie auf. Eilig liefen sie davon.

Die drei Männer hatten sich mit Calis nach Krondor teleportiert. Pug hatte Calis dortgelassen, weil dieser sich solange um die Verteidigungsvorbereitungen der Stadt kümmern wollte, bis Pug ihn wieder abholte. Pugs Enkel Arutha hatte es geschafft, ihm klarzumachen, daß er dringend mit ihm sprechen mußte, und so wollte Pug bald in die Stadt des Prinzen zurückkehren. »Weißt du, was zu tun ist?« fragte Pug.

»Sicherlich«, antwortete Nakor. »Ich weiß zwar nicht, ob es mir gefällt, aber ich kann wohl erkennen, aus welchem Grund es notwendig ist.«

Pug zuckte mit den Schultern. »Wenn wir die nächsten Monate überleben, können wir uns Gedanken darüber machen, was hier vor sich geht. Wenn du nicht zufällig einen besseren Plan vorweisen kannst.«

Nakor rieb sich das Kinn. »Ich bin mir nicht sicher. Es gibt vielleicht eine Möglichkeit, aber diese andere Sache müssen wir trotzdem zuerst erledigen.«

»Also dann, los mit euch!« lachte Pug. »Wenn ihr fertig seid, reitet ihr nach Sethanon. Ich glaube kaum, daß ihr in Krondor etwas ausrichten könnt. Und falls ich nicht in Sethanon bin, versucht, Tomas zu helfen, so gut es geht.«

Nakor und Sho Pi eilten zur Fähre, die sie in das Städtchen auf der anderen Seite des Sees bringen würde, während Pug sich der großen Zitadelle von Stardock zuwandte.

Er ging in das Gebäude und machte sich zum Ratssaal auf, wo sich gerade die Obersten Magier der Insel versammelten. Bei seinem Eintreten erhoben sie sich, doch er bedeutete ihnen, sie sollten sich wieder setzen, während er selbst den Platz einnahm, der traditionell dem Vorsitzenden des Rates zustand.

»Die Dinge entwickeln sich rasch«, begann er ohne Vorrede. »Ich habe euch euer Spiel mit der Unabhängigkeit vom Königreich oder von Kesh gelassen, solange Frieden herrschte, doch so kann es jetzt nicht mehr weitergehen.«

Chalmes sagte: »Den Gerüchten zufolge wird es Krieg geben. Soll die Akademie für das Königreich Partei ergreifen?«

»Ja«, antwortete Pug.

»Jedoch viele der Magier hier sind keshianischer Abstammung und fühlen sich dem Königreich nicht verpflichtet«, wandte ein anderer Magier ein.

»Seid Ihr Robert d'Lyes?«

»Ja«, antwortete der junge Magier und neigte den Kopf. Für ihn war es eine große Ehre, daß Pug sich an ihn erinnerte.

»Ihr seid im Königreich geboren, nicht wahr?«

»Das stimmt. Ich wollte nur aufzeigen, daß manche dem Königreich und manche dem Kaiserreich ergeben sind. An erster Stelle sind wir jedoch Stardock treu.«

»Ich will es ganz offen sagen«, erwiderte Pug. »Stardock gehört mir. Es wurde mit meinem Geld erbaut, auf Land, welches ich vom König als Lehen erhalten habe, und bis ich etwas anderes sage, wird es weiterhin mir gehören.«

»Das ist sicherlich richtig«, wandte d'Lyes ein, »doch viele werden sich dafür entscheiden, uns zu verlassen, und darin sehe ich eine Niederlage für die Prinzipien, die uns hier zusammengebracht haben.«

Pug lächelte. »Ich verstehe und begrüße Euer akademisches Verlangen, hier zu sitzen und das Offensichtliche zu debattieren, bis Ihr zu einer profunden philosophischen Einsicht gekommen seid, doch angesichts der Tatsache, daß sich im Augenblick die größte Armee in der Geschichte dieser Welt auf dem Weg nach Krondor befindet, können wir uns solchen Luxus nicht leisten.«

Bei der Erwähnung der Flotte runzelten manche unter den Magiern die Stirn. »Wir hielten die Truppenaufmärsche der Keshianer im Süden für das Vorspiel zum Krieg, mein Lord«, sagte Chalmes. »Was hat es mit dieser Flotte auf sich?«

»Ich will mich kurz fassen«, erklärte Pug. »Jenseits der Endlosen See steht eine riesige Armee, die einem Dämonenlord dient und bereit ist, sich auf den Weg nach Krondor zu machen. Wenn sie die Stadt in Schutt und Asche gelegt hat, wird sich diese Armee ausbreiten und alles zwischen dieser Insel, Ylith, Krondor und Salador erobern. Es wird so viel Zerstörung und Blutvergießen geben, wie es sich keiner von Euch vorzustellen vermag.«

Die Magier besprachen sich untereinander, und Pug ließ sie einen Augenblick lang gewähren. Dann hob er die Hand, und im Saal kehrte Ruhe ein. »Doch was uns noch mehr Sorgen bereitet, ist ihr eigentliches Ziel. Obwohl sie es selbst vermutlich nicht wissen, könnten sie alles Leben auf Midkemia vernichten, wenn sie dieses Ziel erreichen.«

»Ist das überhaupt möglich?« fragte d'Lyes.

»Es ist nicht nur möglich, es ist sogar überaus wahrscheinlich«, antwortete Pug. »Solange ich nicht jede erdenkliche Hilfe bekomme.«

Der junge Magier nickte. »Ich werde helfen.«

Pug lächelte. »Die Jugend wird oftmals unterschätzt«, bemerkte er, während sich die älteren Magier im Rat hinter Schweigen verschanzten.

Schließlich sagte Kalied, einer der Magier keshianischer Herkunft: »So vieles, für das wir gearbeitet haben, steht auf dem Spiel, wenn Eure Nachrichten der Wahrheit entsprechen; wäre es nicht weiser, hierzubleiben und die Bibliothek und die anderen Einrichtungen zu beschützen?«

»Ich kann keinem von euch befehlen, mir zu folgen«, gab Pug zurück. »Ich kann euch nur befehlen, diesen Ort zu verlassen. Doch wem würde das dienen?« Er erhob sich. »Ich werde mich für zwei Stunden in meinen Turm zurückziehen. Ruft die Magier zusammen, die der Kriegsmagie, der Schutzmagie oder der Heilmagie kundig sind, und teilt ihnen mit, was ich euch gerade berichtet habe. Jene, die mir helfen wollen, nehme ich mit. Der Rest mag hierbleiben und Stardock verteidigen, falls er dazu in der Lage ist.«

Pug verließ den Saal, während die anderen Magier über das gerade Gehörte zu debattieren begannen. Er stieg die Treppe zu seinem Arbeitszimmer hinauf und ging durch die magische Tür, die Unbefugten den Eintritt verwehrte; noch bevor die Tür wieder zugefallen war, teleportierte er sich zum Eiland des Zauberers.

Gathis, eine goblinähnliche Kreatur, die sowohl Macros als auch Pug als Majordomus gedient hatte, befand sich in seinem Raum, der an den wunderschönen Garten grenzte, welchen Pug angelegt hatte. »Meister Pug«, begrüßte Gathis ihn. »Gehe ich recht in der Annahme, daß Meister Macros zurückgekehrt ist?«

Pug lächelte. Gathis hatte ihm einst von dem geheimnisvollen Band erzählt, das zwischen ihm und Macros bestand. »Ja, es stimmt, obwohl mir nicht bekannt ist, wo sich Macros und Miranda zur Zeit aufhalten.«

Gathis erhob sich. »Wie kann ich Euch dienlich sein?«

»Ich muß die Kleider wechseln, und bring mir etwas Warmes zu essen, während ich ein Bad nehme.«

Zu den größten Annehmlichkeiten des Hauses, welches Pug Villa Beata genannt hatte, gehörten die keshianischen Bäder. Pug hatte sie von Grund auf renovieren lassen, und als Gathis jetzt mit einem Teller voller Fleisch, Käse, Brot und Gemüse sowie einem

Krug kühlen Weißweins hereinkam, saß Pug bereits im heißen Wasser und entspannte sich.

Beim Anblick der Narben auf Pugs Körper und der kurzen Haare auf dem Kopf und im Gesicht meinte Gathis: »Mir scheint, daß Ihr in gewisse Schwierigkeiten geraten seid.«

Pug lachte. »Mein Freund, deine Untertreibungen haben mir schon immer Spaß bereitet.« Er nahm dem Wesen mit dem grünen Gesicht den Weinkelch aus der Hand, und nachdem er daran genippt hatte, fragte er: »Wußtest du, daß Miranda die Tochter von Macros ist?«

»Ich habe es wohl vermutet«, antwortete Gathis, »wenngleich ich nur wenig Gelegenheit hatte, mich mit ihr zu unterhalten. Aber da ist etwas an ihr, das an den Schwarzen erinnert, und so überrascht mich diese Enthüllung nicht.«

»Ich hingegen bin aus allen Wolken gefallen. Wußtest du, daß ihre Mutter die Lady Clovis ist?«

»Nein, das ist selbst für mich eine Überraschung«, gab Gathis zu. »Ich habe den Schwarzen kennengelernt, als er mich von meiner Heimatwelt gerettet hat, vor doch schon ziemlich langer Zeit, aber da hatte er Miranda und ihre Mutter bereits verlassen, wenn ich mir das recht zusammenreime.«

»Sobald ich gegessen habe, muß ich zurück nach Stardock. Doch bevor ich aufbreche, möchte ich mich vergewissern, ob die Verteidigungseinrichtungen der Insel intakt sind. In den nächsten Tagen wird hier eine ausgesprochen feindselige Flotte vorbeisegeln, und obwohl ihr Ziel Krondor ist, könnten doch einige Schiffe hier anlegen, um die Insel in Augenschein zu nehmen.«

Gathis versicherte: »Ich werde in dieser Hinsicht Euren Instruktionen folgen.« Dann lächelte er und enthüllte sein Gebiß. »Wie auch immer, wenn ich solche Dinge richtig einschätze, werden Eure Studenten hier in der Lage sein, solch marodierendes Pack zu entmutigen.«

Pug lachte. »Besser hätte ich es nicht ausdrücken können.«

»Werdet Ihr bald zurückkehren?«

Pugs Miene verdüsterte sich. »Ich weiß es nicht. Das Schicksal dieses Planeten steht auf dem Spiel, doch falls wir überleben, werde ich zurückkommen.«

»Und der Schwarze?«

Pug zuckte mit den Schultern. »Du kennst deinen früheren Meister weitaus besser als ich, also erzähl du es mir.«

Gathis konnte als Antwort nur ebenfalls mit den Schultern zucken; dazu gab es nichts mehr zu sagen. Pug aß zu Ende, und nach dem Bad kleidete er sich in eine saubere Robe. Daraufhin teleportierte er sich zu seinem Arbeitszimmer zurück und ging die Treppe hinunter. Unten wartete eine große Zahl Studenten auf ihn. Als Pug sie sah, rief er: »Alle Mann raus hier!«

Die Studenten eilten auf den Haupteingang zu, doch einen packte Pug am Ärmel. »Wie heißt du?«

»John, Meister«, antwortete der Junge, der es gar nicht fassen konnte, vom Herrn von Stardock auserwählt worden zu sein.

»Geh in den Ratssaal und sag allen, sie sollen sich draußen zu uns gesellen.«

Der Student lief in Richtung Ratssaal davon, und Pug drängelte sich durch die Studenten hinaus, die augenblicklich auseinanderwichen, als sie erkannten, wer da Durchlaß begehrte. Pug ging zu einem großen Felsen, der aus dem Boden ragte, und kletterte hinauf.

Nach einigen Minuten wandte sich Pug dem See zu und ließ den Blick darüber hinwegschweifen. Er benutzte seine magische Sehfähigkeit, um den fernen Hafen auf der anderen Seite abzusuchen, und stellte befriedigt fest, daß Nakor und Sho Pi gerade zusammen mit zwei Soldaten an Bord der Barkasse gingen, die als Fähre zwischen Insel und Festland diente.

Chalmes und die anderen Mitglieder des Rates drängten sich durch die Menge der Studenten. »Was hat das jetzt wieder zu bedeuten?« erkundigte sich Chalmes.

Pug saß auf dem Felsen, nahm die beste Nakor-Pose ein, die ihm gelingen wollte, und antwortete: »Wir warten.«

»Worauf warten wir?«

Pug lächelte. Ihre Niedergeschlagenheit vergnügte ihn auf eine fast boshafte Weise. »Ich will euch doch nicht die Überraschung verderben.«

Diese Antwort ließ sie verstummen, und eine halbe Stunde verging, während sie unbehaglich darauf warteten, daß die Fähre den See überquerte. Schließlich kamen Nakor und die anderen vom Anleger herauf, und Pug begrüßte sie. »Wie schön, euch zu sehen. Dies ist Hauptmann Sturgess aus der Garnison von Shamata.« Beim Anblick des zweiten Soldaten breitete sich Unruhe unter den Studenten aus, denn dieser trug die Uniform der keshianischen Grenzlegion. »Und dies ist General Rufi ibn Salamon.«

Der General nickte. »Mein Lord.«

Pug drehte sich zu den versammelten Magiern um. An Chalmes gerichtet, meinte er: »Ich vermute, ihr werdet die zwei Stunden, die ich euch gegeben habe, mit leerem Geschwätz verschwendet haben, anstatt das zu erledigen, was ich euch aufgetragen habe.«

»Wir haben gerade darüber debattiert, wie wir die Informationen, die Ihr uns mitgeteilt habt, am besten verbreiten …«, begann der alte Magier.

Pug hob die Hand und schnitt ihm das Wort ab. »Ist Robert d'Lyes anwesend?«

Hinten in der Menge reckte der junge Magier die Hand in die Höhe. Pug zeigte auf ihn. »Ich glaube, er ist das jüngste Mitglied des Rates, nicht wahr?«

Die Magier nickten.

»Gut. Demnach besteht also doch noch Hoffnung.«

D'Lyes schien die Bemerkung zu verwirren. »Doch noch?« fragte er.

Pug lachte und stand auf, damit alle ihn sehen konnten. »Selbst hier werdet ihr die Gerüchte über den heraufziehenden Krieg gehört haben.«

Manche Magier bejahten dies lauthals, andere nickten nur.

»Der Krieg steht tatsächlich vor der Tür, doch er droht nicht von unseren Nachbarn im Süden her.

Eine große Flotte kommt von jenseits des Meeres und bringt eine Armee von entsetzlicher Stärke mit sich, vielleicht eine Viertelmillion Mann unter Waffen.« Bei dieser Nachricht begannen die Magier, aufgeregt miteinander zu tuscheln. Pug hob abermals die Hand, um die Ruhe wiederherzustellen. »Das Königreich bereitet sich auf seine Verteidigung vor, und wie ihr euch sicherlich vorstellen könnt, ist es dabei von immenser Wichtigkeit, daß die Grenze zu Kesh sicher ist. Und um dies zu gewährleisten, wurden einige Veränderungen beschlossen.«

Mucksmäuschenstill erwartete die Versammlung, was Pug als nächstes verkünden würde.

»Groß-Kesh und das Königreich streiten sich bereits seit Jahren um das fruchtbare Ackerland um den See der Träume. Um diesen nicht enden wollenden Disput ein für allemal aus der Welt zu schaffen, hat das Königreich Teile des Landes an das Kaiserreich Groß-Kesh abgetreten.

Im Südwesten von Endland gibt es einen großen Felsen, der sowohl vom Land als auch vom Wasser aus deutlich zu sehen ist, bekannt unter dem Namen Morgans Ruine. Jeder Seemann kennt ihn. Von diesem großen Felsen aus östlich am Fluß Shamata entlang wurde die neue Grenze gezogen. Dem Kaiserreich Groß-Kesh wurde alles Land südlich dieser Linie zugestanden.«

Die Versammlung hielt den Atem an, und ein paar verärgerte Zwischenrufe wurden laut. Ein Mann, der offensichtlich aus dem Königreich stammte, rief: »Das ist Verrat an uns!«

Pug erwiderte: »Nein. Prinz Erland hat lange mit dem Kaiser von Groß-Kesh über diese Angelegenheit verhandelt. Im Gegenzug für den Schutz, den Kesh unserer Südflanke gewährt, derweil wir es mit einem mächtigen Feind zu tun haben, hat das Königreich alte Landansprüche des Kaiserreichs anerkannt, die Kesh bereits seit hundert Jahren aufrechterhält. Jene von euch, die sich mit diesem Wechsel der Regierung nicht anfreunden wollen, dürfen gehen.

So wie die Dinge im Augenblick stehen, gehört Stardock noch immer zum Königreich; es ist weiterhin mein Herzogtum.« Pug blickte von Gesicht zu Gesicht. »Shamata wird gerade in diesem Augenblick an die Keshianer übergeben. Die Streitkräfte des Königreichs ziehen sich über den Großen Sternensee nach Landreth zurück. Jeder von euch, der mit ihnen gehen will, mag in Frieden ziehen.«

Weitere Proteste waren zu hören, doch Pug ging nicht darauf ein.

General Salamon ergriff das Wort. »Wir werden den Anspruch des Königreichs auf Souveränität in Stardock anerkennen. Doch die Stadt am anderen Ufer gehört ab jetzt zum Kaiserreich. Solange Ihr noch keinen Anleger am Nordufer des See gebaut habt, wird jedem Bürger des Königreichs das Wegerecht gewährt.«

Jemand aus der Menge rief: »Wann übernehmt Ihr die Stadt?«

Der General antwortete: »Wir haben sie bereits übernommen. Meine Männer besetzen gerade das kleine Fort in Port Shamata und die Garnison in der Stadt Shamata, und wir werden auch am anderen Ufer des Großen Sternensees Soldaten stationieren, um den Frieden zu sichern.« Er warf Pug einen Blick zu und fuhr fort: »Falls das alles war, würde ich gern zu meinen Männern zurückkehren, mein Lord.«

Pug nickte. »Ich danke Euch für Euer Kommen.«

Der General und der Hauptmann des Königreichs gingen gemeinsam in Richtung des Fähranlegers davon. Pug sagte: »Das wäre die eine Sache. Und nun die andere.

Diese Invasoren, von denen ich gesprochen habe, sind ein

Feind der gefährlichsten Sorte, und ich brauche all jene von euch, die willens sind zu dienen. Wir brauchen jeden, der heilen kann, der Magie zur Spionage einsetzen oder in irgendeiner Weise der Magie des Eindringlings entgegenwirken kann.« Er hielt kurz inne und fügte dann hinzu: »In ihren Diensten stehen die Pantathianer.«

Als der Name der verhaßten Schlangenpriester fiel, riefen viele, die bisher geschwiegen hatten: »Ich werde helfen!«

Pug wartete ab, bevor er fortfuhr: »Jene, die mit mir nach Krondor gehen wollen, sollen sich bei Robert d'Lyes versammeln. Er ist in dieser Sache mein Berater.«

D'Lyes blickte sich um. Verblüffung stand ihm ins Gesicht geschrieben. »Berater?« wiederholte er, während andere junge Magier schon begannen, auf ihn einzureden.

Pug sprang von dem Felsen hinunter, und Nakor fragte ihn: »Was werden wir jetzt machen?«

Pug zog die Augenbrauen hoch. »Wir? Nun ja, ich werde jedenfalls mit diesem Haufen nach Krondor ziehen und die Männer auf ihre Aufgabe vorbereiten; dann geht es weiter nach Sethanon. Du wartest hier und sorgst dafür, daß diese Narren hier während der nächsten zwei Wochen keinen Krieg mit Kesh vom Zaun brechen; wenn du dessen sicher bist, würde ich dich gern in Sethanon sehen.« Er griff in seine Robe und brachte eine der Teleportkugeln der Tsurani zum Vorschein. »Mach sie nicht kaputt, und verlier sie nicht: es ist die letzte, die ich habe. Und es ist ein langer Weg nach Sethanon.«

Nakor schien der Auftrag nicht zu passen. »Endlich geht die Sache richtig los, und du verlangst von mir, daß ich hierbleibe und das Kindermädchen für diesen Haufen spiele?«

Pug grinste. »Ich wüßte nicht, wer sich besser dafür eignet.«

Mit diesen Worten schob er sich durch das Gedränge der Magier zu Robert d'Lyes.

Sho Pi stieß Nakor an: »Meister?«

»Was gibt's?«

»Hast du schon darüber nachgedacht, was Pug meinte, als er von einem zweiten Plan für Stardock sprach?«

Nakor schwieg einen Augenblick lang, dann sah er seinen Schüler mit einem breiten Grinsen im Gesicht an. »Natürlich habe ich darüber schon nachgedacht.«

Zwei

Attacke

Erik runzelte die Stirn.

Er legte die Papiere auf Lord Williams Schreibtisch. »Das soll ich also machen?«

William und Calis nickten. »Wir haben die Pläne verändert, nachdem mein Vater aufgetaucht ist«, erklärte William. Er sah ausgesprochen müde aus. »Er hat mit Calis, dem Prinzen und meiner Wenigkeit Rat gehalten, und alles, was ich Euch sagen kann, ist: er hat uns davon überzeugt, daß Calis an anderer Stelle gebraucht wird.«

Erik war die ganze Zeit davon ausgegangen, daß er oben in den Bergen nördlich und östlich von Krondor auf den Fall der Stadt warten würde, um über die Invasoren herzufallen, wenn sie nach Osten zogen. Doch die Karten waren neu gemischt worden, wie man ihm gerade mitgeteilt hatte.

»Ich bin für die Verteidigung der Stadt verantwortlich«, erklärte William. »Daran hat sich nichts geändert. Vykors Flottille hält sich in der Shandonbucht verborgen und wird die Invasoren angreifen, während sie vorbeiziehen. Und wie wir hoffen, werden ihm die Reste von Nicholas' Flotte dabei zur Seite stehen, nachdem ihre Schiffe auf den Sonnenuntergangsinseln wieder auf Vordermann gebracht wurden.

Greylock wird die Führung der Einheiten in den Bergen übernehmen.« Er deutete auf Erik. »Was bedeutet, daß Ihr seinen Platz einnehmen müßt.«

»Beim Rückzug«, stellte Erik trocken fest.

»Ja«, antwortete Calis. »Wenn wir die Stadt verlieren, wird die verängstigte Bevölkerung in wilder Panik fliehen, und eine aufgeriebene Armee wird sich ihr anschließen wollen. Und das dürfen wir nicht zulassen.«

»Und wie sollen wir das verhindern?« wollte Erik wissen.

William seufzte. »Das hat man davon, wenn man von falschen Annahmen ausgeht. Hätten wir Euch von vornherein in die Kommandotreffen miteinbezogen, wüßtet Ihr das bereits.« Er reichte Erik einen dicken Stapel Papiere. »Lest dies; der Plan ist dort bis ins Detail beschrieben, und Ihr solltet ihn bis heute abend durchhaben. Dann werden wir beide gemeinsam zu Abend essen und über alle Eure Fragen reden.«

Erik wandte sich an Calis. »Wann brecht Ihr auf?«

»Sobald mein Vater aus Stardock zurück ist«, antwortete William an Calis' Stelle.

Also ging Erik davon aus, daß es niemand genau wußte. »Sehr wohl, mein Lord.«

Er machte sich zur Tür auf, als William ihn noch einmal zurückrief: »Erik, da ist noch eine Sache.«

Erik wandte sich um. »Ja, Sir?«

»Von diesem Augenblick an nehmt Ihr den Rang eines Hauptmanns in der Armee des Prinzen ein. Ich habe nicht die Zeit, Euch erst zum Leutnant zu machen, von daher überspringen wir einfach einen Rang.«

Greylock lächelte und mußte sich arg zusammenreißen, um bei Eriks erstauntem Gesichtsausdruck nicht lauthals loszuprusten.

»Ich, Sir?« fragte Erik ungläubig.

»Was ist denn, von Finstermoor?« brüllte Calis, indem er durchaus wiedererkennbar Bobby de Loungville nachahmte. »Hörst du plötzlich schlecht?«

Erik errötete. »Ach, demnach brauchen wir ja einen neuen Hauptfeldwebel, ja?«

»Genau. Irgendwelche Vorschläge?«

Erik lag Jadows Name auf der Zunge, da dieser der älteste Feldwebel im Dienst war, doch Calis hatte recht behalten, als er Erik an seiner Stelle zum Hauptfeldwebel gemacht hatte. Jadow fehlte einfach die Gabe, Menschen zu befehligen, und das war in dieser Position unabdingbar. Und zudem war ein Organisationstalent erforderlich, das den meisten Feldwebeln fehlte. Schließlich sagte er: »Zwei oder drei Männer für diesen Posten wüßte ich wohl, aber um ehrlich zu sein, ist Duga, der Söldnerhauptmann, der geeignetste. Er ist gerissen und zäh, und er hat genau begriffen, was auf dem Spiel steht, ohne daß ich ihm irgend etwas erzählt hätte. Er war uns von großen Nutzen, als es darum ging, die anderen Söldner auf unsere Seite zu bringen.«

»Das gefällt mir nicht«, erwiderte William. »Der Mann ist ein Überläufer.«

»Ihr müßt verstehen, wie die Dinge jenseits des Meeres stehen, mein Lord«, versuchte Erik zu erklären. »Die Männer dort fühlen sich keiner Stadt besonders verpflichtet, und so etwas wie Nationen gibt es dort nicht; Duga war sein ganzes Leben lang Söldner, doch dort unten folgen die Söldner einem strikten Ehrencode. Wenn er Treue schwört – und ich werde ihn davon überzeugen können, daß es sich in diesem Fall nicht einfach um einen Vertrag handelt, bei dem er sein Schwert hinwerfen und abermals die Seiten wechseln kann –, dann wird er uns dienen.«

»Ich werde es mir durch den Kopf gehen lassen«, gestand William ihm zu. »Vielleicht machen wir ihn zum Feldwebel der Hilfstruppen, doch im Augenblick wäre mir jemand anders als Hauptfeldwebel lieber.«

»Dann Alfred«, schlug Erik vor. »Er ist sicherlich kein Genie, wenn es um Taktik und Strategie geht, doch er weiß, wie man eine Aufgabe schnell und mit wenig Aufwand erledigt.«

»Also hat er den Posten«, meinte William und warf Calis einen Blick zu.

Calis nickte. »Einverstanden. Er ist zuverlässig, und er wird tun, was wir ihm sagen.«

»Nun geht und teilt es ihm mit.« Mit diesen Worten entließ William Erik.

Nachdem er den Raum verlassen hatte, ergriff Greylock das Wort: »Ihr habt vergessen, ihm zu sagen, daß er nun mit dem Rang eines Hauptmanns auch den Titel eines Barons am Hofe trägt.«

Calis lächelte. »Wir wollen ihn doch nicht zu sehr aufregen.«

William seufzte erschöpft. »Mit dieser Aufregung werde ich mich herumschlagen müssen, wenn er die Pläne gelesen hat und weiß, welche Rolle er darin spielt.«

Calis nickte. »Daran besteht allerdings kein Zweifel.« Dann lachte er verbittert.

»Finstermoor!« platzte Erik heraus. »Das könnt Ihr nicht ernst meinen!« Auf Williams strengen Blick hin fügte er rasch hinzu: »Mein Lord.«

William winkte Erik mit sich in den Saal. »Wir werden mit meiner Familie im gemütlichen Kreise speisen und uns dabei unterhalten.«

Sobald sie das Speisezimmer erreicht hatten, spürte Erik, wie sich sein Ärger verflüchtigte. Zu dem Essen im gemütlichen Kreise, wie es der Marschall ausgedrückt hatte, kamen außer ihnen Herzog James, Lady Gamina, ihr Sohn Lord Arutha sowie dessen Söhne Dashel und James.

Erik wäre fast errötet, als er in die Familie des Herzogs eingeführt wurde, und er nahm rasch rechts von William Platz. Während die Diener begannen, das Essen aufzutragen, trat der Magier Pug durch eine Tür gegenüber von Eriks Platz ein. Der frischgebackene Hauptmann sah zunächst nur, daß der Magier sich offensichtlich Bart und Haar kurzgeschoren hatte. Erst als sich Pug zwischen William und Lady Gamina setzte, fielen Erik die blassen Brandnarben an Gesicht und Hals auf.

Jimmy und Dash erhoben sich, ebenso Arutha, James und Gamina. William zögerte einen Augenblick lang, stand dann ebenfalls auf, und Erik folgte seinem Beispiel. »Urgroßvater«, sagte Dash zur Begrüßung.

Pug küßte Gamina auf die Wange und schüttelte James und William die Hand. »Wie schön, daß wir alle zusammenhaben«, bemerkte er.

Mit plötzlicher Klarheit erfaßte Erik die feierliche Stimmung im Raum; vielleicht war dies die letzte Gelegenheit, bei der sich Pugs Familie versammeln konnte. Und einige der Anwesenden würden womöglich bald schon nicht mehr am Leben sein.

Erik flüsterte William zu: »Falls Ihr es vorzieht, Sir, können wir uns auch morgen über meine Mission unterhalten.«

William schüttelte den Kopf. »Beim ersten Tageslicht werdet Ihr in die Berge aufbrechen, um die Befestigungsanlagen im Osten vor der Stadt zu inspizieren. Und übermorgen brauche ich Euch wieder hier.« Er sah in die Runde. «Uns bleibt nicht mehr viel Zeit, wie ich leider feststellen muß.«

»Vor allem anderen«, ergriff Pug das Wort, »muß ich euch jedoch etwas mitteilen.«

William wandte sich seinem Vater zu. Pug fuhr fort: »Ich war viel zu lange von euch fort, und dafür möchte ich euch um Vergebung bitten.« Er streckte die Hände aus und legte sie auf die von Gamina und William. »Und insbesondere muß ich euch sagen, wie überaus stolz ich auf euch bin.«

Es schien, als wüßte William nicht, was er darauf erwidern sollte. Gamina lächelte, und in ihren Augen sammelten sich Tränen, derweil sie sich vorbeugte und ihren Vater auf die Wange küßte. Erik hatte in den vergangenen vier Jahren viele seltsame Dinge zu sehen bekommen; und so fand er das Bild einer Frau, die alt genug war, um Pugs Mutter zu sein, jedoch seine Tochter war, keinesfalls außergewöhnlich.

Gamina sagte ihrem Vater etwas in Gedanken, und dieser lächelte. »Ich wünschte auch, sie könnte bei uns sein.«

»Danke, Vater«, meinte William.

Pug nahm seine Hand von Gaminas und legte sie über seine andere, mit der er immer noch Williams festhielt. »Nein, im Gegenteil, ich muß dir danken für das, was du bist, und dafür, daß du an deinem Traum festgehalten hast, gleichgültig, welche Pläne ich für dich gemacht hatte. Zur Zeit lerne ich leider etwas langsam, fürchte ich.«

William lächelte, und nun fiel Erik die Ähnlichkeit zwischen Vater und Sohn auf. In den Augen des Marschalls hing ein feuchter Glanz, und Erik merkte, wie sich auch in seinem Hals ein Kloß bildete. Darum geht es in diesem vermaledeiten Krieg, darum, jene zu beschützen, die wir lieben, dachte er. An einem anderen, fernen Ort würden jetzt seine Mutter und der einzige Mann, den er als seinen Vater akzeptierte, in der Küche eines Gasthauses zusammensitzen, und irgendwo dort draußen versteckte sich die Frau, die er liebte und die zu seiner Mutter und Nathan unterwegs war.

In diesem Augenblick spürte Erik eine Gegenwart in seinem Kopf, eine zaghafte Berührung, mehr nicht, doch er wußte, daß es Lady Gamina war. Er blickte sie an. Sie lächelte zurück. Dann tauchten Wörter in seinem Kopf auf. *Deine junge Frau befindet sich ganz bestimmt in Sicherheit.*

Ohne zu wissen, wie, versuchte er zu antworten: *Ja, meine liebe Ehefrau.*

Die Herzogin sagte laut: »Unser junger Freund hat sich seit unserer letzten Begegnung verheiratet.«

Pug, William, Arutha und Gamina gratulierten, während die beiden jungen Männer ihrem Großvater einen Blick zuwarfen. Pug fragte: »James?«

Der Mann, der als Junge ein Dieb gewesen war, zuckte mit den Schultern und grinste, und in seinen Zügen zeigte sich etwas Verspieltes. »Ich habe es gewußt. Und Dash und Jimmy ebenfalls.«

»Ihr habt es gewußt?« wollte Arutha wissen.

Herzog James lachte. »Ich mußte Eriks Gedanken wieder auf die bevorstehenden schweren Tage zurücklenken, und deshalb habe ich ihn in dem Glauben gelassen, er hätte es fürchterlich schlau angestellt, als er seine junge Frau aus der Stadt geschmuggelt hat.« Er richtete den Zeigefinger vorwurfsvoll auf Erik. »Das Ihr Euch mir gegenüber nicht noch einmal ungehorsam zeigt, Hauptmann.«

Angesichts dieser Ermahnung und der Anrede mit seinem neuen Dienstrang errötete Erik.

»Hauptmann?« erkundigte sich Dash und nickte beifällig.

Gamina und Arutha sagten: »Herzlichen Glückwunsch.«

»Wir werden nach der Schlacht sehen, ob diese Glückwünsche geholfen haben«, bemerkte William.

Bei der Erwähnung des Krieges wurde die Atmosphäre im Raum merklich kühler. Nach einem Augenblick des Schweigens schlug Pug mit der Hand auf den Tisch. »Genug! Halten wir diesen glücklichen Moment in Ehren, solange wir es noch können.« Er blickte seinen Enkelsohn an. »Ich bedauere nur, daß deine Frau nicht bei uns sein kann.«

Arutha lächelte, und wieder einmal entdeckte Erik in seinem Gesicht die Ähnlichkeit sowohl mit seiner Mutter als auch mit seinem Vater. »Sie besucht ihre Eltern in Roldem.«

»Vielleicht sollten wir alle zu einem Besuch nach Roldem aufbrechen«, schlug Jimmy vor.

Pug lachte, und die anderen fielen mit ein.

Das Essen war bald vorüber, und die Anwesenden fanden Trost in der Gegenwart der anderen.

Erik gefiel es, bei diesem Familientreffen dabei zu sein, und nicht nur, weil sich drei der wichtigsten Männer des Königreichs im Raum befanden, Lord James, sein Schwiegervater und sein Schwager. Das Essen war ohne Zweifel das beste, das Erik je genossen hatte, und der Wein war über jeden Vergleich erhaben – obwohl er aus der gleichen Gegend stammte wie Erik, aus Finstermoor, war er doch viel zu teuer, als daß sich ein gewöhnlicher Mann ihn je hätte leisten können. Leise besprach er mit William in einer Ecke die Pläne, die den Schutz der Menschen betrafen, die die Stadt verlassen würden, während der Rest der Familie über Dinge von geringerer Wichtigkeit plauderte und die Schatten der Zukunft ignorierte.

Nach dem Essen wurden Süßigkeiten und Kaffee aus Kesh serviert, dazu gehaltvoller süßer Wein aus Rodez. In Erik machte sich gerade von Kopf bis Fuß eine angenehme Wärme breit, als Calis hereingestürzt kam. »Entschuldigt bitte die Störung«, sagte er ohne Gruß, »doch gerade ist eine Nachricht eingetroffen.«

James erhob sich und streckte die Hand aus, und Calis reichte ihm die Nachricht. William fragte: »Aus Endland?«

»Ja, von berittenen Kurieren. Die Flotte der Invasoren wurde gestern nach Anbruch der Dämmerung gesichtet.«

»Bei günstigem Wind werden sie übermorgen hier eintreffen«, schätzte William.

James nickte. »Es geht los.«

Erik kniff die Augen zusammen und versuchte, in der Dunkelheit etwas zu erkennen. Er stand auf dem äußersten Wellenbrecher, der am weitesten vorgezogenen Gefechtsplattform. Seiner Drohung entsprechend hatte Greylock Hauptmann de Beswick zu der zweifelhaften Ehre verholfen, der erste zu sein, der dem Feind auf Krondors Mauern entgegentreten sollte.

Falls der zuvor so feindselige Hauptmann wegen Eriks Beförderung, die ihn über den Karrierehauptmann aus Bas-Tyra erhob, Groll hegte, verbarg er diesen bestens und gab sich außerordentlich höflich, als er Eriks Befehle empfing.

»Wo sind sie?« fragte Erik.

De Beswick antwortete nicht, da die Frage rein rhetorisch gemeint war. Während die Sonne im Osten den Himmel erhellte, war der Horizont im Westen nach wie vor in Nebel und Dunkelheit gehüllt. »Ich kenne mich auf dem Meer nicht sonderlich gut aus, Hauptmann, doch wenn das Wetter in Bas-Tyra so ist, brennt die Sonne den Dunst erst im Lauf des Vormittags fort«, sagte de Beswick.

»Am Vormittag sind die Kriegsschiffe vielleicht schon nah genug, daß man sie mit Steinen beschießen kann«, erwiderte Erik. Wahrscheinlich zum hundertsten Mal, seit er von der Inspektion der Verteidigungsanlagen im Osten vor der Stadt zurückgekehrt war, ließ er den Blick über die Befestigungen hier schweifen.

Die Minuten zogen sich zäh dahin, und noch einmal machte sich Erik daran, die vorgezogenen Gefechtsstände zu überprüfen. Der äußere Wellenbrecher war so umgebaut worden, daß man den Hafen von Krondor nur noch erreichen konnte, wenn man ganz im Süden die Mole umschiffte. An deren Ende befand sich die Plattform, auf der Erik gerade stand; und diese war mit Katapultmannschaften, Bogenschützen und einer Abteilung bis an die Zähne bewaffneter Soldaten bemannt. Auf jedes Schiff, das sich diesem Ende der Mole näherte, würde geschossen werden. Die Seemauer zog sich fast bis in den Norden der Stadt und lag weniger als eine Viertelmeile vor der eigentlichen Stadtmauer. Am Nordende war eine weitere Kompanie postiert, und jedes Schiff, welches sich in den Kanal zwischen innerer und äußerer Mauer wagen sollte, würde unter ein gnadenloses Kreuzfeuer genommen werden. Jenseits des Wassers war eine weitere Kompanie Soldaten an Kriegsmaschinen postiert. Erik nahm an, daß der Feind, wenn er die neuen Verteidigungsanlagen erst einmal gesichtet hatte, versuchen würde, alle drei Plattformen zugleich anzugreifen. Und wenn er dumm genug war, Schiffe in den Kanal zu schicken, ehe die Verteidigungsanlagen außer Gefecht gesetzt waren, ging er das Risiko ein, daß ein Schiff versenkt wurde und so den gesamten Kanal blockierte. Doch selbst wenn dieser Fall nicht eintrat, eine Sache wußte der Feind ganz bestimmt nicht: Sollten die Verteidiger von den Mauern hinweggefegt werden, so erwartete eine Reihe ausgeklügelter Fallen die Schiffe, die in den Kanal einfuhren.

Erik warf einen Blick auf das Boot, das sechs Meter unter ihnen im Wasser schaukelte. »Ich werde Euch das Boot hierlassen«, sagte Erik. Er wußte, daß die Männer auf diesem und den drei benachbarten Posten vermutlich überrannt werden würden, ehe sie sich zurückziehen konnten.

De Beswick zog fragend eine Augenbraue hoch.

»Falls Ihr eine Nachricht zu übermitteln habt, wird es per Boot schneller gehen als über die lange Mauer.«

»Natürlich«, antwortete de Beswick. Und einen Augenblick später fügte er hinzu: »Sehr anständig von Euch.«

Erik legte dem Mann die Hand auf die Schulter. »Auf Wiedersehen – und viel Glück.«

Er lief über den schmalen Weg oben auf der Mole, den Strafgefangene angelegt hatten, damit man die Katapultplattformen bauen konnte. Nach drei Vierteln einer Meile erreichte er die zweite Plattform, wo er den Gruß der dortigen Offiziere entgegennahm. Doch er machte nicht halt, sondern trottete weiter und folgte dem Bogen des U, welches die beiden Mauern formten. Eine weitere Viertelmeile eilte der Hauptmann der Armee des Prinzen weiter, bis er sich nach Süden wandte. Es wurde inzwischen wärmer, und Erik schwitzte, als er die dritte Plattform erreichte. Dort inspizierte er Vorratslager und Ausrüstung, dann wandte er sich wieder nach Norden. Die letzte Plattform lag so gut wie isoliert, und obwohl sie die erste auf der äußeren Mauer bildete, würden die Männer über die alte Nordmole fliehen müssen, die eigentlich nur dem Zweck gedient hatte, Krondors Hafen vor den starken Südströmungen des Bitteren Meeres zu schützen.

Als Erik an der Stelle ankam, wo die alte Mole mit dem nördlichsten Anleger zusammenstieß, warteten dort Palastwachen auf ihn. Erik bestieg ein Pferd, welches für ihn bereitgehalten worden war, und führte die Patrouille durch die dichtgedrängten Soldaten auf den Bootsanlegern. Alles, was brauchbar war, hatte man verwendet, um Barrikaden zu errichten. In den ersten drei Blocks lauerte hinter jedem Fenster in den oberen Stockwerken eines jeden Gebäudes ein Bogenschütze, und Erik bewunderte die Verteidigungsanlagen, die sich William und James ausgedacht hatten. Die unteren Fenster waren verbarrikadiert, die Türen verschlossen, und man hatte leicht bewegliche Rampen konstruiert, über die die Verteidiger rasch von einem Gebäude zum nächsten fliehen konnten, während ihr Rückzug von anderen gedeckt wurde. Was Erik überrascht hatte, war nicht die große Anzahl der Bewohner gewesen, die die Stadt verließen, als man mit dem Bau der Verteidigungsmaßnahmen begonnen hatte, sondern im Gegenteil die Menge jener, die man trotz der bevorstehenden Schlacht zur Räumung hatte zwingen müssen. Viele hatten ihre Häuser nur unter Androhung von Gewalt verlassen.

An der dritten Querstraße vom Hafen aus erreichten Erik und seine Männer die erste Barrikade. Sie wurden durchgewinkt und machten sich zum Palast auf.

Während sie das Hafenviertel hinter sich ließen, fielen Erik die ängstlichen Gesichter der Bewohner auf, die aus den Fenstern spähten. Manche erledigten noch die eine oder andere Besorgung, ehe der Krieg Krondor erreichen würde. Viele jedoch trugen große Taschen mit ihren Habseligkeiten und waren nach Osten unterwegs, wo sie die Stadt vor Beginn der Feindseligkeiten verlassen wollten.

Solange der Feind noch nicht angelandet war, würde James die Tore im Osten offenhalten, um es den Flüchtlingen zu ermöglichen, die Stadt zu verlassen, unter strenger Aufsicht jedoch, wie Erik wußte. Den Berichten zufolge, die Erik in der Nacht zuvor gelesen hatte, war die Vorstadt – der Teil der Stadt vor den alten Mauern – so gut wie verlassen. Die Wachtmeister dort hatten während der vergangenen Woche ein Dutzend Plünderer gefangengenommen und aufgehängt.

Ein Händler schob seinen Karren vorbei und bot lauthals das Essen feil, das er verkaufte. Erik dachte nur, der Mann würde noch vor Mittag all seine Waren verkauft haben. Je näher sie dem Palast kamen, desto dichter wurde der Verkehr. Erik gab Befehl, in Richtung Hafen zurückzureiten und es auf einem anderen Weg zu versuchen, um dem Gedränge zu entgehen.

Also ritten sie wieder auf den Hafen zu, und plötzlich stieß einer der Männer, die in den Häusern stationiert waren, einen entsetzten Ruf aus: »Götter! Seht euch das nur an!«

Erik konnte von der Straße aus nicht so weit gucken wie der Mann, doch er nahm an, daß der Kerl wohl die feindliche Flotte gesichtet hatte. »Was siehst du?« fragte er.

Der Soldat blickte zu ihm hinunter und entdeckte die Offizierszeichen an Eriks Waffenrock. »Schiffe, Sir! Es müssen Tausende sein.«

Erik zögerte nicht. Er gab seinem Pferd die Sporen und ritt so schnell, wie es die Sicherheit erlaubte, zum Palast. Natürlich befanden sich dort draußen keineswegs tausend feindliche Schiffe, doch nach vorsichtigen Schätzungen mußten es mindestens vierhundert sein.

Nicholas hatte ihnen am Eingang zur Straße der Finsternis übel zugesetzt, während auf der anderen Seite der Meerespassage eine Flottille aus Elarial von Süden her angegriffen hatte. Zur selben Zeit war ein Geschwader von Kriegsschiffen aus Durbin und Queg über die Vorhut hergefallen. James hatte Berichte und Schätzungen über die Anzahl der verbliebenen Schiffe von berittenen Kurieren erhalten, die alle paar Meilen das Pferd gewechselt hatten. Die Überfälle hatten die Flotte der Invasoren um ein Viertel dezimiert. Während manche über den angerichteten Schaden in Jubel ausgebrochen waren, hatte James nur darauf hingewiesen, daß vermutlich noch immer vierhundertfünfzig Schiffe Kurs auf Krondor hielten.

So würden in den nächsten Tagen anstelle von dreihunderttausend Soldaten nur zweihundertfünfundzwanzigtausend an Land gehen und über das Königreich herfallen. Erik verdrängte das überwältigende Bedürfnis, sich der Verzweiflung hinzugeben.

Er betrat den Palast durch das Seetor und warf die Zügel seines Pferdes einem Lakaien zu. »Ich brauche ein frisches Pferd!« rief er dem Mann zu und rannte zu seinem letzten Treffen mit Lord James und Marschall William.

Er fand sie im Besprechungszimmer, wo William und James die letzten Befehle für die Gebietskommandanten durchgingen, ehe diese in die jeweiligen Garnisonen entsandt wurden. Das Palasttor, durch das man die Stadt verlassen konnte, wurde offengehalten, damit Kuriere und Offiziere beim Aufbruch nicht von Aufständen der in Panik versetzten Bevölkerung aufgehalten wurden.

James stand daneben, während William Befehle ausgab. »Vermutlich werden innerhalb der nächsten Stunden Schiffe im Norden der Stadt anlanden.« Er deutete auf zwei Kommandanten, welche die Aufsicht über die Verteidigungsanlagen an der Küste direkt vor der Stadt übernehmen sollten. »Es ist Zeit, meine Herren, sich dorthin zu begeben. Viel Glück.«

Der Graf von Tilden und ein Junker, dessen Name Erik unbekannt war, salutierten und verließen den Raum. Erik hatte die Aufstellung der Truppen studiert, seit William ihm vor einigen Tagen eine Abschrift des Schlachtplans gegeben hatte. Die Adligen und ihre Abteilungen würden die Hauptlast der ersten Angriffe abfangen müssen. Von Sarth bis Krondor und von Krondor bis zu den kleinen Dörfern nördlich der Shandonbucht stand jeder Soldat, den Patrick für die Armeen des Westens hatte aufstellen können, bereit, um den Angriff der Invasoren zurückzuschlagen. Doch was sollten sechzigtausend Mann, von denen die Mehrheit aus kriegsunerfahrenen Soldaten bestand, gegen eine dreifache Übermacht kampfgestählter Krieger ausrichten? Der einzige Vorteil des Königreichs lag in Disziplin und Ausbildung, aber dies würde wohl erst eine Rolle spielen, wenn Krondor gefallen war.

Eriks erster Verdacht erwies sich nun als richtig: Krondor würde fallen. Er sah sich im Raum um; Greylock war bereits aufgebrochen, Calis ebenfalls. Greylock war zu den ersten Abteilungen unterwegs, die unter seinem Kommando standen, eine Kompanie, die sich aus Calis' Blutroten Adlern, Hadati-Kriegern und Fürstlich Krondorischen Spähern zusammensetzte. Überall in den Bergen nördlich und östlich der Stadt wimmelte es von erfahrenen Gebirgsjägern.

Der Generalplan sah vor, daß man den Feind bei der Eroberung von Krondor ausbluten lassen und so viele der Invasoren wie möglich töten wollte. Dann sollten sie auf dem Weg durch die Berge aufgerieben werden. Dort war jeder von Greylocks Männern so viel wert wie fünf Invasoren. Erik hatte ja schon in der Armee der Smaragdkönigin gekämpft; die meisten Söldner waren ganz brauchbare Infanteristen, und es gab auch eine anständige Kavallerie, doch Männer, die sich im Gebirge auskannten, hatte sie nicht unter ihrem Kommando. Einzig die Saaurreiter bereiteten Erik Sorge, denn wenn sie auch keine Gebirgsjäger sein mochten, so waren sie doch Krieger, denen die menschlichen Verteidiger des Königreichs nichts Entsprechendes entgegensetzen konnten. Zwar konnte sich Erik denken, daß sie die Mehrzahl ihrer Pferde auf der langen Seereise verloren hatten, denn das Futter würde in der ständigen Feuchtigkeit verfault sein und bei den Tieren Koliken ausgelöst haben. Zudem würden viele der Pferde nach einer sechsmonatigen Reise im Frachtraum eines Schiffes nicht mehr zu gebrauchen sein. Dennoch, vermutlich würden genug ihrer Reittiere übriggeblieben sein, um die Saaur zu einem gefährlichen Gegner zu machen. Und wer wußte schon, welche Magie der Feind einzusetzen wußte, damit die Pferde frisch blieben?

William wandte sich Erik zu. »Bereit?«

»Bereit oder nicht, unsere Truppen sind in Stellung. Als ich aus dem Hafen kam, wurde der Feind gesichtet.«

William ließ alles stehen und liegen und eilte zu dem großen Fenster, von dem aus man den Hafen sehen konnte. »Götter!« stöhnte er leise.

Erik und die anderen folgten ihm, und jeder zeigte auf seine Weise, wie überwältigend das Bild war, das sich jetzt bot. Gleichgültig, was in den Berichten gestanden hatte, auf diesen Anblick war keiner vorbereitet gewesen. Von der äußeren Seemauer bis hin zum Horizont, der gerade unter dem sich lichtenden Morgennebel erkennbar wurde, waren weiße Segel zu erkennen. Erik reckte den Hals und blickte, so weit er konnte, nach Norden. Überall, bis in die Ferne, Segel.

»Sie müssen schon seit gestern ausgeschwärmt sein«, vermutete William, wandte sich ab und eilte zurück zum Tisch. »Und sie werden wie eine Flutwelle über uns hereinbrechen.« Zu den Adligen im Raum sagte er: »Meine Herren, Ihr wißt, was zu tun ist. Mögen die Götter uns alle beschützen.«

Erik blickte sich unter den Anwesenden um. »Wo ist der Prinz?«

»Er hat den Palast gestern abend verlassen«, erklärte William. »Zusammen mit meiner Schwester, ihrem Sohn und ihren Enkeln.« Er lächelte Erik an. »Wir dürfen doch unseren Prinzen nicht verlieren, ausgerechnet jetzt, oder?«

Erik schüttelte den Kopf. »Lord James?«

»Ist in seinem Arbeitszimmer. Es scheint, als fühlte er sich zum Bleiben verpflichtet.«

Nachdem die Adligen sich verabschiedet hatten und aufgebrochen waren, meinte Erik: »Für mich gibt es hier nichts mehr zu tun, Sir.«

»Eine Sache noch«, erwiderte William und griff in seine Jackentasche. Er zog ein kleines Pergament hervor, das zusammengerollt und versiegelt war – das Wappen seines Amtes war in das Wachs gedrückt. »Wenn das alles vorbei ist, übergebt dies meinem Vater, falls es Euch möglich ist.«

Erik legte die Stirn in Falten. »Sir?«

William grinste. »Ich würde keinen Mann auf die Mauern schicken, wenn ich nicht selbst bereit wäre, den Platz einzunehmen, Erik.«

Einen Augenblick lang war Erik nicht in der Lage, sich zu rühren. Mit entsetzlicher Gewißheit wurde ihm bewußt, daß der Marschall des Königreichs die Absicht hegte, die Stadt nicht zu verlassen. Er schluckte heftig. Obwohl sie sich keineswegs nahestanden, bewunderte er den Mann doch für seine Ehrlichkeit, Tapferkeit und die kühle, klare Logik, mit der er eine Schlacht plante. Und an dem Abend, als er beim Marschall und seiner Familie zum Essen eingeladen worden war, hatte er auch Einblick in die persönliche Geschichte dieses Mannes erhalten. Das Gefühl eines großen Verlustes bemächtigte sich seiner, ohne daß er etwas dagegen tun konnte.

»Sir«, sagte er schließlich, »auf Wiedersehen.«

William reichte ihm die Hand. »Auf Wiedersehen, Hauptmann. Ein Großteil unserer Zukunft liegt in Euren Händen. Denkt nur stets an eines: Ihr seid zu mehr fähig, als Ihr glaubt.«

Erik schob die Pergamentrolle in seine Jacke und salutierte so zackig, wie er es nur hinbekam. Dann eilte er hinaus. Er lief zum Hof, wo ein frisches Pferd auf ihn wartete. Anders als jene, die durch das Tor hinauszogen, welches man von den Bürgern der Stadt freihielt, wandte er sich noch einmal dem Tor zu, das zum Hafen führte. Davor hielt eine Schwadron Fußsoldaten eine kleine Menschenmenge in Schach. Panik bemächtigte sich der Stadt, während sich die Nachricht von der heranziehenden Flotte ausbreitete. Einige der anderen Seelen, die unten am Wasser in der Nähe des Palastes wohnten, ersuchten um Einlaß in die Stadt. Erik hielt kurz an und brüllte: »Hier werdet ihr keine Zuflucht finden! Doch das Osttor ist noch offen. Entweder verlaßt ihr die

Stadt, oder ihr kehrt in eure Häuser zurück! Und jetzt gebt den Weg frei!«

Er drängte sein Pferd vorwärts, und die Bürger stoben auseinander, während seine Schwadron Reiter ihm folgte.

Erik ritt so schnell wie möglich durch die Stadt. Theoretisch wußte er, worin seine Aufgabe bestand, doch der Unterschied zwischen Theorie und Praxis wurde sehr bald offensichtlich. Er sollte den geordneten Rückzug der Verteidiger zu den vordersten Stellungen von Greylock im Osten der Stadt überwachen, die etwa einen halben Tagesmarsch jenseits der ersten Bauernhöfe lagen. Doch überall, wohin Erik sah, entdeckte er nur Chaos, und es war ihm schleierhaft, wie er auch nur ein wenig Ordnung in dieses Durcheinander bringen sollte. Dennoch, er hatte geschworen, seine Aufgabe zu erledigen oder bei dem Versuch zu sterben. Er gab seinem Pferd die Sporen und drängte sich in die Menge.

Jason schnappte sich alle Kontobücher, die ihm in die Finger kamen, und steckte sie in Leinensäcke, welche er den Jungen reichte, die bereitstanden, um sie zu den Wagen zu bringen. Roo hatte sich arg verschätzt, was die Zeit anbetraf, die noch bis zur Ankunft der Invasoren in Krondor blieb, und jetzt überwachte er, wie seine Angestellten das Geschäft leerräumten. Alles, was er zur Seite hatte bringen können – Gold, Kreditbriefe und andere Dinge von Wert –, war sicher auf seinem Anwesen versteckt. Dort warteten auch bereits zwei Wagen, die seine Frau, die Kinder und die Jacobys in den Osten bringen sollten. Hoffentlich hatte Sylvia auf seine Warnung gehört. Hoffentlich gesellte sie sich zu ihnen, ehe die bevorstehende Schlacht begann.

»Das war der letzte Sack!« rief Jason.

Roo, der auf einem frischen Pferd saß, rief zurück: »Bring die Wagen hier raus!«

Fünfzehn Wagen, die mit Roos sämtlichen beweglichen Gütern

beladen waren, fuhren von dem großen Hof hinaus auf die Straße. Menschen, die ihre Habe auf dem Rücken trugen, hasteten vorbei, andere rannten mit nichts als den Kleidern am Leib auf das Tor zu. Wilde Gerüchte kursierten – der Prinz sei tot, der Palast sei bereits eingenommen, alle Tore seien geschlossen und man säße in der Falle –, und Roo wußte, daß er die Wagen mit ihrer Fracht würde zurücklassen müssen, wenn er nicht bis Sonnenuntergang aus der Stadt heraus wäre.

Er hatte die besten privaten Wachleute angeheuert, die er hatte auftreiben können, doch es waren nicht viele, die in Krondor geblieben waren. Fast jeder Mann, der in der Lage war, ein Schwert oder einen Bogen zu halten, stand jetzt in den Diensten des Königs. Die zehn Söldner, die er hatte verpflichten können, waren alte Männer und Jungen. Immerhin waren die alten Männer erfahrene Veteranen und die Jungen kräftig und voller Begeisterung.

Peitschen knallten, während die Pferde die schwerbeladenen, unter dem Gewicht ächzenden Wagen anzogen. Roo versuchte, alles von Wert zu retten, Inventar, Werkzeuge und Möbel. Er hoffte noch immer, daß die Armee der Smaragdkönigin letzten Endes besiegt werden würde, und für diesen Fall wollte er vorsorgen, um nach dem Krieg so gut wie nur möglich neu anfangen zu können.

Roo fragte Jason, der nun auf dem vordersten Wagen saß: »Wo ist Luis?«

»Er ist losgezogen, um Duncan zu suchen, weil der nicht aufgetaucht ist. Ich glaube allerdings, daß er gar nicht mehr in der Stadt ist.«

»Weshalb?«

»Weil Duncan sagte, er müsse für dich eine Nachricht zu deinem Anwesen bringen oder so ähnlich.«

Roo runzelte die Stirn. Er hatte Duncan schon seit zwei Tagen nicht mehr zu Gesicht bekommen, und noch nie war er so verärgert über seinen Cousin gewesen. Stets aufs neue hatte er Duncan seine Ausschweifungen verziehen, doch jetzt, da die Invasoren vor der Tür standen, brauchte Roo jede Hand, die zupacken konnte. Wenn Duncan wieder einmal seinem Vergnügen nachjagte, war dies unentschuldbar. »Ich reite schon zu meinem Anwesen vor. Dort treffen wir uns.«

Roo würde die Fuhrleute heute nacht in seinem Haus beherbergen und sie morgen weiter nach Ravensburg schicken. In der kleinen Stadt sollten sich alle seine Arbeiter und Diener sammeln und, wenn der Feind erschien, weiter nach Salador ziehen. Roo wußte, was nur wenige andere je erfahren würden: falls es den Invasoren gelingen sollte, an Finstermoor vorbeizukommen, würden sie sich in Richtung Sethanon wenden, um ihr sagenhaftes Ziel zu erreichen – was immer das auch sein mochte. Dies hatte Calis seinen Männern vor langer Zeit in Novindus erzählt. Roo bezweifelte nicht, daß das Königreich seiner Aufgabe gewachsen sein würde; er hatte in der Armee der Invasoren eine Weile lang gedient, als Calis sie infiltriert hatte, und obschon sie der Anzahl nach weit überlegen war, fehlte ihr die Ausbildung der Männer des Königreichs.

Und dann fielen ihm die Saaur ein.

»Nein, wir machen es doch anders. Ihr zieht an meinem Anwesen vorbei und fahrt bis Einbruch der Dunkelheit«, wies er Jason an.

»Warum?« fragte dieser.

»Mir ist nur gerade ein Gedanke durch den Kopf geschossen. Ihr fahrt bis zu meinem Gasthaus in Chesterton und wartet dort. Falls du innerhalb eines Tages nichts anderes von mir gehört hast, brichst du mit den Männern nach Finstermoor auf. Dort wechselt ihr die Pferde und erledigt Reparaturen, sofern welche anfallen, und fahrt dann weiter nach Malacs Kreuz. Da wartet ihr auf mich, bis ich euch Nachricht sende.«

Jason schien die Änderung des Plans zu beunruhigen, doch er wandte nichts ein. Er nickte nur und sagte dem Fuhrmann, er solle weiterfahren.

Roo ritt voran und geriet bald in die Menschenmenge, die zu den Toren im Osten strömte. Er wollte schon umkehren, weil er einen Aufruhr fürchtete, als er Soldaten des Königs in einer Seitenstraße entdeckte. Und an ihrer Spitze erkannte er ein vertrautes Gesicht. »Erik!«

Erik zügelte sein Pferd. »Ich dachte, du hättest die Stadt gestern schon verlassen.«

»Hatte mich noch um zu viele Dinge zu kümmern«, antwortete Roo. »Meine Wagen sind hierher unterwegs, und dann geht es nach Osten.«

Erik nickte. »Eine weise Entscheidung. Du kannst mit uns zum Tor kommen, doch die Wagen müssen sich leider allein durchschlagen.«

Roo fragte, während sie weiterritten: »Wann schließen sie die Tore?«

»Bei Sonnenuntergang oder dann, wenn sich der erste Feind im Osten zeigt, je nachdem, welcher Fall früher eintritt.«

»So bald?« erwiderte Roo überrascht.

»Vor einer Stunde haben sie die äußere Seemauer angegriffen«, berichtete Erik, während er sein Pferd des Gedränges wegen langsamer gehen ließ. Von hier an war die Straße von Soldaten gesäumt, die Ordnung in das Durcheinander der Menschenmenge brachten. Jene, die die Pferde näher kommen hörten, versuchten auszuweichen, doch es gab nur wenig Platz, und so kamen Erik und seine Schwadron nur im Schrittempo vorwärts.

»Wohin bist du unterwegs?« wollte Roo wissen.

»Einfach nur raus hier«, erwiderte Erik. »Wenn die Tore geschlossen werden, bilde ich mit meinen Leuten die Nachhut hinter den Flüchtlingen.«

»Scheißaufgabe«, meinte Roo.

»Nicht so beschissen, wie in der Stadt zu bleiben«, gab Erik zurück.

»Von dieser Seite habe ich es noch nicht betrachtet«, meinte

Roo. Er hielt kurz inne und fragte dann: »Was ist mit Jadow und den anderen?«

Erik wußte, daß er die Handvoll Männer meinte, mit denen er und Roo jenseits des Ozeans unter Hauptmann Calis gedient hatten. »Sie sind bereits in den Bergen.«

»Was gibt es denn dort?«

»Das kann ich dir leider nicht sagen«, entgegnete Erik.

Roo dachte einen Augenblick darüber nach; er hatte Baumaterialien für den Prinzen an die eigentümlichsten Orte im Gebirge geliefert, außerdem Proviant und Ausrüstung. Ihm wurde klar, daß sich die besten Soldaten des Prinzen in den Bergen aufhielten, und er fragte: »Das Alptraumgebirge?«

Erik nickte. »Verrat es niemanden, aber in ungefähr einem Monat solltest du deine Familie von Finstermoor aus weiter nach Osten gebracht haben.«

»Verstanden«, antwortete Roo. Und dann tauchte vor ihnen das Tor auf. Direkt dahinter hatte ein Wagen eines seiner Räder verloren, und der Fahrer stritt sich mit den Wachen, die die Pferde losmachen und den Wagen aus dem Weg ziehen wollten. Der Fahrer jedoch bestand darauf, das gebrochene Rad zu reparieren.

Erik ritt hin. »Feldwebel!«

Der Mann wandte sich um und erkannte einen Offizier im Schwarz der Spezialeinheit des Prinzen. »Sir!«

»Hört mit den Streitereien auf und schafft den Wagen aus dem Weg.« Fußgänger konnten zwar noch vorbei, doch hinter dem liegengebliebenen Wagen stauten sich bereits andere.

Der Fahrer war außer sich. »Sir! Meine gesamte Habe befindet sich darauf!«

»Tut mir leid«, erwiderte Erik und winkte einige Soldaten herbei, die erst den Mann fortzerren und dann den Wagen an den Straßenrand ziehen sollten. »Wenn Ihr ihn dort drüben reparieren könnt, habt Ihr Glück gehabt. Aber so haltet Ihr den ganzen Verkehr auf.«

Erik ritt zu Roo zurück. »Mach dich sofort auf, Roo.«

»Wieso?«

Erik zeigte nach Norden, und Roo sah den Staub. Seine Nackenhaare sträubten sich. »Es gibt nur eine Sache, die soviel Staub aufwirbeln kann.«

»Entweder ist es die größte Kavallerieabteilung diesseits von Kesh«, meinte Erik, »oder es sind die Saaur!«

Roo lenkte sein Pferd auf die Straße nach Osten und trieb es zum Galopp an.

Erik wandte sich an einen der Soldaten, die bei ihm standen. »Benachrichtige den Palast, daß wir aus Norden Besuch bekommen.« Er betrachtete die Staubwolke. »Sie werden in einer Stunde hier sein.«

Daraufhin ging Erik zum Kommandanten am Tor. »Macht Euch bereit, das Tor jederzeit zu schließen.«

»Jawohl, Sir«, kam die Erwiderung.

Erik ritt eine Viertelmeile nach Norden hinaus, wo eine Kompanie schwerer Lanciere postiert war und von zwei Schwadronen Bogenschützen verstärkt wurde. »Leutnant!«

»Sir«, antwortete der Anführer der Fürstlich Krondorischen Lanzenreiter.

»In ungefähr einer Stunde werden einige verdammt große Eidechsen auf riesigen Pferden von Norden her kommen. Werden Eure Männer mit ihnen fertig werden?«

Der Leutnant grinste. »Große Ziele sind einfacher zu treffen, nicht wahr, Sir?«

Erik grinste zurück. Der junge Offizier war vermutlich ein paar Jahre älter als er selbst, doch Erik fühlte sich wie ein alter Mann, als er seine Begeisterung spürte. »Das ist der richtige Geist«, sagte er.

Dann wendete er mit seiner kleinen Patrouille und ritt gen Süden, wo eine weitere Abteilung Lanciere wartete. Diese schickte er der Gruppe im Norden als Verstärkung. Was immer aus Süden kommen mochte, stellte längst keine so große Bedrohung dar wie ein Angriff der Saaur. Und mit menschlichen Feinden würden die Männer in der Stadt fertig werden.

Plötzlich schien sich der Himmel zu öffnen, und ein Heulen hub an, bei dem sich Erik und jeder andere Mann in der Nähe vor Schmerz die Ohren zuhielten. Das Heulen hielt an, während Reiter versuchten, ihre aufgeregten Pferde zu besänftigen, die laut wieherten und durchgehen wollten. Mehrere Lanzenreiter wurden aus dem Sattel geworfen.

Nach einer Minute hörte das Heulen auf, doch immer noch klingelten Erik die Ohren. »Was war das?« hörte er einen Soldaten fragen.

»Ich habe keine Ahnung«, erwiderte Erik.

William und James traten auf einen der Balkone des Palastes hinaus und blickten zum Hafen hinunter, als das seltsame Heulen gerade verhallte. Eine riesige Staub- und Dampfsäule stieg an der Hafenmündung auf. Ein blendend heller Blitz hatte den Lärm begleitet, und obwohl sie sich zu dem Zeitpunkt im Inneren des Palastes befunden hatten, mußten sie blinzeln, weil ihre Augen vom grellen Licht tränten. Die Männer unten auf den Mauern tasteten blind herum und schrien nach jemandem, der sie führen sollte.

Soldaten rannten durch den Palast und brüllten Befehle, denn der Lärm war nur die Begleiterscheinung einer Explosion gewesen, die selbst den abgebrühtesten Veteranen erschüttert hatte. »Was war das?« fragte William.

»Sieh nur!« James zeigte zur Hafenmündung.

Das aufgewühlte Wasser im äußeren Hafenbecken schien wieder ruhig zu werden, doch dahinter erhob sich eine riesige Welle von Schaum und Schutt und rollte auf die Anleger zu. Und auf dem Kamm dieser Wellen ritten große Schiffe, die alle Soldaten trugen.

»Sie sind schon im Hafen!« rief William. »Verdammt! Ich dachte, wir könnten sie mindestens eine Woche draußen halten.«

»Wie auch immer sie das angestellt haben, die beiden Seemauern sind verschwunden«, stellte James fest.

William fluchte. »Ich hatte tausend Männer auf diesen Mauern.«

»Das wär's dann wohl mit den Fallen, die du im Kanal vorbereitet hast.«

William nickte. »Die müssen mit fortgefegt worden sein, als der Feind die Verteidigungsanlagen zerstört hat. Aber wie?«

»Ich weiß es nicht«, gab James zurück. »Ich habe mitangesehen, wie Guy du Bas-Tyra während der Großen Erhebung Armengar mit fünfundzwanzigtausend Fässern Naphtha in die Luft gejagt hat, doch jene Explosion konnte man meilenweit sehen. Hierbei hat es sich um etwas anderes gehandelt.«

»Vielleicht Magie?« fragte William.

Trocken erwiderte James: »Wenn ich bedenke, wo du aufgewachsen bist, solltest du das eigentlich besser wissen als ich.«

William wandte sich ab. »Wir haben die Studenten in Stardock nicht ermuntert, Sachen in die Luft zu jagen. Das stört nur die Ruhe.« Er eilte zu den wartenden Boten, die bereitstanden. Dem ersten sagte er: »Allgemeiner Befehl Nummer fünf. Sie sind in der Stadt.«

William kehrte zu James zurück und beobachtete, wie die fremden Invasoren in seine Stadt einfuhren. »Ich werde nicht zulassen, daß das geschieht«, sagte der Herzog.

»Es ist bereits geschehen.« William legte seinem Schwager die Hand auf die Schulter.

»Was war noch einmal der allgemeine Befehl Nummer fünf?«

»Wir schließen die Tore im Osten. Feuer frei auf alles, was sich der Stadt von Westen her nähert. Häuserkampf in den ersten drei Straßen am Hafen«, erklärte William.

James warf William einen Blick zu. »Hast du alle rausgebracht?«

William wußte, wen James mit ›alle‹ meinte: seine Schwester, ihren Sohn und die beiden Enkel. James hatte es William überlassen, für ihre Sicherheit zu sorgen. »Sie sind aus der Stadt. Gestern abend sind sie in einer Kutsche aufgebrochen.«

»Dann ist es an der Zeit, auf Wiedersehen zu sagen«, meinte James.

William sah seinem Schwager in die Augen. So viel hatten sie gemeinsam erlebt, seitdem William seinen Dienst als junger Leutnant in der Leibwache des Prinzen angetreten hatte. James hatte seinerzeit auf die beiden wilden Zwillinge aufgepaßt, Borric und Erland, die heute König beziehungsweise Prinz waren.

»Wie lange ist es her? Dreißig Jahre?« fragte James.

»Fast schon vierzig.« Sie umarmten sich.

Als sie sich voneinander trennten, sagte James: »Nur schade, daß du nie jemanden gefunden hast.«

»Habe ich doch, einmal«, gab William zurück.

James schwieg. Er konnte sich noch an die Magierin aus Kesh erinnern, die William als junger Mann geliebt hatte, bis sie viel zu früh verstorben war.

»Ich beneide dich um Arutha und die Jungen«, sagte William.

James erwiderte darauf nur: »Ich muß gehen.«

»Falls ich es irgendwie schaffen sollte, hier lebend herauszukommen, werde ich noch einmal darüber nachdenken, ob ich mir eine gute Frau suchen und mich zur Ruhe setzen soll, das verspreche ich dir«, sagte William.

James lachte. Abermals umarmte er seinen Schwager. »Wir sehen uns in Finstermoor oder in der Hölle.«

»Das eine ist so gut wie das andere.« William gab James einen leichten Stoß in Richtung Tür.

Der Herzog eilte davon, so schnell es ihm seine alten Beine erlaubten. Draußen wartete ein Trupp Soldaten auf ihn, die ohne Ausnahme schwarze Hemden, Hosen und schwarzgestrichene Kettenhemden trugen. Keiner von ihnen trug Rangabzeichen, und schweigend folgten sie James zu seinem Amtszimmer. Dort legte der Herzog die Insignien seines Amtes ab: die goldene Kette mit dem Siegel des Herzogs von Krondor, mit dem Dekrete für das Fürstentum beglaubigt wurden, und den herzoglichen Ring. Beides plazierte er auf seinem Schreibtisch. Dann wandte er sich an einen der Soldaten: »Im Audienzsaal des Prinzen hängt ein Schwert über dem Kamin. Hol es mir bitte.«

Der Soldat lief los, während sich James auszog und die gleiche Kleidung wie die Soldaten anlegte. Als er damit fertig war, kehrte der Soldat mit dem Schwert zurück. Es war ein altes Rapier, in dessen Stärke ein eigentümlicher Gegenstand, ein winziger Kriegshammer, eingearbeitet war.

Er tat das Schwert zu den anderen Sachen und wickelte Schwert, Ring, Kette mit Siegel und einen Brief, den er in der vergangenen Nacht geschrieben hatte, zu einem Bündel zusammen und reichte es einem Soldaten in der Uniform der prinzlichen Leibgarde. »Überbring dies Lord Arutha in Finstermoor.«

»Jawohl, mein Lord«, erwiderte die Wache und eilte davon.

Zu den übrigen Soldaten, den schweigenden Männern in Schwarz, sagte James: »Es ist an der Zeit.«

Sie verließen das Amtszimmer und eilten nach unten in die Katakomben des Palastes, lange Wendeltreppen hinunter in die Tiefen des Kerkers. An den Zellen vorbei gingen sie zu einer scheinbar nackten Wand. »Packt hier an und hier«, wies James die Männer an, »und schiebt sie hoch.« Zwei Soldaten taten wie geheißen, und die Wand glitt ohne Mühe hoch in die Decke. Hinter der falschen Wand kam eine Tür zum Vorschein. Zwei Soldaten drückten sie auf; nach all den Jahren der Ruhe protestierte sie zwar quietschend, öffnete sich jedoch. Hinter ihr führte eine lange Treppenflucht weiter nach unten. Laternen wurden angezündet, zwei Soldaten gingen voraus, und James folgte ihnen. Als der letzte der acht Soldaten durch die Tür getreten war, wurde sie geschlossen, wodurch die falsche Wand wieder in ihre ursprüngliche Position fiel.

Die Männer eilten die Treppe hinunter und erreichten eine weitere geschlossene Holztür. Einer der Männer lauschte daran. »Alles ruhig, mein Lord.«

James nickte. »Mach sie auf.«

Der Mann folgte dem Befehl, und plötzlich hörte man das Plätschern von Wasser. Unter der alten Zitadelle, dem zentralen Teil des Palastes von Krondor, führte eine unterirdische Wasserstraße aus der Stadt in die Bucht. Der Geruch, der an diesem Ort herrschte, verriet jedermann, was alle bereits wußten: dieser Kanal gehörte zum Abwassersystem der Stadt, das sich vielleicht eine Meile von hier entfernt zur Bucht hin öffnete.

Ein neues Boot schaukelte an dem steinernen Anleger, und die acht Soldaten stiegen hinein, wobei sie in der Mitte Platz für den Herzog ließen. James stieg als letzter ein. »Los«, sagte er.

Das Boot wurde von dem Anleger abgestoßen, und die Männer begannen zu rudern, doch nicht in Richtung Bucht, sondern gegen die Strömung zurück in die Abwasserkanäle der Stadt.

Als sie in einen Kanal einbogen, der doppelt so hoch war wie ein Mann, murmelte James in sich hinein: »Jimmy die Hand kehrt heim.«

Drei

Gefechte

Erik gab ein Zeichen.

»Dort drüben!« rief er.

Die Männer wendeten die Pferde und griffen an. Die Schlacht um die Stadt wütete seit dem gestrigen Tag vor dem nördlichsten Tor in der Ostmauer. Die Invasoren waren jedoch schlecht organisiert, während sie von Bord der Schiffe an Land gingen.

Eriks Abteilung war zweimal angegriffen worden, einmal bei Sonnenuntergang, und dann, von einer großen Einheit Saaurreiter, am Morgen. Mit Freude hatte Erik zur Kenntnis genommen, daß die Pferde der Saaur ungeachtet ihrer Größe von den Strapazen der Reise genauso mitgenommen waren wie die Tiere, auf denen Menschen ritten. Und zum ersten Mal, soweit sie zurückdenken konnten, standen die Saaur nicht einfach nur menschlichen Söldnern gegenüber, sondern richtigen Soldaten, den schweren Lanzenreitern des Königreichs, und die Wucht der Attacke dieser disziplinierten Gegner mit ihren vier Meter langen und eisenverstärkten Lanzen hatte die Saaur in die Flucht geschlagen. Erik wußte zwar nicht, ob sich dies zum Wohl des gesamten Feldzugs auswirken würde, doch immerhin hob der Sieg über die Eidechsenmenschen die Moral seiner Männer.

Jetzt hatten sie es mit einer Kompanie menschlicher Söldner zu tun, und obschon diese lange nicht so furchterregend waren wie die Saaur, erwies sich der Kampf gegen sie wegen ihrer schieren Masse als wesentlich schwieriger. Außerdem waren sie noch verhältnismäßig frisch, während Eriks Männer in den letzten zwölf Stunden bereits zwei Gefechte ausgetragen hatten.

Doch als sich nun von Süden her Nachschub näherte, gelang es Eriks Einheit, die Invasoren, die in den Wald im Norden flohen, zurückzudrängen. Erik wandte sich um und suchte nach seinem Stellvertreter, einem Leutnant namens Gifford. Er winkte den Mann zu sich. »Verfolgt sie, aber haltet Euch auf Schußweite von den Bäumen fort. Ich möchte nicht, daß Ihr in irgendwelche Hinterhalte geratet. Dann kommt Ihr mit den Männern zurück und bringt sie wieder in Stellung. Ich reite währenddessen zum Tor und frage nach, ob es neue Befehle gibt.« Der Leutnant salutierte und ritt davon, um seinen Auftrag auszuführen.

Erik trieb sein erschöpftes Pferd die Straße entlang auf das Tor zu, vorbei an mit Brettern vernagelten Häusern, die aussahen, als würden ihre Besitzer erwarten, zurückzukehren und sie unversehrt vorzufinden, gerade so, als würde nur ein Sturm über Krondor hinwegfegen. Andere Häuser hatte man offensichtlich aufgegeben, denn ihre Türen standen offen. Ein steter Strom Flüchtlinge zog über die Straße in die Richtung, aus der Erik kam, und immer wieder mußte er die Leute mit lauten Rufen aus dem Weg scheuchen.

Allein die nahezu panische Stimmung der Flüchtlinge verriet Erik, daß er nun vermutlich zum letzten Mal Befehle holen würde. Er brauchte fast eine halbe Stunde für eine Entfernung, die er unter normalen Umständen in einem Drittel der Zeit zurückgelegt hätte, und als er das Tor erreichte, bemerkte er dort hektische Aktivität.

Zwei weitere Wagen hatte man inzwischen von der Straße geschoben, einen davon in den kleinen Fluß, der neben der Straße in die Stadt hineinfloß, durch die Abwasserkanäle strömte und schließlich in der Bucht mündete. Abwesend fragte sich Erik, ob einer der Wagen Roo gehören mochte. Doch vermutlich waren Roos Wagen alle heil aus der Stadt herausgekommen, noch bevor die Kämpfe gestern bei Sonnenuntergang begonnen hatten, und nun sicher auf dem Weg nach Finstermoor.

Als Erik nahe genug war, rief er: »Feldwebel Macky!«

Der befehlshabende Feldwebel drehte sich um und sah nach, wer ihn da gerufen hatte. Als er Erik entdeckte, rief er zurück: »Sir?«

»Irgendwelche Befehle?«

»Nein, Sir. Alles wie gehabt«, war alles, was der Mann sagte, ehe er sich wieder seiner Aufgabe widmete, unter den Menschen, die durch das Tor drängten, Ordnung zu schaffen.

»Viel Glück, Feldwebel!« rief Erik noch.

Der Soldat, ein alter Haudegen, mit dem Erik und andere Mitglieder der Blutroten Adler gelegentlich das eine oder andere Bier getrunken hatten, erwiderte: »Euch auch. Wir können eine Menge davon brauchen.«

Erik hätte viel für ein frisches Pferd gegeben, doch in die Stadt wollte er sich nicht wagen. Eher würde er sich zu seinem Befehlsstand aufmachen und sehen, ob er sich nicht dort ein ausgeruhtes Tier beschaffen konnte. Den Nachschub an Pferden hatte er weit von den wahrscheinlichsten Kampfplätzen entfernt unterbringen lassen, wo die Tiere sicher waren – jedoch auch schlecht zu erreichen.

Er drängte sich abermals durch die Masse der Flüchtlinge aus der Stadt. Obwohl er den Plan kannte, fragte er sich, ob er je so grausam wie der Prinz und der Herzog sein könnte. Viele von jenen, an denen er jetzt vorbeikam, würden den Angriffen der Smaragdkönigin auf die Königsstraße zum Opfer fallen. Erik konnte sie nicht alle beschützen.

Am Rande der Vorstadt erreichte er seine Männer, die im Schatten eines Baumes ausruhten. »Bericht!« forderte er einen von ihnen auf, und der Soldat erhob sich. »Wir wurden nochmals angegriffen, Hauptmann. Sie kamen aus den Bäumen und haben sich arg gewundert, als wir Pfeile auf sie hageln ließen.« Er zeigte zu den fernen Bäumen. »Leutnant Jeffrey ist irgendwo dort drüben.«

Es dauerte einen Moment, bis Erik das Gesicht zu dem Namen Jeffrey vor Augen hatte, und plötzlich wurde ihm bewußt, wie groß sein Kommando inzwischen geworden war. Im ersten halben Jahr hatte er noch jeden neuen Mann persönlich kennengelernt, doch während der vergangenen zwei Monate hatte sich die Armee des Prinzen durch Einheiten von der Fernen Küste, aus Yabon und aus dem Osten verdoppelt. Viele der Männer, deren Überleben von ihm abhing, waren Fremde, während die Soldaten, die er selbst ausgebildet hatte, bereits in den Bergen östlich von hier Posten bezogen hatten.

Er ritt weiter und fand den Leutnant kurze Zeit später. Der Soldat, der den Wappenrock von LaMut trug, einen Wolfskopf auf blauem Grund, salutierte. »Hauptmann, diese Einheit ist in uns reingestolpert, ohne daß sie etwas von uns geahnt hätte.«

Erik betrachtete die Leichen, die überall in dem offenen Gelände südlich der Bäume verteilt lagen. »Sie schicken ihre Kompanien ohne jede Koordination los«, stellte er fest. »Die Saaur und die anderen Kompanien, mit denen wir es gestern zu tun hatten, haben noch nicht weitergegeben, daß wir hier auf sie warten.«

»Aber das kann doch nicht mehr lange dauern, oder?«

Erik erinnerte sich an seine eigenen Erfahrungen in der Armee der Königin. »Bis zu einem gewissen Punkt doch. Ihnen fehlt ganz einfach die innere Kommunikationsstruktur und Disziplin, wie wir sie haben, doch sind sie uns zahlenmäßig überlegen, und wenn sie zuschlagen, werden sie richtig zuschlagen.«

Mit einem Blick auf den Stand der Nachmittagssonne fuhr er fort: »Schickt einen Boten zu unserer Reserve und holt zwei Kompanien, die Eure Männer ablösen, hier und«, er zeigte auf die Banner der Lanzenreiter, die im Wind flatterten, »dort. Und sagt den Lanzenreitern, sie müssen noch ein paar Stunden durchhalten.«

»Haben wir sie zurückgeschlagen?«

Erik lächelte. Der ältere Leutnant aus LaMut wußte es sicherlich besser. Er wollte nur wissen, aus welchem Holz dieser junge Hauptmann geschnitzt war, von dem er Befehle entgegennehmen mußte. »Wohl kaum«, erwiderte Erik. »Das ist nur die Ruhe vor dem Sturm. Und die sollten wir zu unserem Vorteil ausnutzen.«

Ehe der Leutnant wegtrat, fragte er noch: »Und was ist mit diesen Schlangenpriestern?«

»Ich weiß es nicht, Leutnant«, antwortete Erik. »Doch es wird uns kaum entgehen, wenn sie kommen.«

Jeffrey salutierte, und als er ging, rief Erik ihm noch hinterher: »Und bringt mir ein frisches Pferd!«

Miranda flüsterte kaum vernehmbar: »Da ist etwas vor uns.«

Ihr Vater stand hinter ihr; Schweißperlen standen ihm auf der Stirn, während er hart daran arbeitete, den Unsichtbarkeitszauber um sie herum aufrechtzuerhalten. Sie hatten den Spalt entdeckt, der zur Welt Shila führte, und Miranda untersuchte ihn und versuchte herauszufinden, was sie auf der anderen Seite zu erwarten hätten. Wenn sie dem Glauben schenkten, was Hanam ihnen erzählt hatte, würden sie vermutlich äußerst wütenden Dämonen direkt in die Arme laufen, wenn sie einfach hindurchgingen.

Sie traten bis auf Sichtweite an das Spaltportal heran, welches dem gewöhnlichen Auge wie eine schlichte Wand erscheinen mochte. Für Macros und seine Tochter waren die magischen Energien in diesem Bereich jedoch deutlich zu erkennen. »Jemand wollte es von dieser Seite aus versiegeln«, stellte Macros fest.

Miranda erkundete den Spalt mit ihren magischen Sinnen. Auf der anderen Seite konnte sie etwas wahrnehmen, und sofort zog sie sich ins Dunkel zurück. »Du brauchst den Zauber jetzt nicht mehr aufrechtzuerhalten. Hier ist niemand.«

Macros beendete den Unsichtbarkeitszauber.

»Was sollen wir nun machen?« fragte Miranda.

Indem ihr Vater sich auf dem Boden niederließ, antwortete er: »Wir werden versuchen, uns heimlich durch den Spalt zu stehlen, oder wir kämpfen uns durch, oder wir suchen einen anderen Weg nach Shila.«

»Die beiden ersten Möglichkeiten klingen nicht so verlockend, vor allem die zweite nicht«, meinte Miranda. »Was hältst du von der dritten?«

»Falls es noch einen Weg nach Shila durch den Gang zwischen den Welten geben sollte, müßte Mustafa der Wahrsager davon wissen«, erwiderte Macros.

»Taberts Wirtshaus?« fragte Miranda.

»Das ist so gut wie jeder andere Eingang«, gab Macros zurück. »Ich bin müde. Kannst du uns dorthin bringen?«

Miranda legte besorgt die Stirn in Falten. »Du bist müde?«

»Vor Pug würde ich das niemals zugeben«, sagte Macros, »doch ich vermute, daß ich wieder zu einem Sterblichen geworden bin, als er mich Sarig entrissen hat. Der größte Teil meiner Kraft stammte vom toten Gott der Magie, und nachdem diese Verbindung unterbrochen wurde ...« Er zuckte mit den Schultern.

»Na, das kommt ja genau zur richtigen Zeit!« brauste Miranda auf. »Wir haben es mit einem Dämonenkönig zu tun, und du bekommst plötzlich Alterswehwehchen.«

Macros zog eine Grimasse, während er sich erhob. »Ich brauche noch lange keinen Haferschleim und kein Lätzchen, meine liebe Tochter. Wenn es sein müßte, könnte ich immer noch diesen Berg versetzen.«

Miranda grinste nur, nahm seine Hand und brachte sie beide zu dem Gasthaus in LaMut. Die Gäste bei Tabert waren ein wilder Haufen, doch sie sprangen bis zum letzten Mann auf und wichen zurück, als der Zauberer und seine Tochter plötzlich wie aus dem Nichts vor dem Tresen auftauchten.

Tabert stand dahinter und zog kaum die Augenbrauen hoch, als Miranda sagte: »Wir brauchen deine Vorratskammer.«

Der Wirt seufzte, als wolle er fragen, welche Geschichte er sich jetzt wieder ausdenken sollte, um diesen Zauber zu erklären, doch er nickte. »Viel Glück!« wünschte er ihnen noch.

Die beiden eilten in das Hinterzimmer. Miranda führte Macros eine Treppe hinunter und einen schmalen Gang entlang. Am Ende des Gangs befand sich eine Nische, die durch einen schlichten Vorhang abgetrennt war, der von einer Metallschiene herabhing. Dieses Portal hatte Miranda auch benutzt, als sie zum ersten Mal den Gang zwischen den Welten betreten hatte. Sie zogen den Vorhang beiseite, und als sie über die Schwelle traten, befanden sie sich bereits im Gang zwischen den Welten.

»Ich kenne nur den langen Weg zum Ehrlichen John«, erklärte Miranda und zeigte nach links. »Kennst du eine Abkürzung?«

Macros nickte. »Hier entlang«, sagte er und deutete in die entgegengesetzte Richtung.

Sie eilten los.

William beobachtete die Schlacht von seinem Aussichtspunkt aus. Die Verteidiger am Hafen hatten begonnen, auf die Schiffe zu schießen, die sich aufs Ufer zubewegten. Geschickt versteckte Ballistas und Katapulte hatten drei Schiffe versenkt, die zu nahe herangekommen waren, doch die Flotte ließ sich davon nicht aufhalten.

Eines von Williams wertvollsten Besitztümern war ein Perspektiv, welches ihm Herzog James vor Jahren geschenkt hatte. Wie jedes gute Fernrohr vergrößerte es Gegenstände auf ein Dutzendfaches ihrer eigentlichen Größe, doch es besaß noch eine weitere, höchst ungewöhnliche Eigenschaft: es konnte Illusionen enthüllen. James, der sich schlicht geweigert hatte, die Herkunft dieses Fernrohrs preiszugeben, hatte ihm niemals verraten, wie er in den Besitz dieses Gegenstandes gekommen war.

William nahm das Kommandoschiff ins Visier und sah den entsetzlichen Dämon, der mittschiffs auf dem Deck hockte. Trotz seiner Abscheu betrachtete er die Kreatur eingehend. Alle in seiner Nähe wurden mit Hilfe magischer Ketten unter Kontrolle gehalten.

Der Gesichtsausdruck des Dämons war schwierig zu deuten, ihm fehlten jegliche menschlichen Züge. Pug hatte Prinz Patrick, James und William davor gewarnt, was der Tod der Smaragdkönigin und die Übernahme ihres Platzes durch einen Dämon mit sich brachte, doch dieses Wissen war nur einer Handvoll Offiziere offenbart worden. Nach Williams und James' Auffassung hatten ihre Männer bereits genug Sorgen, als daß sie sich zusätzlich noch vor der Macht eines Dämonenlords ängstigen sollten.

William drehte das Glas um neunzig Grad, und der Dämon verschwand. Statt dessen saß nun die Illusion einer Frau dort, die in ihrer Majestät und Schönheit auf seltsame Weise fast noch furchterregender war als der Dämon, der seinen Zorn und seinen Haß nicht vor der Welt verbarg.

Abermals stellte er das Fernrohr so ein, daß er durch die Illusion hindurchsehen konnte, und wieder erschien der Dämon. Dann nahm er das Perspektiv vom Auge.

»Befehle«, sagte er ruhig, und einer der Palastpagen trat vor. Die Junker dienten unten auf den Mauern verschiedenen Offizieren als Adjutanten, während die Pagen Botendienste erledigten. Einen Augenblick lang betrachtete William das Gesicht des Jungen, der mit Eifer seine Befehle überall hintragen würde. Der Junge konnte kaum älter als dreizehn oder vierzehn Jahre sein.

Kurz war William versucht, dem Jungen zu sagen, er solle fortlaufen, solle die Stadt verlassen, so schnell ihn seine jungen Beine trugen, dann sagte er: »Teil dem Hafenkommando mit, sie sollen warten, bis die Feinde näher gekommen sind. Wenn das große Schiff mit dem grünen Rumpf in Schußweite ist, sollen sie feuern, was das Zeug hält. Das ist ihr Kommandoschiff, und ich will, daß es versenkt wird.«

Der Junge lief davon, und William wandte sich wieder um. Es

war wahrscheinlich eine vergebliche Geste; das Schiff des Dämons war vermutlich von allen Schiffen der Flotte am besten geschützt.

In kurzer Folge trafen immer wieder Berichte ein, denen zufolge der Feind an der ganzen Küste gelandet war; Einheiten der Kavallerie waren am nördlichsten Tor mehrfach angegriffen worden. William bedachte seine Möglichkeiten und rief einen weiteren Boten herbei. Als der Junge sich bei ihm meldete, trug ihm William auf: »Lauf runter in den Hof und sag einem der Reiter dort, er solle einen Befehl zum Osttor bringen. Das Tor soll geschlossen werden.«

Indem sich der Junge umdrehte, fügte William hinzu: »Page!«

»Sir?«

»Du nimmst dir ein Pferd und reitest mit dem Kurier; verlaß die Stadt und teil Hauptmann von Finstermoor mit, es sei an der Zeit, sich nach Osten aufzumachen. Du bleibst bei ihm.«

Der Junge zeigte sich überrascht, als man ihm auftrug, die Stadt zu verlassen, doch er antwortete nur: »Sir«, und lief davon.

Ein Hauptmann der Fürstlichen Wache sah den Marschall an, der jedoch nur den Kopf schüttelte. »Wenigstens einer von ihnen wird so vielleicht gerettet«, meinte William.

Der Hauptmann nickte grimmig. Die feindliche Flotte griff den Hafen an. Leinen wurden von den Schiffen ausgeworfen. Die Männer an der Reling versuchten, mit den Schlaufen die Klampen an den Anlegern zu treffen. Pfeile hagelten auf jeden nieder, der sich nicht mit einem Schild schützte. Soldaten der Invasoren fielen ins Wasser, von unzähligen Schäften durchbohrt.

Doch dann hatte das erste Schiff an Land festgemacht, schließlich ein zweites, und an den Seilen wurden sie auf die Anleger zugezogen. Die einzige Stelle, an der sie nicht näher kommen konnten, war dort, wo zuvor die drei Schiffe versenkt worden waren. Anderen Schiffen wurden Leinen zugeworfen, und nun erkannte William ihren Plan. Ursprünglich hatten sie geglaubt, es würde eine lange Belagerung geben, nachdem dieser Teil der Stadt unter Kontrolle wäre. Doch nun sah er, daß sie nicht den Versuch unternehmen würden, leere Schiffe wieder von den Anlegern fortzubringen.

Nur einige wenige Schiffe würden überhaupt anlegen und den Schiffen weiter draußen als Schild dienen. Man würde sich Enterhaken zuschleudern, und bald wären alle Schiffe miteinander vertäut. Ein regelrechtes Floß aus Schiffen würde sich über die ganze Bucht ausbreiten, eine Plattform, über die Tausende von Soldaten von Deck zu Deck laufen und schließlich an den Anlegern von Krondor von Bord gehen würden, über die ganze Breite der Hafenanlagen. Es war ein riskantes Manöver, denn sollte es den Verteidigern gelingen, auch nur ein Schiff in Brand zu setzen, wären alle Schiffe in Gefahr.

Als das Schiff der Königin nahe genug herangekommen war, wurden alle Kriegsmaschinen abgefeuert. Hundert schwere Felsbrocken flogen durch die Luft, begleitet von einem Dutzend brennender, feuerölgetränkter Heuballen. Wie William vermutet hatte, prallten alle Geschosse an einer unsichtbaren Barriere ab. Mit Genugtuung beobachtete er, wie einer der größeren Felsbrocken auf eines der ungeschützten Nachbarschiffe zurückfiel und dort unter den auf Deck dicht zusammengedrängten Soldaten viele Opfer forderte.

William drehte sich um und wollte den Befehl geben, so viele der vorderen Schiffe wie möglich in Brand zu schießen. In diesem Augenblick erhoben sich über die gesamte Länge des Balkons explosionsartig Flammen. William wurde zurückgeworfen, als hätte ihn der Schlag einer blendendhellen Hand aus reinem Feuer getroffen, und er ging wie betäubt auf dem Balkon zu Boden. Er blinzelte, weil ihm die Augen tränten; er konnte kaum mehr etwas erkennen, alles war irgendwie rot gefärbt.

Dann wurde ihm bewußt, daß seine Augen verbrannt waren und bluteten. Nur aus einem einzigen Grund war er nicht erblindet: Weil er sich im Augenblick des Angriffs gerade umgedreht hatte. Er tastete umher und sah eine unscharfe Gestalt neben sich, die stöhnte, als er sie berührte. Schließlich hoben ihn zwei Hände hoch, und eine Stimme fragte: »Marschall?«

Er erkannte die Stimme eines der Pagen, die im Zimmer gestanden hatten. »Was ist passiert?« fragte William heiser und krächzend.

»Entlang der ganzen Mauer sind Flammen explodiert, und alle ... alle sind verbrannt.«

»Hauptmann Reynard?«

»Ich glaube, er ist tot, Sir.«

Im Gang vor dem Zimmer waren Rufe zu hören, und dann kamen Männer hereingestürmt. »Wer ist da?« William konnte nur noch schattenhafte Umrisse erkennen.

»Leutnant Franklin, mein Lord.«

»Wasser, bitte«, sagte William, und er spürte, wie ihn der Leutnant von dem Pagen übernahm, aufrichtete und zu einem Stuhl führte. In die Nase stach ihm der Gestank seiner eigenen verbrannten Haare und Haut, und gleichgültig, wie oft er blinzelte, trübten die roten Tränen weiter seine Sicht.

Als er saß, bat er den Leutnant: »Sagt mir, was gerade passiert.«

Der Leutnant lief zum Balkon. »Sie schicken ihre Männer an Land. Wir empfangen sie mit einem mörderischen Pfeilhagel, doch sie kommen voran, Sir.«

Der Page brachte eine Schale mit Wasser und ein sauberes Tuch, welches sich William vors Gesicht drückte. Der Schmerz war unsäglich, doch mit Hilfe eines Tricks, den ihm als Kind einer seiner Lehrer in Stardock beigebracht hatte, konnte William ihn ertragen. Das Wasser half ihm kaum, seine Sehfähigkeit wiederzuerlangen, und er dachte daran, daß er vielleicht für den Rest seines Lebens blind sein würde – wie lange auch immer dieses noch dauern mochte.

Man hörte lautes Krachen von Holz, auf das Schreie und

Kampflärm folgten. William fragte: »Leutnant, würdet Ihr mir bitte verraten, was im Hof vor sich geht?«

Der Leutnant berichtete: »Sir, sie haben den fürstlichen Anleger erobert. Feindliche Soldaten landen.«

William wandte sich an den Pagen: »Junge, hilf mir bitte auf.«

Der Junge erwiderte: »Sehr wohl, mein Lord«, wobei er sich alle Mühe gab, seine Stimme zu beherrschen. Doch es gelang ihm nicht, seine Angst zu verbergen.

William spürte die jungen Arme um seine Hüfte, als er sich erhob. »Bring mich zur Tür«, sagte er ruhig. Der Kampflärm hallte nun durch den Gang vor dem Zimmer. Gleichzeitig war er auch vom Hof her zu hören. Feindliche Soldaten stiegen die Treppe zu Williams Kommandoposten hoch. »Leutnant Franklin«, sagte William.

»Sir?«

»Steht zu meiner Linken.«

Der Offizier tat, worum er gebeten worden war, und William zog langsam sein Schwert aus der Scheide. »Stell dich hinter mich, Junge«, flüsterte er dem Pagen zu, während der Kampflärm im Gang draußen lauter wurde.

Der Junge folgte dem Befehl, hielt den Marschall jedoch weiter an der Hüfte fest, damit der verletzte Mann aufrecht stehen konnte.

William wünschte nur, es gäbe etwas zu sagen, was es für den Jungen einfacher machen würde, doch er wußte, daß für ihn alles in Schrecken und Schmerz enden würde. Er betete, daß es wenigstens schnell gehen würde. Während die Kampfgeräusche näher und näher kamen und die verbliebenen Soldaten im Raum zur Tür liefen, um sie zu verteidigen, fragte William schließlich: »Page?«

»Sir?« erwiderte dieser leise, doch die Angst in seiner Stimme blieb dem Marschall nicht verborgen.

»Wie heißt du?«

»Terrance, Sir.«

»Und woher kommst du?«

»Mein Vater ist der Junker von Belmont, Sir.«

»Du hast dich wacker geschlagen. Und nun hilf mir, fest zu stehen. Der Marschall von Krondor soll schließlich nicht auf Knien sterben.«

»Sir ...« Die Stimme des Jungen verriet William, daß er weinte.

Plötzlich ließ sich ein Ruf vernehmen, und William sah eine schattenhafte Gestalt auf sich zu stürzen. Er hörte mehr, als daß er sah, wie Leutnant Franklin zuschlug und der Angreifer zurückwich.

Ein zweiter Schatten erschien links vom ersten, zu Williams rechter Hand, und der fast blinde Marschall von Krondor schlug mit dem eigenen Schwert zu.

Und dann spürte William, Sohn von Pug, dem Magier, und Katala, der Frau von einer fremden Welt, nur noch Schmerzen, denen bald undurchdringliche Dunkelheit folgte.

James watete durch den knietiefen Schlamm. Kampflärm hallte durch die Abwasserkanäle, und seine Männer hielten die Schwerter gezückt. Von Zeit zu Zeit öffneten sie die Blenden der Laternen und orientierten sich, doch meist zogen sie in dem fahlen Licht voran, das von der Straße durch die Gitter der Kanalschächte hereinfiel.

»Da wären wir«, sagte jemand.

»Gebt das Signal«, erwiderte James, und jemand stieß in eine Pfeife.

Einer der Männer trat eine Tür ein, und James hörte, wie auch andere Türen in der Nähe aufgebrochen wurden. James folgte den ersten beiden Männern in das Gewölbe, dann eine Treppe hinauf. Sie stürmten in einen Raum, der ebenfalls unter der Erde lag und von Kerzen erhellt wurde.

Wie James erwartet hatte, trafen sie auf Widerstand. Beinahe hätte ihn ein Armbrustbolzen erwischt, der von hinter einem zum Schutz umgekippten Tisch aus abgefeuert worden war. »Hört auf zu schießen!« rief er. »Wir wollen nicht kämpfen.«

Einen Augenblick lang herrschte Stille, dann fragte jemand: »James?«

»Hallo, Lysle.«

Ein großer alter Mann erhob sich hinter dem Tisch. »Was für eine Überraschung, dich hier zu sehen.«

»Nun, ich dachte, wo ich schon einmal in der Nähe bin, könnte ich dir auch die Chance geben, hier herauszukommen.«

»Stehen die Dinge so schlecht?«

»Noch viel schlechter«, erwiderte der Herzog und winkte den Mann zu sich, der unter dem Namen Lysle Rigger, Brian, Henry und einem Dutzend anderer bekannt war, der jedoch, egal unter welchem Namen, der Aufrechte war, der Anführer von Krondors Gilde der Diebe, den Spöttern. James blickte sich um. »Hier hat sich nicht viel verändert – aber früher war hier etwas mehr los.«

Der Mann der für James stets Lysle gewesen war, antwortete: »Die meisten Brüder haben die Stadt verlassen und rennen um ihr Leben.«

»Und du bist geblieben?«

Lysle zuckte mit den Schultern. »Ich bin eben ein Optimist.« Dann fügte er hinzu: »Oder ein Narr.« Er seufzte. »Das Königreich der Spötter ist nur klein, aber es ist mein Königreich.«

James nickte. »Das ist allerdings wahr. Komm mit. Es gibt einen Ort, an dem wir vielleicht überleben können.«

James und seine Soldaten nahmen Lysle und seinen heruntergekommenen Haufen Diebe mit sich und gingen zurück in den Abwasserkanal. »Wohin wollt ihr?« fragte Lysle, während sie durch den Schlamm wateten.

»Kennst du die Stelle, wo der Fluß neben der alten Mühle in die Stadt fließt?«

»Dort, wo er unterirdisch wird?«

»Genau dort«, erwiderte Jimmy. »Die Stelle haben wir immer

benutzt, wenn wir mit Trevor Hull geschmuggelt haben, vor ich weiß nicht wie vielen Jahren. Wenn du in Krondor gewesen wärst, als die Spötter und Hulls Schmuggler zusammengearbeitet haben, hättest du davon gewußt. Da ist ein riesiger Sammelplatz, den wir seit Monaten ausgebaut haben.«

»Seit Monaten?« fragte Lysle. »Wie habt ihr das geschafft, ohne daß wir es bemerkt haben?«

James lachte. »Von oben. Wir haben es tagsüber gemacht, während du und deine Diebe geschlafen haben.«

»Warum hast du mich geholt?«

»Nun, du bist mein einziger Bruder«, erwiderte James. »Zumindest der einzige, von dem ich weiß, und ich konnte dich doch nicht allein da unten sterben lassen.«

»Bruder? Bist du dir da sicher?«

»Ich würde jedenfalls drauf wetten.«

»Ich habe mir auch schon oft Gedanken darüber gemacht«, sagte Lysle. »Kannst du dich noch an deine Mutter erinnern?«

»Nur noch wenig«, gab James zurück. »Sie wurde ermordet, als ich noch ein kleiner Junge war.«

»Im Zeichen des Eberkopfes?«

»Ich weiß es nicht. Könnte sein. Ich mußte auf die Straße und wurde von den Spöttern aufgezogen. Und du?«

»Ich war sieben, als meine Mutter ermordet wurde. Aber ich hatte einen kleinen Bruder. Ich dachte, der wäre auch tot. Mich hat's nach Romney verschlagen, und dort bin ich aufgewachsen.«

»Vater wollte seine Söhne nicht in der Nähe haben, glaube ich. Wer immer unsere Mutter ermordet hat, hatte es vielleicht auch auf uns abgesehen.«

Als sie eine große Kreuzung zweier Kanäle erreichten, wo von oben Wasser herabrieselte, sagte Lysle: »Ich fand es stets seltsam: Meine Stiefeltern haben mich in Romney aufgezogen, nur damit ich schließlich Dieb in Krondor werde.«

»Nun«, meinte James, während sie den kleinen Wasserfall umgingen, »wir werden es nie erfahren. Vater ist seit vielen Jahren tot, und ihn können wir nicht mehr fragen.«

»Hast du je herausgefunden, wer es war? Ich jedenfalls nicht.«

James grinste in die Dunkelheit hinein. »Ja, tatsächlich habe ich es herausgefunden. Ich habe seine Stimme einmal gehört, und dann, viele Jahre später, nachdem ich ein wenig herumgeschnüffelt hatte, bekam ich heraus, wer der ursprüngliche Aufrechte gewesen ist.«

»Und wer war das?«

»Hattest du je das zweifelhafte Vergnügen, einen besonders mürrischen und hinterlistigen Krämer am Südende in der Nähe des Palastes kennenzulernen?«

»Kann nicht sagen, daß ich mich an ihn erinnere. Wie war sein Name?«

»Donald. Falls du ihn je kennengelernt hättest, hättest du ihn nie vergessen. Er war ein mieser Kerl.«

»Und trotzdem ein kriminelles Genie.«

»Wie der Vater, so der Sohn«, meinte James.

Sie erreichten eine Stelle in dem langen Tunnel, wo dieser anzusteigen begann. »Werden wir hier lebend herauskommen?« fragte Lysle.

»Wahrscheinlich nicht«, antwortete James. »Aber aus dem Leben kommt sowieso niemand lebend heraus, nicht wahr?«

»So kann man es auch sehen. Aber du hast nicht zufällig noch einen Trumpf im Ärmel?«

»Nun, wenn ich noch einen Trumpf habe, dann diesen.« James deutete auf eine breite Tür, groß genug, damit ein Wagen mit Gespann hätte hinduchfahren können. »Falls es einen Weg gibt, lebend hier herauszukommen, dann jedenfalls nur dort entlang.«

»Jetzt verstehe ich, was du eben mit dem Schmuggeln gemeint hast«, meinte Lysle, während zwei Soldaten die zweiflügelige Holztür öffneten. Dahinter kamen in einem hellerleuchteten Raum hundert Soldaten zum Vorschein, die ihnen mit angelegten

Bögen oder Armbrüsten und gezogenen Schwertern entgegentraten.

»Da wären wir also.«

Lysle stieß leise einen anerkennenden Pfiff aus. »Wie ich sehe, wolltest du jedem, der hier vorbeikommt, einen warmen Empfang bereiten.«

»Weitaus wärmer, als du dir vorstellst«, erwiderte James.

Er winkte Lysle und sein halbes Dutzend Spötter herein. »Willkommen in der letzten Bastion von Krondor.«

Nachdem James und seine Begleiter eingetreten waren, wurden die Türen mit einem lauten Donnern, dem etwas Endgültiges innewohnte, zugeschlagen.

Erik hörte die Trompete und begann augenblicklich, Befehle auszugeben. Ständig hatten sie gegen kleinere Gruppen der Invasoren gekämpft, und den Berichten zufolge hatte der Kampf jetzt am Seetor, dem nordwestlichen Tor, begonnen. Da zu diesem Zeitpunkt nur wenige Angreifer am Südtor gesichtet wurden, hatte Erik so viele Männer wie möglich zum Nordtor abkommandiert. Durch beide Tore ergoß sich ein steter Strom von Flüchtlingen nach Osten über die Straße des Königs. Eine Meile östlich davon, von der Stelle, an der Erik mit seinen Kompanien stand, würden sich diese beiden Ströme zu einer langsam vorankriechenden Schlange erschöpfter, verängstigter und verzweifelter Menschen vereinigen.

Eriks Aufgabe war es, diese schier endlos scheinende Kolonne von Bürgern des Königreiches so lange wie möglich zu beschützen. Und das bedeutete von hier bis halb nach Ravensburg, wenn er die Lage richtig einschätzte. Irgendwann würde der Feind es aufgeben, sie zu jagen. Schließlich galt es eine Stadt zu plündern und Vorräte aufzufrischen, und wenn die Invasoren auch vielleicht viele Gefechte gewannen, waren sie noch immer von der langen Seereise geschwächt.

Von den Saaur hatte Erik nur wenig gesehen, und er wunderte sich, weshalb sie nach der ersten Feindberührung zurückgehalten wurden. Aber es blieb ihm wenig Zeit, seinen Gegner zu locken, denn zu oft mußte er sich jetzt selbst verteidigen: immer wieder warf der Feind kleinere Einheiten gegen seine Stellung. Die Gefechte waren kurz, aber heftig, und bisher hatte Erik sie alle gewonnen, doch die Männer wurden langsam müde, und die Verluste erhöhten sich stetig.

Er hatte einen Wagen kommen lassen, auf den die Verwundeten geladen und mit den Flüchtlingen nach Osten losgeschickt worden waren. Jetzt hörte er das Trompetensignal, welches ihm verkündete, daß die Tore geschlossen wurden, und sofort begann er, den Rückzug zu organisieren. In diesem Augenblick ritt ein Junge auf ihn zu. »Hauptmann?«

»Ja, Junge, was gibt es?« Wie Erik bemerkte, trug er die Uniform der Palastpagen. Das Gesicht des Jungen war tränenüberströmt.

»Lord William hat mir befohlen, Euch mitzuteilen, daß Ihr euch zurückziehen sollt.«

Das wußte Erik längst durch das Trompetensignal, und deshalb hatte er keine Ahnung, was der Junge hier wollte. »Und weiter?«

»Ich soll mit Euch gehen.«

Nun verstand Erik. Zumindest einer der Palastpagen würde verschont bleiben. »Reite nach Osten und such den Wagen mit den Verwundeten. Bleib bei ihnen und mach dich nützlich.«

»Jawohl, Sir.«

Der Junge ritt davon, und Erik machte sich daran, den Rückzug in die Wege zu leiten. Wenn er aus Williams Bibliothek eines gelernt hatte, dann die Tatsache, daß ein ordentlicher Rückzug die schwierigste Aufgabe war, die sich einem Kommandanten in der Schlacht stellen konnte. Der Drang, einfach davonzulaufen, war einfach überwältigend, und während des Rückzugs auch noch zu kämpfen, war den Männern fremd, die man darauf gedrillt hatte, vorwärts zu marschieren.

Während der letzten beiden Jahre hatte er diese Situation immer wieder mit William besprochen, und vor allem, seit man ihn in der letzten Woche auf diesen neuen Posten versetzt hatte. Und so war es Eriks vorrangiges Ziel, daß keine seiner Einheiten in wilder Flucht davonrannte.

Den ganzen Nachmittag über hallte der Kampflärm zu Erik herüber, wenngleich sein Kommandoposten von Auseinandersetzungen verschont blieb. Vermutlich lag das daran, daß die Invasoren bereits in die Stadt eingedrungen waren und nicht die Notwendigkeit sahen, den Druck im Süden oder Osten zu verstärken.

Doch er wußte, daß sich das ändern würde, da James und William einige Überraschungen für den Feind bereithielten.

Eine ferne Explosion und, einen Augenblick später, eine riesige Rauchwolke verrieten ihm, daß sie die erste ihrer kleinen Gemeinheiten in Gang gesetzt hatten. Fässerweise war queganisches Feueröl in den Hafen und die Keller und Erdgeschosse der Gebäude ringsherum verbracht worden. In dem Moment, in dem es entzündet werden würde, ginge das gesamte Hafenviertel in einer Feuersbrunst auf, wie sie sich kaum jemand würde vorstellen können, und alle feindlichen Soldaten im Umkreis von fünfzig Metern würden fallen. Jene, die nicht zu Asche verbrannten, würden ersticken. Das Feuer würde ihnen die Luft förmlich aus den Lungen saugen.

Erik warf einen Blick in Richtung Südwesten, zum Palast. Der fürchterliche Gedanke, die Soldaten der Smaragdkönigin könnten sich bereits bis in den Bergfried vorgekämpft haben, durchfuhr ihn. Dann gab es einen erschütternden Knall, und Erik wußte, was geschehen war.

Ein Leutnant, den Erik kaum kannte, ein gewisser Ronald Bumaris, fragte: »Was war das, Hauptmann?«

»Das war der Palast, Leutnant«, erwiderte Erik.

Der Leutnant sagte nichts und erwartete seine Befehle.

Eine halbe Stunde später versiegte der Strom der Flüchtlinge am nördlichsten Tor langsam, und Erik befahl seinen Männern, sich als Nachhut zu formieren.

Er beobachtete, wie die Zivilisten nach Osten zogen, in die hereinbrechende Nacht hinaus, dann wandte er sich nach Westen, wo ferne Feuer lichterloh brannten, und wartete.

Der Ehrliche John ging seinen gewohnten Geschäften nach, und Macros und Miranda drängten sich durch die Gäste. Höflich winkten sie dem Wirt zu, lehnten seine Einladung, etwas zu trinken, jedoch ab. Zielstrebig hielten sie auf die Treppe zu und stiegen nach oben, zur Galerie.

Schließlich erreichten sie Mustafas Laden und traten ein. Der alte Mann blickte auf. »Ach, Ihr mal wieder.«

»Ja«, gab Miranda zurück.

»Habt Ihr Pug seinerzeit noch eingeholt?«

Miranda lächelte. »So könnte man es ausdrücken.«

»Was kann ich für Euch tun? Braucht Ihr eine Weissagung?«

Miranda ließ sich in dem Stuhl gegenüber dem Wahrsager nieder. »Kennt Ihr meinen Vater?«

Mustafa blinzelte. »Nein, sollte ich?«

»Ich bin Macros.«

»Oh«, entfuhr es dem alten Wahrsager. »Ich hatte gehört, Ihr wäret tot. Oder würdet vermißt. So etwas in der Art.«

»Ich brauche Informationen«, kam Miranda auf das eigentliche Thema zu sprechen.

»Mit solchen handele ich.«

»Ich suche einen Weg in die Welt Shila.«

»Da würde es Euch kaum gefallen«, erwiderte Mustafa. »Ist dort zur Zeit ein wenig von Dämonen überlaufen. Irgendein Idiot hat das Siegel der Barriere zwischen dem Fünften Zirkel und dieser Welt aufgebrochen, und jetzt ist dort der Teufel los.«

Macros lachte trocken. »Nett formuliert.«
»Warum müßt Ihr dorthin?«
»Um zwei Spalte zu schließen«, erklärte Miranda. »Einmal den zwischen Midkemia und Shila, und zum zweiten den zwischen Shila und dem Dämonenreich.«
»Das dürfte schwierig werden.« Der alte Mann rieb sich das Kinn. »Ich bin im Besitz einiger Informationen, die für Euch nützlich sein könnten, glaube ich. Ich kenne ein Portal zu einem Ort nicht weit von der Stadt Ahsart, wo Ihr vermutlich hinwollt, oder?«
»Woher wißt Ihr das?« wollte Macros wissen.
»Wie könnte ich behaupten, ich würde mit Informationen handeln, wenn ich das nicht wüßte?«
»Wieviel?« fragte Miranda.
Mustafa setzte als Preis ein Dutzend Seelen von Kindern, die nie geboren wurden, und Miranda erhob sich. »Vielleicht wird uns Querl Dagat einen weniger unverschämten Preis machen.«
Bei Erwähnung eines seiner Hauptkonkurrenten beeilte sich Mustafa zu sagen: »Wartet doch! Macht mir ein Gegenangebot.«
»Ich besitze ein Wort der Macht, eines, mit dem Ihr Euch einen größeren Wunsch erfüllen könnt.«
»Wo ist der Haken?«
»Ihr müßt es auf Midkemia aussprechen.«
Der alte Mann seufzte. »Midkemia ist, nach allem, was man hört, im Augenblick ein Ort, den zu besuchen nicht gerade angenehm ist.«
»Das ist einer der Gründe, weshalb wir diese Portale schließen müssen. Falls uns das gelingt und wir dann erst einmal die Lage bereinigt haben, könnt Ihr nach Midkemia reisen, Euch Euren Wunsch erfüllen lassen und wieder zurück sein, bevor Ihr überhaupt bemerkt habt, daß Ihr fort gewesen seid.«
Mit einem erneuten Seufzen sagte der alte Mann: »Es würde mir wohl gefallen, ein paar Jahre jünger zu werden. Hier altere ich

nicht, wie Ihr wohl wißt, doch habe ich den Gang erst spät in meinem Leben entdeckt, und die meisten Jungbrunnen-Kuren, von denen ich bislang gehört habe, beinhalten recht unappetitliche Rituale, wie zum Beispiel, daß man das noch schlagende Herz seiner Liebsten verspeisen soll oder einen Säugling in der Wiege töten muß. Meine Moral verbietet mir solcherlei.«

»Wenn ich an Eurer Stelle wäre«, schlug Miranda vor, »würde ich mir ewige Gesundheit wünschen. Man kann jung sein und trotzdem Probleme haben.«

»Die Idee klingt nicht schlecht. Ich schätze, Ihr habt nicht zufällig zwei solcher Wünsche zur Verfügung, wie?«

Miranda schüttelte den Kopf.

»Also gut, ich akzeptiere das Angebot.«

»Abgemacht.«

Der alte Wahrsager griff unter den Tisch und holte eine Karte hervor. »Wir sind hier ...«, er zeigte auf ein großes schwarzes Viereck, das auf allen Seiten von Linien umgeben war, die sich wölbten, nachdem man sie berührt hatte. »Wenn Ihr aufbrecht, sagt der Hexe an der Tür, Ihr wolltet Ausgang Nummer Sechshundertneunundfünfzig.« Er pikte mit dem Finger auf die Karte. »Dann kommt Ihr hier raus. Geht nach rechts, zählt sechzehn Türen auf der rechten Seite ab – denkt dran, die Türen sind versetzt, und wenn Ihr auf der linken Seite zählt, erwischt Ihr die falsche. Die sechzehnte Tür wird Euch in eine Höhle auf Shila bringen, etwa einen Tagesritt von Ahsart entfernt. Ich schätze, die Reise dort wird für Euch kein Problem darstellen.«

»Bestimmt nicht.«

»Haltet Euch nur immer in Richtung Süden, dann wird die Stadt zu Eurer Rechten auftauchen. So, und jetzt werde ich Euch noch ein wenig Einblick in das geben, was Euch begegnen wird.« Er legte die Karte beiseite. »Ich will Euch noch ein bißchen über die Dämonen erzählen.

Es gibt sieben Zirkel dessen, was die Menschen die Hölle nennen. Die oberste Ebene ist nichts weiter als ein sehr unangenehmer Ort, der von Kreaturen bevölkert ist, die sich gar nicht allzusehr von jenen auf Midkemia unterscheiden. Der Siebte Zirkel wird von solchen bewohnt, die Ihr unter dem Namen Schreckenslords kennt. Sie sind Wesen von fremdartiger Energie und saugen allem das Leben aus; sie können in Eurer Welt nicht existieren, ohne das zu töten, was sie berühren. Und sie stehen mit dem Leben so sehr auf Kriegsfuß, daß sie nicht einmal beim Ehrlichen John willkommen sind.«

Vermutlich ist das etwas Besonderes, dachte Miranda, aber irgendwie verstand sie nicht recht, was es bedeuten sollte. Da sie zu eifrig erpicht darauf war, die bevorstehende Aufgabe endlich anzugehen, verzichtete sie auf eine Bemerkung.

»Die Dämonen des Fünften Zirkels sind nicht ganz so fremdartig. Einige der zivilisierteren kommen auch hier von Zeit zu Zeit mal rein, und so lange sie nicht versuchen, die anderen Gäste zu fressen, läßt John sie in Ruhe.«

»Und was hat das mit uns zu tun?« wollte Macros wissen.

»Für einen Zauberer Eurer Weisheit und Macht seid Ihr aber reichlich ungeduldig, wie?« gab Mustafa zurück. Er hob die Hand, als Macros protestieren wollte. »Ruhe. Ich werde es Euch schon erklären.

Die Dämonen ernähren sich von Leben. So wie Ihr auch, wenn Ihr Pflanzen oder Tiere eßt, nur essen sie Fleisch und Leben. Was Ihr Leben, Seele oder Geist nennt, ist für sie wie ein Getränk. Das Fleisch hält ihre Körper am Leben, so wie bei Euch oder bei mir, doch der Geist, die Seele, erhöht ihre Macht und ihre Schlauheit.

Ein alter Dämon hat schon viele Feinde verspeist und bewahrt sich Seelen auf für den Fall, daß er sie später braucht.«

»Ich verstehe nicht ganz«, meinte Miranda.

»Dämonen sind wie … Haie. Habt Ihr Haie auf Midkemia?«

»Ja«, antwortete Miranda.

»Sie schwimmen in Gruppen, doch aus Gründen, die niemand

kennt, greift einer plötzlich den anderen an und zerreißt ihn. Wenn sie in einen Freßwahn kommen, wird ein Hai vielleicht von einem anderen gefressen, während er sich selbst gerade an einem dritten gütlich tut. Dämonen sind manchmal genauso.

Sie fressen sich gegenseitig, wenn sie Fleisch und Geist aus keiner anderen Quelle bekommen können. Wenn sie eine Welt auf einer höheren Ebene erreichen, wird sie geplündert, und sie stopfen sich mit Fleisch und Geist voll. Während sie Geist – oder Verstand – stehlen, werden sie schlauer, doch wenn ihnen eine Nachschubquelle fehlt, werden sie wieder dümmer. So brauchen die mächtigeren Dämonen mehr Seelen, um nicht zu verblöden.«

»Ich glaube, jetzt habe ich es verstanden«, sagte Macros.

»Ja«, stimmte Miranda zu. »Der Dämon, durch den Pug verwundet wurde, hat seinen Meister betrogen, damit er ohne Widerstand auf unserer Welt fressen kann!«

Mustafa nickte. »Das klingt wahrscheinlich. Sie besitzen nicht gerade viel von dem, was wir Loyalität nennen.«

»Danke.« Miranda wollte sich erheben.

»Wartet, da ist noch etwas.«

»Und zwar?« fragte Macros.

»Wenn Ihr die Dämonen außerhalb ihres eigenen Reiches einsperrt – dort verspüren sie keinen so großen Drang zum Fressen –, werden sie schließlich alles Leben auf Shila vernichten. Und dann werden sie sich gegenseitig fressen.«

»Sollte uns das etwas ausmachen?« fragte Macros.

»Nicht wegen der Dämonen. Am Ende wird nur noch ein einziger Dämon übrig sein, wahrscheinlich ihr König Maarg, falls dieser nach Shila gegangen ist, oder Tugor, sein Hauptmann. Und ohne Nahrungsquelle wird er schwächer werden und schließlich sterben. Doch bevor er zu einem sterbenden, dummen Dämon wird, wird er ein sehr wütender, sehr mächtiger Dämon sein.«

»Was bedeutet …?« fragte Miranda.

»Was bedeutet, daß Ihr die Tür hinter Euch zumachen solltet, wenn Ihr von Shila aufbrecht.«

Miranda zwinkerte, dann begann sie zu lachen. Indem sie aufstand, sagte sie: »Wir werden uns darum kümmern.«

»Ihr müßt nicht nur die nach Midkemia zumachen, sondern auch die in den Gang. Ein zorniger Dämonenkönig, der im Gang wütet, wäre höchst unangenehm.«

»Wir werden daran denken.«

»Was ist mit meiner Bezahlung?« fragte Mustafa und erhob sich ebenfalls.

Miranda lächelte ihn hinterhältig an. »Ich werde Euch das Wort auf unserem Rückweg sagen.«

Mustafa setzte sich wieder, während die beiden seinen kleinen Laden verließen. »Warum lasse ich mich bloß jedesmal aufs neue von einer hübschen Frau betören?« Er schlug auf den Tisch. »Ab sofort verlange ich immer zuerst die Bezahlung!«

Vier

Vernichtung

Erik fluchte.

»Jawohl, Sir!« Feldwebel Harper nickte. »So hätte ich das auch ausgedrückt!«

Die Nachricht war von Greylock, und Erik verstand nun auch, weshalb die Angriffe während der beiden vorangegangenen Tage nachgelassen hatten. Die Invasoren waren durch den Wald gezogen und hatten Greylocks Verteidigungsstellungen attackiert, die einen halben Tagesritt weiter östlich lagen. Greylocks Nachricht war insgesamt beruhigend, denn er hatte bislang nur wenig Probleme mit den Invasoren, doch er äußerte seine Besorgnis über die Flüchtlinge, die vielleicht unterwegs überfallen werden könnten.

Eriks Männer hatten sich gerade ihr Lager eingerichtet, als die Nachricht eintraf. Der Strom der Flüchtlinge aus der Stadt war so gut wie versiegt. Erik hatte sich gelegentlich mit ihnen unterhalten, doch niemand hatte irgendwelche nützlichen Informationen vorzuweisen; alle waren schlicht verängstigt, hatten keine Ahnung, was sie da mitangesehen hatten, und sorgten sich nur um ihre Flucht aus einer Stadt, die kurz vor der Plünderung stand.

Ein Mann war durch einen unterirdischen Kanal hinausgeschwommen, den er noch aus der Kindheit kannte. Noch immer naß, trug er seine kümmerlichen Habseligkeiten in einem Rucksack auf dem Rücken. Doch auch er wußte nur, daß der größte Teil der Stadt in Flammen stand.

Das brauchte er Erik nicht extra zu erzählen. Schließlich konnte der die Rauchsäule, die sich im Westen erhob, mit eigenen

Augen sehen. Er hatte den Rauch der Stadt Khaipur gesehen, aus einer Entfernung von mehr als hundert Meilen. Die Säule schwarzen Rauches hatte sich mehrere hundert Meter in die Luft erhoben, wo sie sich dann ausgebreitet hatte wie ein grauer Regenschirm. Der Wind hatte ihnen den Geruch des Feuers tagelang hinterhergeweht, und Hunderte von Meilen entfernt war noch feiner Ruß niedergegangen. Erik zweifelte nicht daran, daß Krondor das gleiche Schicksal drohte.

Er gab die Befehle aus, und seine Männer beeilten sich, sie zu befolgen. Die Hälfte seiner Kompanie, die schweren Lanzenreiter, sollte hinter den Zivilisten herziehen. Die Lanzenreiter wurden von einer Schwadron Bogenschützen verstärkt, die zu Erik gestoßen waren, nachdem sie von ihrem eigentlichen Kommando abgeschnitten worden waren. Die leichte Kavallerie und die berittenen Bogenschützen würde Erik mit zu Greylocks Stellung nehmen.

Wie er befürchtet hatte, waren sie noch keine Meile vorangekommen, als sie die ersten Anzeichen von Überfällen auf die Flüchtlinge bemerkten. Zwei brennende Wagen standen am Straßenrand, und der Boden darum war mit Leichen übersät. Mehrere Frauen lagen entblößt da, offensichtlich hatte man sie vor ihrem Tod vergewaltigt. Kein Paar anständiger Stiefel, kein Schmuckstück von möglichem Wert war zurückgelassen worden.

Erik untersuchte die Wagen und bemerkte eine Spur aus Getreide, die von dem einen fortführte. »Sie haben Hunger«, sagte er zu Feldwebel Harper.

»Sollen wir ihnen nachsetzen, Hauptmann?«

Erik verneinte. »Das würde ich nur zu gern tun, doch wir müssen Greylock helfen. Wenn sie das Vorgebirge im Norden erreichen, werden sie sich nach Osten wenden, und dann kriegen wir die Schweine noch früh genug.«

Harper erwiderte: »Jawohl, Sir.«

Sie ritten, so schnell sie konnten, gestatteten den Pferden nur dann eine Pause, wenn es unerläßlich war, denn Erik war entschlossen, Greylock nach Möglichkeit noch vor Sonnenuntergang zu erreichen. Er wußte, daß am Ende dieses Gewaltritts einige der Pferde lahmen würden, aber hier ging es um mehr. Hier mußten die Pläne zur Verteidigung des Königreichs in die Tat umgesetzt werden, und sie durften dem Feind nicht erlauben, die ersten Verteidigungsstellungen im Sturm zu überrennen.

Krondor stand im Begriff zu fallen, und es hatte nur drei Tage gedauert. Erik vermutete, die Smaragdkönigin und ihre Magier hatten es eilig, an Land zu gehen. Die Magie, mit der sie die Verteidigungsanlagen vor dem Hafen weggeblasen hatten, hatte Erik überrascht. Denn er hatte nur ein einziges Mal gesehen, wie die Pantathianer der Smaragdkönigin Magie angewendet hatten: als sie eine Brücke aus Licht über den Fluß Vedra geschaffen hatten. Diese hatte Pug jedoch zerstört und damit Tausende von Invasoren in den Tod stürzen lassen.

William hatte Erik den Bericht per Boten überbringen lassen, und Erik hatte ihn nicht glauben mögen, doch angesichts der Feuer im Hafen mußte der Feind in Krondor eingedrungen sein.

Während sie dahinritten, fragte sich Erik, wie es Roo wohl ergangen war. Ob er sein Anwesen sicher erreicht hatte?

Roo ließ sich in einen Stuhl plumpsen, in der Hand einen Becher frischen Wassers aus dem Brunnen. »Danke, Helen.«

Helen Jacoby und die Kinder hatten in der Halle des Hauses gewartet. Roo war gerade eingetroffen, nach einer fürchterlichen Nacht, in der er verzweifelt versucht hatte, seine Wagen zusammenzuhalten und vor Plünderern zu schützen. Sein Anwesen hatte er am Tag zuvor erreicht, und da alles friedlich war, hatte er sich aufgemacht, um sich zu Luis zu gesellen und seine Wagen sicher nach Hause zu bringen. Die Häufigkeit, mit der sie die Soldaten der Invasoren sichteten, verriet ihnen allerdings mehr als genug über die Lage in Krondor. Er hatte mit eigenen Augen gesehen, wie die Smaragdkönigin eine Stadt hatte plündern lassen, und ihm fehlte jegliches Verlangen danach, so etwas nochmals zu erleben.

Drei zusätzliche Wagen hatte er bereits vor zwei Tagen losgeschickt, und nun waren die Diener eifrig damit beschäftigt, diese mit dem Hausrat für die Reise nach Osten zu beladen. Wegen der Geschwindigkeit, mit der der Feind anmarschierte, würde Roo noch vor Sonnenaufgang den Befehl zum Aufbruch geben müssen, gleichgültig, was auch immer er hinter sich zurücklassen mußte. Er hatte beschlossen, den gesamten Wagenzug nach Finstermoor fahren zu lassen und in Ravensburg keine große Verzögerung in Kauf zu nehmen. Er würde nur Eriks Mutter und Nathan, vielleicht auch Milo, Rosalyn und ihrer Familie anbieten, mit ihm zu kommen. Das war er Erik schuldig. Einen größeren Halt würde er aber keinesfalls einlegen. Der Feind war zu schnell, und Krondor hatte nicht so lange standgehalten, wie er gehofft hatte.

Er trank das Wasser aus, stellte den Becher ab und fragte: »Wo ist Karli?«

»Sie ist oben, mit deinem Cousin Duncan.«

Roo lächelte. »Ich habe mich schon gefragt, wo er sich rumtreibt.« Er erhob sich. »Ich sollte wohl besser mal nachschauen, was sie so machen.«

Helen wirkte besorgt. »Er hat gesagt, er wolle ihr beim Tragen helfen.«

Roo blickte sie an. »Wir haben immer noch genug Zeit, um von hier fortzukommen. Mach dir keine Sorgen.«

Sie lächelte ebenfalls. »Ich werde mir Mühe geben.«

Roo ging nach oben und fand die beiden im Schlafzimmer. Duncan hob gerade eine Kiste hoch, in der sich Karlis beste Kleider befanden.

»Ich habe dich zwei Tage lang gesucht!« begrüßte Roo seinen Cousin.

Duncan grinste. »Es herrschte plötzlich ein solches Durcheinander in Krondor. Ich habe dich bei Barret gesucht, aber da warst du nicht. Als ich ins Geschäft gekommen bin, hat Luis mir gesagt, du wärst noch einmal zu Barret gegangen, und als ich wieder im Kaffeehaus ankam, habe ich dich wieder nicht gefunden. Also bin ich zurück ins Geschäft.

Auf den Straßen spitzte sich die Lage inzwischen schon zu. Als ich endlich wieder im Geschäft ankam, fuhren die Wagen gerade los. Ich habe gesehen, was am Nordtor los war, deshalb habe ich mich zum Südtor aufgemacht und bin hierhergeritten. Ich dachte, du würdest es vorziehen, wenn sich jemand, der vernünftig mit einem Schwert umgehen kann, bei deiner Familie befindet.« Er grinste und trug die Kiste an Roo vorbei nach unten.

»Glaubst du ihm?« fragte Karli.

»Nein«, erwiderte Roo. »Höchstwahrscheinlich hat er sich mit irgendeiner Hure herumgetrieben, bis er es mit der Angst zu tun bekam und sich sofort hierher abgesetzt hat. Zumindest, was euren Schutz betrifft, hat er jedoch recht.«

Karli trat zu ihm und legte die Arme um ihn. »Ich habe Angst, Roo.«

Er grunzte aufmunternd und klopfte ihr auf die Schulter. »Mach dir keine Sorgen. Es wird schon alles gutgehen.«

»Krondor war meine Heimat.«

»Wir werden dorthin zurückkehren, wenn all das vorbei ist. Ich habe einmal ein Vermögen gemacht, warum sollte mir das nicht ein zweites Mal gelingen? Wir werden alles wieder aufbauen. Doch als erstes müssen wir die Kinder in Sicherheit bringen.«

Als er die Kinder erwähnte, verflüchtigte sich ihre Furcht. »Wann brechen wir auf?«

»Beim ersten Licht. Luis kommt mit den letzten Wagen. Er hat so viele Söldner als Wachen bei sich, wie er anheuern konnte. Dann fahren wir nach Finstermoor. Dort habe ich Pferde und Ausrüstung, um die Wagen reparieren zu lassen, und wenn wir uns ausgeruht haben, geht es weiter nach Malacs Kreuz.«

»Warum dorthin?«

Roo überlegte, ob er ihr erzählen sollte, was er wußte. Doch das würde sie nur verwirren und ihr noch mehr Angst einjagen. »Weil der Feind in Finstermoor aufgehalten werden wird«, sagte er. »Malacs Kreuz ist weit genug von den Kämpfen entfernt. Dort werden wir in Sicherheit sein.«

Karli glaubte Roo aufs Wort und eilte nach unten, um das Einpacken zu überwachen. Währenddessen paßte Helen auf die Kinder auf, und es erstaunte Roo zu sehen, mit welcher Ruhe sie sie aufmunterte, ablenkte und mit ihnen spielte. Er blieb ein paar Minuten bei den vieren und hörte sich ihr Geplapper über Dinge an, die ihnen wichtig erscheinen mochten, die für ihn allerdings wenig Sinn ergaben.

Gegen Abend wurden kalte Speisen zubereitet, und alle aßen. Duncans Anwesenheit empfand Roo als merkwürdig, denn Duncan besaß so gut wie kein Interesse an Roos Familie, obwohl er immer wieder mal ein wenig mit Karli flirtete. Irgendwie erschien Roo sein Cousin abgelenkt.

Nach dem Essen sagte er zu Duncan: »Warte unten am Stall, und laß es mich wissen, wenn Luis mit dem letzten Wagen eintrifft.«

Duncan lächelte freundlich. »Wenn er da ist, werde ich mir ein paar Männer nehmen und das Grundstück absuchen. Man weiß nicht, ob nicht irgendwelche Invasoren aus den Bergen kommen. Oder vielleicht versuchen auch Banditen, aus dem Durcheinander Vorteil zu schlagen.«

Roo sah zu den beiden Frauen und den Kindern hinüber und warf Duncan einen bitterbösen Blick zu.

Duncan fügte rasch hinzu: »Natürlich ist es höchst unwahrscheinlich, daß sich hier welche herumtreiben, aber Vorsicht kann nie schaden.«

Nachdem er gegangen war, fragte Helen: »Rupert, sind wir wirklich in Gefahr?«

Ihre ruhige und offene Art ließ die Kinder die Nervosität vergessen, und Roo dankte den Göttern für ihre Anwesenheit. »Krieg ist immer gefährlich, besonders dann, wenn die Invasoren hungrig und weit von zu Hause entfernt sind. Deshalb nehmen wir auch alles mit, was sie gebrauchen könnten, und was wir hierlassen müssen, zerstören wir.«

»Zerstören?« Karli sah ihn verwirrt an. »Doch nicht meine Möbel, oder?«

Roo entschied, besser gar nicht zu erwähnen, daß die Invasoren höchstwahrscheinlich das Haus verwüsten und bis auf die Grundmauern niederbrennen würden. »Nein, wir verbrennen nur das Essen, das wir nicht mitnehmen können, und stellen sicher, daß wir keine Waffen und Werkzeuge zurücklassen. Wenn wir einen Wagen nicht mitnehmen können, zerschlagen wir die Speichen und zerschneiden das Geschirr. Den Garten werden wir auch umgraben. Wir müssen nur sichergehen, daß nichts zurückbleibt, was dem Feind helfen könnte.«

Karli gefiel der Gedanke, ihren geliebten Garten zu verlieren, gar nicht, doch sie schwieg dazu.

Abigail fragte: »Vater, wohin fahren wir?«

Roo lächelte. »Morgen werden wir auf einem Wagen fahren, mein Schatz. Es wird eine lange Reise, und du mußt so lieb sein, wie du nur kannst. Aber wir werden durch die Stadt kommen, wo dein Vater geboren wurde, und wir werden viele interessante Orte besuchen. Ist das nicht schön?«

»Nein«, widersprach Abigail. »Ich will nicht.«

Helen grinste. »Ist doch nur Kindergeplapper.«

Roo warf Karli einen Blick zu, und die sagte: »Sie weiß doch überhaupt nicht, worum es geht.«

»Kinder, wir machen eine Reise«, sagte Roo, »und es wird ein großes Abenteuer werden.«

Helmut grinste breit, während Helens Junge, Willem, fragte: »Wie in den Sagen?«

Roo nickte. »Ja, genau wie in den Sagen! Wir brechen zu einem großen Abenteuer auf, und ihr müßt brav sein und das tun, was eure Mutter und Karli euch sagen. Da wird es viele Männer mit Schwertern geben, und ihr lernt neue Orte kennen.«

»Wird es auch Kämpfe geben?« fragte der Junge mit großen Augen.

Roo lehnte sich zurück. »Wenn es die Götter gut mit uns meinen, dann nicht. Aber wenn doch, werden wir euch beschützen.« Er blickte in die Runde, und als er Helens empörtes Gesicht sah, fügte er hinzu: »Wir werden euch ganz bestimmt beschützen.«

Bei Einbruch der Dunkelheit erreichte Erik Greylocks Stellung. Auf dem Weg dorthin war er ein halbes dutzendmal in Gefechte mit den Soldaten der Smaragdkönigin geraten und hatte mit eigenen Augen das Gemetzel sehen müssen, welches diese hinter sich zurückließen. Überall lagen Leichen am Straßenrand, und eines war deutlich: die Invasoren waren vor allem an Nahrungsmitteln interessiert. Gelegentlich fand man Wertgegenstände, Münzen oder Schmuck, die zurückgelassen worden waren, doch niemals etwas, das eßbar war.

Nachdem die Parole gewechselt worden war, ritt Erik mit seiner Kompanie ins Lager, wo er von Owen begrüßt wurde. »Wie stehen die Dinge? Schlecht?« fragte Greylock.

»Schlechter«, erwiderte Erik und stieg ab. Einer von Greylocks Männern nahm ihm das Pferd ab, und Erik folgte dem früheren Schwertmeister von Finstermoor zu einem Lagerfeuer in einiger Entfernung hinter den Barrikaden, mit denen die Straße abgesperrt war.

Erik entließ seine Offiziere und Feldwebel, damit sie sich um ihre Tiere kümmern und Essen für ihre Männer besorgen konnten. Greylock deutete auf einen Kessel mit Eintopf. »Bedien dich.«

Erik nahm sich eine Holzschale und einen Löffel. Plötzlich fiel ihm auf, wie ausgehungert er war. Während er die Schale füllte, holte ihm Greylock ein Stück Brot und einen Schlauch mit Wein. »Erzähl, was du weißt«, forderte er Erik auf, nachdem dieser ein paar Löffel in sich hineingeschaufelt und einen Schluck Wein getrunken hatte.

»Wenn Krondor nicht heute gefallen ist, dann wird es morgen soweit sein. Der Palast existiert nicht mehr.«

Beide Männer wußten, was das bedeutete. Marschall William war so gut wie sicher tot. Herzog James war vielleicht entkommen, vielleicht jedoch auch nicht. Der Prinz und der Rest des Hofes, die Adligen, die nicht im Feld standen, befanden sich in Finstermoor, wenn alles nach Plan verlaufen war. Greylock berichtete: »Wir haben uns ziemlich ruhig verhalten. Ein paar der feindlichen Kundschafter kommen ziemlich nahe heran, doch wir verjagen sie. Und wenn sie unsere Befestigungsanlagen sehen, suchen sie sowieso lieber das Weite.«

Erik nickte und kaute. Nachdem er geschluckt hatte, sagte er: »Wenn alles nach Plan läuft, verschwenden sie viel Zeit, indem sie von Norden nach Süden laufen, ehe sie begreifen, daß ihr Weg hier entlangführt. Vielleicht können wir so etwas von der Zeit herausschinden, die sie in Krondor gewonnen haben.«

Greylock fuhr sich mit der Hand durchs Gesicht, und Erik fiel auf, wie erschöpft der ältere Mann war. »Ich hoffe es. Es gibt immer noch soviel zu tun.«

Erik stellte die leere Schale ab und trank noch etwas Wein. »Nun, wenigstens sind hinter uns keine Flüchtlinge mehr, um die wir uns kümmern müßten.«

Owen nickte. »Jetzt werden wir uns einfach verteidigen und diese Bastarde für jeden Zoll Boden bluten lassen.« Dann grinste er Erik an. »Wollte dich nicht beleidigen«, fügte er hinzu, als er daran dachte, daß auch Erik unehelich geboren war.

»Habe ich auch nicht so verstanden«, erwiderte Erik. »Ich bin der Geburt nach ein Bastard; aber diese Invasoren geben sich alle

Mühe, welche zu werden.« Er seufzte. »Ich war schon einmal müder, aber ich kann mich nicht mehr erinnern, wann.«

Owen nickte. »Es ist der Druck. Dauernd muß man auf der Hut sein. Also, da du und deine Jungs uns morgen hier ablösen, werden wir heute nacht die Wache übernehmen. Dann kannst du eine Nacht richtig schlafen.«

»Danke, Owen.«

Greylock lächelte, und sein schmales Gesicht wirkte im Licht des Feuers fast boshaft. »Ich denke, du solltest wissen, daß Prinz Patrick mich zum General ernannt hat.«

»Herzlichen Glückwunsch, würde ich sagen«, meinte Erik und fügte hinzu: »Sir!«

»Beileid wäre angebrachter. Jetzt habe ich Calis' Aufgabe und muß das gesamte Gebirge vom Hogewald bis hin nach Dorgin verteidigen, und ich glaube, ich werde mir nur allzu bald wünschen, du würdest diese Aufgabe übernehmen.«

»Ich stecke schon bis über beide Ohren drin. Manchmal weiß ich gar nicht mehr recht, was ich eigentlich als erstes tun soll.«

»Du bist nur erschöpft. Schlaf dich aus, und morgen früh wirst du alles viel klarer sehen. Und falls du alles andere vergißt, denk nur an eins: Wir müssen die Bastarde so lange wie möglich aufhalten. Die nächsten drei Monate müssen wir sie in den Bergen festsetzen.«

Erik seufzte. »Bis zum Winter.«

»Wenn sie beim ersten Schnee noch auf der Westseite sind, haben wir gewonnen. Dann werden sie verhungern, während wir aufs Frühjahr warten, damit wir sie dorthin zurückjagen können, wo sie hergekommen sind.«

Erik nickte, doch seine Lider wurden schwer, und er konnte keinen klaren Gedanken mehr fassen. »Ich werde mich mal auf die Suche nach meinem Pferd begeben; wer weiß, wo dein Mann es gelassen hat. Dann hole ich mir meine Decke und lege mich schlafen.«

»Nicht notwendig«, meinte Owen und deutete auf eine Decke, die in der Nähe lag. »Das habe ich für dich vorbereiten lassen. Deine Männer sollen auch ein bißchen Ruhe finden. Vergiß deine Sorgen einfach für die Nacht, Erik.«

»Da werde ich nicht nein sagen«, bedankte sich Erik und ging zur Decke. Er nahm sein Schwert ab und zog sich die Stiefel aus. Ohne noch an irgend etwas anderes zu denken, wickelte er sich ein und fiel in den tiefen Schlaf der Erschöpfung.

Roo küßte Karli auf die Wange.

»Das gefällt mir gar nicht, Rupert«, sagte sie, den Tränen nahe.

»Ich weiß, aber ich muß nachsehen, ob alles bereit ist. Warte nicht auf mich und paß auf Helen und die Kinder auf. Ich bin vor Sonnenaufgang zurück.«

Sie standen an der Tür ihres Landhauses, und Roo küßte seine Frau abermals auf die Wange, dann trat er hinaus und schloß die Tür hinter sich. Er eilte zum Dienstbotenhaus und zur Scheune, wo das Dutzend Wagen stand, das nach Sonnenuntergang eingetroffen war.

Luis de Savona war einer seiner alten Gefährten aus der Zeit, als er noch in Calis' Armee gedient hatte. Inzwischen war er der Berater, dem er am meisten vertraute. Der Mann überwachte die Reparaturen an den Wagen. Über seine Vergangenheit vor dem Tag, an dem die beiden sich im Gefängnis kennengelernt hatten, hatte Luis nie viele Worte verloren. Er hatte nur erzählt, daß er einstmals zum Hof von Rodez gehört hatte, einem der östlichsten Herzogtümer des Königreichs. Roo hatte ihn nie zu mehr gedrängt. Wie viele andere, die ihr Leben dadurch gerettet hatten, daß sie in den Dienst der Krone getreten waren, wollte auch Luis die Zeit davor am liebsten vergessen, und Roo respektierte diesen Wunsch.

Luis' Charakter hatte einen dunklen Zug, einen Jähzorn, der stets zu den seltsamsten Zeiten auszubrechen drohte, aber dennoch vertraute Roo ihm. Und es gab nicht viele Männer, denen Roo vertraute. Im Augenblick jedenfalls brauchte er jemanden, auf den er sich ganz und gar verlassen konnte.

Dreimal hatten die angeheuerten Wachen und Ruperts Fuhrleute Angriffe von Banditen abwehren müssen. Zwei Fuhrleute waren verletzt worden, zwei der Söldner waren desertiert, als der Kampf zu ihren Ungunsten auszugehen drohte. Doch obwohl Luis rechte Hand verkrüppelt war, stellte er mit einem Messer in der Linken immer noch einen gefährlichen Gegner dar. Er hatte drei der Banditen mit eigener Hand getötet und so die anderen dazu gebracht, es sich noch einmal zu überlegen, ob sie ihm seinen Wagen wirklich abjagen wollten.

Roo fragte: »Luis, wird bei Sonnenaufgang alles fertig sein?«

Luis nickte. »Ja. Vielleicht sollten wir jedoch eine Stunde früher aufbrechen, damit wir auf der Straße des Königs keine unliebsamen Überraschungen erleben.«

»Ich mache mir nicht wegen der Straße Sorgen«, erwiderte Roo. »Erik und die Armee halten die Straße. Die Banditen, die sich in den Bergen herumtreiben, durch die wir müssen, erscheinen mir viel gefährlicher.«

Roos Anwesen lag ein ganzes Stück von der Straße entfernt, und wenn man sie erst einmal verlassen hatte, konnte niemand wissen, wie es dort aussah. »Ich muß Jacob Esterbrook einen Besuch abstatten«, erklärte er und winkte nach einem frischen Pferd. »Und ich werde mich auf der Straße umsehen, ob sie noch frei ist oder ob wir uns einen anderen Weg suchen müssen.«

»Einen anderen Weg?«

Roo nickte. »Ja, ich kenne noch einen anderen Weg.«

»Warum verrätst du ihn mir nicht, nur zur Vorsicht?« fragte Luis.

Roo behagte der Gedanke nicht, der sich hinter »nur zur Vorsicht« verbarg, doch er sah die Notwendigkeit ein. »Es gibt eine Straße, über die Erik und ich vor Jahren nach Krondor gefahren sind. Sie ist sehr schmal, aber die Wagen kommen durch. Allerdings nur hintereinander.« Er erklärte Luis, wie man diese Straße erreichte, die an manchen Stellen kaum breiter als ein Ziegenpfad war. »Wenn du die Ausläufer des Gebirges erreichst, verzweigt sich der Weg. Wenn du dich dann Richtung Südosten hältst, kommst du an Bauernhöfen und Weinbergen vorbei im Norden von Ravensburg heraus. Und dort triffst du auch wieder auf die Königsstraße.«

Luis nickte. »Wann bist du wieder zurück?«

»Falls ich nicht irgendwo auf Schwierigkeiten stoße, vor Sonnenaufgang. Wenn ich eine Stunde vor Sonnenaufgang noch nicht zu Hause bin, brecht ohne mich auf. Sag Karli, ich würde euch schon einholen.«

Luis blickte sich um. »Und Duncan?«

»Er macht eine Runde ums Anwesen, damit wir hier nicht belästigt werden.«

Luis nickte. Er und Duncan hatten fast ein Jahr die Wohnung geteilt, und während dieser Zeit hatten sie eine starke Abneigung gegeneinander entwickelt. Luis traute Duncan nicht über den Weg und vertrug sich nur Roos wegen mit ihm.

Das Pferd wurde gebracht, und Roo stieg auf.

»Wir sehen uns irgendwann morgen.«

Luis winkte zum Abschied, während Roo hinausritt. Er wußte, was unausgesprochen geblieben war: Wenn Roo bis morgen früh nicht zurück wäre, würde das bedeuten, daß er tot war.

»Das gefällt mir überhaupt nicht«, meinte Miranda.

Sie hatten sich in der Höhle des Orakels von Aal versammelt, nachdem Miranda und Macros nach Midkemia zurückgekehrt waren und die anderen zusammengerufen hatten.

»Wem gefällt das schon, aber wir müssen an zwei Orten zur selben Zeit sein«, gab Pug zurück.

Hanam knurrte. »Die Zeit wird knapp. Bald werde ich den

Zorn und den Hunger dieser Kreatur nicht mehr im Zaum halten können.« Der Saaurmagier in Gestalt eines Dämons wandte sich an Pug. »Ihr wißt, was getan und gesagt werden muß.«

Calis hatte nur dagesessen, dem Wortwechsel zugehört und die anderen vier im Raum schweigend beobachtet. »Es besteht die Gefahr, daß keiner von euch zurückkehrt.« Während er diese Worte an alle richtete, hing sein Blick an Miranda.

Sie nickte. »Wir wissen um das Risiko.«

Er seufzte. »Ich sollte in Finstermoor sein.«

»Nein«, widersprach Pug. »Ich kann dir nur den Grund nicht sagen.« Er blickte Macros und Miranda an. »Unserem Geist bleibt etwas verborgen, und wir spüren, wie wichtig es ist, daß dieses Wissen verborgen bleibt, zu unserem eigenen Schutz und dem der anderen. Doch eines weiß ich ganz gewiß: du mußt hierbleiben.«

Miranda und ihr Vater hatten das Tor im Gang zwischen den Welten gefunden und die Höhle auf Shila betreten. Vom Höhleneingang aus hatten sie beobachtet, wie Dämonen durch die Lüfte flogen, und aus der Richtung, in der die Stadt Ahsart lag, kam ein steter Strom Dämonen jeder Größe. Es waren viel mehr Dämonen, als sie je besiegen konnten, und so waren sie durch den Gang nach Midkemia zurückgekehrt und hatten Pug aufgesucht.

Zwei Tage lang hatten sie über einem Plan gebrütet, und nun sollten Macros und Miranda in die Höhlen unter dem Ratn'gary-Gebirge zurückgehen, während Pug und Hanam sich nach Shila aufmachen würden. Hanam würde in seiner Dämonengestalt nicht auffallen, und Pug konnte sich besser unsichtbar machen als Macros und Miranda.

Miranda und ihr Vater würden versuchen, den Spalt nach Midkemia für immer zu versiegeln, so wie Macros das einst mit dem Spalt zwischen Midkemia und Kelewan gemacht hatte, während Pug und Hanam alles daransetzen würden, den Eingang des Dämonenreichs zu schließen.

Miranda sah ihren Vater an, dann Pug. »Ich möchte mich kurz mit Calis allein unterhalten.«

Sie erhob sich, trat zu dem halbelbischen Krieger und bedeutete ihm, er möge sie ein Stück weit begleiten. Sie gingen an der riesigen Gestalt des Orakels vorbei, einem Drachen von ungeheuren Ausmaßen, der tief im Schlaf der Regeneration lag. Um das Orakel schwärmten Männer herum, junge wie alte, die Gefährten des Orakels, die sein Wissen weitergaben; das Orakel und seine Gefährten würden sterben, wenn ihre Zeit gekommen war, doch das Wissen würde weiterleben, solange neue Körper gefunden wurden, in die ihre Seelen einziehen konnten.

Während sie sich von den anderen entfernten, fragte Miranda: »Was bereitet dir Sorgen?«

Calis lachte. »Alles.« Dann fügte er hinzu: »Ich füchte, ich werde dich niemals wiedersehen.«

Sie seufzte und berührte seine Wange. »Wenn das unser Schicksal sein soll, dann müssen wir es akzeptieren. Falls nicht, werden wir uns bestimmt wiedersehen.«

Mit der für Elben typischen, kargen Mimik zog er kaum merklich die Augenbraue hoch und fragte: »Pug?«

Sie nickte. »Es gibt Dinge, die einfach sein müssen.« Sie trat dicht an ihn heran und legte den Kopf an seine Brust. »Wenn es soweit ist, wirst du so viel mehr wissen als jetzt, und du wirst das, was zwischen uns war, als Geschenk, als ein wertvolles und wunderbares Geschenk betrachten. Doch es war auch eine Lektion für uns beide, denn wir mußten beide lernen, was wir wirklich brauchen.«

Er schloß sie in seine Arme und hielt sie einen Augenblick lang fest, dann gab er sie langsam wieder frei. »Ich habe dich zwar nicht verstanden, aber ich akzeptiere das, was du sagst, als wahr.«

Sie berührte erneut seine Wange und sah ihm tief in die Augen. »Mein süßer Calis. Immer bereit zu dienen. Immer bereit zu geben. Und trotzdem hast du noch nie jemanden für dich beansprucht. Warum nur?«

Er lächelte und zuckte mit den Schultern. »Es liegt in meiner Natur. Ich habe noch viel zu lernen. Und wie du mich gerade erinnert hast, bin ich noch jung. Ich spüre, wie ich durch Dienen lernen kann, und während ich lerne, finde ich heraus, wer ich eigentlich bin.«

»Du bist jemand Wunderbares und Einzigartiges«, hauchte sie und küßte ihn sanft auf die Wange.

Er nickte. »Während ich hier in dieser Höhle warte, könntest du mir doch wenigstens einen Hinweis auf das geben, was ich tun soll?«

»Ich weiß nur das, was Pug mir erzählt hat«, erwiderte sie.

»Dann will ich ihn noch einmal fragen.« Er schob sich an ihr vorbei und ging hinüber zu Pug, Macros und Hanam.

»Wenn du schon nicht weißt, weshalb ich hier bin, kannst du mir nicht wenigstens deine Vermutungen mitteilen?« fragte er.

Pug zeigte auf ein riesiges Podest, das auf dem Steinboden stand, nur wenige Meter von dem schlummernden Drachen entfernt. »Deswegen«, sagte er, und alle im Raum spürten einen Ruck, als würden sie leicht bewegt, doch niemand hatte sich gerührt. Doch wo das leere Podest gestanden hatte, befand sich nun ein riesiger, schimmernder grüner Edelstein, in dem ein goldenes Schwert steckte. Der Stein pulsierte, als würde Leben in ihm stecken, und augenblicklich fühlte sich Calis von ihm angezogen und ging hinüber. »Der Stein des Lebens«, flüsterte er.

»Man muß sich nur ein wenig in der Zeit bewegen, um ihn zu sehen.«

Calis betrachtete das Schwert. »Das Schwert meines Vaters.«

»Jener Valheru, der ihn in Gestalt von Draken-Korin zu erobern suchte«, erzählte Pug, »warf sich über den Stein, und dein Vater trieb sein Schwert tief hinein. Ich weiß nicht, wie es genau vor sich ging, doch dadurch wurde der Spaltkrieg beendet. Die Valheru wurden in den Stein gesogen, und dein Vater wollte es nicht riskieren, das Schwert wieder herauszuziehen.«

Calis nickte, wandte den Blick jedoch nicht von dem Edelstein ab. »Ich werde mir dieses Ding genau ansehen.«

Miranda sagte zu Pug: »Wir können nicht länger warten.«

Pug stellte sich zu Hanam. In Gedanken rief er das Bild des Zeichens über dem Portal nach Shila hervor. Miranda hatte es sich gemerkt und Pug diese Erinnerung übermittelt. Pug nickte, und schon war er mit dem Dämon verschwunden.

Miranda warf einen letzten Blick auf Calis, nickte ihrem Vater zu, nahm seine Hand und brachte sich und ihn zurück in die Höhlen unter den Bergen jenseits des Ozeans.

»Nachricht von Hauptmann Breyer, Sir.«

Erik rieb sich die Augen und blinzelte. Er hatte nach dem letzten Gefecht eine Stunde schlafen können. Seit gestern, als Greylock gen Osten aufgebrochen war, hatten die Invasoren dreimal angegriffen, zuletzt bei Sonnenuntergang. Sie hatten den Feind leicht zurückschlagen können, was zum Teil Greylock zu verdanken war, da ihnen dieser fünfzig Bogenschützen mit Langbögen überlassen hatte. Diese waren jedoch nicht beritten, und deshalb wußte Erik, daß er sie wenigstens einen Tag, bevor er sich zurückziehen würde, abmarschieren lassen mußte, denn sie würden mit der Kavallerie nicht Schritt halten können. Dennoch war er über ihre Gegenwart höchst erfreut.

Sein Auftrag bestand darin, die Straße so lange zu verteidigen, bis der Druck der Invasoren zu stark wurde. Dann sollte er sich zurückziehen und ein offensichtliches Loch in der Verteidigungslinie hinterlassen. Der Plan sah vor, daß sich der Feind zwischen Krondor und Finstermoor sammeln sollte, doch genau an der Stelle, wo das Königreich ihn haben wollte.

Erik las die Nachricht. »So weit, so gut«, bemerkte er dazu.

Er entließ den Soldaten und sah den Kurier, einen Hadati, an. »Hol dir etwas zu essen und ruh dich aus. Beim ersten Tageslicht brichst du auf.«

Der Mann aus den Bergen nickte und trat weg. Erik drehte sich um, wickelte sich in seine Decke und versuchte, wieder einzuschlafen. Eine Weile lang lag er da und dachte an Kitty. Ob es ihr wohl gutging? Aber er war sich sicher, daß sie früh genug aufgebrochen war, um allen Gefahren auf der Straße zu entgehen, die nun jenen drohten, die draußen in der Dunkelheit unterwegs waren. Dann schweiften seine Gedanken zu Roo. Hoffentlich waren er und seine Familie in Sicherheit.

Jacob Esterbrook saß mit versteinertem Gesicht hinter seinem Schreibtisch, während Roo ihn drängte, dem Personal zu befehlen, die Sachen zu packen. »Ich erkenne die Gefahr wohl, junger Mann«, sagte er schließlich. Er erhob sich, trat um den Schreibtisch herum und zeigte auf eine Karte des Königreichs, die an der Wand zwischen zwei großen Bücherregalen hing. »Ich habe mit dem Kaiserreich Groß-Kesh schon Handel getrieben, als Ihr noch nicht geboren wart. Ich habe mit Queg Geschäfte gemacht. Wenn sich die politischen Gegebenheiten hier ändern, werde ich mit jedem Geschäfte machen können, der an der Macht ist, nachdem sich die Lage wieder beruhigt hat.«

Roo riß in schierem Unglauben die Augen auf. Er war die Nacht durchgeritten, hatte Esterbrooks Haus am nächsten Abend zwei Stunden nach Sonnenuntergang erreicht und um ein Gespräch mit dem Kaufmann gebeten. »Jacob, ich will Euren Geschäftssinn nicht anzweifeln, aber so, wie die Dinge stehen, ist eine Armee mörderischer Halunken auf dem Weg hierher. Und ich kenne diese Armee. Ich habe eine Zeitlang in ihr gedient.«

Bei diesen Worten zog Esterbrook interessiert die Augenbrauen hoch. »Ach, wirklich?«

»Ja, und wir haben zu wenig Zeit, als daß ich Euch die Einzelheiten erzählen könnte. Glaubt mir, diese Leute haben kein Interesse an Geschäften; sie werden hierherkommen und das Haus bis auf die Grundmauern niederbrennen, nachdem sie alles, was mehr als ein Kupferstück wert ist, herausgeschleppt haben.«

Jacob lächelte, und dieses Lächeln gefiel Roo ganz und gar nicht. »Ihr seid so ein begabter Junge, Rupert, und ich glaube, Ihr hättet Eure Ziele sogar ohne die Hilfe des Herzogs erreicht. Nicht ganz das, was Ihr mit dieser Hilfe aufgebaut habt, nein. Doch dieses Geschäft während der Getreidekrise in den Freien Städten war schlicht brillant.« Er ließ sich wieder hinter dem Schreibtisch nieder, zog eine Schublade auf und entnahm ihr ein Pergament, welches er auf den Tisch legte. »Ohne diese Unterstützung hätte ich Euch sicherlich töten lassen, sobald Ihr zu einem Ärgernis geworden wäret, doch so, wie sich die Dinge entwickelt haben, konnte ich mich nicht beschweren.« Er seufzte. »Um es offen zu sagen, dieses Dokument« – er deutete auf das Pergament – »ist eine Vollmacht, mit den Invasoren zu verhandeln, um die Feindseligkeiten zu beenden.«

»Nachdem sie Krondor in Schutt und Asche gelegt haben?« fragte Roo.

Jacob grinste breit. »Was soll sich Groß-Kesh um die Zerstörung einer Stadt des Königreichs sorgen?«

»Groß-Kesh?«

»Rupert, seid doch nicht so dumm. Habt Ihr denn nie daran gedacht, daß es außer meinen unbezweifelten Fähigkeiten als Geschäftsmann noch etwas gibt, weshalb ich den Handel mit dem Süden so fest in Händen halte? Ich habe Freunde an hoher Stelle am Hofe des Kaisers, und sie haben es mir leicht gemacht, Euch aus diesem Geschäft zu drängen. Und jetzt wollen sie zu einer schnellen Einigung mit den Invasoren und dieser Smaragdkönigin kommen und die neuen Grenzen festlegen.«

Roo saß wie vom Schlag getroffen da. »Neue Grenzen?«

»Prinz Erland hat ein Abkommen mit Groß-Kesh geschlossen, Land im Tal der Träume abzutreten. Im Gegenzug verpflichtet sich das Kaiserreich, sich nicht einzumischen.« Er zeigte auf Roo.

»Was Ihr doch vermutlich gewußt habt, da Ihr mir Euren Besitz in Shamata verkauft habt. Ihr wußtet jedoch nicht, daß der neue Gouverneur von Shamata mehr als glücklich war, meine Ansprüche auf diese Geschäfte zu bestätigen.

Zwar haben wir in diesem Abkommen zugesagt, nicht ins Königreich einzumarschieren, doch haben wir mit keinem Wort versprochen, uns nicht mit den neuen Herrschern des Landes nördlich des Kaiserreiches ins Einvernehmen zu setzen. Und in diesem Augenblick, in dem wir uns hier unterhalten, ist eine große Armee auf dem Weg ins Tal der Träume und wird das Gebiet besetzen, und zwar nicht nur den Teil, der uns laut Abkommen zusteht. Und dieses Land wird unser Besitz sein, sobald dieses Ungemach sein Ende gefunden hat.«

»Ihr seid ein Keshianer«, stieß Roo leise hervor.

Jacob breitete die Arme aus und zuckte mit den Schultern. »Nicht von Geburt, mein lieber Rupert, von Beruf!«

»Ihr seid ein Spion!«

»Ich ziehe es vor, mich als Förderer zu betrachten, als jemanden, der alle möglichen Arten von Handel zwischen dem Königreich und Groß-Kesh dirigiert, Waren, Dienste und ... Informationen.«

Roo erhob sich. »Nun, dann könnt Ihr von mir aus in der Hölle schmoren, Jacob. Aber Sylvia werde ich nicht hier mit Euch sterben lassen.«

»Meiner Tochter steht es frei, mit Euch zu gehen, sollte sie das wünschen«, erwiderte Jacob. »Ich habe es schon lange aufgegeben, ihr etwas vorschreiben zu wollen. Falls sie mit Euch zu reisen wünscht, mag sie es tun.«

Ohne ein weiteres Wort ließ Roo den alten Mann in seinem Arbeitszimmer allein. Er eilte die Treppen hoch zu Sylvias Zimmer. Er klopfte nicht erst an, sondern öffnete gleich die Tür.

Sylvia saß auf dem Bett, Duncan stand vor ihr, einen Fuß auf die Bettkante gestellt. Er hatte sich zu Sylvia vorgebeugt und ihr die Hand auf vertrauliche Weise auf die Schulter gelegt. Dazu trug er sein charmantestes Lächeln zur Schau. Sylvia schien sich über das, was Duncan gerade gesagt hatte, zu ärgern, und sie waren so in ihren Streit vertieft, daß sie Roo im ersten Moment überhaupt nicht bemerkten.

»Nein!« herrschte Sylvia Duncan an. »Du gehst zurück und erledigst es heute nacht, du Narr. Wenn er das Anwesen erst einmal verlassen hat, ist es zu spät!«

»Wozu ist es dann zu spät?« wollte Roo wissen.

Sylvia sprang auf, während Duncan zur Seite trat.

»Was hast du denn, Cousin«, fragte Duncan. »Ich wollte die junge Frau Esterbrook nur davon überzeugen, daß sie fliehen muß.«

Roo betrachtete einen Augenblick lang die Szene, die sich ihm bot, dann zog er langsam das Schwert. »Jetzt verstehe ich, was für ein Dummkopf ich war.«

»Roo!« rief Sylvia. »Du denkst doch nicht etwa ... doch nicht Duncan und ich ...!«

Duncan hob beschwichtigend die Hände. »Cousin? Was glaubst du denn, was ich hier getan habe?«

»Seit all dies angefangen hat, habe ich nie begriffen, wieso wir Jacob nie übertrumpfen konnten. Und jetzt erfahre ich, daß er ein Spion von Groß-Kesh ist und daß mein eigener Cousin meine Geliebte mit Informationen versorgt hat.«

Duncan wirkte, als wolle er etwas sagen, doch dann erstarb das Grinsen auf seinem Gesicht, und er riß sein Schwert aus der Scheide. »Verdammt, ich habe genug von dieser Scharade.«

Er schlug zu. Roo parierte und setzte zu einer Riposte an. Duncan wich seiner Klinge mit Leichtigkeit aus.

»Dem kann ich nur zustimmen«, erklärte Roo.

Duncan grinste, jedoch bösartig und voller Haß. »Du kannst dir nicht vorstellen, wie lange ich mich schon auf diesen Augenblick freue, Cousin. Immer mußte ich mich mit den Krumen zufriedengeben, die von deinem Tisch abfielen, mußte deine Botengänge erledigen, während du diesen einhändigen Hund aus Rodez bevorzugt hast. Also gut, bringen wir es zu Ende, damit ich Sylvia nicht länger mit dir teilen muß.«

»Dann ist es also wahr?«

»Natürlich, du Idiot!« schrie Sylvia. Sie wälzte sich vom Bett, als sie Gefahr lief, zwischen die wilden Schwerthiebe zu geraten.

»Meine Liebe«, sagte Duncan, »ich brauche die fette Kuh gar nicht zu töten. Ich bringe einfach Rupert um, und dann heirate ich Karli. Und wenn genug Zeit verstrichen ist, beseitigen wir sie, und dann kannst du mich heiraten.«

Rupert zielte einen Hieb auf Duncans Kopf, und der riß sein Schwert hoch, um zu parieren. Dann zog Roo die Klinge nach unten und versuchte, Duncan in der Seite zu erwischen. Doch sein Cousin brachte sein Schwert allein mit einer Drehung des Handgelenks nach unten und wehrte Roos Klinge ab. »Nicht schlecht, Cousin«, bemerkte Duncan hämisch. »Was das Fechten betrifft, konntest du mir nie das Wasser reichen, und das weißt du. Irgendwann machst du einen Fehler, und dann werde ich dich töten.«

Roo erwiderte nichts. Haß erfüllte ihn, als er erkannte, wie sehr man ihn zum Narren gemacht hatte. Er täuschte links an und setzte dann rechts zum Hieb an, wobei er beinahe getroffen hätte, doch als der größere der beiden Fechter tänzelte Duncan leichtfüßig zurück. »Karli würde dich niemals heiraten, du Schwein. Sie haßt dich.«

Grinsend antwortete Duncan: »Sie kennt mich nur noch nicht. Und sie weiß meine wahren Qualitäten noch nicht zu schätzen.« Er streckte den Schwertarm aus und hätte Roo fast an der Schulter erwischt. Roo duckte sich leicht und schlug die Klinge seines Cousins zur Seite.

Sylvia stand hinter dem Bett in der Ecke und klammerte sich an die Gardinen. »Töte ihn, Duncan!« kreischte sie. »Spiel nicht mit ihm.«

»Mit Vergnügen«, gab Duncan zurück und griff plötzlich mit größerer Schnelligkeit an, als Roo es für möglich gehalten hätte.

Er tat sein Bestes, um sich zu verteidigen, und bemerkte, daß er ebenso schnell wie sein Cousin war. Dennoch, Duncan war der erfahrenere Fechter. Roo blieb nur ein schwacher Vorteil: erst vor einem Jahr hatte er ein Duell auf Leben und Tod ausgefochten, während Duncan seit Jahren keinem ernsthaften Gegner mehr gegenübergestanden hatte. Duncan setzte mit einem neuen Angriff nach, und plötzlich wußte Roo, wie er Duncan besiegen konnte. Nur wenn es ihm gelang, den besseren Fechter zu ermüden, würde er diesen Kampf überleben.

Vor und zurück ging es, Hieb auf Hieb, Parade auf Parade. Das Licht zweier flackernder Kerzen ließ Schatten über die Wände tanzen. Das Klingen des Stahls rief die Dienstboten auf den Plan. Eine Magd blickte mit aufgerissenen Augen herein, und Sylvia schrie: »Hol Samuel!«

Roo kannte Samuel, den Kutscher, einen stiernackigen Kerl, der, wie ihm jetzt klar wurde, für Jacob als Spion gearbeitet haben mußte. Wenn Samuel nun hier im Zimmer einträfe, würde er Roo genügend ablenken, damit Duncan zu einem tödlichen Stoß ansetzen konnte.

Roo gab sich zögerlich, und als Duncan angriff, setzte er zu einer Riposte an und drängte seinen Cousin bis an die Wand zurück. Dann drehte sich Roo um und eilte zur Tür, warf sie zu und legte den Riegel vor. »Du wirst noch eine Zeitlang ohne Hilfe auskommen müssen«, sagte er, keuchend vor Anstrengung.

»Ich brauche auch gar keine«, erwiderte Duncan und ging auf Roo los. Roo duckte sich und wartete.

Sylvia stand reglos in der Ecke. Ihr Gesicht war zu einer Maske des Hasses erstarrt, während sie beobachtete, wie die beiden Männer umeinander herumschlichen.

Immer wieder schlugen sie aufeinander ein, doch keiner wurde verwundet. Jeder Mann kannte den anderen bis in jede Einzelheit, viele Stunden hatten sie zusammen geübt. Und so waren sie sich letzten Endes ebenbürtig.

Der Schweiß strömte ihnen über die Gesichter und durchnäßte ihre Hemden. In der stickigen Luft dieser heißen Sommernacht waren sie bald beide außer Atem.

Vor und zurück ging es wieder, und keiner der Männer konnte sich einen Vorteil erkämpfen. Roo beobachtete genau, ob Duncan eine neue Finte ausprobieren wollte oder langsam ermüdete. Duncan wurde immer niedergeschlagener, denn bei den Fechtübungen hatte er Roo jedesmal besiegt, doch nun hielt sich der kleine Mann wacker und schien sogar leicht die Oberhand zu gewinnen.

Ein Pochen an der Tür verkündete die Ankunft von Samuel, dem Kutscher. »Herrin!« rief er durch die Tür.

»Ich werde angegriffen!« kreischte sie. »Rupert Avery will mich umbringen. Sein Cousin Duncan verteidigt mich. Brich die Tür auf!«

Einen Augenblick später krachte es laut an der Tür, als Samuel versuchte, sie aufzubrechen, indem er und vermutlich ein zweiter Diener sich mit den Schultern dagegen warfen. Roo wußte, daß die Tür aus schwerer Eiche und mit einem eisernen Bolzen verriegelt war; er hatte sie selbst oft genug verschlossen. Sie würden etwas suchen müssen, das sie als Ramme einsetzen konnten. Mit den Schultern allein würden sie gegen das massive Holz nichts ausrichten.

Dann bemerkte Roo aus den Augenwinkeln eine Bewegung. Sylvia wollte über das Bett hinweg und an ihm vorbei zur Tür rennen, um sie zu entriegeln. Er sprang zurück und schlug wild mit dem Schwert in ihre Richtung, woraufhin sie aufschrie und zurückwich. »Nicht ganz so schnell, meine Liebe«, sagte er. »Wir haben noch eine Rechnung zu begleichen.«

Duncan seufzte niedergeschlagen, während er einen Ausfall machte und Roo neben das Bett trieb, gegenüber von Sylvia. Er blickte zur Tür, als würde er seine Chancen abmessen, sie zu öffnen. Roo nutzte diesen Moment der Unaufmerksamkeit und stach zu – und ein blutroter Fleck breitete sich an der Schulter auf Duncans weißem Seidenhemd aus.

Roo grinste. Wenngleich die Wunde nur winzig war, hatte der Hieb Duncans Eitelkeit doch immens getroffen. Roo hatte das erste Blut vergossen, und nun würde Duncan noch waghalsiger und unbesonnener angreifen.

Duncan fluchte und griff Roo so heftig an, wie er konnte. Er drängte Roo in die Ecke, machte einen Ausfall und versuchte, den kleineren Mann aufzuspießen. Roo hatte diesen Zug vorhergesehen, da er wußte, daß Duncan seinen Gewohnheiten treu blieb. Über die Jahre hinweg hatte Roo eine gewisse Neigung erkennen lassen, nach rechts auszuweichen, wenn er einen Hieb parierte. das war Duncan natürlich ebenfalls klar. Doch nun tat Roo das Unerwartete. Er sprang auf das Bett zu seiner Linken und federte auf und ab wie ein Akrobat. Er hörte mehr, als daß er sah, wie Duncans Klinge auf die Wand schlug. Dann sprang er neben Sylvia, wandte sich Duncan zu und sah, wie dieser die Klinge zurückriß und nun seinerseits aufs Bett sprang.

Sylvia hatte einen Dolch unter ihrem Kopfkissen hervorgezogen und stach nun kreischend auf Roo ein. Roos Aufmerksamkeit galt allein Duncan, doch er bemerkte die Bewegung und duckte sich leicht nach vorn. Schmerz schoß durch seine Schulter, als ihn der Stich, welcher ihn im Hals hatte treffen sollen, verfehlte und statt dessen an der Schulter erwischte.

Wieder riß Duncan das Schwert zurück, um Roo aufzuspießen, wie er es schon beim letzten Mal beabsichtigt hatte. Roo wich zurück, und ohne wirkliche Absicht stieß er Sylvia zur Seite, die zwischen ihn und Duncan geriet.

Einen Augenblick lang erstarrten beide Männer, als Duncans Schwertspitze tief in Sylvia Esterbrooks Seite eindrang. Die wunderschöne junge Frau, deren Gesicht von Haß und Wut verzerrt war, wurde plötzlich steif und riß erstaunt die Augen auf.

Sie blickte nach unten, als würde sie nicht verstehen, was gerade geschehen war. Dann wurde sie schlaff. Als sie zusammenbrach, bog sie Duncans Klinge leicht nach unten, und als dieser sie aus Sylvias sterbendem Körper ziehen wollte, stach Roo zu. Sein Arm war von der Verletzung geschwächt, doch Duncan hatte die Balance verloren und war ohne Deckung, und Roos Schwertspitze traf ihn genau im Hals.

Duncan riß ebenso erstaunt wie Sylvia die Augen auf. Er taumelte nach hinten und fiel aufs Bett. Sein Kopf kam auf einem der Kissen zu liegen, auf dem sie sich geliebt hatten, und er faßte sich an den Hals. Blut strömte aus der Wunde und aus Mund und Nase, und während er den Strom mit den Händen aufhalten wollte, begann er zu gurgeln.

Roo stand da, blutete, verspürte nur den Schmerz, war vollkommen außer Atem. Er betrachtete seinen Cousin, der auf Sylvias Bett lag, dessen Blut sich auf den Seidenlaken und Kissen ausbreitete. Duncans Hand wurde schlaff, rutschte vom Hals, und sein Kopf rollte zur Linken, als wollte er in seinem letzten Moment noch einmal Roo und Sylvia ansehen. Dann brach sein Blick.

Roo wandte sich Sylvia zu, die zu seinen Füßen lag und mit leeren Augen zu ihm hochstarrte. Das Pochen an der Tür wurde regelmäßiger, hartnäckiger, und Roo konnte sich denken, daß sie nun einen Tisch oder irgend etwas anderes Schweres als Ramme benutzten.

Er taumelte zur Tür und rief: »Haltet ein.«

Er zog den Eisenriegel zurück und öffnete die Tür. Davor standen drei Diener, Samuel, ein Stallknecht, an dessen Namen sich Roo nicht mehr erinnern konnte, und der Koch, alle mit Waffen in der Hand. Der Koch hielt ein Küchenbeil, die anderen beiden jeweils ein Schwert.

Roo bedachte die drei mit einem finsteren Blick. »Tretet zur Seite oder sterbt!«

Beim Anblick des blutigen Gemetzels hinter dem kleinen Mann mit dem Schwert in der Hand wichen die drei Dienstboten zurück. Roo trat in den Gang.

Hinter den drei Männern warteten Mägde, Küchenhilfen, Gärtner und der Rest. Roo sagte: »Sylvia ist tot.«

Eines der Mädchen schrie auf, während ein anderes mit offener Genugtuung lächelte.

Roo fuhr fort: »Eine riesige Armee ist in diese Richtung unterwegs. Sie wird irgendwann morgen hier eintreffen. Schnappt euch, was ihr könnt, und flieht nach Osten. Wenn ihr das nicht tut, werdet ihr morgen abend schon vergewaltigt und tot oder versklavt sein. Und jetzt geht mir aus dem Weg.«

Niemand zögerte auch nur einen Moment. Alle drehten sich um und rannten die Treppe hinunter.

Roo taumelte ebenfalls nach unten, und dort angekommen sah er, wie die Dienerschaft eifrig das Haus nach Gegenständen durchsuchte, die leicht mitzunehmen waren. Er dachte kurz daran, noch einmal zu Jacob ins Arbeitszimmer zu gehen und den Verräter zu töten, doch war er zu erschöpft. Er würde all seine Kraft brauchen, um nach Hause zurückzukehren. Er war nicht schwer verletzt, dennoch mußte die Wunde versorgt werden.

Er stolperte nach draußen und fand sein Pferd dort vor, wo er es festgebunden hatte. Er schob das Schwert in die Scheide und nahm seinen ganzen Willen zusammen, um aufzusteigen. Dann lenkte er das Pferd zum Tor, stieß ihm die Hacken in die Flanken und galoppierte davon – nach Hause.

Luis kümmerte sich um Roos Schulter, derweil Karli eine Schüssel mit Wasser hielt und sich aufregte. »Es ist doch gar nicht so schlimm«, beruhigte Luis sie. »Der Stich ist zwar bis auf den Knochen durchgegangen, aber es ist nur das Schulterblatt.« Er nähte die Wunde gerade mit einem Seidenfaden und einer Nadel aus Karlis Nähkästchen. »Sieht viel schlimmer aus, als es ist.« Roo zuckte, und Luis wandte sich an ihn: »Muß trotzdem höllisch weh tun, wie?«

Roo war aufgrund des Blutverlustes und des Schmerzes bleich geworden. »Darauf kannst du dich verlassen.«

»Also, wenn es die Arterie erwischt hätte, wärst du inzwischen längst verblutet. Du kannst dich wirklich glücklich schätzen.« Er zog den letzten Stich fest, winkte nach einem Tuch und säuberte die Wunde. »Wir wechseln den Verband zweimal am Tag. In die Wunde darf kein Dreck kommen. Wenn sie sich entzündet, wirst du ernsthaft krank werden.«

Beide Männer waren darin unterwiesen worden, Wunden zu versorgen, und so wußte sich Roo in guten Händen. Helen Jacoby bemerkte: »Es tut mir leid wegen Duncan.«

Roo hatte ihnen erzählt, er wäre mit Duncan zusammen von Banditen überfallen worden, die sich auf der Flucht vor der Armee der Invasoren befunden hätten. Er blickte Karli an und entschied, ihr die Wahrheit zu sagen, wenn all das vorbei wäre, wenn er seine Familie in Sicherheit gebracht hätte und er sie um Verzeihung bitten könnte. Vielleicht würde er seine Frau niemals lieben, doch nun wußte er, daß das, was er an ihr hatte, weitaus mehr wert war als die Illusion von Liebe, die er für Sylvia empfunden hatte.

Auf dem ganzen Weg nach Hause, während die Wunde mit jedem Herzschlag pochte, hatte er sich einen Narren gescholten. Wie hatte er nur glauben können, sie hätte ihn tatsächlich geliebt? Niemals in seinem Leben war er geliebt worden, außer vielleicht von Erik und den Männern, mit denen er jenseits des Ozeans gedient hatte. Aber dabei handelte es sich um die Liebe zwischen Freunden. Die Liebe einer Frau hatte er jedoch nie erfahren, nur ihre Umarmungen.

Immer wieder waren ihm die Tränen über das Gesicht gelaufen, als er daran dachte, wie er sich diese mörderische Hure als Mutter seiner Kinder erträumt hatte, und sein Zorn auf sich selbst schwoll noch an.

Und Duncan hatte er vertraut ... Wie konnte er nur so blind gewesen sein? Er hatte sich durch die Blutsbande und den billigen Charme des Mannes über dessen wahren Charakter hinwegtäuschen lassen: der Kerl war faul, selbstsüchtig und verräterisch gewesen. Ein richtiger Avery, sagte sich Roo.

Er trank Wasser aus dem Becher, den Helen ihm hinhielt. »Luis, falls mir irgend etwas zustößt, möchte ich, daß du Avery und Sohn für Karli weiterführst.«

Karli starrte ihn mit großen Augen an, in denen sich Tränen sammelten. »Nein!« Sie kniete sich vor ihrem Gatten hin und sagte: »Nichts wird dir zustoßen!« Allein bei dem Gedanken, Roo zu verlieren, geriet sie in Verzweiflung.

Roo lächelte. »Heute nacht wäre mir beinahe etwas zugestoßen. Ich habe keineswegs vor, diese Welt so bald zu verlassen, aber ich habe den Krieg nur zu gut kennengelernt: da wird ein Mann nicht erst gefragt, ob es für ihn an der Zeit ist zu sterben.« Er setzte den Becher ab und nahm ihre Hände. »Ich habe doch gesagt ›falls‹, nicht mehr.«

»Ich verstehe.«

Er blickte Helen an. »Ich würde es begrüßen, wenn du eine Zeitlang bei uns bliebest. Nachdem das alles vorbei ist, meine ich. Wir werden alles wieder aufbauen, und dabei werden wir viele Freunde brauchen, die uns helfen.«

Sie lächelte. »Natürlich. Du warst immer sehr großzügig zu mir und den Kindern. Sie betrachten dich fast als ihren Vater, und ich kann dir nicht genug dafür danken, daß du dich um meine Geschäfte gekümmert hast.«

Roo erhob sich. »Ich fürchte, unsere Gesellschaften werden sich in einem äußerst miserablen Zustand befinden, wenn der Krieg vorbei ist.«

Helen nickte. »Doch zuerst müssen wir überleben. Und dann können wir wieder aufbauen.«

Roo lächelte und sah seine Frau an, auf deren Gesicht sich noch immer Furcht abzeichnete. »Ihr beide schlaft jetzt ein wenig. Wir brechen in ein paar Stunden auf. Ich habe noch einiges mit Luis zu besprechen, ehe es so weit ist.«

»Und deine Wunde?« fragte Karli. »Du brauchst auch Ruhe.«

»Ich werde mich in der Kutsche ausruhen, versprochen. Ein oder zwei Tage lang werde ich nicht reiten.«

»Also gut«, gab sie sich zufrieden und winkte Helen zu, sie nach oben zu begleiten.

Die beiden Frauen waren aufgewacht, als Roo nach Hause gekommen war, und trugen noch ihre langen Nachthemden. Während sie die Treppe hinaufstiegen, folgte Luis Helen mit den Augen, bis sie nicht mehr zu sehen war. »Sie ist schon ein Prachtstück von einer Frau«, meinte Roos alter Gefährte.

Roo hatte beobachtet, wie sich der dünne Stoff ihres Nachthemds an ihre Hüfte schmiegte, als sie die Treppe hinaufgegangen war. »Das ist mir schon vor langem aufgefallen.«

»Also, was ist wirklich passiert?« erkundigte sich Luis.

Roo sah den Mann an. »Was willst du damit sagen?«

»Ich erkenne doch die Wunde von einem Dolch. Habe schließlich selbst oft genug welche ausgeteilt. Dich hat es seitlich von hinten erwischt. Wäre es wirklich ein Bandit gewesen, wärest du jetzt tot.« Er setzte sich auf einen Stuhl gegenüber von Roo. »Und Banditen überfallen bewaffnete Männer nicht, wenn die nichts bei sich tragen, was sich zu rauben lohnt.«

»Ich war bei Esterbrook.«

Luis nickte. »Und du hast Duncan bei Sylvia erwischt.«

»Du hast es gewußt?«

Der alte Haudegen nickte. »Natürlich habe ich es gewußt. Man müßte schon ein blinder Idiot sein, um es nicht zu bemerken.«

»Ich denke, dann hast du einen blinden Idioten vor dir.«

»Die meisten Männer sind Idioten, wenn sie damit denken.« Er zeigte auf Roos Schritt. »Duncan schläft schon seit über einem Jahr mit dem Mädchen.«

Luis seufzte. »Der Grund dafür, warum ich Rodez in Schande verlassen habe, war eine Frau. Die Gemahlin eines Adligen hat mich zum Narren gehalten. Ich habe den Adligen in einem Duell verwundet. Als ich in Krondor eintraf und verhaftet wurde, war er der Verletzung erlegen, und ich sollte wegen Mordes gehängt werden. Bei der Gelegenheit haben wir uns im Kerker kennengelernt.« Er nickte, als er daran zurückdachte. »Ich weiß, wie man denkt, wenn man verliebt ist, wie blind einen Schönheit machen kann und wie dumm man sich wegen einer sanften Berührung und eines süßen Duftes anstellt. Heute weiß ich, daß die Dame, die mein Leben ruiniert hat, eine berechnende Hure war, die, nachdem ich ihr Bett verlassen hatte, für mich nicht mehr übrig hatte als für den Diener, der ihre Schuhe putzt. Und dennoch, selbst jetzt erregt mich die Erinnerung an ihren Anblick im sanften Kerzenlicht noch immer.« Er schloß die Augen. »Ich meine, wenn sie draußen stünde und mich einladen würde, abermals mit ihr das Bett zu teilen, ich weiß nicht, ob ich nein sagen könnte.

Manche Männer lernen es eben nie, und manche lernen es gerade rechtzeitig, bevor es zu spät ist. Zu welcher Sorte gehörst du?«

»Auf keinen Fall möchte ich mich noch einmal so zum Narren machen«, antwortete Roo.

»Und trotzdem wirfst du Helen Jacoby Blicke hinterher und fragst dich, wie es wohl sei, in ihren lieblichen Armen zu liegen, deinen Kopf auf ihrem wohlgeformten Busen zu betten und ihre Beine zu spüren, wie sie dich umklammern?«

Roo kniff die Augen zusammen. »Was willst du damit sagen?«

Luis zuckte mit den Schultern. »Zum Teil, daß jeder gesunde Mann das tun würde, denn Helen ist eine wunderschöne Frau, die zudem vom Charakter her warmherzig und großzügig ist – ich denke manchmal ebenfalls an so etwas, doch ich behalte es für mich, alle Männer tun dies – doch ich glaube, Rupert Avery sucht einfach nach etwas, das er nicht hat.«

»Und das wäre?«

»Ich weiß es nicht, mein Freund.« Luis erhob sich. »Aber du wirst es nicht in den Armen einer anderen Frau finden, genausowenig, wie du es in den Armen von Sylvia Esterbrook gefunden hast.« Er streckte die Hand aus und tippte Roo vor die Stirn. »Dort wirst du es finden.« Und dann tippte er ihm vor die Brust. »Und dort.«

Roo seufzte. »Vielleicht hast du recht.«

»Ich weiß, daß ich recht habe«, gab Luis zurück. »Außerdem ist Helen auf ihre Art ebenso gefährlich wie Sylvia.«

»Inwiefern?« fragte Roo. »Sylvia hat mich betrogen und wollte Duncan benutzen, um Karli zu töten, und sie wollte mich dann heiraten, um schließlich mich umzubringen und mein Vermögen zu bekommen.« Er blickte Luis scharf an. »Du glaubst doch nicht, Helen sei genauso?«

»Nein.« Luis seufzte. »Sie ist auf andere Art gefährlich. Sie liebt dich wirklich.« Er wandte sich zur Tür. »Wenn dies alles vorbei ist, würdest du besser daran tun, sie fortzuschicken. Sorge für sie, wenn es sein muß, aber laß sie gehen, Roo.

Und jetzt muß ich mich um die Wagen kümmern, und du wirst dich ausruhen.«

Roo saß allein da und spürte, wie ihn alle Kraft verließ. Er schaffte es gerade noch, aufzustehen und zu dem Diwan hinüberzugehen, auf den er sich bäuchlings legte. Helen war in ihn verliebt? Das konnte nicht wahr sein. Vielleicht hatte sie ihn gern, ja. War ihm dankbar, weil er für sie und ihre Kinder sorgte, ja. Aber daß sie ihn liebte? Das durfte einfach nicht wahr sein.

Dann merkte Roo, wie all die Wut, der Schmerz und die Einsamkeit in seinem Leben an die Oberfläche drängten. Er hatte sich nie zuvor so dumm gefühlt, so unbeholfen, so ausgenutzt. Zwei Menschen, von denen er geglaubt hatte, sie würden ihn lieben, hatten einen Plan geschmiedet, um ihn zu töten – und waren jetzt selbst tot.

Und nun erzählte ihm Luis auch noch, daß jene Frau, die er von allen in der Welt am meisten bewunderte, in ihn verliebt war, und daß er sie fortschicken müsse. Während er dalag, traten ihm unwillkürlich die Tränen in die Augen, er tat sich selbst leid und ärgerte sich über seine eigene Unzulänglichkeit. Der Schlaf kam bald, als die Erschöpfung das Selbstmitleid übermannte, und es schien ihm, als habe er nur wenige Augenblicke Ruhe gefunden, da weckte ihn Luis und sagte, es sei an der Zeit, das Haus zu verlassen.

Roo erhob sich wackelig und ließ sich von Luis stützen, während sie zu den Wagen gingen. Roo blinzelte. Karli, Helen und die Kinder saßen bereits in der Kutsche. »Ich habe dich bis zur letzten Minute schlafen lassen«, erklärte Luis und bedeutete ihm, er solle in die Kutsche steigen.

Roo blickte nach Osten, wo die Sonne aufging. »Wir hätten schon vor einer Stunde aufbrechen müssen«, sagte er.

Luis zuckte mit den Schultern. »Wir hatten viel zu tun und zu wenig Zeit. Eine Stunde hätte uns auch nicht gerettet.« Er zeigte nach Westen.

Im grauen Licht der Dämmerung sah Roo in der Ferne Türme von Rauch. Brennende Häuser. Im Nordosten konnte man Feuerschein erkennen. »Sie sind nah«, sagte er.

»Ja«, erwiderte Luis. »Brechen wir auf.«

Roo stieg in die Kutsche und setzte sich neben Karli. Helmut, sein Sohn, saß auf der anderen Seite, während Helen gegenüber zwischen ihren beiden Kindern saß. Abigail hockte auf dem Boden der Kutsche zu Karlis Füßen, spielte mit einer Puppe und sang ein Kinderlied. Roo legte seinen Kopf auf die Schulter seiner Frau und schloß die Augen.

Die Fahrt war holperig, wahrscheinlich würde er nicht schlafen können, doch wenigstens würden seine Augen ein bißchen Ruhe finden. Als er dann doch in Schlaf fiel, dachte Roo gerade daran, wie Jacob Esterbrook wohl die Verhandlungen mit den Invasoren angehen würde.

Jacob Esterbrook saß ruhig hinter seinem Schreibtisch. Er wußte, daß die ersten Momente des Aufeinandertreffens mit diesen Invasoren entscheidend waren. Falls er Furcht oder gar Panik zeigte oder irgendein Zeichen von Unsicherheit oder Feindseligkeit, würde er es teuer bezahlen müssen. Doch solange er ruhig blieb und nur einfach darum bat, einen der Vorgesetzten zu sprechen, jemanden, der seine Botschaft von den Schlüsselfiguren des keshianischen Hofes zur Smaragdkönigin weiterleiten würde, würde ihm nichts geschehen.

Überraschenderweise hatte es ihm Kummer bereitet, als er vom Tod seiner Tochter erfahren hatte. Er hatte das Mädchen nie leiden können, doch sie war nützlich gewesen, so wie ihre Mutter vor ihr.

Jacob fragte sich, warum sich manche Menschen solche Sorgen um ihre Kinder machten, die für ihn doch stets nur ein Rätsel geblieben waren.

Draußen verkündete Hufschlag die Ankunft der Invasoren, und Jacob riß sich zusammen. Er hatte sich genau überlegt, was er zu sagen hatte. Schritte hallten durch die Eingangshalle, und dann wurde die Tür aufgestoßen.

Zwei eigentümlich gekleidete Männer traten ein, einer mit Schild und Schwert bewaffnet, der andere mit Pfeil und Bogen. Beide hatten ihr Haar mit Fett eingestrichen und trugen es in langen halbkreisförmigen Zöpfen. Auf ihren Wangen sah Jacob Narben, rituelle Narben, entschied er.

Jacob hob beide Arme, um zu zeigen, daß er unbewaffnet war. Die Rolle mit dem Referenzschreiben hielt er in der Linken. Seinen Informationen über den fernen Kontinent nach sprachen die dortigen Bewohner eine Variante des Keshianischen, wie sie vor langer Zeit in der Bitteren See verbreitet gewesen war.

»Seid gegrüßt«, sagte Jacob langsam. »Ich möchte mit einem eurer Vorgesetzten sprechen. Ich habe eine Botschaft vom Kaiser von Kesh für ihn.«

Die beiden Krieger sahen sich an. Der Mann mit dem Bogen stellte dem anderen eine Frage in einer Sprache, die Jacob noch nie zuvor gehört hatte, und der mit dem Schild nickte. Der Bogenschütze hob die Waffe und ließ den Pfeil los, der Jacob an die Lehne seines Stuhls heftete.

Mit seinem letzten Blick sah Jacob, wie die beiden Männer ihre Messer zogen und auf ihn zutraten.

Später am Morgen traf einer der Hauptleute der vielen Söldnerkompanien im Dienst der Smaragdkönigin mit einer Schwadron von zwanzig Männern ein. Sie schwärmten aus, zehn Mann umkreisten das Anwesen, und während acht andere abstiegen und hineineilten, hielten die verbliebenen zwei die Pferde. Jeder Mann in der Kompanie war vollkommen ausgehungert, und alles außer Essen interessierte sie für eine Weile nicht.

Einige Augenblicke danach trat einer der Soldaten aus dem Haus. Auf seinem Gesicht spiegelte sich Ekel. »Was ist los?« fragte der Hauptmann.

»Diese verdammten Jikanji-Kannibalen. Sie sitzen drinnen und fressen jemanden.«

Der Hauptmann schüttelte den Kopf. »Im Moment bin ich fast soweit, das gleiche zu tun.« Er sah sich um. »Wo ist Kanthuk? Er spricht doch ihr Kauderwelsch. Er soll ihnen sagen, daß sie die Straße runtergehen und nach Vorräten suchen sollen.«

Die Männer, die das Haus umritten hatten, kehrten zurück. »Hinten gibt es noch Vieh: Hühner, einen Hund und ein paar Pferde.« Ein anderer Reiter kam angeritten. »Draußen auf der Weide sind Rinder, Hauptmann!«

Lachend stieg der Hauptmann ab. »Die Pferde nehmen wir als Ersatztiere mit. Und jetzt wollen wir erst mal die Hühner schlachten. Los, macht Feuer!«

Die Männer rannten los, um den Befehl auszuführen. Der Hauptmann wußte, daß er die Rinder dem Quartiermeister der Smaragdkönigin würde abliefern müssen, doch zuerst würden er und seine Männer sich über die Hühner hermachen. Beim Gedanken daran verkrampfte sich sein Magen. Nie in seinem Leben war er so hungrig gewesen.

Während die Männer die Hühner schlachteten, rief der Hauptmann: »Und schlachtet den Hund auch!«

Er fühlte sich erleichtert, daß es nun endlich etwas zu essen gab. Wie ein Land so fruchtbar aussehen konnte und dennoch so wenig zu essen bot, war ihm ein Rätsel. Sie hatten Gold und Edelsteine gefunden, feine Kleider und Gegenstände von seltener Schönheit, alles, was sonst gut verborgen war. Doch nichts zu essen. In seinem ganzen Soldatenleben hatten die Flüchtlinge immer Gold, Juwelen und Wertgegenstände mit sich genommen, doch nicht Getreide, Mehl, Gemüse und Geflügel. Selbst Wild gab es kaum, als wäre es vertrieben worden. Es war, als würde sich der Feind zurückziehen und alles Eßbare mit sich schleppen. Aber das ergab doch keinen Sinn.

Der Söldnerhauptmann setzte sich, als ein Mann aus dem Haus trat – in der Hand mehrere Flaschen Wein. Gierig trank er den Wein und fragte sich abwesend, wie lange er wohl noch widerstanden hätte, bis er den Jikanji bei ihrem Schmaus Gesellschaft geleistet hätte.

Während er sich den Mund mit dem Handrücken abwischte, dachte er: Wenigstens darum brauche ich mir in den nächsten Tagen keine Gedanken mehr zu machen. In einiger Entfernung verstummte ein bellender Hund, nachdem er ein einziges Mal gejault hatte, und der Hauptmann hörte das Gegacker der Hühner, denen man den Hals umdrehte.

Fünf

Verzögerung

Ein lautes Rumpeln ließ den Boden vibrieren.

»Hast du vor, die ganze Stadt in die Luft zu jagen?« fragte Lysle.

Im Dämmer des Lagerhauses sah James die anderen an und erwiderte leise: »Wahrscheinlich.« Er warf seinem Bruder, dessen Gesicht vom Licht der einzigen Laterne schwach erhellt wurde, einen Blick zu. Seit zwei Tagen hatten seine Soldaten Streifzüge durch die Kanäle gemacht, Informationen gesammelt, den Fortschritt der Kämpfe oben ausgekundschaftet und die Verteidigung der Stadt koordiniert. James hatte schon geahnt, daß der Dämon seinen Truppen mit Hilfe von Magie einen raschen Zutritt zur Stadt verschaffen würde. Anstatt daher alle Kräfte auf den Mauern zu postieren und keine in der Stadt, hatte er die Leben einiger hundert Soldaten geopfert, damit der Feind glaubte, Krondor würde aufs heftigste verteidigt, nur um dann festzustellen, daß die Schlacht um die Stadt gerade erst begonnen hatte.

Während er die Verteidigung der Stadt von seinem unterirdischen Kommandoposten aus koordinierte, machte er nur kurze Pausen zum Essen und Schlafen. Aber es blieb ihm genug Zeit, um endlich seinen Bruder ein wenig kennenzulernen. Nun war er schon fast siebzig Jahre alt und hatte erst wenige Stunden mit ihm verbracht, stellte er mit einem Gefühl der Trauer fest. Er wußte, Lysle war ein Mörder, ein Dieb, ein Schmuggler, ein Kuppler, er war so vieler Verbrechen schuldig, wie ein Misthaufen Fliegen hatte, und dennoch, in Lysle fand er sich selbst wieder, wie er geworden wäre, wenn er nicht zufällig vor vielen, vielen Jahren

Prinz Arutha über den Weg gelaufen wäre. Er hatte Lysle von dieser ersten Begegnung erzählt, wie er den Prinzen zum ersten Mal gesehen hatte, als er sich auf der Flucht vor Jocko Radburns Geheimpolizisten befunden hatte, und wie er später Arutha vor einem Meuchelmörder auf den Dächern gerettet hatte. Dadurch war schließlich aus Jimmy der Hand, einem jungen Dieb, der Junker James geworden, und jetzt, fast fünfzig Jahre später, James, Herzog von Krondor.

James seufzte. »Ich hätte dich in all diesen Jahren so oft brauchen können, hätte ich nur gewußt, daß ich dir trauen kann.«

Lysle lachte. »Jimmy, in der kurzen Zeit, die wir miteinander verbracht haben – na, drei Treffen in vierzig Jahren? –, habe ich begonnen, dich wie den Bruder, der du mir bist, zu lieben, aber gleich vertrauen? Du machst Scherze.«

James fiel in sein Lachen ein. »Vermutlich. Hätte man dir die Gelegenheit gegeben, dann hättest du mich wegen Verrates aufgehängt und wärst an meiner Stelle Herzog von Krondor geworden.«

»Ganz bestimmt nicht. Einen solchen Ehrgeiz habe ich nie gehegt.«

Die beiden Männer hörten erneut ein dumpfes Rumpeln, und eine der Wachen meinte: »Das müssen die verlassenen Lagerhäuser bei den Mühlen sein, unten am Fluß. Dort haben wir zweihundert Fässer untergebracht.«

Kurz vor Beginn der Belagerung waren James' Männer durch die Stadt gezogen und hatten an strategisch wichtigen Stellen queganisches Feueröl eingelagert. »Ihr hättet Armengar sehen sollen«, erzählte James der Wache. »Die Stadt war der Traum eines jeden Verteidigers, aber der Alptraum eines jeden Angreifers.« Er machte eine ausschweifende Geste, wie eine Schlange, die sich durchs Gras schlängelt. »Alle Straßen, die länger als ein Bogenschuß waren, hatten eine Kurve. Kein Gebäude hatte im Erdgeschoß Fenster zur Straße. Die Türen waren aus schwerer

Eiche und konnten nur von innen aufgebrochen werden, und jedes Dach war flach.«

Die Soldaten grinsten und nickten. Einer sagte: »Plattformen für Bogenschützen.«

James fuhr fort: »Sicher, und die Verteidiger konnten sich über lange Planken von Dach zu Dach bewegen und die Planken hinter sich einziehen, während die Angreifer unten bei jedem Schritt Pfeilen ausgesetzt waren. Als Murmandamus und seine Truppen in die Stadt eingezogen waren, hat Guy du Bas-Tyra fünfundzwanzigtausend Fässer Naphtha entzündet ...«

»Fünfundzwanzigtausend!« platzte Lysle heraus. »Du machst Scherze.«

»Ganz bestimmt nicht. Doch als die Stadt in die Luft ging ...« Er ließ sich gegen die Wand sinken. »Unbeschreiblich. Stellt euch eine Feuersäule vor, die bis in den Himmel reicht, dann habt ihr eine Ahnung. Und der Lärm. Ich war fast taub von dem Knall. Eine ganze Woche lang haben meine Ohren geklingelt.«

Von der Tür her hörte man ein Klopfen, und einige der Männer zogen die Waffen. Das Klopfsignal wurde wiederholt, dann blendete man die Laterne ab und gewährte der Patrouille Einlaß.

Rasch waren ein halbes Dutzend Soldaten eingetreten, denen drei Zivilisten folgten. »Die haben sich hier unten herumgetrieben«, erklärte der Anführer der Patrouille.

Rigger warf einen Blick auf sie. »Die gehören zu mir.«

»Und wer bist du?« fragte einer der drei Männer.

James lachte. »Anonymität hat ihren Preis.« Zu den drei Dieben sagte er: »Das ist euer Anführer. Der Aufrechte.«

Die drei sahen sich gegenseitig an, und einer meinte: »Und Ihr seid ohne Zweifel der Herzog von Krondor.«

Alle im Raum, außer den dreien, brachen in schallendes Gelächter aus. Eine junge Frau, eine von Lysles Diebinnen, kam herbei und erklärte den dreien, wie der Hase lief. Als deutlich wurde, daß sie nicht scherzte, und als auch einer der schwerbewaffneten Soldaten die Geschichte bestätigte, verstummten die drei Männer. Der Herzog und der Anführer der Diebe der Gilde mochten zwar in einem Keller in direkter Nachbarschaft zu den Abwasserkanälen sitzen, dennoch blieben sie die beiden mächtigsten Männer der Stadt.

In regelmäßigen Abständen brachen Kundschaftertrupps auf oder kehrten zurück und brachten Nachrichten über die Kämpfe oben in der Stadt. Die Verteidiger ließen die Invasoren für jede Straße und jedes Haus bluten, aber am Ausgang des Kampfes um Krondor konnten sie wenig ändern.

Nachdem sie mehrere Tage eingepfercht gewesen waren, fragte Lysle: »Wenn die Schlacht verloren ist, warum schickst du deine Jungs nicht raus aus der Stadt?«

»Ich kann ihnen die Befehle nicht überbringen, wie ich leider zugeben muß«, erwiderte James, und auf seinem Gesicht zeichnete sich tiefes Bedauern ab. »Und damit unser Plan funktioniert, müssen die Invasoren glauben, sie hätten hier unsere gesamte Armee aufgerieben.«

»Bei den Göttern, du bist ja richtig blutrünstig«, meinte Lysle. »Ich weiß nicht, ob ich so vielen Kerlen befehlen könnte, in den sicheren Tod zu ziehen.«

»Natürlich könntest du das«, erwiderte James nüchtern. »Wenn es deine Aufgabe wäre, das Königreich zu retten, würdest du dafür auch eine Stadt opfern, selbst die Stadt des Prinzen.«

»Und wie sieht dein Plan aus?«

»Ich habe hier unten ein paar tausend Fässer queganisches Feueröl, und das werden wir in die Kanäle einleiten. Früher oder später werden die Schweinehunde oben herausfinden, daß sich einige der Bewohner hier unten verstecken, und dann habe ich eine Überraschung für sie.«

»Ein paar tausend?« Rigger pfiff anerkennend. »Das ist nicht schlecht. Das Feuer wird auf dem Wasser brennen, wie?«

»Nicht nur das«, sagte James. Er zeigte auf eine Kette, die dem

Aussehen nach recht neu war und nahe der einen Wand hing. Die ganze Zeit über hatte stets einer der Soldaten daneben Wache gestanden.

»Darüber habe ich mich schon gewundert.«

»Das habe ich damals vom alten Guy du Bas-Tyra gelernt, als wir aus Armengar geflohen sind. Wenn du an der Kette ziehst, setzt du einen Sprühregen von Naphtha in die Tunnel frei. Es gibt viele kleine, abgeschlossene Rohre ...«

»Die kenne ich. Die ersten Kanäle der alten Stadt. Aber sie wurden verschlossen, als vor hundert Jahren die neuen gebaut wurden.«

»Nun, wir haben sie wieder geöffnet.« Er lehnte sich zurück. »Es hat so seine Vorteile, wenn man Pläne von allen Gebäuden und Häusern und Umbauten der Stadt hat. Über diese Rohre jedenfalls gelangen die Naphthagase in die großen Kanäle. Dort vermischen sie sich mit den Fäulnisgasen, die da sowieso vorhanden sind. Und das queganische Feueröl schwimmt auf der Oberfläche der Brühe. Wenn man das in Brand setzt, wird die ganze Stadt in die Luft geblasen.«

»Geblasen?«

»Explodieren«, erklärte James. »In Krondor wird kein Stein mehr auf dem anderen bleiben, wenn sich der Staub gesenkt hat.«

»Teufel, nein!« entfuhr es Rigger.

»In dieser Stadt war ich zu Hause, ob nun in den Abwässern oder im Palast, ob als Dieb oder als Adliger. Hier in Krondor bin ich geboren, hier ist meine Heimat.«

»Na ja, wenn du jedenfalls planst, hier zu sterben, würdest du mir erlauben, mich ein gutes Stück von dir zu entfernen, ehe du an dieser Kette ziehst?«

James lachte. »Sicher. Wenn ich an dieser Kette gezogen habe, bleibt uns noch ungefähr eine Stunde, solange nicht irgendwo in den Kanälen schon vorher Feuer ausbricht.« Er zuckte mit den Schultern. »Ich weiß nicht, wieviel Zeit wir in diesem Fall noch hätten.« Er zeigte auf eine Tür in der Ostmauer des Kellers. »Dahinter liegt ein Tunnel, durch den man zu einem Gebäude in der Vorstadt kommt. Wie ich schon gesagt habe, war dies einst Trevor Hulls bester Schmuggelweg nach Krondor rein und wieder hinaus.«

»Also schickst du alle vor, ziehst an der Kette und rennst dann wie der Teufel?«

James grinste. »So ungefähr.«

Rigger beugte sich zu seinem Bruder hinüber. »Also, ich mag zwar den Gedanken nicht, bei hellem Tageslicht inmitten einer riesigen Armee aus dem Keller zu steigen, aber das ist mir immer noch lieber, als hier unten geröstet zu werden.«

Ein Geräusch von oben veranlaßte alle, zur Decke aufzublicken, dem Fußboden der alten Mühle. Der Eingang in den Keller war zwar gut versteckt, trotzdem schlichen die Wachen leise zu der Falltür und hielten die Waffen bereit.

»Hört sich an, als wären sie jetzt bis zu diesem Ende der Stadt vorgedrungen«, murmelte James leise.

»Oder jemand sucht ein Versteck«, flüsterte Lysle zurück. »Vielleicht sind das welche von meinen Leuten.«

James gab einer der Wachen ein Zeichen. Diese nickte. Der Mann legte leise sein Schwert und seinen Schild ab und kletterte die schmale Stiege hinauf, die zur Falltür im Boden führte. Er stieß die Tür leicht auf, so daß er durch den Spalt spähen konnte, und wich, offensichtlich überrascht, zurück. »Meine Dame«, sagte er ehrerbietig.

James zuckte zusammen, als er seine Gemahlin die Stiege herunterkommen sah. »Was machst du denn hier?« brüllte er.

Gamina hob die Hand. »Bitte, sprich nicht in diesem Ton mit mir, Jimmy.«

James konnte seine Wut kaum im Zaum halten. »Du solltest längst in Finstermoor bei Arutha und den Jungen sein. Wie, im Namen des Himmels, bist du hierhergekommen?«

Ihr Gesicht war schmutzig, ihr Haar aufgelöst, und sie war über und über mit Ruß bedeckt. »Du hast wohl vergessen, daß Pug dir eine dieser Tsurani-Teleportkugeln geschenkt hat. Ich aber nicht.«

»Und wie hast du mich gefunden?« fragte er, und in seiner Stimme schwang noch immer schäumende Wut mit.

Sie legte ihrem Gemahl die Hand auf die Wange und sagte: »Du alter närrischer Mann, glaubst du, ich hätte deine Gedanken nicht noch eine Welt entfernt hören können?«

Seine Wut verrauchte. »Warum bist du gekommen? Du weißt, es besteht die Gefahr, daß wir dies nicht überleben.«

Ihre Augen wurden feucht. »Ich weiß. Aber glaubst du, ich könnte nach all den Jahren ohne dich weiterleben?«

James schloß sie in die Arme und hielt sie fest. »Du mußt zurückgehen.«

»Nein, das werde ich nicht tun«, entgegnete sie entschlossen. »Und ich kann es gar nicht. Die Kugel ist kaputt. Ich konnte gerade noch bis zum Marktplatz an der Mauer kommen, dann habe ich sie irgendwo in den Dreck geworfen. Hierher mußte ich zu Fuß gehen.« Im Flüsterton fügte sie hinzu: »Wenn du nicht ohne diese verdammte Stadt leben kannst, warum sollte ich dann ohne dich leben?«

Er hielt sie schweigend im Arm. Nach fast fünfzig Jahren Ehe wußte er, daß er diesen Streit nicht gewinnen konnte. Er hatte die Absicht gehabt, die Stadt als letzter zu verlassen, und falls das Schicksal es so wollte, in Krondor zu sterben; seit er die Pläne für die Verteidigung der Stadt ausgearbeitet hatte, hatte es ihm stets zu schaffen gemacht, welch fürchterlichen Preis die Bewohner der Hauptstadt des Prinzen zu zahlen hatten. Man konnte sie nicht warnen, nicht geordnet evakuieren, denn wenn der Feind glaubte, in der Stadt befänden sich weder Reichtümer noch Vorräte, würde er sie einfach links liegenlassen. Darüber hinaus mußte der Feind denken, er habe die Hauptmacht der Armee des Königreichs in Krondor vernichtet.

Den Gedanken, daß so viele Menschen und so vieles, was sein Leben gewesen war, sterben mußten und er überleben würde, konnte er nicht ertragen. Vielleicht war es die Angst vor den Geistern jener, die James geopfert hatte, um Zeit für das Königreich zu gewinnen; er wußte es nicht. Er wußte nur eins, und das war ihm irgendwann klar geworden, während er die Verteidigungspläne schmiedete: wenn diese Stadt sterben mußte, die Stadt von Prinz Arutha, dann würde er am liebsten mit ihr sterben. Doch jetzt würde er sie verlassen müssen, denn Gamina würde sich um keinen Preis der Welt noch einmal von ihm trennen.

»Ist das deine Frau?« fragte Lysle.

James nickte und ergriff Gaminas Hand. »Dies ist die einzige Frau, die ich je geliebt habe, Lysle.« Er lächelte sie an.

Sie drehte den Kopf und riß die Augen auf. »Dein Bruder?« Er nickte. Sie wandte sich an Lysle. »Ich habe viel von dir gehört, doch ich hatte kein Bild von dir vor Augen.« Ihr Blick ging von einem zum anderen. »Aber da gibt es kein Vertun.«

James bedeutete seiner Frau, sich zu setzen. »Ich erzähle dir, wie ich diesen Kerl kennengelernt habe, als sich oben in Tannerus alle Leute mit mir anlegen wollten, weil sie mich mit ihm verwechselt haben.«

Lysle lachte. »Das ist eine gute Geschichte.«

James begann, indem er erklärte, wie Prinz Arutha ihn auf eine eigentümliche Mission mit seinem guten Freund Locklear geschickt hatte, dem jungen Sohn eines hiesigen Adligen. Gamina kannte die Geschichte, sie hatte sie schon ein dutzendmal gehört, und James wußte das. Doch sie lehnte sich neben ihrem Gemahl an die Wand, legte den Kopf auf seine Schulter und ließ ihn erzählen. Die Soldaten und die Diebe, die sich hier in der Dunkelheit versteckt hielten, würden durch die Geschichte von den Schrecken der Zukunft abgelenkt werden, die ihnen drohten. Es tat gut, von besseren Tagen zu hören, als die Helden noch siegreich gewesen waren und die Mächte des Bösen bezwungen hatten. Außerdem, dachte sie, hatte Lysle gesagt, es sei eine gute Geschichte.

Calis sah genau hin. Da befand sich etwas im Stein des Lebens. Er hatte es fast sofort bemerkt, nachdem Pug den Stein in der Zeit verrückt hatte, damit er für alle sichtbar war. Calis spürte die Energie darin, und weil er ihn seit Stunden ohne Ende anstarrte, glaubte er, sie sehen zu können.

Die Gefährten des Orakels kamen, wenn sie ihre magischen Lektionen unterbrachen, manchmal zu ihm und standen eine Weile lang bei ihm. Sie teilten ihr Essen mit ihm, obwohl er sich kaum daran erinnern konnte, etwas zu sich genommen zu haben. Der riesige Edelstein hatte ihn ganz in seinen Bann geschlagen.

Calis entspannte sich und ließ seinen Gedanken freien Lauf, und von Zeit zu Zeit blitzten Bilder vor seinem inneren Auge auf. Er sah Wesen, die ihn sehr an seinen Vater erinnerten, und er sah Dinge: Erscheinungen an Orten, die sich in unüberwindbarer Entfernung befanden. Manchmal sah er auch andere Kreaturen und Wesen. Und manchmal entdeckte er auch Hinweise auf die Mächte, die hinter diesen Bildern standen, und diese waren die beeindruckendsten.

Die Stunden verstrichen, wurden zu Tagen, und Calis verlor sich in der Zeit, während er tiefer und tiefer in die Geheimnisse des Lebenssteins eindrang.

Erik rief Befehle, und seine Männer begannen mit dem geordneten Rückzug. Der Feind stand eine halbe Meile weiter die Straße hinunter, und von Greylock war die Nachricht gekommen, daß die nächste Rückzugstellung gesichert sei.

Krondor war viel rascher gefallen, als alle gedacht hatten, und Erik hatte entschieden, daß es am besten sei, wenn man dadurch etwas von der verlorenen Zeit aufholen würde, daß man jede Stellung länger hielt, als er eigentlich geplant hatte. Die erste Verteidigungsstellung hatte laut des ursprünglichen Schlachtplanes sieben Tage gehalten werden sollen – daraus waren schließlich neun geworden.

Bis zum Bergpaß nach Finstermoor lagen noch sieben weitere Befestigungen vor ihnen, und falls sie jede davon drei bis vier Tage länger hielten, würden sie viel der verlorenen Zeit wieder herausgeschunden haben. Allerdings war Erik nicht optimistisch, was die Umsetzung dieses Plans betraf; die nördlichsten und südlichsten Stellungen sollten unerbittlichen Widerstand leisten, während sich Erik in der Mitte nach und nach zurückziehen sollte. Auf diese Weise würde der Hauptteil der Armee der Smaragdkönigin auf die Königsstraße und somit auf einen Korridor von fünf Meilen zu beiden Seiten gelenkt. Damit tauchte jedoch das Problem auf, daß Tag für Tag mehr feindliche Soldaten gegen Eriks Männer antreten würden.

Mehr als einmal in dieser ersten Woche des Kampfes hatte Erik sich gewünscht, daß Calis nicht dorthin abberufen worden wäre, wo auch immer er gebraucht wurde, und daß Greylock in der Mitte das Kommando führte. Seine ursprüngliche Aufgabe, die nördliche Flanke zu halten, wäre Erik am liebsten gewesen.

Es war wesentlich einfacher, eine starke Befestigung zu halten, als sich im ständigen, verzögerten Rückzug zu befinden.

Jetzt meldeten seine vorgeschobenen Beobachtungsposten erhobene Schlachtenbanner, als sich der Feind zu einem großangelegten Angriff auf Eriks Position vorbereitete. Erik hatte vorgehabt, noch wenigstens eine Meile weiterzuziehen, ehe der Feind hier erschien. Mit Handsignalen befahl er seinen Männern, die Gegend zu verlassen. Die Bogenschützen sollten sich ebenfalls zurückziehen. Eigentlich sollten sie den Feind während seines Marsches ständig belästigen, doch den Berichten zufolge hatten sich schon zu viele gegnerische Soldaten zusammengezogen, um die Bogenschützen ohne großes Risiko zum Einsatz zu bringen. Erik würde unterwegs eine andere Stelle finden müssen, wo er den Vormarsch des Feindes verlangsamen und trotzdem bei Bedarf ausweichen konnte.

Die eigentliche Schwierigkeit lag in der ersten Phase des Rückzugs, denn wenn der Feind angriff, gab es nur wenig Zeit, sich selbst vorzubereiten. Solange sie sich anschleichen und nahe genug herankommen konnten, war es möglich, zuzuschlagen und wieder zurückzuweichen, doch wenn sie selbst während des Rückzugs angegriffen wurden, konnte die zahlenmäßige Überlegenheit des Gegners leicht zu einer Katastrophe für Eriks Kommando führen.

Er mußte seine Männer also in Bewegung setzen, damit sie bald die nächste Verteidigungsstellung erreichten, wo Greylock und sein Kommando warteten. Beide Einheiten würden die Stellung gemeinsam verteidigen, bis sich der Feind zurückzog, woraufhin Greylocks Männer zur nächsten Stellung marschieren würden. Nach diesem Muster ginge es die vor ihnen liegenden drei Monate lang weiter, oder zumindest so lange, bis sie Finstermoor erreichten. Während sich der Feind von den Flanken im Norden und Süden mehr und mehr fernhielt, würden diese Einheiten weiter in die Mitte marschieren und Erik mit frischen Soldaten versorgen, doch diese Phase der Operation war erst für den nächsten Monat vorgesehen. Falls der Feind sich nicht von den Flanken zurückzog, würde der Nachschub gänzlich ausbleiben.

Derweil seine Männer aufbrachen, blieb Erik hinten bei der Nachhut, die warten würde, bis der Feind in Sicht kam. Er blickte nach Westen, in einen Himmel, an dem die späte Nachmittagssonne hing, und sah den Rauch. Krondor brannte, und Erik fragte sich, wie es wohl William, James und den anderen ergehen mochte. Er sprach ein stilles Gebet zu Ruthia, der Göttin des Schicksals, und bat darum, daß sie irgendwie aus der Stadt herauskommen würden.

Dann wendete er sein Pferd und galoppierte davon, um sich an die Spitze des Kommandos zu setzen. Er wußte, er hatte knapp drei Stunden vor sich, bis er die nächste Position erreicht hatte, und eine Stunde später würde die Nacht anbrechen. Doch hatte er keine Ahnung, ob der Feind bis zum Anbruch der Dunkelheit weitermarschieren und dann angreifen würde, oder erst in der Morgendämmerung. Wie dem auch sei, Erik beabsichtigte, auf beide Fälle vorbereitet zu sein.

Selbst in die Gewölbe des Kellers drang der Schlachtlärm vor. Die Wachen hatten sich auf die verschiedenen Posten in den Abwasserkanälen verteilt, und James hatte eine ungefähre Vorstellung davon, wie die Truppen des Feindes in der Stadt aufgestellt waren. In der Stadtmitte von Krondor wüteten Feuerstürme, und im östlichen Viertel flammten die Kämpfe sporadisch auf.

Der größte Teil der feindlichen Soldaten wartete jenseits der Flammenwände, während die Feuer nach und nach ausbrannten. Der einzige Kundschafter, der einen Blick riskiert hatte, berichtete, daß Tausende bewaffneter Männer in den verkohlten Überresten des westlichen Viertels der Stadt ausharrten. Vom Palast war kaum mehr als ein rauchender Trümmerhaufen geblieben, und somit wußte James, daß sein Schwager tot war. Gamina konnte William zudem nicht mehr mit ihren Gedanken erreichen. Obwohl ihre Fähigkeiten durch die Entfernung begrenzt waren, spielte diese Einschränkung kaum eine Rolle, wenn es sich um Angehörige ihrer Familie handelte. James zum Beispiel hatte sie über mehrere Meilen hinweg aufgespürt.

Der Herzog von Krondor hielt seine Gemahlin im Arm, während sie auf dem Steinboden des feuchten und dunklen Kellers saßen. Unter den Anwesenden hatte sich Schweigen breitgemacht, da sich das Verhängnis nun scheinbar nicht mehr abwenden ließ. Das Gelingen des Fluchtplans erforderte viel Glück, und im Augenblick schien gerade dies zu fehlen.

James gab dem Kundschafter, der den Weg in den Westen gefunden hatte, neue Anweisungen, und der Mann eilte davon, um seine Befehle auszuführen. Gamina döste, an die Schulter ihres Gemahls gelehnt, derweil dieser wartete, und als es schätzungsweise Sonnenuntergang war, kehrte der Mann zurück.

Etwas in seiner Haltung alarmierte die Menschen im Keller, und aufmerksam lauschten sie seinem Bericht. »Mein Lord!«

»Ja?«

»Die Invasoren werden von Schiffen aus angegriffen.«

Gamina schloß die Augen. »Nicholas ist aber nicht in der Nähe.«

»Dann ist es Lord Vykors Flotte aus der Shandonbucht«, vermutete James.

Er klopfte seiner Gemahlin auf die Schulter und erhob sich langsam. »Ich bin zu alt, um auf diesen kalten Steinen zu sitzen.« Er half Gamina auf. »Es ist an der Zeit.«

»Was werden wir jetzt machen?« fragte Lysle.

»Wir versuchen, am Leben zu bleiben«, antwortete James und sah seine Gemahlin an. »Lord Vykor hat seine Flotte in der Shandonbucht versteckt gehalten und sollte sich mit den Resten von Nicholas' Flotte vereinen, welche die Invasoren seit der Straße der Finsternis verfolgt hat. Sobald die Invasoren vor Anker gegangen waren, sollte Lord Vykor sie so hart wie eben möglich attackieren und alle erreichbaren Schiffe in Brand setzen, während wir die Stadt niederbrennen.

Doch wie du weißt, haben sich die Dinge nicht so entwickelt, wie wir es geplant hatten. Da sich der Hauptteil der Armee im Westviertel der Stadt befindet und darauf wartet, daß die Feuer ausbrennen, können wir das Naphtha in die alten Kanäle einleiten. Dann jagen wir die gesamte Stadt in die Luft, und wenn dann noch ihre Schiffe brennen, können sie dem Feuer nicht entkommen.«

»Du scheinst dich an dem Gedanken ja richtig zu erfreuen«, sagte Lysle.

»Es ist *meine* Stadt«, preßte James zwischen zusammengebissenen Zähnen hervor.

»Also, was zuerst?«

»Beobachte meine Männer und steh ihnen nicht im Weg«, wies ihn James an, derweil er seinen Soldaten Zeichen gab.

Still und zielstrebig gingen sechs von ihnen zu einer großen zweiflügeligen Tür und öffneten sie, während zwei andere die Türen nach außen aufstießen. Dann rollten die sechs Mann auf der anderen Seite Fässer aus einem großen Lager hinüber. Zwei weitere hantierten an einem uralten, verrosteten Eisenhebel.

»Sag deinen Jungs, sie sollen sich nützlich machen und ihr Gewicht mit da dranhängen«, meinte James und zeigte auf den hartnäckigen Hebel.

Lysle winkte nur mit der Hand, und vier seiner Diebe eilten hinüber und halfen mit ihrer Muskelkraft aus. Der Hebel bewegte sich schließlich, und man hörte Wasser fließen.

James erklärte: »Hinter der Wand befindet sich eine alte Zisterne, und jetzt fließt das Wasser in den Hafen ab.«

Lysle beobachtete fasziniert, wie sechs schwarzgekleidete Soldaten die Naphthafässer die Rampe hinunter ins Wasser rollten. Dieses strömte nun deutlich schneller, und die Fässer schwammen rasch davon.

Eines der Fässer rollte gegen den Türrahmen und zerbrach. Der Geruch von queganischem Feueröl erfüllte die Luft. »Ein wenig davon auf der Oberfläche kann nicht schaden«, meinte James und lächelte grimmig.

»Wenn du das sagst«, bemerkte Lysle nur. »Und jetzt erzähl mir doch noch einmal, wie du dir unsere Flucht genau vorgestellt hast.«

»Sobald alle Fässer in Richtung Hafen unterwegs sind«, antwortete James, »bleibt uns ungefähr eine Stunde Zeit. Hoffen wir nur, daß die Flotte ihren Teil der Sache ordentlich erledigt.«

Lord Karoyle Vykor, Admiral der Königlichen Flotte des Ostens, schrie: »Feuer!«

Und wieder hoben ein Dutzend Katapulte von den umliegenden Schiffen ihre brennende Fracht hoch in die Luft, die einen Augenblick später auf die Schiffe im Hafen krachte.

»Mr. Devorak«, sagte der Admiral.

»Sir?«

»So was nenne ich Zusammenarbeit, daß die Bastarde ihre Schiffe für uns zu einem riesigen Pulk miteinander vertäut haben, wie?«

»Sir, das muß man so wohl so sagen.«

Die Familie des alten Admirals stammte aus Roldem, er selbst war in Rillanon geboren und hatte nie einen Fuß in den Westen gesetzt, bis er im späten Frühjahr durch die Straße der Finsternis gesegelt war. Zwei Schiffe hatte er in der Passage verloren, ein akzeptabler Zoll, wenn man die frühe Jahreszeit bedachte, und glücklicherweise war man auf dem Weg zur Shandonbucht nur einem einzigen fremden Kriegsschiff begegnet, einem keshianischen Einmaster, der eingeholt und versenkt worden war, bevor er die Nachricht vom Eintreffen der Königlichen Flotte des Ostens im Bitteren Meer verbreiten konnte.

Die Kunde von Admiral Nicholas' Tod hatte Vykor hart getroffen, denn obschon er den Mann nur zweimal bei gesellschaftlichen Anlässen in der Hauptstadt gesehen hatte, kannte er seinen Ruf und seine Taten. Vykor fühlte sich glücklich, weil er zumindest einmal in seinem Leben dem Feind unter Segeln nachsetzen durfte, mit geladenen Kriegmaschinen und zum Nahkampf bereiten Männern. Den größten Teil seiner Laufbahn hatte er zerlumpte Piraten gejagt, aufrührerischen Nachbarn gegenüber Flagge gezeigt oder schlicht Verwaltungsaufgaben im Palast des Königs erledigt. Jetzt endlich tat er das, wofür er sein Leben lang gelernt hatte, und falls er glauben durfte, was man ihm vor Monaten erklärt hatte, als er Rillanon verließ, hing von dieser Schlacht das Schicksal des Königreichs ab.

»Befehle an die Flotte, Mr. Devorak.«

»Sir?« fragte der Kapitän.

»Die Angriffe verstärken. Kein feindliches Schiff darf entkommen.«

»Aye, aye, Sir.«

»Bei Sonnenuntergang will ich von hier bis nach Ylith kein Schiff des Gegners mehr sehen. Dies ist Nicholas' Meer, und verdammt soll ich sein, wenn ich sie darauf herumsegeln lasse.«

Teile der Flotten des Bitteren Meeres und der Sonnenuntergangsinseln machten sich gen Norden auf, um jene Schiffe aufzuspüren, die zwischen der Stadt und Sarth angelandet waren, während andere Schiffe noch weiter nach Norden aufbrachen. Die Schiffe, welche zwischen Endland und Krondor angelegt hatten, waren von Vykors Flotte im Vorbeifahren beschossen worden, und bis zum letzten war ein jedes entweder bis zur Wasserlinie abgebrannt oder gesunken.

Das Entzücken des Admirals nahm noch zu, als er sah, daß sein Plan funktionierte. Er hatte Befehl gegeben, alle Katapulte auf die erste Reihe der Schiffe zu richten, und hatte so innerhalb von Minuten ein Inferno angerichtet, noch ehe die Schiffe weiter innen losgemacht werden konnten. Jetzt breiteten sich die Brände in Richtung Land aus, auf die Stadt zu, und Schiff um Schiff fing Feuer. Die Geschosse, die auf den Pulk herabhagelten, trugen das ihre zu dieser Zerstörung bei.

Vykor fügte hinzu: »Und habt ein Auge auf jeden, der versucht freizukommen.«

Kapitän Devorak antwortete erneut mit: »Aye, aye, Sir.«

Lord Vykor beobachtete, wie die *Königlicher Drache* unter dem Kommando von Kapitän Reeves eine Flottille nach Norden führte, um dort alle Schiffe zu versenken, die in Sicht kamen. »Signal an die *Königlicher Drache:* Weidmannsheil!« befahl der Admiral.

»Aye, Sir«, meldete der Kapitän und gab den Befehl an den Signalgast weiter.

Vykor wußte, daß Nicholas eine Seebestattung zuteil geworden war, auf dem Weg zu den Inseln des Sonnenuntergangs, wo das Geschwader Vorräte an Bord genommen und die Schäden repariert hatte. Daraufhin war es in Rekordzeit zurückgesegelt. Doch der Admiral spürte, was jeder alte Seebär gespürt hätte: daß Nicholas noch immer auf irgendeine Weise über das Achterdeck dieses Schiffes wandelte. Er salutierte vor dem Schiff und dem Andenken an einen der beiden besten Seeleute, die er je kennengelernt hatte und die wie Lehrer und Schüler gewesen waren: Amos Trask und Nicholas conDoin.

Während er seine Aufmerksamkeit wieder auf die anstehende Aufgabe richtete, sah er ein kleines Schiff aus dem Hafen freikommen. »Das Schiff dort, Mr. Devorak. Versenken, Sir!«

»Aye, aye, Admiral.«

Und während sie auf das gegnerische Schiff zuhielten, beobachtete Admiral Karoyle Vykor, wie die Stadt des Prinzen, Hauptstadt des Westlichen Reiches, brannte. Eine tiefe Trauer ergriff ihn, als er mit ansah, wie eine solche Pracht der Zerstörung anheimfiel; doch diese Gefühle mußte er sich für später aufheben, denn noch galt es, die Schlacht zunächst einmal zu gewinnen.

James zog an der Kette. Ein lautes Rumpeln über ihm verriet, daß der Mechanismus funktionierte. »Das Naphtha wird durch die Rohre und Kanäle fließen und sich überall verteilen. Wenn wir Glück haben, bleibt uns eine Stunde, um hier herauszugelangen.«

»Dann sollten wir besser aufbrechen«, meinte Lysle.

Soldaten rannten die Treppe zum oberen Kellergeschoß hoch. Einer lief eine weitere kleine Treppe hinauf und spähte durch die Falltür. Nachdem der Soldat reine Luft signalisiert hatte, eilten sie hinauf in den Abend.

Es war dunkler, als es hätte sein dürfen, da die Luft voll schwarzen Rauchs war. Die Männer husteten und holten Tücher hervor, die sie sich vor Nase und Mund banden. Die Diebe rissen

Stoffstücke aus ihren Hemden und taten es ihnen nach, und einer von ihnen reichte Gamina einen Fetzen.

Überall hörten sie Kampflärm, doch nirgendwo war jemand zu sehen. James' Kundschafter eilte voraus und spähte um die Ecke.

Er winkte sie zurück, und alle suchten Deckung, wo es nur ging; manche warfen sich ausgestreckt auf den Boden und hofften, in der verräucherten Dunkelheit des Abends übersehen zu werden.

Reiter sprengten vorbei, abgerissene, blutende, verängstigte Soldaten des Königreichs, die sich offensichtlich in wilder Flucht befanden. James flüsterte den Kameraden in seiner Nähe zu: »Wir müssen uns einen anderen Weg suchen. Wer immer sie jagt, wird in Bälde hier sein.«

Während sie sich durch die Falltür in ihre unterirdische Zuflucht zurückzogen, erwiesen sich James' Worte als prophetisch: donnernd kam ein Trupp Saaur angeritten. Zum ersten Mal sah James die Eidechsenmenschen mit eigenen Augen. »Bei den Göttern, Calis' Beschreibung erscheint mir noch untertrieben.«

Die gesamte Gesellschaft schaffte es zurück in den Unterschlupf, ohne entdeckt zu werden, und als sie sich alle in der Sicherheit des Kellergewölbes versammelt hatten, fragte Lysle: »Und nun?«

»Welcher andere Abwasserkanal wird vermutlich als einziger nicht bewacht?« fragte James zurück.

»Derjenige, der am Nordtor rauskommt, aber dann landen wir im Norden der Stadt und nicht im Osten«, antwortete Lysle.

»Richtig«, meinte James und ging auf die Rampe zu, die hinunter in die Kanäle führte. »Nur haben wir weniger als eine Stunde Zeit, und bis zu diesem Tor müssen wir eine halbe Stunde laufen. Ich wäre lieber außerhalb der Stadt, wenn sie in die Luft geht, als mich innerhalb ihrer Mauern zu fragen, wer dort draußen sein mag. Wenn wir es bis in die Wälder nördlich von

Krondor schaffen, können wir uns von dort aus vielleicht nach Osten durchschlagen.«

Er sah seine dreißig Soldaten und das Dutzend Diebe an und wußte, daß es wahrscheinlich vergebens war.

Aber du mußt es versuchen.

James warf Gamina einen Blick zu. »Ja, wir müssen es versuchen.«

Er führte sie in die Kanäle.

Lord Vykor riß vor Erstaunen die Augen weit auf. Dieses Wesen schien wie aus dem Nichts auf den brennenden Decks der feindlichen Flotte aufzutauchen. Auf dem Weg nach Krondor hatten sie fünfzig Schiffe am Strand erwischt, die von kleinen Einmastern aus in Brand gesetzt worden waren, indem die Besatzungen ölgefüllte Flaschen geworfen hatten, außerdem von größeren Schiffen, die ihre Katapulte oder Ballisten eingesetzt hatten. Fast zwanzig hatte man geentert und versenkt, und mit den zerstörten Schiffen im Hafen war die Flotte des Feindes um mehr als die Hälfte dezimiert. Grob geschätzt verteilten sich wohl noch hundertfünfzig bis zweihundert Schiffe über die Nordküste des Bitteren Meeres, die vermutlich zum Teil schon in Gefechte mit Kapitän Reeves' Flottille verwickelt waren.

Und plötzlich kam aus dem Inferno, in welchem Krondors Hafen aufgegangen war, ein Dämon zielstrebig auf ihn zugeschritten und stampfte über die Decks der brennenden Schiffe. In aller Gemütsruhe zog der Admiral das Schwert. »Schätze, dieses Ungeheuer hat die Absicht, bei uns an Bord zu kommen, Mr. Devorak.«

»Feuer!« rief der Kapitän, und Ballisten und Bögen wurden auf die Kreatur abgeschossen.

Die Geschosse fanden ihr Ziel, und die fünf Meter große Kreatur heulte auf, als der Hagel sie traf, doch sie stampfte weiter und erschien eher gereizt denn verletzt.

»Abdrehen, Mr. Devorak.«

»Aye, aye, Admiral.«

Die Flotte zog sich zurück, doch Vykors Flaggschiff, die *Königliche Glorie,* war den feindlichen Schiffen am nächsten. Das Ungeheuer erreichte das letzte brennende Schiff im Hafen und stieg auf dessen Reling. Mit einem unglaublichen Satz und einem herausgebrüllten Wutschrei entfaltete es seine riesigen Schwingen und segelte über die Kluft zu Vykors Schiff hinweg.

»Signal an die Flotte!« rief Vykor, als sein Verhängnis auf das Schiff zugeflogen kam. »Volle Kraft voraus!«

Er sollte nie erfahren, ob der Befehl noch übermittelt wurde, denn Jakan, der selbsternannte Dämonenkönig der Armeen von Novindus, schwebte auf ihn zu, riß ihn in die Höhe und zermalmte sein Rückgrat, als er ihm den halben Kopf abbiß. Dem Admiral blieb nur die kurze Genugtuung, daß er dem Ungeheuer sein Schwert tief in die Seite treiben konnte, als es sich ihm näherte. Doch dessen Schmerzgeheul sollte er nicht mehr hören, da er schon tot war, ehe Jakan die Wunde spürte.

Kapitän Devorak setzte zu einem Hieb mit der Klinge an, doch zu seinem Unglück wurde auch ihm der Kopf von den Schultern gerissen. Die Bogenschützen schossen von oben mit geringen Auswirkungen weiter auf die Kreatur, derweil sich die weniger tapferen Mitglieder der Mannschaft Kopf voran über Bord warfen.

Nun waren die beiden obersten Kommandanten der Königlichen Marine tot, und jeder Kapitän würde seine eigenen Entscheidungen treffen müssen und Rat bei den Dienstältesten unter ihnen suchen, bis ein neues Kommando eingesetzt worden war. Zumindest aber hatte man den größten Teil der feindlichen Flotte vernichtet.

Jakan tötete und fraß jeden Mann, den er finden konnte, bis er gewahr wurde, wie weit das Schiff nordwestlich von der Stadt fortgetrieben war. Er haßte die Berührung von Seewasser – es saugte die Kraft aus ihm heraus –, wenngleich er es eine kurze Weile lang aushalten konnte. Er sprang in die Luft und flog zurück, auf das Inferno, auf die brennende Stadt und die brennende Flotte zu. Feuer bereitete ihm keinen Schmerz, aber dennoch: welch unvergleichliche Verschwendung von Lebensenergie und Fleisch.

Und da rief etwas nach ihm. Etwas Unaussprechliches sagte ihm, er könne nicht einfach diese Armee vertilgen, die er besiegt hatte, sondern er müsse sie benutzen, müsse nach Osten aufbrechen, müsse dieses Ding finden, das nach ihm rief.

Und aus einer finsteren Quelle, über eine riesige Entfernung hinweg, erreichte ihn ein Wort, ein Ort, ein Ziel: Sethanon.

James sah, wie die Wache an der Spitze die Hand hob. Ein jeder blieb stehen. Sie waren unterwegs anderen begegnet, Flüchtlingen wie Invasoren. Niemand schien auf ein Gefecht erpicht zu sein, hier unten in den dunklen Kanälen. Da sich die Invasoren nun schon in den unterirdischen Gängen herumtrieben, mußte die Stadt ganz in ihrer Hand sein, dachte James.

Er rechnete im Kopf nach, wieviel Zeit ihnen bliebe; kaum mehr als zehn Minuten. Sie waren ein Dutzend Schritte vom Nordtor entfernt, in der Nähe des sogenannten Meertores, jenem Tor, welches zumeist von Schmugglern und Dieben benutzt wurde, um in die Stadt hinein- und aus ihr hinauszugelangen.

Lysle schickte einen seiner Diebe vor, eine junge Frau, die flink hinaufkletterte und meldete, daß der Weg frei sei. James gab das Zeichen, und der Ausstieg begann.

Lysle sagte: »Raus mit dir.«

James entgegnete: »Nein, ich gehe als letzter.«

»Der Kapitän und das sinkende Schiff?« fragte der Bruder von Jimmy der Hand.

Mit einem Lächeln, das nur Schmerz und Erschöpfung enthüllte, antwortete der Herzog: »So in der Art.«

»Ich warte bei dir«, erklärte Gamina.

»Mir wäre es lieber, du würdest schon hinausgehen.«

In seinem Kopf hörte James sie sagen: *Du willst doch gar nicht gehen, nicht wahr?*

Ich will nicht sterben, aber ich habe soviel Tod und Zerstörung angerichtet. Dies ist der einzige Ort, der jemals so etwas wie eine Heimat für mich war, Gamina. Ich weiß nicht, wie ich mit dieser Katastrophe leben soll.

Glaubst du, ich würde das nicht verstehen? fragte sie. *Ich höre deine Gedanken, ich spüre deinen Schmerz. Es gibt nichts, was du sagen kannst, das ich nicht verstünde.*

Er blickte ihr in die Augen und lächelte, und dieses Mal war es ein Lächeln voller Liebe und Vertrauen.

Dann explodierte die Welt um sie her. Die sechs Männer auf der anderen Seite des Tores wurden bewußtlos zu Boden geworfen. Drei, die genau im Tor standen, wurden wie die Korken einer Flasche durch die Luft geschossen, wobei der eine sich das Genick brach, als er zwanzig Meter weiter aufschlug, während die beiden anderen mit gebrochenen Knochen davonkamen.

Für einen Augenblick verwandelte sich die Luft im Tunnel in reinste Flammen. In diesem kurzen Moment waren Gamina und James in Gedanken vereint, und ihre Erinnerungen an ihre erste Begegnung, als James im See bei Stardock geschwommen war und die Liebe seines Lebens beim Bad entdeckt hatte, verbanden sich miteinander.

Dem Ertrinken nahe, war er von dieser Frau gerettet worden, die tief in seine Seele geschaut und sein ganzes Sein erkannt hatte, alles, was er war, und alles, was er gewesen war, und die ihn geliebt hatte, trotz der Dinge, die er seitdem getan hatte, trotz der Dinge, die er sie zu tun gebeten hatte und die ihr große Schmerzen zugefügt hatten.

Die Welt um sie herum war vergessen, während sie sich an diese reine Liebe klammerten, jene Liebe, die ihnen einen Sohn geschenkt hatte, der sich weit fort in Sicherheit befand, und zwei Enkel, die sie vergötterten. Einen Augenblick lang durchlebten sie noch einmal ihr gemeinsames Leben, angefangen mit der Reise nach Kesh bis hin zur Rückkehr nach Krondor. Und als ihnen die Flammen das Fleisch von den Knochen brannten, waren ihre Seelen tief in Liebe vereint, und sie verspürten keinen Schmerz.

Pug schrie auf. »Gamina!«

Hanam fragte: »Was gibt's, Magier?«

Die Verzweiflung stand ihm ins Gesicht geschrieben, als Pug flüsterte: »Meine Tochter ist tot.«

Die Kreatur wagte es nicht, dem Magier zum Trost die Hand auf die Schulter zu legen. Der Hunger war zu groß, und die Berührung menschlichen Fleisches mochte sie in den Freßwahn treiben. »Es tut mir leid«, sagte die Kreatur nur.

Pug atmete durch und seufzte tief. »Mein Sohn und meine Tochter, jetzt sind sie beide tot.« Zwei Tage zuvor hatte er Williams Tod gefühlt, und mit Gaminas Dahinscheiden ging nun ein ganzer Abschnitt seines Lebens zu Ende. »Ich wußte, ich würde sie beide überleben, Hanam, aber etwas zu wissen und etwas zu erleben, sind zwei verschiedene Dinge.«

»Dem ist so«, stimmte der Meister des Wissens der Saaur aus dem Dämonenkörper heraus zu. »In unserem Volk gibt es einen Segen, der gesprochen wird, wenn ein Junge zum Mann heranwächst und seine erste Waffe erhält: ›Großvater stirbt, Vater stirbt, Sohn stirbt.‹ Jeder Saaur wiederholt dies, wenn er in die Schlacht reitet, Söhne neben ihren Vätern, denn es gibt kein grausameres Schicksal für Eltern, als ihre Kinder zu überleben.«

»Macros nannte das lange Leben einen Fluch, und nun verstehe ich ihn. Als vor vielen Jahren meine Frau starb, war das eine Sache, aber dies ...« Pug weinte eine Weile lang. Dann riß er sich wieder zusammen. »Ich wußte, welche Gefahren William drohten, als er das Leben eines Soldaten wählte. Doch Gamina ...« Die Stimme versagte ihm, und von neuem weinte er.

Die Zeit verstrich, und schließlich sagte die Dämonenkreatur: »Wir müssen uns eilen, Magier. Ich spüre, wie ich die Macht über ihn verliere.«

Pug nickte und erhob sich, und die beiden verließen die Höhle. Macros und Miranda sollten inzwischen ihr Ziel erreicht haben.

Pug sang einen Zauberspruch, und von einem Augenblick zum anderen waren sie unsichtbar. Er verstand, welche Schwierigkeiten Macros gehabt hatte, denn zwei Dinge zur selben Zeit zu tun, war stets ein Problem, aber dazu noch die Aussicht zu haben, jederzeit angegriffen werden zu können, und die Sorge, das gesetzte Ziel nicht zu erreichen, war eine Aufgabe, die für Pug eine der schwierigsten war, die sich ihm je gestellt hatten.

Pug ließ sich frei schweben und stellte fest, daß es, hatte man die Anstrengung des Abhebens erst einmal überwunden, leichter war zu fliegen, als die Stadt Ahsart zu Fuß zu erreichen.

Aus der Luft hörte er die Stimme des Dämons: »Flieger!«

Ein halbes Dutzend geflügelter Wesen schoß durch den Himmel gen Süden, und wären Pug und der Wissensmeister der Saaur nicht unsichtbar gewesen, wären die Wesen gewiß herabgestoßen und hätten angegriffen. Wie vorausgesagt, war das Leben auf dieser Welt so gut wie aufgefressen. Die einst saftigen Wiesen waren nun verwelkt und braun; diese Abwesenheit von Leben war nicht mit dem Winterschlaf zu verwechseln, nach welchem die Pflanzen im Frühjahrsregen wieder sprießen würden.

Bäume, schwarz und knorrig, standen vereinzelt in der Landschaft, und das Wasser war so klar, daß nicht einmal mehr Algen in den Tümpeln leben konnten. Kein Summen von Insekten erfüllte die Luft, nicht das leiseste Vogelzwitschern war zu hören. Das einzige Geräusch machte der Wind.

»Hier ist es am schlimmsten«, stellte Hanam fest, als hätte er

Pugs Gedanken gelesen. »An dieser Stelle sind die Ungeheuer zuerst in unsere Welt eingedrungen.«

»Und bald wird es überall so sein?«

»Bald.«

»Jetzt verstehe ich, warum sie so verzweifelt nach neuen Welten suchen. Doch wieso konnten sie in Eure Welt eindringen, in unsere hingegen nicht?«

Hanam bellte, was Pug für ein Lachen hielt. »In ihrem Rausch, auf dieser Welt zu fressen, haben die Dämonen als erstes die Priester von Ahsart verspeist, die einzigen auf dieser Welt, die in der Lage waren, das Portal zu handhaben. Nach allem, was Ihr mir über die Pantathianer auf Eurer Welt erzählt habt, fehlt es den Dämonen dort an Verbündeten, die sie hereinholen wollen.«

Während sie sich der Stadt Ahsart näherten, sagte Pug: »Nichts, was wir bislang über Jakan erfahren haben, zeigt seine Bereitschaft, den Weg für seine Brüder zu öffnen.«

»Dann laßt mich Euch eine Warnung geben, Pug von Midkemia. Sie erlangen Wissen, indem sie Seelen fangen und verspeisen. Dieser Möchtegern-Dämonenkönig hat vielleicht Kenntnis vom Gang zwischen den Welten und der Fähigkeit einiger Eurer Menschen, kontrollierbare Spalte zu erzeugen. Falls dem so ist, wird er, wenn er einen ausreichenden Teil Eures Landes unter seine Herrschaft gebracht hat, womöglich in andere Welten eindringen.«

»Daran habe ich auch schon gedacht«, stimmte Pug zu.

»Demnach wißt Ihr also, daß Ihr, auch wenn wir hier obsiegen, zurückkehren und Jakan bekämpfen müßt.«

»Wenn nicht ich, dann wird es Tomas tun.«

Sie betraten die ausgebrannte Stadt und machten sich auf die Suche nach dem großen Tempel, dem Eingang, durch welchen die Dämonen ursprünglich hier eingedrungen waren. Im Inneren stießen sie auf Saaurknochen, tote Priester, die vor Jahren von den einfallenden Dämonen buchstäblich auseinandergerissen worden waren.

»Hier ist es nicht!« fuhr Pug auf.

»Was?«

»Das Portal. Der Spalt in die Welt der Dämonen. Er ist nicht hier.«

Pug machte sie wieder sichtbar. »Wo ist er?«

Hanam antwortete: »Darauf gibt es nur eine Antwort.«

»Und?«

»Sie haben das Portal mit magischen Mitteln versetzt, irgendwie, damit es näher beim Spalt in Eure Welt ist. Das bedeutet, sie bereiten für Maarg den Weg in Eure Welt! Er wird vermutlich bald herüberkommen!«

»Wo befindet sich der Spalt?«

»Auf der anderen Seite der Welt.«

»Ich kann uns nicht gleichzeitig dorthin fliegen und uns unsichtbar halten!« seufzte Pug. »Und ich kann uns nicht an einen Ort teleportieren, den ich noch nie gesehen habe.«

Der Dämon mit der Seele des Wissensmeisters sagte: »Dann müssen wir eben fliegen, so schnell es geht, und mit jedem kämpfen, der uns in die Quere kommt.« Er sprang in die Luft und stieß etwas aus, das wie ein Schlachtruf klang. Pug folgte ihm.

Sechs

Katastrophe

Roo verzog das Gesicht.

Bei jeder Berührung schmerzte die Wunde, doch Luis versicherte ihm, sie sei nicht entzündet. Nachdem der Verband gewechselt war, meinte Luis: »Das sollte erst einmal genügen. Wir säubern sie morgen abend wieder, wenn wir in Wilhelmsburg ankommen.«

Roo seufzte. »Ein Bett!« Er grinste Karli, Helen und die Kinder an. In den ersten Tagen war den Kindern die Reise wie ein Abenteuer erschienen, doch seit heute morgen fragte Abigail ständig, wann sie wieder nach Hause gehen würden. Karli hatte ihr zu erklären versucht, daß es noch lange Zeit dauern würde, aber »eine lange Zeit«, die länger als fünf Minuten war, konnte ein dreijähriges Kind natürlich nicht begreifen.

Im Lager war es recht ruhig, obwohl die angeheuerten Söldner von Tag zu Tag nervöser wirkten. Roo und Luis hatten genug Zeit unter Soldaten verbracht, um zu wissen, daß diese Männer gewöhnlich nur herumsaßen und Banditen abschreckten, wobei sie selten zum Schwert oder zum Bogen greifen mußten.

Krondor war gefallen. Das war augenscheinlich geworden, als zwei Tage nach ihrem Aufbruch im Westen eine ungeheure schwarze Rauchsäule aufgestiegen war, und auch der starke Verkehr auf der Straße nach Osten bestätigte dies. Wieder und wieder beobachtete Roo aus den Augenwinkeln, wie sich die Söldner still besprachen. Er vermutete, sie würden beim ersten Anzeichen wirklicher Schwierigkeiten davonlaufen.

Unter vier Augen hatte Roo mit Luis über seine Zweifel an der

Zuverlässigkeit der Söldner gesprochen, und Luis hatte ihm zugestimmt. Luis hielt sich ständig in ihrer Nähe auf, wodurch er einerseits ihre Entschlossenheit stärkte und ihnen gleichzeitig verdeutlichte, daß er sich jeden, der sein Geld nicht wert war, vorknöpfen würde. Roo wußte, daß sich die Chancen für das Durchkommen der kleinen Karawane erheblich verbessern würden, wenn sie erst Wilhelmsburg erreicht hätten. Dort würden sie sich eine Nacht in einem von Roos Gasthäusern ausruhen können und dann nach Ravensburg aufbrechen. Roo hatte den Männern versprochen, ihnen dann auch einen Teil ihres Lohns auszuzahlen, und ein wenig Gold in der Tasche würde sie bei der Stange halten.

Falls Eriks Eltern und Milo noch in Ravensburg waren, würde er sie mit nach Finstermoor nehmen, und dort würde auch Erik letztendlich ankommen. Roo hatte sich noch einmal vergegenwärtigt, wohin er während des vergangenen Jahres Waffen und Vorräte hatte befördern lassen und wohin seine Wagen Werkzeuge und Ausrüstung gebracht hatten. Und eine Sache hatte ihm Erik selbst verraten: »Alptraumgebirge.«

Die Ingenieure des Königs hatten alte Straßen ausgebaut oder neue durch den Berg geschlagen, und zwar entlang der Rückseite der Berge, welche sich Hunderte von Meilen entlang der östlichen Hälfte des Calastiusgebirges hinzogen. Diese Gebirgskette sah wie ein gequetschtes, umgekehrtes Y aus, das ein langes und ein kurzes Bein hatte. Das lange Bein erstreckte sich östlich von Krondor bis hoch zu den Zähnen der Welt, jenem großen Gebirge, welches die Nordgrenze des Königreichs bildete. Das kurze Bein zog sich nördlich von Finstermoor bis zur Stadt Tannerus, wo sich die beiden Beine trafen. Wenn das eigentliche Ziel der Invasoren Sethanon war, würden sie das Gebirge nicht bei Tannerus überqueren, weil dieses zu weit entfernt lag, hatte sich Roo ausgerechnet. An jedem Ort südlich davon müßten sie jedoch über das Alptraumgebirge, und wenn dort die Hauptmacht der Königlichen Armee lag, hätte das Königreich eine Überlebenschance. Ja, falls der Feind bis zum ersten Schnee jenseits dieses Granitwalls gehalten werden könnte, würde das Königreich den Sieg davontragen.

Doch noch lag der Mittsommertag keine drei Wochen zurück, und der erste Schnee war an diesem lauen Abend kaum vorstellbar. Da Roo in Ravensburg aufgewachsen war, war ihm wohlbekannt, wie früh der Winter hereinbrechen konnte, aber gleichzeitig mochte er auch lange auf sich warten lassen, und allein ein Orakel wußte, welcher Fall in diesem Jahr eintreten würde. Ganz unabhängig davon würde der erste Schnee frühestens in sechs Wochen fallen, zehn oder zwölf waren allerdings wahrscheinlicher. Vielleicht gab es heftigen Regen, das kam nicht selten vor, doch bis zum Schnee würde es noch Monate dauern.

Roo ging zum Feuer, unterhielt sich ein wenig mit Karli und Helen und versuchte, mit den Kindern zu sprechen. Kinder waren noch immer ein Geheimnis für ihn, obwohl ihm ihre bloße Gegenwart nicht mehr so unangenehm war wie früher einmal. Er fand es sogar lustig, wie der kleine Helmut stets alles in den Mund stecken mußte, was Karli hingegen die Nerven raubte. Jason verbrachte viel Zeit mit den Kindern und lenkte sie ab, wofür ihm Roo außerordentlich dankbar war.

Helens Kinder waren schon älter, und sich mit Nataly und Willem zu unterhalten, war wesentlich leichter, wenngleich die Dinge, für die sie sich interessierten, ihm ein Rätsel blieben. Helen war inmitten dieses Chaos eine Insel der Ruhe, ihr stetes Lächeln und ihre sanfte Stimme waren allen ein Trost. Wie er da im Feuerschein saß, während die Kinder plapperten, fiel ihm plötzlich auf, daß er Helen anstarrte, und er sah zur Seite. Karli hatte ihn beobachtet, und er lächelte sie an. Sie erwiderte das Lächeln zaghaft, und er zwinkerte ihr zu und formte mit den Lippen stumm die Worte: »Alles ist bestens.«

Und so lehnte er sich zurück, wobei er seine verwundete Schulter nicht belastete, und ließ den Blick abermals zu Helen schweifen. Er gähnte und schloß die Augen; doch ihr Bild verschwand nicht aus seinem Gedächtnis. Sie war keine ausgesprochene Schönheit, obwohl ihre Züge keineswegs »grobschlächtig« waren, wie diese Hure Sylvia es genannt hatte. Sie war, so bezeichneten es andere Männer wohl, ansehnlich. Doch das Anziehendste an ihr waren diese großen braunen Augen und das immerwährende breite Lächeln. Zudem hatte sie einen festen, schlanken Körper.

Roo fragte sich, ob Luis nicht verrückt sein mußte, wenn er glaubte, diese wundervolle, fürsorgliche Mutter könnte eine Gossenratte wie ihn selbst lieben. Seufzend gab sich Roo einem angenehmen Schlummer hin, die Unterhaltung am Feuer bekam er kaum mehr mit, und die wohlige Wärme des Abends und der Klang von Helens Stimme lullten ihn ein.

Doch urplötzlich war Roo wieder hellwach, als sich im Lager auf Rufe aus der Ferne hin Unruhe breitmachte. Die Männer rannten umher, und einen Augenblick blinzelte Roo verwirrt, bis er die Situation erfaßt hatte. Die Kinder lagen jetzt unter ihren Decken, also mußte er einige Zeit gedöst haben.

Es dauerte nur sehr kurz, bis Roo seine Sinne wieder beisammenhatte und sich seine Kriegserfahrung bemerkbar machte. Leise, damit er die Kinder nicht erschreckte, sagte er: »Karli, Helen, steht auf.«

Helen wurde sofort wach. »Was?«

»Bring die Kinder in den Wagen dort!« Er zeigte auf den nächsten. »Die Kutsche wird auf dieser Straße nicht weit kommen, wenn wir fliehen müssen.«

Luis kam angelaufen. »Reiter, und sie kommen rasch in diese Richtung.« Er hielt seinen Dolch in der Hand. Seit der Verletzung seiner Rechten trug Luis kein Schwert mehr, doch mit der Linken konnte er ein Messer immer noch tödlich führen.

Roo und Luis löschen rasch das niedergebrannte Feuer, in der Hoffnung, die Reiter hätten die schwachen Flammen aus der

Ferne noch nicht bemerkt. Noch vor Stunden hätten sie das Lager ohne Schwierigkeiten entdeckt.

Einige der Söldner rannten zu ihren Pferden, und Roo rief: »Bringt die Wagen auf die Straße!« Die Dämmerung würde erst in zwei Stunden oder noch später einsetzen, doch die Pferde hatten fast die ganze Nacht ausruhen können. Mit etwas Glück würde die Gesellschaft aufbrechen können, ohne von denen, die sich näherten, entdeckt zu werden. Sie würden ihren Weg fortsetzen können und früher als erwartet in Wilhelmsburg eintreffen.

Die Fuhrleute liefen, um die Pferde anzuspannen, und Roo ging ihnen, soweit es ihm mit seiner verletzten Schulter möglich war, zur Hand. Jason kannte sich weder mit Waffen noch mit Wagen aus, doch er trug hin und her, was man ihm auftrug, und Luis war ein wahrer Rückhalt. Die Söldner hingegen waren Roos größte Sorge. Würden sie sich gegen harte, üble Kerle, die seit Jahren an Kämpfe gewöhnt waren, als standhaft erweisen?

Die Wagen setzten sich in Bewegung, und Roo stieg zum ersten Mal seit jenem Morgen wieder in den Sattel. Seine Schulter war steif, als er sein Schwert zog, doch seine eigene Klinge war eine der wenigen, auf die er sich jetzt verlassen konnte.

Roo hielt sich am Ende der Karawane auf und suchte den Westen aufmerksam nach den Reitern ab. Während die Wagen auf die Straße zurumpelten, erblickte er die Gestalten, die sich gegen die Dunkelheit noch finsterer abzeichneten. Er konnte nur beten, daß sie vorsichtig sein würden und fürchteten, auf Teile der Armee des Königreichs zu stoßen und nicht auf einen Trupp verzweifelter Zivilisten.

Lange, angsterfüllte Minuten ging es über Gras hinweg, bis sie den festen Boden der Straße erreichten. Als schließlich die metallbeschlagenen Räder auf dem Kies der Straße knirschten, spürte Roo, wie seine Anspannung nachließ. Je weiter sie waren, je näher sie Wilhelmsburg kamen, desto höher wurden ihre Überlebenschancen.

Eine halbe Stunde später rief ein Mann von vorn etwas, ein zweiter schrie auf. Rufe von südlich der Straße verrieten Roo, daß die Reiter sie entdeckt und die Straße überquert hatten. Offensichtlich waren sie parallel geritten, bis sie sich vergewissert hatten, daß sie es nicht mit Soldaten zu tun hatten, und waren dann vorgeprescht, um aus dem Hinterhalt anzugreifen.

Roo schrie: »Nach Norden!« und zog sein Schwert. Ohne den Schmerz in seinem Arm zu beachten, trieb er sein Pferd voran, um dem ersten feindlichen Reiter entgegenzutreten, den er erwischte.

Es dauerte nicht lange, bis er einen zerlumpten Reiter entdeckte, der auf die Wache des Wagens einhieb, der der sechste vor Roos eigenem war. Die Wache verteidigte sich recht ordentlich, doch weitere Reiter waren im Anmarsch.

Roo hielt sich nicht mit Spielereien auf. Er trat seinem Pferd hart in die Flanken und zwang es, etwas zu tun, was dem Tier gar nicht gefiel: mit dem anderen Pferd zusammenzustoßen. Der Reiter der Armee der Smaragdkönigin wurde abgeworfen, als sein Pferd sich unerwartet auf die Hinterbeine stellte, und Roo rief der Wache zu: »Töte ihn!«

Roo trieb sein Pferd voran, auf die Reiter zu, die kaum eine Wagenlänge vor ihm waren. Dann war Luis bei ihm, der sich die Zügel ums rechte Handgelenk gebunden hatte und in der Linken seinen Dolch hielt. Roo wollte ihm zurufen, er solle zurückgehen und die Frauen beschützen, doch er war zu beschäftigt damit, sein eigenes Leben zu verteidigen.

Roo tötete einen Mann und schlug den nächsten in die Flucht, dann wendete er sein Pferd und sah, wie Luis sich um einen Schnitt an seinem rechten Arm kümmerte, während er in der Linken noch den blutigen Dolch hielt. »Du bist verrückt«, fuhr Roo ihn an. »Nächstes Mal bleibst du hinten bei den Frauen, und wenn du jemandem die Kehle durchschneiden willst, dann machst du es dort.«

Luis grinste nur. »Das glaube ich auch. Ich bin noch nie ein besonders guter Reiter gewesen.« Er deutete mit dem Kinn auf die Wunde. »Zu Fuß wird es besser gehen.«

Roo bewunderte seine Ruhe. »Geh zu Karli und laß dich verbinden. Ich werde nachsehen, wie es den anderen ergangen ist.«

Er ritt zur Spitze der kleinen Karawane und erfuhr, daß zwei seiner Wachen tot und zwei weitere im morgendlichen Dunkel verschwunden waren. Die verbliebenen sechs, dazu Luis, er selbst und Jason, reichten kaum aus, um zwei Wagen zu verteidigen, geschweige denn ein Dutzend. Roo zögerte keinen Augenblick. Er wies die Söldner an: »Geht zum letzten Wagen.« Während sie nach hinten ritten, wandte er sich jenen Fuhrleuten zu, die noch auf ihren Kutschböcken saßen. »Setzt euch in Bewegung! Auf nach Wilhelmsburg, ins Gasthaus Zum Morgennebel. Wenn ihr dort heil ankommt, zahl ich euch einen Jahreslohn extra.«

Die Kutscher zögerten nicht länger, sondern schnalzten mit der Zunge und brachten ihre Tiere in Gang. Roo ritt zu den verbliebenen sechs Wachen. »Wir verteidigen nur den letzten Wagen. Und ich werde persönlich jeden umbringen, der weglaufen will.«

»Glaubst du, sie werden noch einmal angreifen?« erkundigte sich Luis.

»Ganz sicher. Ich denke, wir haben sie nur überrascht, als wir uns auf einen Kampf mit ihnen eingelassen haben.«

»Wie viele?« fragte Jason, wobei er sich alle Mühe gab, nicht verängstigt zu wirken. Der ehemalige Kellner, der sich zum Buchhalter gemausert hatte, war über eine Wirtshausprügelei hinaus noch nie mit Gewalt in Berührung gekommen, und er versuchte, der Kinder wegen die Ruhe zu wahren.

»Zu viele«, erwiderte Roo. Er stieg ab, führte sein Pferd zur Rückseite des Wagens und band die Zügel an die Ladeklappe. Dann ging er nach vorn, stieg auf den Kutschbock und nahm dem Fuhrmann, der zitternd neben ihm saß, die Zügel ab. »Halt dich fest!«

Er wendete den Wagen in Richtung Norden und rief: »Folgt mir!«

Die sechs Wachen, Luis, Jason, seine Familie und die Jacobys verließen die Straße. Roo wußte, auf welch riskantes Spiel er sich einließ, doch falls sie weit genug von der Straße entfernt waren, wenn die Plünderer zurückkehrten, würden diese den einen Wagen, der zu der kleinen, kaum benutzten Straße ostwärts unterwegs war, nicht vermissen, während sie die anderen Wagen ausraubten.

»Sie werden es niemals schaffen«, mutmaßte Luis.

»Wahrscheinlich nicht, aber wenn es doch jemand schafft, werde ich mein Wort einlösen und ihm auf der Stelle einen Jahreslohn zahlen.«

Luis machte es sich hinten im Wagen bequem. Hier war es eng, denn er und Jason saßen zwischen den Kindern und den beiden Frauen. Wenigstens für den Augenblick befanden sie sich in Sicherheit.

Lange hielt ihr Glück nicht an. Roo hatte einen kleinen Wildwechsel entdeckt, der in ein offenes Waldgebiet führte, aber sie waren gezwungen, duch einen breiten Graben zu fahren, der schließlich zu eng für den Wagen wurde. Sie setzten zurück, bis sie an einen kleinen Weg kamen, der nach Norden ging, und abermals suchten sie die Verbindung zu der kleinen Straße nach Osten.

Gegen Mittag hörten sie hinter einem kleinen Hügel Reiter, und einige angespannte Minuten warteten Roo, Luis und die Soldaten mit gezogenen Waffen, während Karli, Helen und Jason die Kinder beruhigten. Als der letzte Reiter vorbei war, weniger als zwanzig Meter entfernt, doch außer Sicht, brach Roo nach Osten auf, wo er erneut einen anderen Weg suchen wollte.

Als die Sonne unterging, hatten sie sich vollkommen im Wald verirrt. Sie schlugen ihr Lager auf, verzichteten jedoch auf ein Feuer, und besprachen die Möglichkeiten, die ihnen blieben. Einer der Söldner schlug vor: »Warum lassen wir nicht den Wagen stehen und schlagen uns so nach Osten durch, Mr. Avery?«

»Wie gut kennst du diese Berge?« fragte Roo zurück.

»Nicht sehr gut, aber unsere Jungs sind im Osten, habt Ihr gesagt, und auf jeder noch so kleinen Straße wird sich die feindliche Kavallerie herumtreiben. Wenn wir uns jedoch im Wald halten, könnten wir zwischen ihnen hindurchschlüpfen.«

»Zwischen hier und der Provinz Finstermoor gibt es ungefähr ein Dutzend kleiner Orte, und vielleicht finden wir einen von ihnen, doch ohne einen Führer, der sich hier auskennt, werden wir uns in den Hügeln und Bergen hoffnungslos verirren.« Er warf einen Blick auf den Wald, in dem es bald stockfinster sein würde. »Im Wald läuft man nur allzu leicht im Kreis. Außerdem könnten wir dem Feind geradewegs in die Arme rennen.«

Die Kinder waren ganz still, weil es im Lager so düster war, und blickten Roo und die anderen Erwachsenen mit großen Augen an. Karli und Helen taten ihr Möglichstes, um sie zu trösten, allerdings ganz leise, damit sich auch die Kleinen still verhielten.

Nach einer Weile fuhr Roo fort: »Aber ich denke, du hast vielleicht recht. Ladet die Wagen ab, und holt die Decken und die Vorräte. Den Rest lassen wir hier, und morgen brechen wir auf.«

Die Söldner warfen einander Blicke zu, doch niemand schien noch etwas sagen zu wollen, und so erledigten alle, was man ihnen aufgetragen hatte. Roo saß schweigend da und beobachtete im schwindenden Licht seine eigenen Kinder, die Jacobys und die anderen.

Helen hatte ihren Sohn im Schoß, sang ihm leise etwas vor, derweil Karli Abigail in den Arm genommen hatte. Willem drückte sich an die Schulter seiner Mutter, kämpfte gegen den Schlaf, entschlossen, wach zu bleiben, während Nataly bereits eingeschlummert war und auf einer Decke zwischen Helen und Karli lag. Jason machte sich nützlich, indem er die Vorräte so zusammenpackte, daß sie getragen werden konnten, und Luis blieb bei den Söldnern, beruhigte sie und versprach ihnen Belohnungen, wenn sie Wilhelmsburg erreichen sollten.

Als die Kinder schliefen, setzte sich Karli zu Roo. »Wie geht es deiner Schulter?« fragte sie.

Seit dem Kampf mit den Plünderern hatte er nicht mehr an die Wunde gedacht, und nun bewegte er die Schulter vorsichtig. »Ein wenig steif, aber sonst ganz gut.«

Sie lehnte sich an ihn und flüsterte: »Ich habe Angst.«

Er nahm sie in den Arm. »Ich weiß. Aber wenn wir Glück haben, sind wir morgen schon in Sicherheit.«

Sie erwiderte nichts darauf, saß einfach da und schöpfte Trost aus seiner Gegenwart. Die ganze Nacht lang hockten sie schweigend am Boden, dösten, ohne festen Schlaf zu finden, da die nächtlichen Geräusche aus dem Wald ihnen Angst bereiteten.

Als der Morgen langsam zu dämmern begann, ein paar Stunden vor Sonnenaufgang, sagte Roo leise: »Weck die Kinder auf.«

Während Karli diese erledigte, wandte sich Roo an Luis. »Wir müssen unterwegs sein, bevor es richtig anfängt zu dämmern.«

»In welche Richtung?«

»Nach Norden und Osten. Wenn wir in einer Richtung auf ein Hindernis stoßen, nehmen wir die andere. Nach Süden oder Westen gehen wir jedoch nur, wenn es gar nicht mehr anders geht. Letzten Endes werden wir schon noch die Straße erreichen, von der ich dir erzählt habe, oder wir treffen auf die Bauernhöfe vor Wilhelmsburg.«

Luis nickte. »Den Söldnern können wir nicht vertrauen.«

»Ich weiß, aber falls wir ihnen klarmachen können, daß sie mit uns zusammen als Gruppe eine größere Chance haben als jeder für sich …«

In diesem Augenblick schreckte sie Hufschlag auf, und beide drehten sich um und sahen die sechs Söldner in die vormorgendliche Dunkelheit hinausreiten.

»Verdammt!« fluchte Luis.

Roo erklärte Jason und Helen, die inzwischen aufgewacht waren: »Wir haben keine Zeit, noch etwas zu essen. Schnappt euch, was ihr könnt, und dann müssen wir los. Falls irgendwelche Plünderer in der Nähe sind, werden sie den Hufschlag hören und hierherkommen.«

Die Kinder jammerten, doch die Mütter beruhigten sie rasch und gaben jedem ein Stück Brot, auf dem sie unterwegs kauen konnten. Roo hatte sich am Abend zuvor die Gegend angesehen und ein schmales, ausgetrocknetes Bachbett entdeckt, welches nach Nordwesten führte. Er entschied, es würde sie höchstwahrscheinlich hinauf in die Ausläufer des Gebirges bringen, und deshalb müßten sie ihm folgen, bis sie einen Weg nach Osten oder Norden fanden.

Es war ein langsamer Marsch. Die Kinder konnten nicht schnell laufen und wurden bald müde, doch immerhin kamen sie eine Stunde lang gut voran. Dann mußten sie Rast machen.

Von Verfolgern war keine Spur zu sehen. Nachdem sie sich eine Viertelstunde ausgeruht hatten, nahm Jason Helmut auf den Arm und befreite so Karli von der Last, das jüngste der vier Kinder zu tragen.

Sie gingen weiter, doch der Weg war beschwerlich, ständig boten Baumfallen und Geröll neue Hindernisse. Als es schon fast Mittag war, hörten sie Kampflärm durch die Bäume. Aus welcher Richtung er kam, konnten sie nicht sagen.

Sie zogen weiter.

»Wir haben es gut gemacht«, stellte Erik fest.

»Wenn man bedenkt, daß Krondor schon gefallen ist, haben wir unser Bestes gegeben«, antwortete Greylock. Er blickte auf die Berichte, die von den Stellungen im Norden und Süden eingetroffen waren, und fügte hinzu: »Es gibt nur eine böse Überraschung.«

»Und?«

»Groß-Kesh hat begonnen, das ganze Tal der Träume zu besetzen.«

»Ich dachte, Prinz Erland hätte ein Abkommen mit ihnen abgeschlossen.«

»Offensichtlich haben sich die Keshianer nicht daran gehalten.« Erik zuckte mit den Schultern. Er nahm gerade sein Mittagsbrot mit Greylock ein. Owens Kommando würde aufbrechen, wenn sie mit dem Essen fertig waren und nachdem Eriks Männer die Stellungen besetzt hatten, die Greylocks Leute gegraben hatten. Eriks Männer waren froh darüber, daß sie keine Barrikaden errichten mußten und sich daher ausruhen konnten, bis der Feind sich zeigte.

»Wie ich die Lage beurteile«, meinte Greylock, »müßt ihr die Stellung hier fünf anstatt vier Tage halten.«

»Ich werde versuchen, sechs daraus zu machen«, sagte Erik.

Greylock nickte. »Die Nachrichten aus dem Norden sind gut. Hauptmann Subai und die Späher haben ihre Leute ohne großen Ärger durch die Berge gebracht.«

Erik lachte. »Warte nur, bis der Feind dort in voller Stärke auftaucht.«

»Nun, das wollten wir mit unserem Plan ja gerade verhindern.« Owen seufzte. »Den Berichten zufolge sind die Kämpfe im Norden am heftigsten. Dort liegt eine Kompanie Hadati neben unseren Jungs, und sie haben sich in einem kleinen Paß südöstlich von Questors Sicht verschanzt.« Erik rief sich die Karten, die er studiert hatte, ins Gedächtnis, dann nickte er. Diese Stellung mußte unbedingt gehalten werden; wenn der Feind dort durchbrach, würde er ohne Probleme auf der Ostseite des Gebirges nach Sethanon ziehen und Finstermoor ganz umgehen können. »Doch bislang ist der Feind dort noch nicht in großer Zahl aufgetreten.«

»Ich bin zu müde, um einen klaren Gedanken zu fassen«, erklärte Erik. »Wenn wir uns erst eingegraben haben, werde ich schlafen.«

Owen erhob sich und lachte. »Das möchte ich bezweifeln. Du wirst alles zweimal überprüfen, bis du zufrieden bist, und dann wird es schon dunkel sein.«

Erik zuckte abermals mit den Schultern. »Wieviel Zeit haben wir gewonnen?«

»Zwei Tage. Wir müssen immer noch drei Wochen aufholen.«

»Ich weiß nicht, ob wir das schaffen«, zweifelte Erik.

»Wenn nicht, wird es in Finstermoor und hinter den Bergen zu schweren Kämpfen kommen.«

»Was ist mit den Armeen des Ostens?«

»Sie liegen hinter den Bergen und warten ab«, erklärte ihm Owen.

»Ich wünschte, wir hätten sie hier drüben.« Er zeigte auf seine Männer, die Waffen und Ausrüstung bereitmachten.

Owen legte ihm die Hand auf die Schulter. »Ich verstehe. Es ist schwierig, wenn man mit ansehen muß, wie die eigenen Männer Stück um Stück aufgerieben werden. Aber leider muß das nun einmal sein.«

»Prinz Patrick hat mir das schon klar gemacht, und Marschall William ebenso. Aber niemand hat gesagt, daß es mir gefallen müßte.«

»Natürlich nicht«, erwiderte Owen. Er wandte sich an einen Feldwebel seines Kommandos. »Feldwebel Curtis!«

»Ja, General?«

»Die Männer sollen sich zum Abmarsch fertig machen.«

»Sir!« Der Feldwebel drehte sich um, eilte davon und brüllte Befehle.

»›General‹«, meinte Erik darauf grinsend. »Vermutlich wird Manfred bedauern, daß er seinen Schwertmeister entlassen hat.«

Owen gab zurück: »Frag ihn doch, wenn du nach Finstermoor kommst.« Er stieg auf sein Pferd. »Außerdem hatte er darauf gar keinen Einfluß. Es war Mathilda, die mich rausgeschmissen hat.«

Bei der Erwähnung der Witwe seines Vaters sagte Erik: »Ich nehme an, ich werde es bald mit ihr zu tun bekommen.«

»Nur, wenn du dich nicht vorher umbringen läßt, mein Freund«, meinte Owen dazu, dann wendete er sein Pferd und ließ es davontraben. Über die Schulter fügte er noch hinzu: »Also laß dich nicht umbringen.«

»Lebe wohl, Owen.«

Erik verließ das Lagerfeuer und machte sich an die Inspektion der Stellungen. Owen sollte recht behalten; erst zwei Stunden nach Sonnenuntergang fand Erik Zeit zum Schlafen.

Roo, Jason und Luis standen mit gezogenen Waffen bereit, während die beiden Frauen mit den Kindern in eine Höhle am Ufer eilten. Zwei Tage lang waren sie auf keine größeren Schwierigkeiten gestoßen, hatten stets Pfade gefunden, die in Richtung ihres Ziels führten. Sie hatten die Hütte eines Waldbewohners gefunden, die zwar verlassen, ansonsten jedoch unberührt war, und dort hatten sie eine Nacht verbracht und sogar ein kleines Feuer riskiert, obwohl Roo befürchtet hatte, daß der Rauch sie verraten könnte.

Sie hatten die Hütte mit ihren kärglichen Annehmlichkeiten hinter sich gelassen und waren nun nicht mehr weiter als eine Tagesreise von der Straße entfernt, die Roo im Auge hatte, als sie Hufschlag hörten, der lauter und lauter wurde. Roo wußte nicht, ob die Reiter ihre Spur gefunden hatten oder sich nur zufällig in ihre Richtung bewegten, doch mochte es sein, wie es wollte, sie kamen jedenfalls rasch näher.

Wie es sich anhörte, war es ein kleiner Trupp, vielleicht ein halbes Dutzend, doch mit Roos Schulterverletzung, mit Luis' verkrüppelter rechter Hand und Jason, der mit Waffen gar keine Erfahrung hatte, würden selbst zwei Söldner für sie zur gefährlichen Bedrohung werden. Falls die Reiter Bogen hatten, war die kleine Gesellschaft verloren, dessen war sich Roo sicher. Die

Frauen und Kinder sollten sich am besten verstecken. Roo und die beiden anderen Männer waren entschlossen, die Reiter so lange aufzuhalten, bis die Familien in Sicherheit waren.

Roo blickte über die Schulter, sah, wie Helen die Kinder in den Höhleneingang scheuchte, und glaubte, sie habe ihn angelächelt. Auf diese Entfernung konnte er es aber nicht mit Bestimmtheit sagen.

Bald kamen vier Reiter in Sicht, auf der anderen Seite des kleinen Bachbetts, durch das die Gesellschaft gewandert war. Roo zischte Jason zu: »Wenn's hart auf hart kommt, versuch nicht, den Helden zu spielen. Schlag auf die Beine der Pferde ein und laß dich nicht umbringen. Luis und ich kümmern uns um die Reiter.«

Als die Reiter die drei Männer entdeckten, ließen sie die Pferde im Schritt gehen. Luis sagte: »Wenn sie in einer Reihe bleiben, wollen sie mit uns sprechen. Wenn sie sich verteilen, wird es einen Kampf geben.«

Die vier Reiter blieben zusammen. Als sie nur noch ein Dutzend Schritte entfernt waren, hob der Anführer die Hand, ließ sein Pferd ein Stück vortreten und beobachtete die drei Männer. Einen Augenblick später fragte er: »Wer seid Ihr?«

Roo erkannte die Sprache von Novindus, doch mit einem eigentümlichen Tonfall, und so schloß er, daß diese Männer aus einem Teil des Kontinents stammten, den er nicht besucht hatte. Roo wagte einen Bluff. »Mein Name ist Amra.«

Beim Klang ihrer eigenen Sprache entspannten sich die Reiter ein wenig. Der Anführer zeigte auf Luis. »Und du?«

»Haji, aus Maharta«, antwortete dieser, ohne zu zögern.

»Und du?« wandte er sich an Jason.

Ehe Jason noch den Mund aufmachen konnte, sagte Roo: »Er ist stumm. Sein Name ist Jason.«

Jason konnte kein Wort dieser seltsamen Sprache verstehen, doch als er seinen Namen hörte, nickte er.

»Welche Kompanie?« fragte der Anführer, während der zweite

Reiter aus der Reihe ausscherte und neben ihn ritt. Beide Männer hielten noch immer die Waffen in der Hand, bereit zu handeln, sollte ihnen die Antwort nicht gefallen.

Roo dachte hektisch nach. Die Lage in der Armee der Königin hatte sich vollkommen verändert, seit Calis' Blutrote Adler in ihr gedient hatten. Er kannte die Namen einiger anderer Kompanien, hatte jedoch keine Ahnung, ob diese überhaupt noch existierten oder wo sie stationiert waren. Doch auf keine Antwort hin würde er genauso rasch sterben wie auf eine falsche.

Leise sagte er: »Wir wurden nach der Schlacht von Maharta zu Shingas Schwarzen Schwertern gesteckt.«

Der zweite Reiter fragte: »Deserteure?«

Roo schüttelte den Kopf. »Nein, wir sind auf die Lanciere des Königreichs gestoßen und wurden von den anderen abgeschnitten.«

Luis senkte den Dolch leicht, als würde er sich entspannen, und sagte: »Wir haben uns verlaufen. Und irgendwo sind wir dann völlig von der Straße abgekommen. Und jetzt streifen wir schon eine Woche lang durch diese Wälder. Wir haben nur wenig Eßbares gefunden und sind völlig ausgehungert. Wir wollen wieder auf unsere Seite zurück.«

Roo fragte: »Könnt ihr uns dabei helfen? Wir sind wirklich keine Deserteure.«

Die beiden anderen Reiter lenkten ihre Pferde zu den Flanken. Der Anführer der vier sagte: »Keine Deserteure? Zu schade. Wir sind nämlich welche.«

Und schon griffen sie an. Luis und Roo warfen sich zur Seite. Roo landete auf dem Boden, wälzte sich herum und kam in der Hocke wieder hoch, gerade rechtzeitig, um zu sehen, wie Jason vor Schreck wie angewurzelt dastand und von dem zweiten Reiter niedergeritten wurde, der gleichzeitig mit dem Schwert auf ihn einschlug. Jason duckte sich und schlug mit seinem eigenen Schwert zu, doch es wurde ihm aus der Hand gerissen, als er zu

Boden ging, und der Huf des Pferdes traf ihn an der Schulter. Das Wiehern des Pferdes zeigte Roo an, daß der junge Buchhalter doch einigen Schaden angerichtet hatte, allerdings lag er vom Schmerz geblendet am Boden und konnte sich nicht mehr rühren.

Das Pferd, welches Jason verwundet hatte, taumelte, aus dem tiefen Schnitt an seinem rechten Vorderbein strömte Blut. Roo stand bereits wieder und machte sich auf den nächsten Angriff gefaßt. Luis warf seinen Dolch und traf einen der Männer in den Hals. Dieser war tot, bevor er noch ganz den Sattel verlassen hatte.

Der abgeworfene Reiter stöhnte und lag am Boden, und nun hatten es Roo und Luis nur noch mit jeweils einem Gegner zu tun. Luis zog einen zweiten Dolch aus dem Stiefel und duckte sich. Die beiden Männer besprachen sich leise, da ihnen nicht entgangen war, daß Luis' gekonnte Handhabung des Dolches ihn zu einem äußerst gefährlichen Gegner machte.

Mit lauten Schreien trieben sie ihre Pferde voran, und scheinbar wollten sie beide Männer angreifen, doch im letzten Augenblick riß der eine, der auf Roo losgestürmt war, sein Pferd herum und ging von hinten Luis an. Luis warf seinen Dolch auf den Reiter vor ihm, der sich jedoch hinter dem Hals seines Pferdes duckte und so fast kein Ziel bot.

Luis hatte einen solchen Zug erwartet und niedriger gezielt, auf den Schenkel des Mannes. Und so traf die Klinge den Mann auch mit voller Wucht genau dort, und er heulte vor Schmerz auf, derweil er versuchte, sich von Luis zu entfernen, während sein Gefährte diesen angriff.

Doch Luis hatte noch einen dritten Dolch, den er unter dem Hemd verborgen trug, und warf diesen in dem Augenblick, als sich der Reiter wieder aufrichtete. Die Klinge traf den Mann in der Kehle, und er fiel rücklings aus dem Sattel.

Roo ging auf den anderen Reiter, der Luis von hinten angriff, los. Während dieser auf Luis einschlug, der sich gerade umdrehte und einen weiteren Dolch aus der Schärpe zog, hob Roo das Schwert über den Kopf.

Der Reiter hieb auf Luis ein, der auszuweichen versuchte, doch der Reiter kam nach und erwischte Luis an der rechten Schulter mit einem tiefen Schnitt. Roos Klinge traf den Reiter von hinten und fuhr tief in dessen Bein. Der Knochen lag offen, und der Reiter schrie vor Schmerz auf, versuchte, das Pferd herumzureißen, verlor jedoch das Bewußtsein, als ihn der Schock übermannte.

Roo tötete ihn sofort. Er rannte zu Luis, der ebenfalls kaum mehr bei Bewußtsein war. Gerade wollte er etwas zu ihm sagen, als er hinter sich einen Schrei hörte.

Roo wirbelte herum. Der Reiter, der abgeworfen worden war, stand über Jason. Der junge Buchhalter stützte sich auf einem Ellbogen hoch, das Blut lief ihm aus einer Schädelwunde über das Gesicht, und eben holte der Soldat zum tödlichen Schlag aus.

»Nein!« brüllte Roo und rannte los. Seine Beine waren schwer wie Blei, jeder Schritt erschien ihm unwirklich langsam. Er wollte schneller voran, doch der Hieb des Soldaten senkte sich wie ein Blitz, und Jason schrie vor Schmerz auf. Er hatte sich herumgeworfen, und der Hieb, der ihn zum Verstummen bringen sollte, ließ ihn aufschreien.

Roo holte mit dem Schwert aus und legte alle Kraft hinein. Er verfehlte den Körper des Soldaten, doch traf er das Handgelenk des Mannes, und das Schwert flog durch die Luft – die Hand hielt immer noch das Heft.

Der Mann starrte ungläubig auf den blutenden Stumpf und sah den nächsten Hieb gar nicht kommen, der den ungedeckten Hals traf und sein Leben beendete.

Roo kniete sich neben Jason, der vor Schmerz und Schreck die Augen weit aufgerissen hatte. »Roo«, stöhnte er und krallte sich in Roos Hemd fest.

»Ich bin da«, antwortete Roo und hob vorsichtig Jasons Kopf.

Jasons Blick ging ins Leere, als könnte er nicht mehr sehen, und Roo stellte nun fest, daß sein Buchhalter tödlich verwundet war. Die Verletzung am Kopf stammte vom Huf des Pferdes, doch aus der Bauchwunde wurde Blut in schnellen Stößen gepumpt. Tief in seinen Eingeweiden mußte eine Arterie durchtrennt sein. Jasons Leben ergoß sich buchstäblich auf den Boden.

»Es tut mir leid.«

»Du hast dich wacker geschlagen«, tröstete ihn Roo.

»Es tut mir leid, daß ich dich betrogen habe.«

»Was meinst du damit?« fragte Roo.

»Ich war derjenige, der Sylvia Esterbrook mit Informationen für ihren Vater versorgt hat«, sagte er und spuckte Blut.

»Ich verstehe nicht«, hakte Roo nach. »Woher hast du sie gekannt?«

»Als du zum ersten Mal zu Barret gekommen bist, habe ich dir von ihr erzählt und dir gesagt, wie wunderbar sie sei.«

Roos schwirrte der Kopf. Der Kampf, seine Wunde, und jetzt dies. »Jason, wie habt ihr das gemacht, Sylvia und du?«

»Ich habe Nachrichten an ihre Dienerin geschickt« erklärte Jason. »Sie hat mir zurückgeschrieben. Sie hat mir versprochen, eines Tages, wenn ich reich wäre, würde sie mich ihrem Vater vorstellen.«

Roo war wie vor den Kopf gestoßen. Sylvia hatte ihn selbst, Duncan und nun auch noch Jason zum Narren gehalten. Einen Augenbick später fuhr Jason fort: »Roo, bitte, vergib mir.«

Roos Blick schweifte im Wald umher, wo Luis bewußtlos oder vielleicht gar tot lag, wo sich die Frauen und Kinder in einer Höhle versteckten. »Es macht nichts, Jason. Es ist nicht schlimm«, war alles, was er über die Lippen brachte.

Leise sagte Jason: »Einmal hat sie mich geküßt, Roo. Als uns niemand gesehen hat, während sie in die Kutsche stieg, hat sie sich zu mir rübergebeugt und mich auf die Wange geküßt.« Dann verdrehten sich seine Augen, und er starb.

Roo saß reglos da, wußte nicht, ob er weinen oder lachen sollte. Der Junge war in dem Glauben gestorben, diese mörderische Hure sei ein vollkommener Engel gewesen. Roo hatte nur Luis erzählt, daß Sylvia tot war. In Gedanken zog er den Hut vor ihr, denn sie hatte gewußt, wie sie von einem Mann das bekommen konnte, was sie wollte. Duncan hatte sie Macht und Geld versprochen; Jason hatte sie die Geschichte von der Prinzessin und dem einfachen Mann, die in wahrer Liebe zueinanderfinden, erzählt – ein Kuß auf die Wange und Liebesbriefe; und Roo? Roo lachte verbittert, während er Jasons Kopf auf den feuchten Boden sinken ließ.

Nachdenklich erhob er sich. Roo hatte sie eine vollkommene Liebe versprochen, die es nicht gab.

Ehe er Sylvia kennengelernt hatte, war die Liebe für Roo nur ein Mythos gewesen, an den Menschen glaubten, die nicht so intelligent waren wie er selbst, oder eine zweckdienliche Lüge, mit der man ein Mädchen dazu brachte, die Beine zu spreizen, doch nie zuvor hatte er die Liebe so sehr als Lüge empfunden wie in diesem Augenblick. Selbst im Grab verfolgte ihn Sylvia noch.

Er trat an Luis' Seite und verstand nicht, wie drei Männer in der gleichen Frau drei verschiedene sehen konnten, wie jeder ihren Lügen so bereitwillig Glauben schenkte. Und wieso verspürte er noch immer solche Sehnsucht nach ihr, obwohl er sie im selben Moment verabscheute?

Luis' Atem ging flach, sein Gesicht war leichenblaß. Er stöhnte, als Roo ihn bewegen wollte, und er versuchte Roo zu unterstützen, als Roo ihn anhob und seine unverletzte Schulter unter Luis' guten Arm schob. Halb taumelnd zog Roo seinen Freund auf die Höhle zu.

Als er nur noch ein Stück davon entfernt war, guckte Helen Jacoby heraus, sah, wie er sich mit Luis abkämpfte, und eilte herbei, um dem erschöpften Roo zu helfen.

Sie brachten Luis in die Höhle, die groß, wenn auch nicht tief war. Von draußen fiel ausreichend Licht herein. Karli hielt erschrocken die Luft an, als sie die Höhle betraten, und mit Tränen in den Augen fragte sie: »Jason?«

Roo schüttelte den Kopf.

Helen versorgte Luis, derweil Karli sich alle Mühe gab, ihren Kummer vor den Kindern zu verbergen, um sie nicht noch mehr in Angst und Schrecken zu versetzen. »Was waren das für Männer?« fragte Karli.

»Deserteure aus der Armee der Königin.«

»Werden noch mehr kommen?« erkundigte sich Helen.

»Unbezweifelbar«, antwortete Roo und ruhte sich auf dem Boden der Höhle einen Augenblick lang aus. »Ich weiß nicht, ob sie unbedingt hier entlangkommen, doch auf jeden Fall müssen wir uns vor allen Reitern oder Männern zu Fuß hüten, bis wir uns versichert haben, ob sie Soldaten des Königreiches sind.«

Er seufzte und erhob sich. »Ich werde jetzt die Pferde suchen und nachschauen, ob ich bei ihnen irgend etwas Brauchbares finde.« Er mußte auch Jason und die vier anderen Toten begraben, hielt es jedoch für besser, das nicht zu erwähnen.

So taumelte er den Hügel hinunter. Das verwundete Pferd stand nur ein paar Meter entfernt, die anderen hingegen waren den Hügel hochgezogen und fraßen von dem kargen Gras, das auf einer kleinen Lichtung wuchs. Was Pferde betraf, konnte Roo lange nicht so gut mit ihnen umgehen wie Erik, doch ein Blick auf die tiefe Wunde in der Flanke des Pferdes verriet ihm, daß es sich ohne die Hilfe eines Heilers nicht erholen würde; das Tier hinkte, als wären seine Beine gefesselt.

Ruhig ging er zu den anderen Pferden hinüber, schnalzte mit der Zunge und sprach leise auf sie ein. Zwei der Tiere wichen vor ihm zurück, beim dritten erwischte Roo die Zügel. Roo durchsuchte die zusammengerollten Schlafdecken und fand nur wenig von Wert, einen silbernen Kerzenleuchter und ein paar Münzen.

Roo band das Pferd an einen Ast und fing das zweite ein. Auch bei ihm entdeckte er nur wenig Wertvolles und ansonsten nichts Brauchbares.

Das dritte Pferd war mehr daran interessiert, Fangen zu spielen als zu fressen, und nachdem Roo es fünfzig Meter weit gejagt hatte, warf er Steine nach ihm, wodurch er es ganz verscheuchen wollte, damit das Tier, falls jemand es finden sollte, denjenigen nicht zu Roo führte.

In einem der toten Männer steckte einer von Luis' Dolchen, und Roo zog ihn heraus. Rasch tötete er das lahme Pferd – sein Wiehern ließ die zwei verbliebenen Pferde scheuen. Allerdings hatte er diese fest angebunden.

Dann wandte er sich der grausigen Aufgabe zu, die Leichen zu durchsuchen.

Wie alle ehemaligen Soldaten ekelte ihn der Gedanke, die Toten auszuplündern, aber wenn die Männer etwas von Wert bei sich getragen hatten, dann am Leib. Er entdeckte drei Beutel mit Gold und einen mit Juwelen. Roo verstaute die Wertsachen auf einem der verbliebenen Tiere und warf danach die Waffen auf einen Haufen. Es waren sechs Dolche, ein langes Messer und sechs Schwerter.

Er trug die Waffen zur Höhle und legte sie darin ab. »Wie geht's Luis?« fragte er Helen.

»Nicht gut«, antwortete sie leise. Sie blickte Roo an und schüttelte leicht den Kopf.

Roo hatte in seinem Leben genug Wunden gesehen, um zu wissen, daß Luis die Nacht vielleicht nicht überleben würde. Er wandte sich ab und ging den Hügel hinunter. Die Pferde würde er holen, wenn er sich um die Toten gekümmert hatte.

Er hatte keine Schaufel, daher kam es nicht in Frage, sie in der Erde zu begraben, es sei denn, er würde diese Aufgabe mit einem Schwert angehen. Dann fand er eine kleine Bodenspalte in dem trockenen Bachbett und wälzte die Leichen hinein. Der Gedanke,

Jason mit diesen vier Deserteuren zu bestatten, war ihm widerlich, doch die Sicherheit seiner Familie war wichtiger.

Mit dem schlechtesten der sechs Schwerter wühlte er Erde auf und bedeckte die Leichen, dann holte er Steine, um sie darüber zu legen. Nach einer Stunde war er von der schweren Arbeit erschöpft und kniete auf dem Grab, um die Steine so gut wie möglich aufzuschichten. Danach deckte er Zweige und Äste darüber, damit niemand, der des Weges kam, es bemerken würde.

Gerade, als er den letzten Stein auf dem Grab plazierte, stieß ihn etwas von hinten an.

Roo drehte sich um und wollte schon nach dem Schwert greifen, als er sah, daß ihm ein Pferd ins Auge blickte. Es war das Tier, welches er verjagt hatte, das nun jedoch neugierig herangekommen war, weil es wissen wollte, was er da tat. Und da nun diese Arbeit dem Pferd ebenfalls uninteressant erschien, hatte es Roo auf sich aufmerksam gemacht.

Roo schnappte sich die Zügel. Das Pferd scheute, wich zurück und zog Roo so auf die Beine. Er riß einmal kräftig an den Zügeln, rief: »Hü!« und ließ wieder locker, damit das Pferd nicht in Panik geriet.

Das Tier gehorchte und blieb stehen. Roo führte es zu den anderen und band es an einem Baum fest. Er durchstöberte die zusammengerollte Decke hinter dem Sattel und brachte erneut Gold und Edelsteine zum Vorschein.

Roo sah sich nach einer Stelle um, wo er die Pferde besser verstecken konnte, fand jedoch keine. Wenn er die Tiere benutzen wollte, mußte er ihre Entdeckung riskieren.

Erschöpfung machte sich in ihm breit, als er den Hügel hinaufstapfte. Was für eine Ironie des Schicksals war das: mit großer Mühe hatte er die fünf Leichen begraben, und jetzt standen die drei Pferde da und verrieten jedem, der des Weges kam, seine Anwesenheit.

Ein Blick auf das tote Tier sagte ihm, daß er es nicht verbergen konnte, dennoch entschied er, mit dem Aufbruch noch bis zum nächsten Tag zu warten. Das tote Tier zu verstecken war sinnlos, solange er nicht bereit war, die lebenden irgendwo in den Wald zu führen.

Als er in die Höhle kam, hatte Karli den Kindern gerade Brot und Käse gegeben. Er nahm das, was sie ihm reichte, und setzte sich. Nie zuvor hatte er sich so müde gefühlt.

»Seine Atmung geht wieder besser, glaube ich«, sagte Helen.

Roo blickte zu Luis hinüber und konnte keinen Unterschied feststellen. »Du hast recht«, log er.

Roo kaute auf dem Brot herum, das während der letzten Tage trocken geworden war. Wenigstens war es etwas zu essen, genauso wie der harte Käse.

»Wir haben noch einen Schlauch mit Wein«, sagte Karli und reichte ihn Roo.

Er dankte ihr und nahm einen Schluck. Der Wein schmeckte zusammen mit dem Käse eigentümlich, dennoch war Roo zufrieden.

»Was werden wir nun tun?« fragte Helen.

»Wir haben drei Pferde. Wenn wir Luis auf eins heben können und die Kinder auf die beiden anderen, können wir morgen aufbrechen.«

Helen warf einen Blick auf Luis, und der Zweifel stand ihr ins Gesicht geschrieben, doch sie erwiderte nichts. Karli versuchte, tapfer zu lächeln, was ihr allerdings mißlang.

Roo kaute und schluckte und lehnte sich so bequem wie möglich an den Fels. Nachdem er gegessen hatte, ging er noch einmal den Hügel hinunter und kehrte mit den vier zusammengerollten Decken der Deserteure zurück. Es war ihm gleichgültig, wie schmutzig sie sein mochten, in diesen Wäldern konnte es nachts sehr kalt werden, und ein Feuer durften sie nicht riskieren.

Nachdem sie die Decken ausgebreitet und sich alle schlafen gelegt hatten, saß Roo da und starrte in die Nacht hinaus. Die Stunden verstrichen, und trotz all seiner Erschöpfung wagte er es nicht, einzuschlafen.

Irgendwann um Mitternacht erschien Helen Jacoby an seiner Seite und setzte sich neben ihn. Leise, als wollte sie die anderen nicht wecken, sagte sie: »Ich glaube, es wird schon wieder mit ihm werden.«

Roo flüsterte zurück: »Du hast noch keinen Verwundeten gesehen, den man zwei Tage am Sattel festgebunden hat. Vielleicht bringen wir ihn dadurch um.«

»Können wir nicht noch einen Tag hierbleiben?«

»Nein«, antwortete Roo. »Und Luis würde darauf bestehen, euch in Sicherheit zu bringen. Mit jedem Tag kommen mehr Soldaten und auch mehr Deserteure in dieses Gebiet.«

Helen schob den Arm unter seinen und legte ihren Kopf an seine Schulter, als wäre dies die natürlichste Sache der Welt. Sie drückte seinen Arm, und er spürte deutlich ihre vollen Brüste und den Duft ihres Haares. Endlich sagte sie: »Danke, Roo.«

»Wofür?«

»Weil du ein so freundlicher und fürsorglicher Mann bist. Du hast für meine Kinder alles getan, was ein Vater tun würde. Du hast uns beschützt, wo andere Männer uns mittellos in die Not entlassen hätten.«

Lange Zeit schwiegen sie, und dann bemerkte Roo etwas Warmes an seiner Schulter, als ihre Tränen den Stoff seines Hemdes näßten. Er tätschelte ihre Hand und wußte nichts zu sagen.

Schließlich legte sie ihm die Hand auf die Wange und drehte sein Gesicht herum. Sie küßte ihn sanft auf die Lippen und hauchte: »Du bist ein guter Mann, Roo. Die Kinder lieben dich.« Und nach einer Pause fügte sie hinzu: »Und ich liebe dich auch.«

Roo schwieg; und dann sagte er: »Du bist die beste Frau, die ich kenne, Helen. Ich bewundere dich.« Er ließ den Kopf hängen, konnte ihr nicht in die Augen sehen, obwohl man in der Dunkelheit sowieso nicht viel erkennen konnte. »Und ich wäre ein Lügner, wenn ich behauptete, ich hätte noch nie auf jene Weise an dich gedacht, wie Männer an Frauen denken, doch um die Wahrheit zu sagen, ich kann einfach nicht an die Liebe glauben.«

Lange Zeit erwiderte sie kein Wort, dann erhob sie sich und kehrte zu den Kindern zurück. Roo blieb den Rest der Nacht allein.

Sieben

Entscheidungen

Miranda schritt hin und her.

Macros fuhr sie an: »Könntest du damit nicht aufhören, bitte?«

Sie setzte sich. Seit Tagen hatten sie den Spalt zwischen Midkemia und Shila studiert und einige ungewöhnliche Eigenschaften daran festgestellt.

Macros hatte viel Zeit damit verbracht, die Struktur der Magie zu untersuchen, und war zu dem Schluß gekommen, der Spalt sei von dieser Seite aus versiegelt worden. Er hatte seine Vermutungen Miranda mitgeteilt, die daraufhin nur gesagt hatte, sie hätte keine Ahnung, wovon er spräche.

»Wie lange willst du das Ding denn noch anstarren?« fragte sie.

»Bis ich weiß, womit ich es zu tun habe.«

Sie seufzte. »Was mußt du denn noch wissen?«

»Da gibt es noch einiges. Ich würde zum Beispiel gern wissen, wie es den Pantathianern gelungen ist, einen Spalt zu öffnen, den Pug nicht bemerkt hat. Ich würde gern wissen, wieso dieser einige wichtige Eigenheiten besitzt, die ich noch bei keinem anderen gesehen habe. Dieser ähnelt sehr stark jenen Spalten, die durch ein Zuviel an Magie zustande kommen, obwohl er trotzdem sehr stabil ist, so wie die künstlichen Spalten der Tsurani. Was mir am meisten Sorgen bereitet, ist die Art der Magie. Einer solchen Magie bin ich noch nie begegnet. Diese ist fast ›organisch‹, wenn ich es benennen müßte, fast lebendig.«

»Lebendig?«

»Die meisten Spalten sind wie Tunnel oder Türen. Dieser ist wie … eine Wunde.«

»Du scherzt doch?«

»Sieh zu«, sagte er und machte eine Geste mit der Hand. Magische Energien wurden zum Leben erweckt, ein schimmerndes Tor aus blauweißem Licht, welches mit Strängen blaugrüner Energie verwoben war, so dicht, daß sich nichts hindurchquetschen konnte.

»Das weiße Licht ist die Energieschwingung des Spalts. Merkst du, wie es sich leicht bewegt, als würde es atmen?«

»Energieschwingung?«

»Jede Erscheinung von Magie hinterläßt ihre eigene Kennung, ein Muster von Kräften, welches dir viel darüber verraten kann, was stattgefunden hat. Spalte sind, jeder für sich, einzigartig, und doch haben sie vieles gemeinsam. Sie sind einzigartig, weil jeder sich auf seine besondere Art und Weise verhält, im Hinblick darauf, wo er herkommt und wohin er geht, doch gemeinsam haben sie viele Eigenschaften. Dieser Spalt ist einzigartiger als andere. Tatsächlich ist er vollkommen einmalig.« Er rieb sich das Kinn. »Zu gern würde ich jetzt den Spalt in das Dämonenreich untersuchen. Er könnte uns einen Hinweis darauf geben, wer diesen hier geschaffen hat.« Seufzend lehnte er sich zurück. »Ganz bestimmt waren das nicht die Pantathianer. Jemand anderes hat ihnen die Werkzeuge in die Hand gegeben, dies zu vollbringen.«

»Wer?«

»Ich weiß es nicht.« Er zeigte auf den Spalt. »Dieser wurde von der anderen Seite geöffnet. Wenn du genug dieser Risse in Raum und Zeit studiert hast, kannst du zwischen der sendenden und der empfangenden Seite unterscheiden. Und du kannst auch sehen, ob es ein Portal von beiden Seiten ist – was hier der Fall ist.« Er schüttelte den Kopf und tat damit seine Verwunderung kund. »Also, diese andere Energie«, fuhr er fort und deutete auf das Gewebe, »die ist sogar noch ungewöhnlicher.«

»Worum handelt es sich denn?«

»Offensichtlich um eine Barriere, aber eine, deren Verständnis sich mir verschließt.« Er winkte sie mit sich und trat näher heran. »Was kannst du dort sehen?« fragte er, indem er auf einige der Stränge zeigte.

»Dunkelgrüne Stränge.«

»Hmm. Für mich sind sie eher hellgrün. Nun ja, sieh genauer hin.«

Sie beugte sich vor und studierte die Stränge. »Sie sind nicht ganz gleichmäßig.«

»Ja!« sagte er entzückt. »Ich glaube, sie wurden durchbrochen und wieder verbunden.«

»Von wem?«

Macros setzte sich. »Wenn das stimmt, was Hanam uns erzählt hat, war er ungebetenerweise dabei, als der dritte Dämon hindurchgeschickt wurde. Vermutlich sind die beiden ersten auf Pantathianer gestoßen. Der erste hat mit ihnen gekämpft und viele getötet, während der zweite, dieser Jakan, entkommen konnte. Der erste Dämon war vielleicht jener, den ihr entdeckt habt, als ihr mit Calis hier wart: der gewaltige Töter, der von der Magie der Pantathianer in den Wahnsinn getrieben wurde.«

»Also ist Jakan entkommen, hat in diesen Höhlen herumgeschnüffelt, unterwegs getötet und so seine Kraft vergrößert«, meinte Miranda.

»Ja. Schließlich haben sich die Pantathianer hier versammelt und diesen Spalt abermals versiegelt.«

»Das muß zu dem Zeitpunkt gewesen sein, als sie ihre tiefste Höhle entdeckt und ihre Hohenpriester getötet haben.«

Macros nickte. »Ich frage mich nur, was mit dem ersten Dämon geschehen ist.«

Miranda blickte sich um. »Er wird doch wohl tot sein, hoffe ich.«

Macros lachte. »Er treibt sich hier immer noch herum, aber ich denke, wir beide zusammen sollten mit ihm fertig werden. Er wird hier nicht mehr viel zu fressen finden, und nach dem, was du mir erzählt hast, ist auch von seinem Verstand nicht viel geblieben.

»Es ist schwierig, den Verstand eines Dämons einzuschätzen, wenn er gerade im Kampf mit einem Dutzend pantathianischer Schlangenpriester steht.«

»Das ist wahr«, stimmte Macros zu. »Wir haben also drei Möglichkeiten, dieses Problem anzugehen. Wir können abwarten, ob noch jemand versucht, von der anderen Seite her hier einzudringen. Wir können diese Barrieren entfernen, dann wäre jedoch alles, was sich auf der anderen Seite befindet, in der Lage, ohne fremde Hilfe herüberzukommen. Oder wir können die Barriere zerstören und durch den Spalt hindurchgehen.«

»Mir würde die vierte Möglichkeit am besten gefallen.«

»Die da wäre?«

»Wir geben unser Bestes, um diese Barriere zu verstärken.«

Macros schüttelte den Kopf. »Nein, das werden wir bestimmt nicht tun.«

»Warum nicht?«

Macros sah seine Tochter an. »Ich nehme an, du hast dich noch nicht sehr viel mit Spalten beschäftigt?«

»Eher noch gar nicht. Ich weiß so gut wie nichts darüber.«

Macros zuckte mit den Schultern. »Nun, zu diesem Thema befinden sich einige meiner Werke in Pugs Bibliothek. Da wir jedoch nicht warten können, bis du dort hingegangen bist und sie studiert hast, werde ich sie für dich zusammenfassen: egal, welche Barrieren wir zu den bereits bestehenden hinzufügen, solange es den Spalt gibt, kann man ihn auch öffnen. Wir müssen ihn nicht nur zerstören, wir müssen zudem dafür sorgen, daß die Dämonen keinen neuen schaffen.«

»Bisher hatte ich stets den Eindruck, die Dämonen wären dem pantathianischen Spalt gefolgt«, meinte Miranda. »Oder hast du mir etwas verschwiegen?«

»Eigentlich nicht. Es ist nur närrisch, Vermutungen anzustellen. Wir wissen beide, hier oben« – er tippte sich mit dem Finger an die Stirn – »ist einiges von unserem Wissen verschlossen. Uns beiden ist es aus gutem Grund lieber, dieses verborgene Wissen nicht anzutasten, aber wir wären dumm, wenn wir allein aus dieser Tatsache nicht einige Schlüsse ziehen könnten.«

»Und zwar?«

»Und zwar, daß noch jemand bei der Erzeugung dieser Spalte seine Hand im Spiel hatte. Nach allem, was wir wissen, haben es die Dämonen ausgenutzt, als die wahnsinnigen Priester von Ahsart das Siegel zwischen dem Dämonenreich und Shila geöffnet haben, doch noch niemand hat die Frage gestellt, wer dieses Portal ursprünglich geschaffen hat. Und was hat die Priester dazu gebracht, den Spalt zum Dämonenreich aufzumachen? Welcher Zwang, welche Besessenheit hat sie zu dieser wahrlich idiotischen Handlung veranlaßt?

Außerdem wissen wir, wie leicht die Pantathianer mit den Saaur hindurchkamen, während die Dämonen hart um den Zugang kämpfen müssen. Ausgehend von dem Konflikt zwischen ihnen, sind sie bestimmt keine Verbündeten.«

»Oder höchstens Verbündete, die sich zerstritten haben.«

»Das wäre immerhin möglich«, gestand ihr Vater ein.

»Na ja, darüber könnten wir bis ans Ende der Zeit streiten. Was schlägst du also vor?« fragte Miranda.

»Wir warten ab. Ich habe so ein Gefühl, daß es hier, sobald Pug und Hanam ihre Aufgabe auf ihrer Seite des Spalts erledigt haben, recht lebendig werden könnte.«

Miranda seufzte. »Haben wir denn dafür Zeit?«

Macros zuckte abermals mit den Schultern. »Ein paar Tage jedenfalls.«

Miranda erhob sich. »Dann werde ich mich zum Eiland des Zauberers teleportieren und ein Bad nehmen. Ich bringe dir auch etwas zu essen mit.«

Macros schüttelte den Kopf. »Laß nur. Sag Gathis, ich würde

in Kürze vorbeikommen. Ich werde ihn besuchen und etwas bei ihm essen. Es wird schön sein, ihn mal wieder zu sehen. Dann werde ich mir ebenfalls ein Bad genehmigen.«

Sie lächelte. »Gut. Ich wollte eigentlich nichts sagen ...«

Er erwiderte ihr Lächeln. »Ich weiß, ich bin dir nie ein Vater gewesen, doch die Frau, die aus dir geworden ist, mag ich sehr.«

»Danke«, gab sie steif zurück.

»Ehe du gehst, würde ich gern noch eins wissen.«

»Ja?«

»Pug?«

»Was ist mit ihm?«

»Wirst du ihn heiraten?«

»Wenn er um meine Hand anhält«, antwortete sie. »Ich liebe ihn, und ich glaube, wir würden ein schönes Leben zusammen führen.«

Macros erklärte: »Ohne Frage habe ich mich nicht als Experte erwiesen, wenn es um Liebe geht.« Er seufzte, als er sich daran erinnerte. »Deine Mutter war eine bemerkenswert schöne und dabei außergewöhnlich arglistige Frau. Ich kann zwar nicht behaupten, daß ich damals jung war, doch ich war unerfahren, und zuerst hatten wir es sehr schön zusammen.« Mit einem Stirnrunzeln fuhr er fort: »Als du geboren wurdest, sind wir beide damit nicht zurechtgekommen, und dafür möchte ich dich um Verzeihung bitten.«

»Was geschehen ist, ist geschehen«, meinte Miranda dazu.

»Das ist wahr, aber zumindest bedaure ich doch einiges.«

»Nur einiges?«

»Nun, es gefällt mir zum Beispiel, was aus dir geworden ist, und selbst, wenn ich könnte, wüßte ich nicht, ob ich etwas anders machen würde, denn durch eine Veränderung deiner Vergangenheit würdest du heute vielleicht weniger darstellen, als du es tatsächlich tust.«

»Oder mehr?«

Er lächelte. »Ich wüßte nicht, wie das möglich sein sollte.«

Sie lächelte ebenfalls. »Danke.«

»Ich meine es wirklich so.« Er lehnte sich zurück und starrte den Spalt an. »Pug kann sich glücklich schätzen, und falls er dich nicht fragt, wirst du das übernehmen. Ich glaube, ihr beide braucht einander.«

»Ich dachte, du wärst kein Experte in diesen Dingen.«

»Es ist das Vorrecht eines Vaters, unwillkommene Ratschläge zu geben. Und jetzt mach dich auf und nimm ein Bad.«

Sie verschwand, und er seufzte. Doch das Bedauern über seine Fehler in der Vergangenheit verflüchtigte sich, als er seine Aufmerksamkeit wieder dem Spalt zuwandte und sich fragte, was wohl auf der anderen Seite vor sich gehen mochte.

Pug stand keuchend da, seine Robe war zerrissen, sein Gesicht schweißüberströmt. Er und Hanam hatten gerade mit sechs mannsgroßen Fliegern gekämpft, und die Auseinandersetzung hätte ihre Mission beinahe zu einem vorzeitigen Ende gebracht.

Eine dieser Kreaturen allein hätte gegen keinen von ihnen auch nur den Hauch einer Chance gehabt, doch drei gegen Pug und drei gegen den Meister des Wissens der Saaur, da wurde die Sache schon enger. Pug hatte drei der Dämonen verdampfen lassen. An den verbliebenen dreien tat sich Hanam gütlich.

Fasziniert beobachtete Pug, wie Hanam das Fleisch fraß und die Energien trank. Indem er eine andere Wahrnehmungsebene einnahm, konnte er sehen, wie der Meister des Wissens den Dämon, dem er innewohnte, mit seiner Intelligenz ausspielte. Nachdem der Schmaus vorüber war, erklärte Hanam: »Jetzt werde ich mich leichter konzentrieren können.«

»Wie weit haben wir es noch?«

»Die Dämonen sind nicht gerade schlau, doch ihre Patrouillen schwärmen auf der Suche nach Freßbaren immer weiter aus.« Er zeigte auf die Überreste der Flieger, die überall auf dem Fels verteilt lagen. »Diese hier hätten alles, was sie finden, nach Cibul bringen sollen, um die Hauptleute zu stärken, die versuchen, den Spalt in Eure Welt zu öffnen.« Er blickte sich um, als würde er befürchten, erneut von Dämonen entdeckt zu werden. »Wenn wir diesem Kurs folgen, werden wir viele Dämonen umgehen.«

»Länger als einen Tag fliegen wir nun schon über Eis«, sagte Pug.

»Ja.« Der Dämon zeigte nach Süden. »Dort werden wir Cibul finden. Erst wenn wir nahe dran sind, werden wir uns vor den Sinnen der Dämonen verbergen müssen. Und seid gewarnt, die Magie, mit der Ihr die einfachen Dämonen in Verwirrung stürzen könnt, mag bei den Hauptleuten und Lords keine Wirkung zeigen.«

»Ich werde tun, was getan werden muß.«

»Dann sollten wir einen Plan machen«, erwiderte Hanam. »Ich hege nicht den Wunsch, dieses Leben noch lange fortzusetzen. Meine Seele sehnt sich nach meinen Brüdern in der Himmlischen Horde hier in Shila. Also schlage ich folgendes vor. Ich werde jeden großen Lord angreifen, auf den wir stoßen, und seine Wachen und Diener auf mich ziehen. So findet Ihr Zeit, den Spalt zum Dämonenreich zu untersuchen und zu schließen.«

»Ein tapferer Plan«, meinte Pug, »doch weiß ich nicht, ob er mir ausreichend Zeit einbringt. Es gibt da einige Dinge, die mir Sorge bereiten. Zwar bin ich eitel genug zu behaupten, ich wüßte mehr über das Wesen der Spaltmagie als jeder andere, Macros eingeschlossen, doch bis zu dem Zeitpunkt, da ich den leeren Altar in Ahsart gesehen habe, war ich der festen Überzeugung, daß man einen offenen Spalt nicht verrücken kann. Demzufolge sind hier Mächte im Spiel, die mich an Wissen bei weitem übertreffen. Und vielleicht wird es mir sogar unmöglich sein, den Spalt zu schließen.«

»Was werdet Ihr in diesem Fall tun?«

»Ich glaube«, antwortete Pug, »dann bleibt mir nichts anderes übrig, als den Spalt nach Midkemia zu zerstören und zu hoffen, daß dies ausreicht.«

»Wird Euch das möglich sein, während Macros das gleiche von der anderen Seite her versucht?«

»Unbezweifelbar wird einer von uns Erfolg haben.«

»Dann sollten wir uns unter sie mischen und tun, was wir können.«

Die Dämonengestalt warf sich mit einem gewaltigen Flügelschlag in die Luft und segelte den Berghang mehr hinunter, als daß sie flog. Als sie eine gewisse Geschwindigkeit erreicht hatte, stellte sie die Flügel auf und stieg hoch in den Himmel. Pug folgte ihr mit Hilfe seiner Magie.

Schließlich stießen sie hinab und flogen sehr niedrig, weil sie hofften, so der Entdeckung zu entgehen. Pug blickte nach Westen, wo die Sonne gerade unterging. Die Dunkelheit würde ihnen ein wenig helfen, wenngleich Dämonen des Nachts fast so gut sahen wie Katzen.

So schwebten sie über eine Welt hinweg, die von den fremdartigsten Mächten, welche Pug je in seinem Leben kennengelernt hatte, verwüstet worden war; in dem Gebiet um die einst so prächtige Stadt Cibul gab es kein Leben mehr, weder Bäume noch Gräser, weder Menschen noch das kleinste Insekt. Es ging weit über die Zerstörung durch Krieg oder Waldbrände hinaus, denn an solchen Orten fand man immer noch Spuren von Leben, und sei es nur ein einzelner Grashalm.

Hier gab es nichts.

Als sie sich bis auf eine Meile der Stadt genähert hatten, sagte Hanam: »Verberge uns, Magier.«

Pug konzentrierte sich auf die schwierige Aufgabe, sie beide unsichtbar zu machen, während sie weiterflogen. Die ungewohnte Anstrengung bereitete ihm fürchterliche Schmerzen. Nach ein paar Minuten ließ der Schmerz wieder nach, da Pug nun die Kombination der beiden Magien meisterte.

Indes sie über die Stadt hinwegschwebten, richteten mehrmals Dämonen den Blick nach oben, als würden sie etwas spüren, doch keiner schlug Alarm. Pug hoffte nur, bald ans Ziel zu gelangen.

Hanam landete an einer Stelle, an der sich früher ein grüner Garten befunden hatte, von dem nun nur noch tote Pflanzen auf hartem Fels geblieben waren. Kein Moos, keine Flechten, keine Algen und nicht einmal Schimmelpilze waren an diesem einst blühenden Ort zu finden.

Nachdem sie den angrenzenden großen Saal betreten hatten, beendete Pug den Unsichtbarkeitszauber. »Seid Ihr wohlauf?« fragte der Meister des Wissens.

»Ich werde einen Augenblick brauchen, bis ich meine Kraft wiedererlangt habe. Erst einmal muß ich tief durchatmen.« Pug brachte ein Lächeln zustande. »Es fällt mir zwar immer leichter, aber es wäre mir lieber, wenn ich nicht länger unter solchen Bedingungen arbeiten müßte.«

»Verstehe. Verweilt hier eine Weile. Ich bin bald zurück.«

Und damit verließ der Dämon den Raum.

Pug setzte sich auf die Überreste eines großen Betts. Auch im schwachen Abendlicht konnte er erkennen, wie prächtig der Ort einst gewesen war. Hier hatte ein Edler der Saaur geschlafen, wenn nicht gar ihr Anführer oder seine Gattin.

Von draußen hörte Pug ein leises Schlurfen und war längst auf den Beinen, als Hanam eintrat und einen um sich tretenden Dämon am Kopf hereinschleppte. Während Pug zusah, spaltete der Wissensmeister dem Dämon den Schädel und trank seine Lebensenergie.

»Ist das klug?« wollte Pug wissen.

»Notwendig. Ich werde mich Tugor oder Maarg entgegenstellen müssen, und wenn ich sie auch nur ein paar Minuten in Schach halten will, muß ich soviel Kraft wie möglich sammeln. Wenn es mir um den Sieg ginge, würde ich noch monatelang Dämonen töten, bis sie auf mich aufmerksam würden und mir nachsetzten. Sollte es mir gelingen, die Jäger zu besiegen, würde ich mich demjenigen erklären, den ich herausfordern will. Dann würde es zu einem Duell kommen.

Doch mein Verlangen steht nicht nach einem solchen Sieg. Ich will nur meine Freiheit aus diesem Gefängnis erlangen.« Er tippte an die Kristallphiole, die an einer Kette um seinen Hals hing. »Und um diesen einen Gefallen möchte ich Euch bitten, Magier.« Er nahm die Phiole ab und reichte sie Pug. »Wenn dieser Kampf zu Ende ist, befreit meine Seele, indem Ihr die Phiole zerbrecht.«

»Was wird geschehen?«

»Ich werde frei sein, und der Dämon, dessen Körper ich beherrsche, wird vernichtet. Aber solange diese Phiole nicht zerbrochen wurde, kann jeder Dämon, dem sie in die Hände fällt, meine Gefangenschaft fortsetzen.«

Pug nickte, nahm die Phiole an sich und verstaute sie in seiner Robe.

»Die Zeit wird knapp«, sagte der Meister des Wissens. »Kommt.«

Sie eilten durch die Gänge bis zu einer großen Halle, in der sich mehrere Dämonen versammelt hatten. Zwei Spalte hingen in der Luft, nur wenige Meter voneinander entfernt, während seltsam gekleidete, gebeugte Gestalten zwischen ihnen hin und her schlurften. Die Dämonen bemerkten sie nicht.

»Wer sind diese?« fragte Hanam.

»Ich erkenne sie«, antwortete Pug. »Sie sind Shangri, die man auch *Panath-Tiandn* nennt, Wesen, denen ich schon einmal begegnet bin. Sie leben auf der Welt Timiri, auf der Magie eine feste Form hat und durch Maschinen und Willen manipuliert wird. Es mag sein, daß sie mit den Pantathianern verwandt sind. Ich weiß nicht, welche Rolle sie in diesem Spiel eingenommen haben.«

»Was tun sie denn hier?«

»Sie bewegen sich zwischen den beiden Spalten!« fuhr Pug auf. »Sie wollen eine direkte Verbindung zwischen dem Dämonenreich und Midkemia herstellen!«

»Dann wird auch Maarg bald hindurchkommen.«

Einer der Dämonen drehte sich um und schlug Alarm. Hanam zögerte nicht, sondern warf sich auf die Kreatur. Doch anstatt sich länger mit ihr zu befassen, sprang er an ihr vorbei und schlitzte ihr die Kehle mit der Kralle auf.

Ein Dämon, größer, als Pug es für möglich gehalten hätte, wandte sich um und rief: »Halt!«

Hanam brüllte: »Tugor! Ich fordere dich heraus! Kämpfe mit mir und sterbe!«

Die anderen Dämonen wichen zurück. Pug wußte nicht, ob sie ihn der Herausforderung wegen nicht beachteten, dennoch machte er sich schnell unsichtbar.

Hanam und Maargs Hauptmann hoben die Fäuste. Sofort wurde Pug klar, wie recht Hanam gehabt hatte, denn in einem fairen Kampf hätte Tugor den kleineren Dämon rasch getötet. Nur begriff der Hauptmann nicht, daß sich ihm keinesfalls ein kleinerer Dämon, sondern der Wissensmeister der Saaur entgegenstellte, welcher außerdem bereit war, in diesem Kampf sein Leben zu lassen.

Pug eilte zu den beiden Spalten und versuchte, sich über sie klar zu werden. Die beiden schlurfenden Gestalten achteten nicht auf die Dämonen und arbeiteten wie Automaten an den Spalten weiter. Als Pug ihnen vor Jahren zum ersten Mal begegnet war, hatte er sie als nahezu geistlose Diener einer unbekannten dunklen Macht kennengelernt, die geschickt mit diesem festen Stoff, der auf Midkemia eine unsichtbare Kraft war, umgehen konnten, ansonsten jedoch wenig Verstand besaßen. Damals waren sie Diener gewesen, und so verhielt es sich auch hier.

Wieder einmal fiel Pug das verschlossene Wissen in seinem Kopf ein, und er ahnte, daß diese Kreaturen jener großen Macht dienten, die hinter all diesem Wahnsinn stand. Wenn er jetzt jedoch weiter darüber nachdachte, würde es ihn nur ablenken.

In aller Stille betäubte er beide Wesen und ließ sie zu Boden sinken.

Schnell untersuchte er den Spalt zum Dämonenreich. Ohne weiteres würde er sich jederzeit öffnen lassen. Offensichtlich wartete Maarg, der große Herrscher, in seinem Reich, bis sein Hauptmann den Spalt nach Midkemia geöffnet hatte. Dann würde er leicht in die üppige, von Leben erfüllte Welt wechseln können, ohne sich lange auf Shila aufhalten zu müssen.

Pug wandte sich dem anderen Spalt zu, wobei er daran dachte, welche unangenehme Überraschung dort auf ihn warten würde, sollte Jakan den Stein des Lebens in die Finger bekommen.

Schreie des Schmerzes und der Wut ertönten. Der Dämonenlord war verletzt, denn anstatt Abstand zu halten, hatte der kleinere Dämon angegriffen und Wunden hingenommen, um dem größeren ebenfalls welche zuzufügen.

Pug versuchte, nicht auf den Kampf zu achten, denn er wußte, daß jede Sekunde zählte. Er betrachtete den Spalt nach Midkemia; die Shangri hatten kurz davorgestanden, die Barrieren – welche auch immer auf der anderen Seite bestehen mochten – zu durchstoßen. Sein Eingreifen hatte dem einen Riegel vorgeschoben.

Und dann hielt Pug mitten in der Bewegung inne, als er eine eiskalte Präsenz hinter sich spürte. Eine Stimme, die seine Knochen zu zermalmen schien, sagte: »Was haben wir denn da?«

Pug drehte sich um und blickte in eine Fratze des Schreckens.

Ein Gesicht von der Größe eines Drachen sah ihn durch den Spalt an.

Einen Augenblick lang verspürte Pug lediglich Erstaunen, weil dieser Spalt, der wie ein Loch in der Wand zwischen zwei Welten wirkte, so durchsichtig wie ein Fenster war, doch die Faszination dauerte weniger als eine Sekunde an, verlangte doch das, was sich ihm da durch den Spalt hindurch entgegenstellte, seine ungeteilte Aufmerksamkeit.

Während andere Dämonen muskulös und stark aussahen, war Maarg fett. Die Kinnbacken dieses Gesichts, das von der Stirn zum Kinn leicht acht Fuß maß, hingen schlaff herab. In den Augenhöhlen brannte Feuer, und von diesem Wesen ging das Böse aus wie schwarzer Rauch. Das Gesicht der Kreatur schien aus den Häuten lebendiger Wesen zu bestehen, die im Todeskampf noch zuckten. Ein Gesicht, welches vor Qual verzerrt war, erstreckte sich über Maargs rechte Wange und stieß stumme Schreie aus. Einzelheiten der verschiedenen Körper, die der Dämonenkönig verschlungen und sich einverleibt hatte, wurden sichtbar, als sich die Kreatur der anderen Seite des Spalts näherte, um Pug genauer zu betrachten.

Der Körper hinter dem Gesicht war riesig. Maarg mußte ungefähr zwölf Meter hoch sein, wenn er sich aufrichtete. Sein Leib war wie das Gesicht mit Wesen bedeckt, die im schwachen roten Licht der Heimatwelt der Dämonen zuckten und wogten. Flügel, hinter denen die Sonne verschwand, breiteten sich hinter ihm aus, und ein langer Schwanz mit dem Kopf einer Schlange an der Spitze schlängelte und zischte und spuckte Pug über Maargs Schulter an.

Pug wartete nicht länger. Er wußte, daß es sonst im nächsten Augenblick um ihn geschehen wäre. Er drehte sich um, und mit aller Macht, die ihm zur Verfügung stand, drückte er den Spalt nach Midkemia auf.

»Tugor!« rief es aus dem Dämonenreich, als der Raum von den Kräften, die Pug freigesetzt hatte, erbebte. Der Spalt nach Midkemia schien sich zusammenzuziehen, dann wieder auszubreiten, dann schoß er mit einem Geräusch, als würde etwas reißen, vor.

Und Pug stand Macros und Miranda gegenüber.

Macros kehrte zurück, nachdem er gegessen und gebadet hatte. »Das war wunderbar. Ich kann dir gar nicht sagen, wie sehr ich das Eiland des Zauberers vermißt habe.«

»Und, hat sich viel verändert?« wollte Miranda wissen.

»Sehr vieles. Es wimmelt dort von Studenten, von denen manche wirklich interessant sind, wie ich zugeben muß. Gathis ist noch so wie immer. Als wäre ich erst gestern fortgegangen.« Macros seufzte. »Ich fürchte, er gehört inzwischen zum Inventar. Es wäre eine Schande, wenn ich ihn bitten würde, mit mir zu kommen, wo er doch so gute Arbeit für Pug leistet. Warum ...«

Plötzlich wurden seine Augen größer.

»Was ist?« fragte Miranda.

»Ich weiß nicht. Etwas ...«

Bevor er noch fortfahren konnte, wurde die Stille in der Höhle von einem scharfen Geräusch zerrissen. Im nächsten Moment brach der Spalt vor ihnen auf, und Pug stand auf der anderen Seite eines Fensters zwischen den Welten und sah sie an. Hinter ihm wurde ein riesiges Schreckensbild sichtbar.

Miranda erzeugte reflexartig einen magischen Schild, um sich zu schützen, doch ihr Vater reagierte, indem er vorsprang und auf der anderen Seite des Spalts neben Pug landete. Er erzeugte einen magischen Energiestoß von ungeheurer Heftigkeit, den er durch den offenen Spalt ins Dämonenreich richtete und dem Dämonenkönig ins Gesicht schleuderte. Der Schrecken, welcher den Namen Maarg trug, wich zurück und heulte vor Schmerz auf.

Miranda folgte ihrem Vater und rief: »Was ist passiert?«

Pug antwortete: »Sie haben den Spalten versetzt. Wir sind eingetroffen, als Maarg gerade herüberkommen wollte.«

Macros rief: »Du mußt beide Spalten sofort schließen!«

Pug blickte Mirandas Vater an und fragte: »Was willst du machen?«

»Dieses Ding ablenken«, gab er zurück und sprang durch den Spalt in das Dämonenreich.

»Vater!« schrie Miranda. »Nein!«

Pug rang sich einen Blick auf den anderen Kampf ab. Hanam war es gelungen, seine Fangzähne in Tugors Hals zu versenken. Pug konnte es nicht richtig einschätzen, doch es schien ihm, als würde der Meister des Wissens seinen Gegner mit sich in den Tod reißen. Die anderen Dämonen im Raum schreckten zurück, denn einer würde als Sieger hervorgehen, entweder Tugor, den sie fürchteten, oder der andere, der Tugor dann vernichtet hätte und den sie daher noch mehr fürchten mußten.

Auf der anderen Seite des Spalts zum Dämonenreich zog sich Maarg weiter zurück, während Macros' Flammen sein Gesicht versengten. Dann hob er zum Schutz den Arm und schrie vor Schmerz auf. Macros zielte einen blauen Flammenstoß direkt auf den Kopf des Dämonenkönigs.

Pug machte sich in aller Eile daran, den Spalt zu untersuchen. »Dieser ist jenen sehr ähnlich, die die Erhabenen der Tsurani geschaffen haben, als sie nach Midkemia kamen«, stellte er fest. »Man kann ihn zerstören, von innen.«

»Von innen?« fragte Miranda erstaunt. »Wie kommen wir in einen Spalt hinein?«

Pug blickte sich ein letztes Mal um. »Indem man ihn aus dem Nichts angeht.«

Beide riskierten einen Blick auf Macros, der seinen Angriff auf den zurückweichenden Dämonenkönig fortsetzte. Vielleicht lag es daran, daß es ein so kleines Wesen war, welches den Dämonen anzugreifen wagte, vielleicht hatte er sich auch seit Jahren keinem Herausforderer mehr stellen müssen, jedenfalls befand sich Maarg in der Defensive. Nun setzte er schon seine riesigen Flügel ein, um Macros' Flammen von seinen Augen fernzuhalten.

Macros' Zauber endete, und die Flammen erloschen. Maarg betrachtete den Eindringling und langte nach vorn, als wolle er Macros mit seiner großen Hand ergreifen. Macros hob beide Arme über den Kopf und riß sie sofort wieder herunter, und gelbe Flammen schienen aus seinem Körper zu schießen. Der Dämonenkönig packte ihn an der Hüfte und schrie vor Schmerz und Zorn auf, als der Zauberer dieser Attacke widerstand.

Miranda fragte: »Können wir ihm nicht helfen?«

Pug antwortete: »Nein. Wir müssen diesen Spalt schließen.«

»Das können wir nicht. Dann wird Vater im Dämonenreich stranden.«

Pug erwiderte ruhig: »Er wußte das vorher.«

Miranda starrte ihren Geliebten einen Augenblick lang an, dann nickte sie.

»Wir werden es womöglich ebenfalls nicht überleben«, fügte Pug noch hinzu.

»Sag mir, was zu tun ist«, verlangte Miranda.

»Zuerst müssen wir uns den Rücken freihalten.« Er zeigte auf die beiden Dämonen, die sich darangemacht hatten, das in Augenschein zu nehmen, was sich zwischen den beiden Spalten zutrug.

Miranda meinte: »Nur zu gern«, und sandte einen magischen Energieblitz aus, ein blaues Licht, welches die beiden Dämonen einhüllte und sie im Todestanz zucken ließ, während Pug mit seiner Untersuchung des Spalts zum Ende kam.

Daraufhin wandte er seine Aufmerksamkeit auf den Kampf jenseits der Stelle, wo der Dämon gerade versuchte, Macros mit bloßen Händen zu zerquetschen.

Der Zauberer saß im Griff des Dämons fest, doch er hatte seine Hände frei und konnte so einen weiteren Zauberspruch vollenden, derweil ihn die magischen Flammen davor schützten, zermalmt zu werden. Funkelnde weiße Lichter erschienen rings um den Dämonenkönig und begannen sich zu drehen. Jedes sah wie ein Diamant aus und reflektierte Licht von Myriaden von Facetten. Immer wieder stürzten sie in wogendem Muster auf Maarg zu, und wenn sie ihn berührten, schrie der Dämon jedesmal in Todesangst auf.

»Keltons Messer«, erklärte Pug.

»Das ist ein besonders gemeiner Zauber«, meinte Miranda.

Die magischen Klingen wurden schneller und schneller und umsirrten den Dämonenkönig, doch während er inzwischen über und über mit Stichen bedeckt war, hielt er Macros noch immer fest: »Mensch!« kreischte er. »Du sollst bis in alle Ewigkeit in einem Seelenglas sitzen und jeden Augenblick davon Qualen erleiden.«

Macros gelang es zu rufen: »Zuerst mußt du mich töten.«

Pug sagte: »Es ist an der Zeit. Komm mit mir.«

Er nahm Miranda an der Hand, und sie sprangen in den Spalt, doch anstatt auf der anderen Seite wieder zum Vorschein zu kommen, beendete er ihren Flug im Nichts.

Miranda wartete, bis Pug ihr sagen würde, was sie zu tun hatte. Pug hatte sie gewarnt, daß manche Spalte nur von innen zu schließen waren, und schließlich hatten ihr Vater und er das während des Spaltkriegs einmal vollbringen müssen. Der Unterschied war nur, daß Pug damals aus dem Nichts nach Midkemia hatte zurückkehren können, weil er von Macros einen Stab bekommen hatte. Dieser nun war mit einem gleichen verbunden gewesen, welchen Pugs alter Lehrer Kulgan auf Midkemia in die Erde gesteckt hatte.

Pug betete – hoffentlich würden ihm all die Fähigkeiten, die er während der letzten fünfzig Jahre erworben hatte, die Rückkehr nach Hause durch reinen Willen möglich machen.

Mirandas Gedanken kamen durch das Nichts zu ihm. *Ich liebe dich.*

Pug erwiderte: *Ich dich auch. Laß uns anfangen.*

Eine Kälte, wie Miranda sie noch nie verspürt hatte, umfing sie beide. Ihre Lungen schrien nach Luft. Doch ihre Magie schenkte ihnen Minuten, wo schwächere Wesen noch im selben Augenblick vernichtet worden wären.

Pug wob mächtige Magie. Miranda unterstützte ihn, wo sie

nur konnte, nahm Anweisungen von ihm entgegen. An diesem Ort ohne Zeit schien es ewig zu dauern, bis der große Zauber Form annahm. Als sie schon dachte, sie würden ihre Aufgabe nie vollenden, war es plötzlich vorbei.

Pug sagte: *Jetzt!*

Miranda überließ ihm ihre ganze Macht und spürte, wie alle Kräfte aus ihrem Körper herausgesogen wurden.

Pug zerschmetterte den Spalt.

Einen Moment lang sahen sie das graue Gewebe des Nichts in Scherben zerspringen, und dahinter erhaschten sie einen Blick auf eine andere Realität. Pug erkannte sie als die aus seinem Fiebertraum, als er verwundet darniedergelegen hatte, und nun wußte er, daß sich hinter dem Nichts das Reich der Götter befand.

Und dann sahen sie, wie durch ein Fenster, den Kampf im Dämonenreich.

Maarg hielt Macros fest im Griff, und die Flammen, die vom Zauberer ausgehend seinen Arm hinaufliefen, verschmorten das Fleisch des Dämons, doch Maarg ließ nicht nach, die Verteidigung Macros' zu zermalmen, und der Zauberer schrie vor Schmerz auf, als sein Wille schwächer wurde. Der Dämonenkönig fiel auf die Knie, des Zauberers Attacken forderten ihren Zoll, aber er widerstand der Versuchung, seinen Griff um den Schwarzen zu lockern.

»Stirb!« dröhnte er und wollte Macros den Kopf von den Schultern beißen. Doch die Verteidigung des legendären Zauberers hielt, und die fußlangen Fangzähne kamen nicht bis zu Macros durch.

Der Schwanz des Dämons erschien über seiner Schulter, und der Schlangenkopf zischte und enthüllte lange, gifttriefende Zähne. Die Schlange stieß zu, mit unglaublichem Willen und unglaublicher Kraft. Macros ergriff die Schlange und drehte sie so, daß ihre Giftzähne sich in Maargs Handgelenk bohrten.

Der Dämonenkönig schrie auf und ließ Macros auf den heißen Steinboden seiner Behausung fallen.

Dann schien sich das Fenster zu schließen, wurde kleiner oder entfernte sich, Miranda hätte nicht sagen können, was genau sie sah, und sie rief: *Vater!*

Macros wurde seiner Tochter gewahr und wagte einen Blick in ihre Richtung. Er schickte ihr einen Gedanken: *Sie sind Kreaturen des Feuers,* dann setzte er seinen Angriff auf den Dämon mit doppelter Wucht, mit doppeltem Zorn fort.

Und während sich das Fenster, durch das sie blickten, schloß, tauchte eine eisige Präsenz auf. Pug durchfuhr eine Angst, wie er sie noch nie zuvor in seinem Leben verspürt hatte, eine Angst, die seine Konzentration zu zerstreuen drohte, als er versuchte, sie zurück nach Cibul zu bringen.

Die Präsenz war außerhalb des Fensters, durch welches sie spähten, und jenseits davon; ihnen nahe und doch Weiten entfernt. Sie war überall, sie war von Grund auf böse, und sie war wachsam. Dennoch schien sie von innerhalb des Spalts zu sprechen, aus dem Dämonenreich. Die Präsenz sagte: *So bist du denn endlich mein.*

Macros schrie: »Niemals!« und ehe Pug und Miranda ihn aus den Augen verloren, hob er die Hände hoch über den Kopf, und statt des Zauberers mit dem einfachen Eichenstab, in seiner braunen Robe mit Kordel und in seinen kreuzgeschnürten Sandalen, sahen sie den Bruchteil einer Sekunde lang ein Wesen von alles durchdringender Weisheit und Stärke, ein gottähnliches Wesen, unbegreiflich geheimnisvoll. Dieses Wesen schlug mit einem weißen Elfenbeinstab zu, der aus der Luft aufzutauchen schien, und als es den Dämonenkönig berührte, erzeugte es einen grellen Blitz weißen Lichts, der das sich schließende Fenster ausfüllte. Und mit dem ersterbenden Schrei des Dämonenkönigs, der, seiner Wut und Macht beraubt, nun zu jammern begann, überflutete Pug und Miranda ein triumphierendes Gefühl des Sieges.

Pug wußte nicht wie, doch in diesem Augenblick spürte er die Gegenwart von Sarig, als sich Macros über Zeit und Raum hinweg mit seinem Gott wiedervereinte.

Dann war der Spalt geschlossen, und Pug sagte: *Jetzt!*

Mit letzter Kraft drängte er sich durch das Nichts und zog sich und Miranda zurück in die Halle der Saaur in Cibul.

Sie kamen gerade rechtzeitig an, um das Ende von Hanams Kampf mit Tugor zu erleben. Die beiden lagen am Boden, jeder zu schwach, um den anderen zu überwältigen oder ihm zu entkommen. Als offenbar wurde, daß keiner der beiden überleben würde, fielen die anderen Dämonen über sie her und rissen sie Glied für Glied in Stücke.

Pug erinnerte sich an sein Versprechen, holte die Phiole hervor, die Hanam ihm gegeben hatte, und zerschlug sie auf den Steinen.

Ein kurzer Gedanke erreichte Pug, *Danke!*, dann war es vorbei.

Miranda war von ihrem Erlebnis halb betäubt, und Pug mußte sie fast durch den Spalt nach Midkemia schieben.

Auf der anderen Seite, in den Minen der Pantathianer unter dem Ratn'gari-Gebirge, ließ sich Miranda sofort zu Boden sinken und lehnte sich an den kühlen Fels.

Pug setzte sich neben sie. »Wir dürfen nur einen Augenblick verschnaufen. Wir müssen den Spalt schließen.«

Sie fragte: »Wie?«

»Dieser unterscheidet sich von dem anderen. Wir müssen ihn schließen, so wie man eine Wunde zunähen würde.«

Eine Weile lang saß er da, dann holte er tief Luft. Er machte eine Geste mit den Händen, und blasse Energien gingen von seinen Fingern aus und schlängelten sich auf den Spalt zu.

Um die Säume herum bewegten sie sich, und während Miranda langsam spürte, wie ihre Kräfte in der Wärme hier wiederzukehren begannen, sah sie Pugs Energien ein Gitter um die Kanten des Spalts wirken.

Pug veränderte den Zauber, und die bindenden Energien, die er entlang der Kanten gesetzt hatte, zogen sich zusammen. Miranda sah einen Augenblick lang zu. »Aha, ich verstehe.«

Sie sammelte ihre Kräfte und beobachtete fasziniert, wie sich der Spalt schloß. Indes sie sich ausruhte, dachte sie über all das nach, was sie gerade miterlebt hatte. Sie hatte ihren Vater nur kurze Zeit gekannt, hatte den größten Teil ihres Lebens damit verbracht, ihn durch seine Legenden zu verfolgen. Er hatte sie nicht mehr besucht, seit sie sechzehn oder siebzehn gewesen war, genau konnte sie sich nicht mehr erinnern, und die längste Zeit hatte sie schlicht nur Verachtung für ihn übrig gehabt.

Doch nachdem sie von dem Anteil ihrer Mutter bei der Vernichtung Hunderttausender Leben erfahren hatte, war sie bereit gewesen, die Rolle ihres Vaters neu zu überdenken. Und trotz ihres fortgeschrittenen Alters fühlte sie sich in mancherlei Hinsicht noch immer wie ein Kind.

Sie erkannte, daß sie ihren Vater irgendwann gerngehabt, vielleicht eines Tages sogar geliebt hätte, doch nun würde dieser Tag nicht mehr kommen. Das bedauerte sie.

Aber angesichts der Tausenden von Toten, die sie bereits gesehen hatte, fiel ihr der Vergleich schwer; vielleicht würde sie irgendwann Trauer wegen seines Todes empfinden, oder zumindest um die verlorene Gelegenheit – später, wenn sie Zeit hätte. Falls sie Zeit hätte.

Plötzlich tauchte von der anderen Seite des Spalts ein Gesicht auf, das aussah wie der Schädel einer Kuh, der mit schwarzem Fell überzogen war und oben ein Hirschgeweih trug. Augen wie glühende Kohlen starrten die beiden Menschen an. Mit einem Freudenschrei setzte der Dämon, offensichtlich der Sieger des Gemetzels in der großen Halle in Cibul, welches gerade mit einem großen Fressen sein Ende gefunden hatte, zum Sprung durch den Spalt an.

»Halt!« rief Pug, und Miranda schlug mit all der Kraft, die sie noch aufzubringen in der Lage war, zu. Es genügte, um den Dämon zurück in seine Welt zu stoßen und zu betäuben.

Von der Anstrengung wurde sie fast ohnmächtig. Mit heiserer Stimme krächzte sie: »Beeil dich. Ich kann nicht mehr.«

Pug konzentrierte sich ganz darauf, das Schließen des Spalts zu vollenden. Miranda sah, daß es immer schneller ging, je kleiner der Spalt wurde.

Dann war der Dämon wieder da, näherte sich nur vorsichtig. Er täuschte einen Angriff vor, wich zurück und hielt einen Augenblick inne.

Als aber von Miranda kein erneuter Angriff erfolgte, versuchte er durch den Spalt hindurchzuklettern, wie ein Mensch durch ein Fenster steigt.

Zuerst steckte die Kreatur den Kopf hindurch, darauf den einen Arm. Der Dämon langte nach Pug, allerdings war dieser zu weit entfernt. Er drehte sich seitlich und wollte sein Bein nachholen, dabei jedoch behinderten ihn seine Flügel. Also drehte er sich abermals und versuchte es erneut, wobei ihm entging, daß sich die Öffnung mit jedem Moment verkleinerte.

Da er nicht hindurchkam, geriet der Dämon in Wut und wollte es blindlings mit Gewalt versuchen, verkeilte sich hingegen nur in dem Spalt.

Der Druck nahm zu, da Pug seine Arbeit fortsetzte.

Wut verwandelte sich in Panik, in Schmerz und in Schrecken, als sich der Spalt um die Kreatur schloß. Heulend schlug der Dämon wie ein Fisch auf dem Trockenen um sich, während er regelrecht in zwei Teile geschnitten wurde.

Miranda holte tief Luft und half Pug mit ihrer Kraft aus. Der Spalt schloß sich nun noch schneller. Die Schreie des Dämons verhallten in den Höhlen der Pantathianer und ließen den Berg erbeben.

Staub regnete auf Miranda und Pug nieder, als das Aufbegehren des Dämons noch wilder wurde und dann plötzlich aufhörte.

Im nächsten Moment war der Spalt zu, und die obere Hälfte des Dämons fiel in die Höhle.

Miranda warf einen Blick drauf. »Haben wir es geschafft?« fragte sie. Daraufhin kippte sie um.

Pug antwortete: »Ja«, und brach ebenfalls bewußtlos am Boden zusammen, hatte er doch seine Kraft bis zum letzten Quentchen verbraucht.

Acht

Eskalation

Erik hielt Ausschau.

In den Feldern am Fuße der Berge wurde in großem Rahmen mobil gemacht. Er hatte eine Woche lang eine gewisse Ruhe genießen können, doch damit war es nun offensichtlich vorbei.

Im letzten Monat war es ihnen gelungen, die Invasoren auf jene Route zu drängen, die sie für sie festgelegt hatten. Den Berichten zufolge hatte es im Norden und Süden erbitterte Kämpfe gegeben, doch die Linien des Königreichs hatten an beiden Flanken gehalten, während die Streitkräfte in der Mitte langsam zurückwichen und die Invasoren mit sich zogen.

Zweimal waren sie nur knapp der Katastrophe entgangen, haarscharf auf der Fluchtroute entkommen; bei jeder neuen Stellung auf ihrem Weg fanden sie jedoch frische Nachschubtruppen bereitstehen. Erik war sich des Erfolgs ihres Planes noch immer nicht gewiß, aber Stück für Stück kam man diesem näher.

Seit dem Fall von Krondor hatten sie eine Woche der verlorenen Zeit wieder aufgeholt; diese Stellung hielten sie nun schon zehn Tage anstatt sieben. Jetzt mußten sie den Vormarsch des Feindes in Rückzugsgefechten weiter verzögern und den Gegner glauben machen, er würde in Wilhelmsburg auf starken Widerstand stoßen. Solange der Feind Vorsicht walten ließ, würden sie ihn in die Position drängen können, in der sie ihn haben wollten, wenn die Kriegshandlungen Finstermoor erreichten. Jedesmal, wenn Erik ihren Plan, die gegnerischen Truppen auf dieser Seite der Berge zu halten, überdachte, fragte er sich, ob sie wohl mit einem späten Wintereinbruch gestraft werden würden.

Als von Vorteil hatte sich die Ankunft eines Mannes namens Robert d'Lyes erwiesen, eines Magiers, der einiger brauchbarer Zaubersprüche fähig war. So konnte er Nachrichten zu einem anderen Magier übermitteln, der sich bei Greylock befand, und er konnte vorhersagen, wie das Wetter am nächsten Tag sein würde. Zudem konnte er besser sehen als ein Mann mit einem Perspektiv, wenngleich nur für begrenzte Dauer; zwar mangelte es ihm an Eriks Wissen, wonach er eigentlich Ausschau halten sollte, aber er schien dies mehr und mehr zu begreifen.

Überall in der Armee der Verteidiger verteilt hielten sich weitere Magier auf, die halfen, so gut sie konnten. Dafür war Erik ausgesprochen dankbar. Er verstand nicht, weshalb die Pantathianer sich nicht blicken ließen. Letzten Endes würden sie jedoch bestimmt eingreifen, und dann, so hoffte Erik, könnten die Magier des Königreiches diesen Vorteil des Feindes schmälern.

D'Lyes trat zu Erik. »General Greylock läßt fragen, ob Ihr heute einen Angriff erwartet.«

Erik antwortete: »Mit größter Sicherheit.«

Er sah sich um. Im Norden verschwanden die Berge im Dunst des späten Nachmittags. Die Armeen standen kurz vor den hügeligen Weinbergen und Hainen, die er seit seiner Kindheit kannte. Für den Ortsfremden sah dieses Gelände einfacher aus als die niedrigen Hügel im Westen, doch das täuschte. Unerwartet konnte der Feind auf Berggrate und tiefe Rinnen von Wasserläufen stoßen, die seinen Vormarsch verlangsamten. Inbrünstig hoffte Erik, dies möge der Fall sein, und daher hatte er seine erfahrensten Soldaten in Schlüsselpositionen am Rande dieses Gebietes postiert. Er würde sich auf Hauptmann Subai und seine Späher sowie die Hadati verlassen müssen – Greylock nannte sie immer das Krondorische Gemischte Kommando –, was das Halten der jenseitigen Stellungen anging.

In den Süden hatte Erik seine größeren Kontingente geworfen, die frischen Reserven, die bisher noch nicht gekämpft hatten. Sie würden es des Geländes wegen einfacher haben, doch fehlte ihnen auch noch der rechte Kampfwille. Manche von denen, die Waffen trugen, waren Jungs aus der Stadt, die kaum zwei Monate lang gedrillt worden waren und nie zuvor Blut geleckt hatten.

»Bittet Greylock, er möge sich bereit halten, mich im Süden zu unterstützen«, wandte sich Erik an d'Lyes. »Ich glaube, die Nordflanke ist sicher.«

Der Magier schloß die Augen, seine Stirn furchte sich vor Konzentration; dann sagte er: »Die Nachricht ist angekommen.« Er setzte sich, offensichtlich benommen.

»Alles in Ordnung mit Euch?« erkundigte sich Erik.

Der Magier nickte. »Ich bin nur nicht daran gewöhnt, es öfter als ein- oder zweimal im Monat zu machen. Ein- oder zweimal am Tag ist ein bißchen viel.«

»Nun, ich werde versuchen, den Nachrichtenverkehr auf ein Minimum zu beschränken.« Er lächelte. »Ich wünschte nur, ich hätte mehr von Eurer Sorte zur Verfügung.«

Der Magier nickte.

»Solange wir von Nutzen sind.«

»Ihr seid mehr als nützlich«, erwiderte Erik, »und Ihr könntet Euch sogar als lebenswichtig erweisen.«

»Danke«, gab der Magier zurück. »Ich möchte helfen, so gut es mir möglich ist.«

Erik wartete, und während der Feind unten seine Stellungen einnahm, sinnierte er laut: »Was hat das zu bedeuten?«

»Hauptmann?« fragte der Magier.

»Reine Neugier. Sie bringen sich in Angriffsstellung, doch es sieht aus, als wären sie schlecht koordiniert.«

»Woher wißt Ihr das?«

»Diese Armee besteht hauptsächlich aus Söldnern«, erklärte Erik, »von denen jeder für sich gut kämpfen kann, denen jedoch die Fähigkeit abgeht, große Schlachten auszutragen; sie sind daran gewöhnt, den Gegner durch reine Übermacht niederzuringen.« Er zeigte auf eine kleine Gruppe uniformierter Männer, über denen ein grünes Banner wehte. »Das sind die Reste der regulären Armee von Maharta, die beim Fall der Stadt noch recht intakt war. Jetzt haben sie nur noch die schwere Infanterie. Die anderen zu Fuß sind Männer, die ihre Pferde zurücklassen mußten oder deren Tiere unterwegs verendet sind. Sie sind so gut wie nutzlos, außer wenn es darum geht, durch eine Bresche zu stürmen.« Erik kratzte sich am Kinn und spürte den vier Tage alten Bart.

»Ich glaube, ich verstehe, oder vielleicht doch nicht. Wollt Ihr sagen, sie hätten ihre Männer anders aufstellen sollen?« fragte der Magier.

»Ja«, antwortete Erik. »Die Kavallerie muß im hügeligen Gelände angreifen, während die schwere Infanterie in die am besten verteidigten Bereiche der Front vorstößt. Der Rest der Armee sieht aus, als sollte er über offenes Gelände hinweg angreifen, wo unsere Katapulte und Bogenschützen ihnen einen warmen Empfang bereiten werden.«

»Ich verstehe.«

Erik grinste. »Ihr seid zu höflich. Sagen wir mal, wenn ich auf der anderen Seite stünde, würde ich meine Kavallerie in der Mitte zum Einsatz bringen, während ich die schwere Infanterie ein wenig weiter nördlich vorstoßen ließe.« Er zeigte auf eine problematische Stellung in der Verteidigungslinie, einen kleinen Graben, bei dem ihm nicht die Zeit geblieben war, ihn ausreichend zu befestigen. »Wenn ich dort durchbrechen könnte, würde ich den Rest der Armee hinterherschicken, und die würde dann schweren Schaden anrichten.«

»Hoffentlich kommen sie nicht auf diese Idee.«

»Sollten sie aber«, sagte Erik leise. »Was ich nicht ergründen kann, ist, wieso sie es nicht tun.« Plötzlich fuhr er auf: »Sendet eine Nachricht an Greylock, wenn Ihr schon wieder dazu in der

Lage seid. Teilt ihm mit, diese Truppenmassierung hier sei vielleicht nur ein Ablenkungsmanöver, damit wir uns hier versammeln, während sie an anderer Stelle der Front angreifen.«

Der Magier lächelte, wirkte jedoch erschöpft. »Ich werde es versuchen.«

Erik wartete nicht ab, ob der Magier erfolgreich sein würde, sondern schickte sofort Kuriere nach Norden, Süden und Osten. Nach ein paar Minuten schüttelte der Magier den Kopf. »Es tut mir leid, aber ich kann einfach die Konzentration nicht mehr aufbringen.«

»Ihr habt auch schon genug getan. Wir werden morgen abziehen. Ich glaube, es wäre klug, wenn Ihr bereits zur nächsten Verteidigungsstellung im Osten vorreitet. Brecht jetzt auf, damit Ihr das Lager dort noch vor Sonnenuntergang erreicht. Sagt dem Quartiermeister, ich hätte Euch erlaubt, ein Pferd zu nehmen.«

»Ich kann nicht reiten, Hauptmann.«

Erik blickte über die Schulter. »Habt Ihr irgendwelche magischen Möglichkeiten, Euch schnell von einem Ort zum anderen zu bewegen?«

»Nein, muß ich leider gestehen.«

Am Fuß des Hügels ertönten Trompeten. »Dann schlage ich Euch vor, Ihr lauft, so schnell Euch Eure Füße tragen. Wenn Ihr kein Lager mehr erreicht, sucht Euch eine andere geschützte Stelle, an der Ihr übernachten könnt. Irgendwann morgen früh werden Euch die Wagen mit den Verwundeten einholen. Haltet sie an und fahrt mit ihnen. Ich werde Befehl geben, Euch mitzunehmen.«

»Kann ich nicht hierbleiben?«

Wieder erklang eine Trompete, und Erik zog das Schwert. »Ich würde Euch davon abraten.« Während er sich abwandte, fügte er noch hinzu: »Wenn Ihr mich nun entschuldigt.«

Ein Pfeil flog über ihre Köpfe hinweg, ein ungezielter Schuß von jemandem unten, der übereifrig war. Erik blickte über seine

Schulter zurück und sah den Magier mit plötzlich erstaunlich frischen Kräften davonrennen. Er gestand sich eine Sekunde zu, um über diesen Anblick zu lachen, dann richtete er seine Aufmerksamkeit auf die blutige Arbeit, die nun vor ihm lag.

»Also gut!« rief er. »Bogenschützen, sucht euch eure Ziele, aber wartet auf meinen Befehl!«

Hinter sich hörte er die wohlvertraute Stimme von Feldwebel Harper: »Hauptmann von Finstermoor, Ihr vergeßt Euch. Wenn Ihr erlaubt, Sir?« Er drehte sich um und rief: »Der erste von euch Muttersöhnchen, der seinen Pfeil fliegen läßt, ehe ich das Kommando gegeben habe, wird losrennen und ihn mir zurückbringen! Verstanden?«

Erik mußte abermals lächeln. Er war nie ein rechter Schleifer gewesen, so wie Harper, Alfred und die anderen Feldwebel unter seinem Befehl.

Und dann kam der Feind.

Erik hieß die Dunkelheit willkommen. Der Feind zog sich hügelabwärts zurück, doch er hatte seinen Männern arg zugesetzt. Was das Ablenkungsmanöver anging, so hatte sich Erik getäuscht. Und diese Stellung konnte er nur noch aus dem Grund halten, weil sich der Feind als unfähig erwiesen hatte. Die gegnerischen Truppen waren bergauf vorgestoßen, in das gnadenlose Feuer der Bogenschützen des Königreichs hinein, dann war ein Hagel von kurzen Eisenspeeren auf sie niedergegangen, mit denen die Soldaten schon übten, seit Erik in Calis' Dienste getreten war. Hunderte von Feinden waren für jeden Meter gefallen, den sich die Armee vorwärts wälzte, und dennoch hatten sie den ersten Graben erreicht.

Die Verteidigungsanlagen bestanden aus einer Reihe von Gräben und Wällen, die entlang der Hügel angelegt waren, und wo immer der Feind auch angriff, stets wurde er mit einem Hagel von Geschossen empfangen. Als die Überlebenden die erste Schanze erreichten, standen sie vor einem hohen Wall gestampfter Erde, aus dem angespitzte Holzpfähle ragten. Die Pfähle an sich richteten wenig Schaden an, zwangen die Angreifer jedoch, langsam voranzugehen, was sie zu leichten Zielen für die Verteidiger machte.

Doch immer mehr und immer mehr waren gekommen. Nach der ersten Stunde fühlte sich Erik, als könnte er seine Arme nie wieder heben, und dennoch mußte er weiterkämpfen. Irgendwann war jemand mit einem Eimer voll Wasser zu ihm getreten – ein Knappe oder ein Junge aus der Stadt, das konnte er jetzt nicht mehr sagen – und hatte ihm eine Zinnkelle gereicht. Schnell hatte Erik etwas getrunken, die Kelle dem Jungen zurückgegeben und im nächsten Augenblick schon wieder weitergekämpft.

Es war Erik wie eine Ewigkeit erschienen, derweil er auf jeden Kopf einschlug, der sich auf der anderen Seite der Schanze zeigte. Dann endlich war der Feind geflohen, hatte den Angriff nicht länger fortsetzen wollen, als die Sonne am Horizont im Westen unterging.

Fackeln wurden angezündet, mehr um der Beruhigung willen, als daß man sie gebraucht hätte – zu dieser Zeit des Jahres zog sich die Dämmerung lang hin –, und Jungen aus der Gegend, alte Männer und Frauen sowie die Junker und Pagen vom Hof hatten sich darangemacht, die Lebenden und die Verwundeten mit Wasser und Essen zu versorgen und die Toten fortzuschaffen.

Erik drehte sich um, ließ sich an der Stelle nieder, wo er gekämpft hatte, und achtete nicht auf die toten Soldaten von Novindus, die neben ihm im Dreck lagen. Als ein Junge mit Wasser vorbeikam, nahm Erik einen Schluck und reichte den Rest an die Männer neben ihm weiter.

Bald erschien ein Kurier mit einer Nachricht. Erik öffnete sie, las sie, und dann, wobei er eine Erschöpfung verspürte, die ihn zweifeln machte, ob er sich überhaupt noch bewegen konnte, rief er: »Rückzug!«

Wie durch Magie tauchte Feldwebel Harper vor ihm auf. »Wir ziehen ab, Sir?«

»Genau.«

»Dann brechen wir zur nächsten Verteidigungsstellung auf?«

»Das tun wir.«

Der gewiefte alte Feldwebel fragte: »Demnach bekommen wir heute nacht nicht besonders viel Schlaf, ja?«

Erik erwiderte: »Ich fürchte nicht. Worauf wollt Ihr hinaus, Feldwebel?«

»Oh, auf nichts, Hauptmann. Ich wollte mich nur vergewissern, ob ich den Befehl richtig verstanden habe.«

Erik blickte den Feldwebel drohend an. »Ich glaube, Ihr habt sehr richtig verstanden.«

»Nun, wenn dem denn so ist, ich bin nicht derjenige, der die Männer, die einen halben Tag lang hart gekämpft haben, ohne einen Tropfen Wasser oder einen anständigen Bissen zwischen die Zähne zu bekommen, zusammenpacken und weiterziehen läßt.«

Die Männer waren zum Umfallen müde, das sah auch Erik. »Ich glaube, wir können noch so lange warten, bis wir etwas gegessen haben.«

»Das ist zu liebenswürdig, Sir. Dann haben wir wenigstens genug Zeit, die Toten herauszusuchen und die Verwundeten auf die Wagen zu laden. Eine weise Entscheidung, Sir.«

Erik setzte sich abermals. Während Harper seiner Wege ging, sagte Erik zu sich selbst: »Und ich hatte die Vermessenheit, mich Feldwebel zu nennen.«

Der Rückzug gestaltete sich schwieriger, als Erik sich gewünscht hätte. Trotz des Essens und einer Ruhepause von zwei Stunden waren die Männer noch immer hundemüde, als sie zum Marsch nach Osten aufbrachen.

Erik machte eine Bestandsaufnahme seiner Truppe und entdeckte etliche jener Männer, die er über die letzten beiden Jahre ausgebildet hatte, zwei Kompanien, die etwas mit sich anzufangen wußten und die aus einer Stellung weiter nördlich von hier eingetroffen waren.

Die Nachricht, daß der Feind im Norden durchgebrochen war, wurde überbracht, allerdings hatte man die Bresche wieder schließen können. Doch ein Kontingent des Feindes, wenigstens dreihundert Männer, war auf der falschen Seite der Marschroute gelandet. Erik schickte seine besten Kundschafter nach Norden aus, in der Hoffnung, die Invasoren würden dort entlangkommen und dann auf eins der stärkeren Elemente treffen. Dreihundert Plünderer konnten bei einer der kleineren Kompanien einen ganz hübschen Schaden anrichten, solange nicht Verstärkung in der Nähe war.

Kurz vor Sonnenaufgang traf Erik auf eine einsame Gestalt, die entlang des Weges wanderte. Es war der Magier Robert d'Lyes. »Hallo, Magier.«

»Hallo, Hauptmann. Ich habe einen kleinen Felsüberhang gefunden, unter dem ich übernachtet habe«, erklärte er mit trockenem Humor, »doch anstelle von Wagen reist gleich eine ganze Armee in meine Richtung.«

»Ich habe Euch doch gesagt, wir würden aufbrechen«, erwiderte Erik ebenso trocken. »Ich wußte nur nicht, daß es so bald sein würde.«

»Aha. Und wie steht es mit dem Krieg?«

Erik antwortete: »Ich wünschte, das wüßte ich zu sagen. Bislang haben wir uns tapfer gehalten, doch der letzte Angriff hat mir gezeigt, wie sehr wir zahlenmäßig immer noch unterlegen sind.«

»Könnt Ihr sie aufhalten?«

»Wir müssen«, gab Erik zurück, »wir haben keine andere Wahl.«

Vor sich sahen sie Lichter, als die Stadt Wilhelmsburg vor ihnen auftauchte. Später, in der Stadt, stellten sie fest, daß diese vollständig zu einem Militärlager umgebaut worden war. Die Bewohner waren schon vor Tagen evakuiert worden, und wenn sich Eriks Männer erst mal einen Tag ausgeruht, gegessen und sich um ihre Wunden gekümmert hatten, würden auch die Soldaten die Stadt verlassen und alle Gebäude in Brand setzen, wie er wußte.

Eine kleine Gestalt kam auf Erik zugelaufen und rief: »Hauptmann von Finstermoor!«

Erik erkannte den Jungen, trotz des Schmutzes auf dem Wappenrock des Pagen vom fürstlichen Hofe in Krondor. »Ja ... wie heißt du noch?«

»Samuel, Sir. Eine Dame bat mich, Euch dies zu geben.«

Erik sah sich den Brief an und entließ den Jungen. In dem Brief stand in einfacher Handschrift zu lesen: »Bin nach Ravensburg, um deine Mutter aufzusuchen. Ich liebe dich, Kitty.«

Erik fühlte sich erleichtert, weil Kitty wohlbehalten hier angekommen war und sich vermutlich nun bereits im Gasthaus Zur Spießente befand, wo Erik aufgewachsen war. Er wandte sich an den erschöpften Magier und schlug vor: »Wir sollten etwas essen gehen.«

»Eine hervorragende Idee«, erwiderte der Zauberer.

Sie kamen ins Gasthaus Zur Pflugschar, wo er zum ersten Mal Korporal Alfred und Roos Cousin Duncan begegnet war. Erik fragte sich, wo sein Jugendfreund wohl im Augenblick stecken mochte.

Der Schankraum des Gasthauses war überfüllt. Die eine Hälfte war in ein behelfsmäßiges Hospital verwandelt worden, in der anderen drängten sich hungrige Soldaten und aßen, was auch immer ihnen über den Tresen gereicht wurde.

Ein Korporal, dessen Name Erik entfallen war, sagte: »Wir haben oben einige Räume für die Offiziere, Hauptmann. Wir schicken Euch das Essen hoch.«

»Danke«, meinte Erik.

Er führte Robert die Treppe hinauf, und als er die erste Tür öffnete, sah er einen Offizier im Waffenrock von Ylith auf dem blanken Boden schlafen, während zwei weitere Männer beim Essen saßen. Sie blickten zu ihm hinüber, und Erik machte nur eine entschuldigende Geste mit der Hand und schloß die Tür wieder. Das Zimmer hinter der nächsten Tür war leer.

Drinnen gab es zwei einfache Matratzen, Wolldecken, die man zusammengenäht und mit Heu ausgestopft hatte. Er kämpfte, um aus seinen Stiefeln zu kommen, und als er soweit war, trat der Korporal mit zwei Holzschüsseln voll heißem Eintopf und zwei großen Krügen Bier ein. Plötzlich war alle Erschöpfung vergessen, und Erik lief das Wasser im Munde zusammen.

Während sich der Korporal zum Gehen anschickte, wies ihn Erik an: »Sorgt dafür, daß mich jemand eine Stunde vor Anbruch der Dämmerung weckt.«

»Jawohl, Hauptmann.«

Robert sagte: »Man kann Euch nicht beneiden. Ihr seid so früh auf nach einem Tag wie dem gestrigen.«

»Ihr braucht niemanden zu beneiden, Magier. Ihr seid schließlich auch seit dem ersten Licht auf den Beinen.«

»Offensichtlich muß es sein, oder?«

»Ja, wir müssen diese Stadt hinter uns gelassen haben, wenn der Feind hier auftaucht. Das ist der schwierigste Teil dieser Mission, dem Gegner immer einen Schritt voraus zu sein. Wenn er Wilhelmsburg erreicht, soll er nur noch Feuer und Ruinen vorfinden.«

»Was für eine Verschwendung«, merkte Robert an.

»Es wäre eine noch größere Verschwendung, dem Feind etwas zu überlassen, was ihm auf seinem Marsch hilft.«

»Ich denke doch.« Der Magier aß ein paar Löffel, dann sagte er: »Pug hat uns erzählt, die Dinge stünden schlimm, und obwohl er sich nicht deutlich äußerte, ließ er uns doch wissen, daß hier mehr auf dem Spiel stehe als nur das Königreich. Oder hat er nur übertrieben?«

»Dazu kann ich nichts sagen«, erwiderte Erik zwischen zwei

Bissen. Nachdem er geschluckt und etwas Bier nachgekippt hatte, fügte er hinzu: »Aber ich will es mal so ausdrücken: niemand von uns kann es sich leisten, diesen Krieg zu verlieren. Niemand.«

Robert lehnte sich zurück an die Wand und streckte die Beine aus. »Ich bin diese langen Märsche nicht gewöhnt.«

»Ich habe Euch ein Pferd angeboten.«

»Um die Wahrheit zu sagen, habe ich Angst vor ihnen.«

Erik blickte den Mann an, dann lachte er. »Ich habe mein ganzes Leben mit Pferden verbracht, darum vergebt mir, wenn ich lache, aber ich finde das lustig.«

Robert zuckte mit den Schultern. »Nun, es gibt so viele Menschen, die sich vor Magiern fürchten, also kann ich Euch schon verstehen.«

Erik nickte. »Es gab eine Zeit, als ich noch in Ravensburg war, da hätte ich mir wegen Euch Sorgen gemacht, ja, vielleicht hätte ich mich sogar vor Euch gefürchtet, doch während der letzten Jahre habe ich so viel mit ansehen müssen, daß ich mich entschlossen habe, mir nur noch wegen Dingen Sorgen zu machen, denen ich mit dem Schwert in der Hand gegenübertreten kann, und sollen sich doch die Götter, Priester und Magier über den Rest den Kopf zerbrechen.«

»Ihr seid ein weiser Mann«, meinte Robert und lächelte müde. »Wenn Ihr mich nicht für unhöflich haltet« – er stellte seine Schüssel und seinen Krug ab –, »würde ich mich jetzt gern ein wenig schlafen legen.« Sein Kopf hatte kaum die Matratze berührt, da begann er schon zu schnarchen.

Erik trank sein Bier aus und legte sich dann hin, doch es schien nur eine Minute vergangen zu sein, nachdem er die Augen geschlossen hatte, als ihn der junge Korporal an der Schulter rüttelte. »Hauptmann, Zeit zum Aufstehen.«

Mit einer Geste gebot Roo allen, stehenzubleiben. Luis war kaum halb bei Bewußtsein, seine Füße waren an die Steigbügel des Sattels gebunden, damit er nicht herunterfallen konnte, während er auf dem Hals des Pferdes lag. Aus seiner Wunde sickerte immer noch Blut, und Roo wußte, er würde keine weitere Nacht ohne Ruhe und bessere Fürsorge überleben. Nur konnte dies unterwegs niemand leisten. Willem saß auf einem der anderen Pferde und hatte die Arme um den kleinen Helmut gelegt, derweil Nataly Abigail im Sattel vor sich hatte. Roo, Karli und Helen führten die Pferde.

Sie hatten die Höhle am Morgen zuvor verlassen und einen sicheren Weg zur nördlichen Straße gesucht. Zweimal waren sie im Wald auf unpassierbare Stellen gestoßen, und Roo folgte seinem Plan und bog nach Osten ab, wenn es nordwärts nicht mehr weiterging.

Nur ein einziges Mal war der Weg sowohl nach Norden als auch nach Osten versperrt gewesen, und da waren sie nach Westen zurückgekehrt und hatte eine andere Route nach Norden gewählt.

Roo ließ anhalten, weil er in einiger Entfernung Reiter gehört hatte, und wollte ein Versteck suchen. »Wartet hier«, sagte er leise und reichte die Zügel seines Pferdes, auf dem Luis saß, an Helen weiter. Daraufhin zog er sein Schwert und eilte davon, wobei er sich nach einer Erhebung umsah, von der er einen besseren Blick über das Gelände hätte.

Bald fand er im Osten eine Anhöhe und klomm hinauf, von dort eine weitere hoch, und schließlich erreichte er einen relativ freien Bergrücken. Der Hufschlag hallte von überall zurück, doch wenn er stillstand, konnte er erkennen, daß die Reiter nördlich von ihm waren.

»Verdammt«, fluchte er leise und lief zurück zu den anderen.

Die Kinder waren verstummt und reagierten so auf die Angst, die ihren Eltern in den Knochen saß, die sie aber vor ihnen verstecken wollten. »Ein großer Trupp Reiter nördlich von uns«, berichtete Roo.

»Auf der Straße?« fragte Helen.

»Ich glaube.«

»Was sollen wir machen?« wollte Karli wissen.

»Wir ziehen leise und langsam weiter und können nur hoffen, daß es die Kavallerie des Königreichs ist.«

Karli konnte ihre Furcht besser beherrschen, als Roo es je für möglich gehalten hätte. Er bewunderte, wie bereitwillig sie ihre eigene Angst verdrängte, um ihre Kinder zu beschützen. Roo warf einen Blick auf Luis, der halb vor sich hin dämmerte und kaum fähig war, aufrecht zu sitzen. Der Schweiß rann ihm übers Gesicht, obwohl es ein kühler Morgen war, und Roo wußte, daß er fiebern mußte.

»Luis braucht unbedingt einen Heiler«, stellte Roo fest, und Helen und Karli nickten gleichermaßen.

Dann brachen sie in den Wald auf. Eine halbe Stunde später blieb Roo erneut stehen. Er blickte sich auf einer Lichtung um. »Diese Stelle kenne ich.«

»Wo sind wir denn?«

»Karli, hier haben dein Vater, Erik und ich gelagert, in der zweiten Nacht unserer gemeinsamen Reise«, erklärte Roo. »Wir sind ihm einen halben Tagesritt östlich von hier begegnet.« Er rechnete. »Verdammt. Wir müssen irgendwo die Richtung verloren haben und nach Nordwesten anstatt nach Norden gelaufen sein. Wir sind nicht so weit östlich, wie ich gehofft habe.«

»Wo sind wir?« fragte jetzt Helen.

»Immer noch einen Tagesritt von der Straße entfernt, die sich nach Wilhelmsburg verzweigt.«

Karli senkte die Stimme. »Luis kann nicht noch einen Tag reiten.«

»Ich weiß«, gab Roo zurück. »Aber wir haben keine andere Wahl.«

Er führte sie über die Lichtung hinweg, und ein kurzes Stück weiter nördlich stießen sie auf die Straße, die sie die ganze Zeit gesucht hatten. Hufspuren verkündeten, daß die Patrouille, welche

Roo gehört hatte, hier entlanggeritten war. Er machte Karli und Helen ein Zeichen, der Straße zu folgen.

Der Tag verstrich ohne weitere Ereignisse. Kurz vor Sonnenuntergang kamen sie aus dem Wald heraus und entdeckten einen verlassenen Bauernhof, ein plumpes Haus aus Stein und Baumstämmen, das mit Grassoden gedeckt war. »Hier können wir übernachten«, schlug Roo vor. »Die Straße nach Wilhelmsburg fängt vielleicht eine Stunde östlich von hier an.«

Sie holten Luis vom Pferd und brachten ihn ins Haus, wo sie ihn vorsichtig auf einen Strohballen legten. Roo führte die Pferde in die leere Scheune, sattelte sie ab und fand sogar noch etwas Heu, mit dem er sie fütterte. Noch aus seiner Ausbildung zusammen mit Erik und den anderen wußte er, daß die Pferde die Koliken bekommen und verenden würden, wenn das Heu verdorben sein sollte, doch wie es aussah, war es noch genießbar. Dann schloß er das Tor und ging hinüber zu dem kleinen Haus.

Helen kümmerte sich gerade um Luis' Schulter. »Wir müssen die Wunde säubern«, sagte sie.

Roo ließ den Blick durch den Raum schweifen, entdeckte jedoch nichts Brauchbares. »Ich werde mich umsehen, vielleicht finde ich einen Brunnen.«

Er ging erneut nach draußen, und tatsächlich gab es einen Brunnen, und selbst ein Eimer war noch drin. Er schöpfte frisches Wasser, band den Eimer los und brachte das Wasser ins Haus.

Karli sagte: »Seht mal, was ich gefunden habe.« Sie hielt ein kleines Säckchen in die Höhe. »Salz.« Roo nahm es, derweil Karli hinzufügte: »Es muß heruntergefallen sein, als, wer immer hier gelebt hat, das Haus verlassen hat.«

»Es könnte nützlich sein«, meinte Roo.

»Können wir nicht ein Feuer machen?« fragte Willem.

»Nein«, erwiderte Roo. »Selbst wenn die Flammen nicht zu sehen sind, ist der Rauch weit zu riechen und würde Plünderer anlocken.«

Helen senkte die Stimme. »Wenn ich etwas Wasser kochen kann, würde ich auch seine Wunden säubern können.«

»Ich weiß«, antwortete Roo. Er hielt ihr das Salz entgegen. »Trinkt aus dem Eimer, und wenn er halb leer ist, schütte das Salz hinein. Bade seine Wunden damit.« Er sah seinen bewußtlosen Freund an. »Es wird brennen wie Feuer, aber ich glaube, er wird es gar nicht merken. Ich werde etwas suchen, womit wir ihm einen Umschlag machen können.«

Roo verließ die Hütte, blieb jedoch nah bei den Gebäuden, nur für den Fall, daß jemand die Straße entlangkommen sollte. Er wollte nicht das Risiko eingehen, entdeckt zu werden. So eilte er an der Scheune und den nun leeren Feldern vorbei in den Wald. Unterwegs hatte er auf den Felsen verschiedene Moosarten gesehen. Nakor hatte ihnen gezeigt, wie man Umschläge machte, und nun wünschte sich Roo nur, er hätte besser aufgepaßt. Doch er glaubte zu wissen, wonach er Ausschau halten mußte.

Nach einer Stunde, bei Einbruch der Dunkelheit, entdeckte Roo dieses spinnwebähnliche Moos auf Baumstümpfen und Felsen in der Nähe eines kleinen Wasserlaufs. Er sammelte, soviel er in den Händen tragen konnte, und lief zurück zum Bauernhaus.

Karli und Helen hatte Luis inzwischen das Hemd ausgezogen und die Wunde mit Salzwasser gereinigt. Helen sagte: »Er hat sich nicht gerührt.«

»Das ist vermutlich sogar das beste«, erwiderte Roo. Er betrachtete das Gesicht seines Freundes eingehend und sah den Schweiß darauf. Auch fiel ihm auf, daß die Wunde an der Schulter bislang von getrockneten Blut bedeckt gewesen war und nun offenlag. »Das muß genäht werden.«

»Ich habe Nadeln«, sagte Karli.

»Was?« fragte Roo.

Sie langte in ihr Kleid. »Nadeln sind teuer, und als wir alles zurücklassen mußten, wollte ich wenigstens meine Nadeln retten.« Sie riß die Naht am Saum ihres Kleides auf und holte ein winziges, zusammengerolltes Stück Leder hervor, welches im Saum gelegen hatte. Dieses öffnete sie und präsentierte Roo sechs fein geschmiedete Stahlnadeln.

Roo zwinkerte. »Wie schön, daß du so gern nähst«, meinte er. »Du hast nicht zufällig auch Faden dabei, ja?«

Helen warf ein: »Nichts ist leichter als das.« Sie stand auf und hob den Saum ihres Kleides. Sie griff darunter, nahm einen ihrer Unterröcke hervor und zog ihn aus. Mit den Zähnen löste sie den Saum und ribbelte ihn auf. »Wie lang muß der Faden sein?«

»Einen Fuß und einen halben«, sagte Roo.

Sie nahm eine der Nadeln und bearbeitete das Gewirr der Fäden, fischte den heraus, den sie haben wollte, nahm ihn zwischen Daumen und Zeigefinger und zog. Roo erwartete, er würde reißen, doch zu seiner Überraschung ribbelte Helen drei Fuß Faden los. Dann biß sie ihn durch und reichte ihn Roo.

Der meinte darauf nur: »Ich wünschte, ich wüßte, was ich hier tue.« Er ließ Helen den Faden in die Nadel einfädeln und wies die beiden Frauen dann an: »Eine am Kopf, eine an den Füßen, falls er sich bewegt.«

Die beiden Frauen gehorchten, und Helen packte Luis an den Beinen, derweil Karli ihm die Hände auf die Schultern legte, wobei sie achtgab, die Wunde nicht zu berühren. Roo begann zu nähen.

Die ganze Nacht hindurch lag Luis im Fieber. Einmal war er lange genug wach, um einen Schluck Wasser zu trinken. Und einmal mußten sie ihn davon zurückhalten, den Umschlag abzukratzen, den Roo auf seine Wunde gelegt hatte.

Karli und Helen saßen in der Ecke, die Kinder um sich geschart. Alle versuchten zu schlafen. Roo hatte es sich auf der Türschwelle mit dem Schwert in der Hand bequem gemacht.

Am Morgen sah Luis schon viel besser aus. »Ich glaube, er hat das Fieber überstanden«, meinte Roo.

»Können wir ihn schon wieder bewegen?« fragte Helen.

Roo biß die Zähne aufeinander. »Eigentlich sollten wir das nicht, doch wir dürfen nicht länger hier verweilen. Falls diese Soldaten, die gestern hier vorbeigeritten sind, zur Kavallerie des Königreichs gehören, wird sich heute im Laufe des Tages der Feind zeigen. Und falls es Soldaten der Smaragdkönigin waren, sind wir bereits hinter die feindlichen Linien geraten.«

Luis schlug die Augen auf und flüsterte: »Ich kann reiten.«

»Ich wünschte, wir hätten etwas zu essen«, seufzte Karli. »Er muß wieder zu Kräften kommen.«

»Mit etwas Glück sind wir gegen Mittag in Wilhelmsburg«, versprach Roo. »Dann essen wir, bis wir platzen.« Er grinste die Kinder an, und diese versuchten, mit einem Lächeln zu antworten.

Sie sattelten die Pferde, und es gelang ihnen mit großen Mühen, Luis aufsitzen zu lassen. Roo fragte: »Soll ich dich an den Steigbügeln festbinden?«

»Nein«, antwortete Luis und blinzelte in die grelle Morgensonne. »Ich werde es schon schaffen.« Er warf einen Blick auf seine dickverbundene Schulter. »Was hast du damit gemacht?«

»Salzwasser und dann einen Moosumschlag«, erklärte Roo. »Wie fühlt sie sich an?«

»Sie juckt wie der Teufel.«

Roo sagte: »Wenn's juckt, ist es gut.«

»Nur wenn es bei jemand anderem juckt«, erwiderte Luis.

Roo nahm die Zügel des Pferdes, und Luis hielt sich in dessen Mähne fest. Die Kinder ritten wie tags zuvor, und Roo führte die Gesellschaft an, die Straße hinunter nach Osten.

Erik ritt rasch durch die Stadt und rief: »Legt überall Feuer!«

Die Männer am westlichen Ende von Wilhelmsburg liefen durch die Stadt und warfen Fackeln auf die Häuser. Die größeren Steinhäuser würden ebenfalls ausbrennen, da man Heuballen hineingeschafft hatte, die Gebäude mit reetgedeckten Dächern würden jedoch als erste in Flammen aufgehen.

Als Erik am östlichen Ende der Stadt ankam, brannte der westliche Teil bereits lichterloh. Erik wartete, bis alle seine Männer aus der Stadt heraus waren, dann sagte er: »Auf geht's!«

Noch vor Sonnenaufgang waren die ersten Soldaten von Wilhelmsburg aus aufgebrochen und nun zu einem Bergrücken unterwegs, den sie, wenn möglich, eine weitere Woche verteidigen würden. Erik wußte, je näher sie Finstermoor kamen, desto öfter würden Ortschaften wie diese unter den Kämpfen leiden: Wolfsburg, Ravensburg, Halle und Gotsbus. In allen würde man kurz Quartier machen, doch eine jede würde schließlich den Flammen zum Opfer fallen, wenn die Verteidiger abzogen.

Robert d'Lyes ritt vorüber und fühlte sich offensichtlich auf dem Pferd, welches Erik ihm hatte geben lassen, sehr unbehaglich. »Wie geht es Euch?« fragte Erik.

»Allein schon der Gedanke daran, in dieser Hitze noch einen Tag marschieren zu müssen, hat mich überzeugt, Hauptmann.«

Erik lächelte. »Diese Stute ist ein freundliches Tier. Zieht nicht zu kräftig an den Zügeln und kümmert Euch ein wenig um sie, dann wird sie schon auf Euch aufpassen. Und denkt dran, Ihr müßt die Hacken unten lassen.«

Erik wandte sich ab und ritt davon, während der Magier sein Bestes gab, um nicht aus dem Sattel zu fallen.

Roo lehnte sich an die Wand der Schlucht, das Schwert an die Brust gedrückt. Als sie auf der südlichen Straße plötzlich aus Richtung Wilhelmsburg Rauch gesehen hatten, waren sie kurz davor gewesen, sich von ihrer Verzweiflung überwältigen zu lassen. Roo brauchte sich die Stadt nicht noch anzuschauen, um zu wissen, daß man sie in Brand gesteckt hatte.

Sie hatten auf der Straße angehalten und mußten nun entscheiden, was sie tun sollten: entweder riskierten sie es, die brennende

Stadt zu umgehen, um die fliehende Armee des Königreichs einzuholen, oder sie müßten umkehren und die wenig befahrene Straße nach Ravensburg nehmen. Während sie noch darüber nachdachten, hatte ein Schrei von einer großen Lichtung ihnen verraten, daß sie von Reitern entdeckt worden waren.

Roo brachte sie sofort in den Wald und trieb die verängstigte Gruppe zu größter Eile an. Er fand eine kleine Schlucht, die bald tiefer wurde und sich zunächst nach Norden, dann nach Osten wandte. Die ganze Zeit scheuchte er alle vorwärts, dann war er selbst zurückgegangen, mit dem Schwert in der Hand. Luis folgte ihm, den Dolch in der Linken. Er war schwach und immer noch benommen, doch wollte er unbedingt kämpfen.

Während Karli, Helen und die Kinder sich tief in der Schlucht zwischen Felswänden versteckten und versuchten, die Pferde ruhig zu halten, warteten Roo und Luis direkt hinter der ersten Biegung der Schlucht.

Ganz aus der Nähe hörten sie Stimmen, und Roo erkannte die Sprache von Novindus. Luis nickte, und sein Daumen am Heft des Dolches zuckte.

Der Hufschlag kam näher, und Roo duckte sich. Die Stimmen wurden lauter. »Da sind Spuren. Die sehen frisch aus.«

»Nicht so laut. Du willst sie doch nicht verscheuchen?«

Der erste Reiter kam um die Biegung, blickte jedoch über die Schulter nach hinten, während er sagte: »Wenn du mich bezahlst, kannst du mir Befehle geben, und du ...«

Roo sprang auf und stach dem Mann in den entblößten Bereich unter dem Arm. Der plötzliche Hieb ließ den Kerl erstarren, und Roo riß ihn von seinem Pferd herunter.

Das Pferd scheute und lief an Luis vorbei tiefer in die Schlucht hinein.

»Was hast du gesagt?« fragte der andere Reiter.

Roo sah am Gürtel des gefallenen Mannes einen Dolch, zog ihn heraus und warf ihn Luis zu. Mochte der noch so erschöpft und krank sein, so gelang es ihm dennoch, blitzschnell seinen eigenen Dolch zwischen die Zähne zu nehmen und den anderen zu fangen.

Luis warf die Klinge in die Luft, packte sie an der Spitze, holte bis hinters Ohr aus und ließ sie fliegen, als der zweite Reiter um die Biegung kam. »He! Ich habe dich was gefra …« Die Klinge traf den Mann in der Kehle.

Er gurgelte noch, als Roo ihn aus dem Sattel zerrte. Roo warf die Leiche neben die erste und schickte das Pferd mit einem Klaps hinter dem anderen her zu Karli, Helen und den Kindern.

Roo gab Luis ein Zeichen, und die beiden eilten zu den Familien zurück. »Sie können jeden Moment hier sein«, verkündete Roo.

»Was machen wir jetzt?« fragte Karli.

Roo deutete auf die Felsen, die vier Meter hoch waren. »Wir klettern da hoch. Dann können sie uns nicht folgen.«

Er zögerte nicht länger, sondern begann, die Felswand hinaufzusteigen. Oben angekommen, konnte er die anderen Reiter durch die Bäume sehen, wie sie sich gegenseitig Fragen zuriefen und nach den beiden Vermißten suchten. Roo winkte Willem zu, er möge hochklettern, und streckte die Hände nach unten aus, damit Helen, die größer war als Karli, ihm Helmut hochreichen konnte. Das kleinste der Kinder sah so aus, als wollte es im nächsten Moment losbrüllen, und Roo sagte: »Bitte, Kleiner, nicht jetzt.«

Während Roo seinen Sohn in die Arme schloß, begann dieser herzzerreißend zu schluchzen, als würden all die Angst, der Hunger und die Erschöpfung, die er in den letzten drei Tagen hatte erdulden müssen, sich einen Weg nach draußen bahnen. Luis drehte sich um und zog seinen Dolch, denn nur einen Augenblick später wurde Helmuts Geschrei durch die Rufe der Reiter beantwortet.

Abigail und Nataly kletterten die Felsen hoch, wobei sie von ihren Müttern geschoben wurden. Willem schaffte es ohne Hilfe. Luis blickte nach oben, der Schweiß rann ihm in die Stirn, und er sagte: »Ich schaffe es nicht.«

»Komm schon! Es ist doch nur ein kurzes Stück.«

Luis hatte eine gesunde Hand, dazu noch eine verletzte Schulter. Er langte nach oben, biß die Zähne aufeinander und zog sich hoch. Er faßte Tritt und holte tief Luft. Dann ließ er los und schob sich aufwärts, wobei er mit der guten Hand nach Halt suchte, derweil seine verkrüppelte Rechte nutzlos über den Stein glitt. Roo beugte sich vor und packte sein Handgelenk. »Ich habe dich!«

Roo spürte, wie seine Arme länger wurden, denn der größere Mann hing wie ein Toter daran. Fast außer Atem keuchte Luis: »Laß mich los! Ich schaffe es doch nicht.«

»Du wirst es schaffen, verdammt!« fluchte Roo und zog, obwohl er wußte, daß er den Mann allein nicht nach oben holen konnte.

Luis versuchte zu klettern, kam ein wenig voran, als zwei Reiter in Sicht kamen. »Da sind sie!« rief der eine.

»Laß mich los!« verlangte Luis. »Flieht!«

»Nein!« rief Roo. Zu Helen und Karli sagte er: »Bringt die Kinder unter die Bäume!«

Roo zog, und Luis trat mit den Beinen, doch die Reiter kamen mit gezogenen Schwertern näher. »Ihr Bastarde habt Mikwa und Tugon getötet. Wir werden ...«

Ein Pfeil riß ihn aus dem Sattel, und ein zweiter warf den Reiter hinter ihm ebenfalls zu Boden.

Starke Arme griffen an Roo vorbei, packten Luis' Handgelenk und zogen ihn ohne Mühe bis zur Felskante hoch. Roo drehte sich um und blickte in ein fremdartiges, doch ansehnliches Gesicht. Der Elb lächelte. »Ihr scheint mir in Schwierigkeiten, Fremder.«

»So könnte man es ausdrücken«, antwortete Roo und stützte sich keuchend auf die Ellbogen. Ein zweiter Elb trat vor und schulterte seinen Langbogen. Roo bewegte prüfend seinen Arm hin und her und sagte: »Ich weiß nicht, wieviel länger ich Luis noch hätte halten können.«

Ein Mann in schwarzem Gewand stellte sich neben den Elb,

und ein wohlvertrautes Grinsen erhellte das dunkle Gesicht. »Wenn ihr nicht die armseligsten Vögel seid, die mir je untergekommen sind, dann weiß ich es auch nicht.«

Luis grinste. »Jadow. Wie schön, dich zu sehen.« Dann wurde er ohnmächtig.

»Was ist denn mit dem los?« fragte Jadow Shati, während er sich neben seinen alten Kameraden von der Reise nach Novindus kniete.

»Die Schulter. Er wurde verletzt, und die Wunde hat sich entzündet. Blutverlust und das Übliche.«

»Wir werden uns um ihn kümmern«, bot der Elb an. »Aber zunächst sollten wir Euch und Eure Kinder hier fortschaffen.«

Roo erhob sich und stellte sich vor: »Rupert Avery.«

Der Elb erwiderte: »Ich heiße Galain. Ich bin mit Nachrichten unterwegs zu General Greylock.«

»General?« fragte Roo. »Die Dinge ändern sich.«

»Mehr, als du denkst«, meinte Jadow daraufhin. »Wir sollten ein bißchen Abstand zwischen uns und diese Reiter bringen, dann können wir uns unterhalten.«

»Wie viele seid ihr?« erkundigte sich Roo, während er hinter Jadow und Galain ging.

»Sechs Elben vom Hof der Elbenkönigin, dazu eine leichte Kompanie.«

Wie Roo wußte, bestand eine leichte Kompanie aus zehn Gruppen zu je sechs Männern. »Wo liegen die?«

»Eine halbe Meile von hier«, erklärte Jadow. »Unsere Freunde« – er deutete auf Galain – »besitzen ein bemerkenswertes Gehör und haben uns gesagt, hier drüben seien Pferde, also haben wir gedacht, wir sehen uns das mal an.« Er legte Roo die Hand auf die Schulter. »Wir sind unterwegs nach Ravensburg. Du willst nicht vielleicht mit uns kommen?«

Roo lachte. »Danke. Ein wenig Gesellschaft wäre uns ganz angenehm. Übrigens: was gibt's bei euch zu essen?«

Neun

Ravensburg

Erik strahlte wie ein Honigkuchenpferd.

Kitty flog ihm in die Arme, ließ ihm kaum Zeit, abzusteigen. »Ich hatte solche Angst, ich würde dich niemals wiedersehen«, sagte sie.

Er küßte sie und drückte sie fest an sich. »Ich auch.«

Im Hof des Gasthauses Zur Spießente wimmelte es von Soldaten, durch die sich Nathan und Freida zu ihm drängten. Freida nahm ihren Sohn in die Arme, dann schüttelte ihm Nathan die Hand. »Herzlichen Glückwunsch!« grinste der Schmied. »Hauptmann ist er geworden, und dazu noch verheiratet.«

»Warum hast du uns denn keine Nachricht zukommen lassen?« wollte Freida wissen. »Als das arme Mädchen hier eintraf, habe ich es zuerst für verrückt gehalten. Verheiratet mit meinem Jungen.« Sie warf Kitty einen zweifelnden Blick zu. »Doch mit der Zeit hat sie mir genug erzählt, um mich zu überzeugen, daß sie dich ganz gut kennt.« Dann grinste sie.

Erik errötete. »Nun, die Dinge haben sich überschlagen, und wir mußten uns sofort entscheiden.«

»Das hat sie mir auch erzählt«, meinte Freida.

»Nun kommt doch rein«, forderte Nathan sie auf. »Erik, nimm erst mal ein Bad und iß was.«

»Bestimmt«, gab Erik zurück, »doch zuerst muß ich dafür sorgen, daß die Leute die Stadt verlassen. Ihr werdet alle spätestens übermorgen früh aufbrechen müssen.«

»Die Stadt verlassen?« fragte Nathan.

Erik nickte. »Der Feind ist kaum fünf Tage hinter uns, vielleicht sogar nur noch drei, und einige seiner Kavallerieeinheiten sind womöglich noch näher. Wir werden die Stadt verteidigen, solange wir können, nachdem ihr aufgebrochen seid.«

»Und dann?« wollte Nathan weiter wissen.

Erik senkte den Blick, schämte sich fast ob der Antwort, die er geben mußte. »Wir werden die Stadt bis auf die Grundmauern niederbrennen.«

Nathan erbleichte. »Wißt ihr genau, was ihr da tut?«

»Ja«, antwortete Erik. »Wir haben auch schon Wilhelmsburg, Wolfsburg und ein halbes Dutzend anderer Städte niedergebrannt.«

Nathan fuhr sich mit der Hand durchs Gesicht. »Ich hatte nicht geglaubt, so etwas noch einmal erleben zu müssen.«

Erik erinnerte sich daran, was Nathan vor langen Jahren bei der Plünderung der Fernen Küste durchgemacht hatte. »Leider muß ich dir sagen, daß es unbedingt notwendig ist.«

Eine ausgesprochen erschöpft wirkende Gestalt in grauer Robe, die auf ihrem Pferd keine gute Figur machte, kam in den Hof geritten und hielt neben Erik. Robert d'Lyes stieg ab, wobei ihn seine zitternden Beine kaum mehr tragen wollten. O-beinig trat er zu Erik. »Kann man sich daran jemals gewöhnen?«

Erik grinste. »Mutter, Nathan, dies ist Robert. Er lernt gerade reiten.«

Nathan zuckte vor Mitleid zusammen. »Kommt herein. Ich werde einen guten Wein auftischen, um Euer Leid zu lindern.« Er gab Gunther, seinem Lehrling, ein Zeichen, er solle dem Magier das Pferd abnehmen. Der Junge rannte herbei, lächelte Erik an und blickte fragend auf das Tier des früheren Schmieds.

»Ich brauche mein Pferd noch eine Weile«, sagte Erik. »Ich komme später wieder, dann kannst du dich um die Stute kümmern.« Zu Nathan sagte er: »Die Männer werden hier und in den anderen Gasthäusern der Stadt Quartier machen, auch in der Halle der Winzer und überall sonst, wo ich Platz für sie finde. Du wirst also eine Menge Pferde beschlagen und Sattelzeug reparieren müssen. Und außer dem Schmied in unserer Kompanie bist du der einzige, der Waffen und Rüstungen reparieren kann.« Man konnte ihm sein Bedauern ansehen, als er fortfuhr: »Du wirst wohl in der nächsten Zeit nicht viel Schlaf finden.«

Nathan schüttelte den Kopf. »Kommt mit mir, Robert, ich trinke ein Glas mit Euch. Ich glaube, ich kann auch eins gebrauchen.«

Kitty küßte Erik. »Bleib nicht zu lange fort.«

Freida küßte ihn ebenfalls und flüsterte: »Sie scheint mir ein gutes Mädchen zu sein, Erik, wenn auch ab und zu ein wenig seltsam.«

Erik grinste. »Du kennst erst die halbe Wahrheit. Ich werde zum Essen zurück sein.«

Während sich seine Mutter zum Gehen wandte, fragte er noch: »Habt ihr etwas von Roo gehört?«

Sie blieb stehen. »Zwei seiner Wagen sind vorgestern hier eingetroffen. Ich glaube, die Fuhrleute sind drüben bei Gaston abgestiegen. Aber von ihm selbst haben wir nichts gehört. Wieso?«

»Er war hierher unterwegs, und die Lage … ist sehr schwierig geworden.«

Freida, die Rupert nie besonders gemocht hatte, jedoch wußte, daß ihr Sohn mit ihm befreundet war, nickte. »Ich werde ihn in meine Gebete einschließen.«

Erik lächelte. »Danke, Mutter.« Er stieg wieder auf und ritt zurück nach Ravensburg hinein, um seine Männer bei ihren Aufgaben zu beaufsichtigen und um alles für die Zerstörung jener Stadt vorzubereiten, in der er den größten Teil seines Lebens verbracht hatte.

Roo erkundigte sich: »Wie geht es dir?«

Luis antwortete: »Besser.« Er ritt neben Roo und sah tatsächlich schon viel besser aus.

Jadow drehte sich zu ihnen um. »Mann, wenn man bedenkt, daß du ihn mit diesem Umschlag fast umgebracht hast, sieht er aus wie neugeboren.«

»Ich habe eben geglaubt, Nakor hätte uns dieses Moos gezeigt.«

Die Elben hatten Roos Brei entfernt, die richtigen Kräuter für einen Wundumschlag gefunden und Luis damit versorgt.

Jadows Soldaten hatten die Tiere der Plünderer, die sie getötet hatten, mitgenommen, und so konnten nun auch Roo und die beiden Frauen reiten. Die Elben waren alle zu Fuß, zwei von ihnen führten die Pferde mit den Kindern, während Karli und Helen stets ein waches Auge auf ihre Nachkommenschaft gerichtet hatten.

Den Schauplatz des Kampfes hatten sie hinter sich gelassen und später dann ein Lager aufgeschlagen. Jadow verzichtete auf jegliche Verschanzung, da die Elben außerhalb des Lagers Wache schoben. Es erschien ihm sinnvoller, zwei Stunden länger voranzukommen, als die Verteidigung zu sichern.

Zweimal, seit sie das Lager am Morgen verlassen hatten, waren ihnen Berichte von anderen Kompanien, die sich auf dem Weg nach Süden befanden, zugetragen worden: Östlich von ihnen Truppen des Königreichs, Invasoren im Westen. So wie es aussah, zogen beide Armeeteile in die nächste Schlacht. Roo kannte die Umgebung recht gut und wußte, daß hinter Ravensburg die einzig größere Stadt Wolfsstedt war, und die Gegend um diesen Weiler herum war nicht gerade leicht zu verteidigen. Sie würden Ravensburg eine Weile halten und sich dann nach Finstermoor zurückziehen müssen.

»Wie weit ist es noch bis nach Ravensburg?« fragte Jadow Roo.

»Keine ganze Stunde mehr«, antwortete dieser.

»Gut«, meinte Luis. »Ich könnte ein Gläschen von diesem Wein vertragen, mit dem Erik immer so angegeben hat.«

»Du wirst bestimmt nicht enttäuscht werden«, versprach Roo.

Dann dachte er an die große Abteilung der Armee des Königreichs, die bereits in Ravensburg stationiert sein mußte, und fügte hinzu: »Jedenfalls, wenn sie uns noch etwas übriggelassen haben.«

Zehn Minuten später trafen sie auf das erste Lager, das auf einer sehr gut zu verteidigenden Anhöhe errichtet worden war. Sie grüßten die Wachen und konnten ohne weitere Fragen passieren.

Während sie vorankamen, sahen sie mehr und mehr Einheiten der Armee des Königreichs, die sich eingruben. »Sieht aus, als würden sie auf einer Front von zehn Meilen Breite kämpfen.«

Jadow deutete über seine Schultern zurück nach Norden. »Seit Wochen lotsen wir sie auf diesen Weg. Allerdings haben wir genug Leute zurückgelassen, damit sie uns nicht vortäuschen, sie würden hier entlangkommen, und dann nördlich von uns durchbrechen.«

Roo kannte die hiesige Gegend so gut wie jeder andere. »Selbst wenn sie hier an euch vorbeikommen«, stellte er fest, »müssen sie sich doch wieder südwärts wenden, wenn sie über das Alptraumgebirge wollen.«

»Genau so sieht unser Plan aus«, sagte Jadow.

Je näher sie Ravensburg kamen, desto hektischer wurde das Treiben. Die Straße verlief parallel zu einer niedrigen Bergkette, einer Reihe miteinander verbundener Hügel, die seit Urzeiten als Weinberge bewirtschaftet wurden.

Soldaten schnitten die großen Weinpflanzen ab, von denen manche so groß wie kleine Bäume waren, und schichteten sie zusammen mit allem anderen, was sie fanden, zu Schanzen entlang der Bergrücken auf. Obwohl Roo kein Winzer war, hatte er doch lange genug hier gelebt und wußte, welch einen Schaden diese Behandlung der Weinstöcke darstellte. Manche waren dreihundert Jahre alt, ein Verlust, der niemals zu ersetzen war. Er bemerkte, daß überall Feldarbeiter Wein schnitten, von dem sie Ableger machen wollten, wohl in der Hoffnung, eines Tages zurückzukehren und dann von vorn anzufangen. Im stillen wünschte Roo ihnen Glück.

Sie erreichten Ravensburg am Nachmittag. Roo entdeckte Erik, während dieser gerade die Errichtung einer Barrikade über die Hauptstraße beaufsichtigte. Er winkte, und Erik ritt zu ihnen herüber.

»Roo! Luis! Jadow!« grüßte Erik, und die Erleichterung stand ihm ins Gesicht geschrieben.

Galain wartete, bis die Begrüßung vorbei war, dann fragte er: »Hauptmann von Finstermoor?«

»Ja«, antwortete Erik. »Was kann ich für Euch tun?«

Galain übergab ihm einen zusammengerollten Brief. Erik las ihn und sagte: »Gut.« Er zeigte auf ein Gasthaus auf der anderen Seite des Platzes. »Wenn Ihr etwas essen wollt, geht dorthin und sagt dem Wirt, ich hätte Euch geschickt.«

»Danke«, erwiderte Galain.

Erik warf einen Blick auf Karli, Helen und die Kinder. »Wenn Ihr so freundlich wärt, die Pferde noch ein Stück weiter zu führen, wäre ich Euch sehr dankbar.« Er wandte sich an Karli: »Sag meiner Mutter, ich hätte euch geschickt und sie solle den Kindern nicht zuviel Süßes geben.«

Karli lächelte, und eine Träne der Erleichterung lief über ihre Wange, wenngleich sie sich alle Mühe gab, sie zurückzuhalten. »Danke«, sagte auch sie.

Während die beiden Frauen und die vier Kinder von den Elben davongeführt wurden, fragte Erik Luis: »Was ist denn mit deiner Schulter passiert?«

»Das ist eine lange Geschichte«, antwortete der Angesprochene. »Die werde ich dir heute abend erzählen.«

Erik nickte. Er wandte sich an Roo: »Warum begleitest du nicht deine Familie, und wir treffen uns dann später? Ich habe noch jede Menge Arbeit.«

»Offensichtlich«, meinte Roo. »Bis später.«

Sie ritten davon, und Erik nahm Jadows halbspöttischen Salut entgegen. »Bericht, Feldwebel.«

»Jawohl, Sir, Hauptmann, Sir!« antwortete Jadow grinsend.

»In Ordnung, das genügt.«

»Wie Ihr sagt, Hauptmann, Sir!«

Erik beugte sich vor. »Du wärst wohl gern wieder Korporal, Feldwebel!«

»Versprich mir nicht Dinge, die du dann doch nicht einlöst.«

Erik grinste. »Was gibt's Neues?«

»Da oben im Norden sitzt ein zäher Bastard an der Spitze der feindlichen Armee, ein Kerl namens Duko, General Duko. Immer wieder stößt er gegen den kleinen Paß zwischen Eggly und Tannerus vor. Der Graf von Pemberton und der Herzog von Yabon haben dort beide ihre Infanterie eingegraben, zusammen mit einigen cortesischen Bogenschützen, die die oberen Bergkämme halten und den Feind im Paß festsetzen. Sie sind miese kleine Bastarde und können dir mit einem Pfeil einen Zahn rausschießen. Daher greifen die meisten von Dukos Männern immer und immer wieder die Barrikaden auf der Straße an. Es ist eine blutige Scheiße, ein richtiges Gemetzel, doch davon abgesehen, sind die meisten Truppen des Feindes hierher unterwegs.«

»Hast du irgendwas von Fadawah gehört?«

»Nichts. Es scheint, als würde sich Lord Obermies in der Nähe dieser smaragdgrünen Hure herumtreiben.« Jadow kratzte sich am Kinn. »Diese Invasion ist wirklich eine richtige Scheiße, wenn du verstehst, was ich meine.«

»Ich verstehe nur allzu gut, was du meinst«, gab Erik zurück. »Hol dir was zu essen, und wenn du deine Männer untergebracht hast, ruhst du dich die Nacht über aus. Du und deine Kompanie, ihr werdet zur nächsten Stadt, Wolfsstedt, reiten und sehen, was ihr da tun könnt. Der Feind sollte dort durchkommen, also überlegt euch ein paar kleine gemeine Überraschungen, mit denen ihr ihn ein wenig aufhaltet.«

Jadow grinste. »Kleine gemeine Überraschungen sind meine Spezialität, Hauptmann.«

»Wenn du damit fertig bist, kommst du wieder hierher. Ich brauche dich, um die Kompanie an der Nordflanke zu führen.« Erik salutierte, und Jadow und seine sechzig Männer ritten davon.

Erik wandte seine Aufmerksamkeit wieder der vor ihm liegenden Arbeit zu, doch gelang es ihm nicht, seine Familie aus seinen Gedanken zu verdrängen, vor allem nicht seine junge Frau, die kaum zehn Reitminuten von ihm entfernt war.

Der Schankraum war überfüllt, daher schickte Milo, der Wirt, Roo, Karli, Helen Jacoby, Erik und Kitty in die Küche, wo sie sich um den Tisch drängten, an dem die Speisen vorbereitet wurden. Die Kinder hatten schon zu essen bekommen und waren danach ins Bett geschickt worden. Selbst ohne sie war es so eng, daß Kitty auf Eriks Knie sitzen mußte, was allerdings keinem von beiden viel auszumachen schien.

Erik aß hastig, schließlich war es seine erste warme Mahlzeit seit Tagen, noch dazu von seiner Mutter gekocht. Milo hatte einige Flaschen seines besten Weins entkorkt und schenkte ständig nach.

Robert d'Lyes teilte sich mit Gunther, Nathans Lehrling, dessen Kammer, doch Milo wußte überhaupt nicht, wohin er seine ganzen anderen Gäste stecken sollte. Freida meinte: »Die Kinder können doch unser Zimmer haben.«

»Milo hat sie nach oben verfrachtet«, sagte Nathan.

»Nicht Roos Kinder, ich meine Erik und seine Frau.«

Erik errötete, und Nathan lachte. »Ich würde ihn nicht gerade ein Kind nennen, Teuerste.«

»Er ist mein Junge, und sie ist ja wohl auch kaum mehr als ein Mädchen. Aber gleichgültig, die beiden sollen mal ein bißchen allein miteinander sein können.«

»Nun«, sagte Nathan daraufhin, »ich werde sowieso die ganze Nacht in der Schmiede zu tun haben, also mußt nur du für dich einen Platz zum Schlafen suchen.«

»Ich werde einfach eine Decke unter den Tisch hier legen und in der Küche schlafen. Morgen muß ich in aller Frühe raus, es gibt eine Menge hungriger Mäuler zu stopfen.«

Wie Erik wußte, wohnten seine Mutter und Nathan in einem kleinen Häuschen neben der Schmiede, und während dies einst nichts weiter als eine heruntergekommene Hütte dargestellt hatte, als Tyndal, Eriks erster Meister, noch der Besitzer gewesen war, hatten Nathan und Freida sich ein ordentliches und sauberes kleines Schlafzimmer darin eingerichtet.

Milo fragte: »Erik, müssen wir die Stadt wirklich verlassen?«

Erik nickte. »Übermorgen beim ersten Licht. Zwei Tage später wird hier eine Schlacht stattfinden. Wir müssen sie aus der Stadt fernhalten, während sich die nördliche und südliche Flanke zurückzieht. Dann halten sie sich hier auf, während wir weiter zurückweichen, und wenn alles nach Plan geht, werden wir sie in Finstermoor besiegen.«

Milo seufzte. »Dieses Gasthaus ist alles, was ich besitze.«

Erik nickte. »Ich habe etwas Geld gespart. Wenn dieser Krieg vorüber ist, werde ich dir helfen, es wieder aufzubauen.«

Milo schien das nicht so recht zu überzeugen.

Erik fragte: »Wie geht es eigentlich Rosalyn und dem Kleinen?«

»Gut«, berichtete Milo, und sein Gesicht hellte sich ein wenig auf. «Sie und Rudolph haben noch ein Kind bekommen, einen Sohn, den sie nach mir genannt haben!«

»Glückwunsch!« sagte Erik.

»Ich habe ihnen sagen lassen, daß du zurück bist, obwohl es ihnen kaum entgangen sein kann, bei all diesen Soldaten, die herumrennen und deinen Namen rufen. Ich weiß auch nicht, warum sie noch nicht hier sind.«

»Nun, Rudolph und seine Familie müssen doch die Bäckerei abbauen und auf Wagen verladen«, meinte Erik.

»Das stimmt allerdings. Trotzdem, ich denke, sie werden dich noch sehen wollen, bevor sie aufbrechen.«

»Ich muß ebenfalls noch mit ihnen sprechen«, sagte Erik.

Kitty küßte ihn auf die Wange. »Aber vielleicht hat das ja Zeit bis morgen.«

Erik grinste und errötete abermals. »Na gut«, flüsterte er. Dann fügte er mit einem Blick in die Runde hinzu: »Nun, ich muß morgen sehr früh aufstehen.«

Alle lachten. Erik wurde noch röter, nahm Kittys Hand und führte sie aus der Küche.

Nachdem sie gegangen waren, sagte Nathan: »Roo, du hast dich tapfer geschlagen.«

Roo blies übertrieben die Wangen auf und stieß zischend die Luft aus, um seine Erleichterung zu zeigen. »Jetzt, wo ich weiß, daß ich noch am Leben bin, würde ich sagen: ja, ich habe mich tapfer geschlagen.«

Die anderen lachten, und dann unterhielt sich einer mit dem anderen, und im Kreise der Familie rückten für den Augenblick alle Bedrohungen in weite Ferne.

Bei Tagesanbruch saß Roo auf dem Kutschbock und seine Frau neben ihm. Hinten im Wagen hockten Luis, Helen und die Kinder. Roo lächelte, als er fragte: »Sehen wir uns bald wieder?«

Erik saß auf seinem Pferd und nickte. »So bald nun auch wieder nicht, falls du schlau bist. Wenn ich Finstermoor erreiche, solltest du schon auf halbem Weg nach Malacs Kreuz sein. Außerdem, hast du nicht noch einige Häuser im Osten, um die du dich kümmern mußt?«

Roo zuckte mit den Schultern. »Ich besitze genug, um mich über Wasser zu halten, wenn wir das alles hier überstehen. Irgendwie möchte ich das, was jetzt kommt, gar nicht verpassen.«

Erik grinste. »Ich glaube aber doch.«

Roo erwiderte das Grinsen. »Du hast recht. Ich werde die Kinder an einen Ort bringen, wo sie spielen und wachsen und gedeihen können.«

Erik lachte. »Dann raus mit dir!«

Roo hatte herausgefunden, daß zwei seiner Wagen es bis nach Ravensburg geschafft hatten. Wie versprochen, hatte er den beiden Kutschern einen Jahreslohn gezahlt. Danach hatte er sie entlassen und den einen Wagen Milo und Nathan geschenkt, während er den zweiten für sich behielt.

Erik ritt zu dem hinteren Wagen. Milo und Nathan saßen auf dem Kutschbock, Kitty, Freida, Rosalyn, ihr Mann Rudolph und ihre Söhne Gerd und Milo hockten auf der Ladefläche. Erik lächelte den älteren Jungen an, der nun deutlich nach seinem richtigen Vater, Stefan von Finstermoor, kam. Der Junge saß auf dem Schoß seines Stiefvaters und fragte ihm im Plapperton eines Zweijährigen Löcher in den Bauch. Seine Mutter hielt den Säugling in den Armen. Erik wandte sich an Nathan. »Wenn ihr in Finstermoor ankommt, sucht Owen Greylock auf. Er wird eine sichere Bleibe für euch finden.«

Kitty stand auf, und Erik drängte sein Pferd nah genug an den Wagen, damit er sie in die Arme schließen konnte. Ohne ein Wort zu sagen, hielten sie einander fest, dann ließ Erik sie los.

Nathan ließ die Zügel schnalzen, und die Pferde setzten sich in Gang. Erik sah zu, wie sein ganzes Leben davonzog: seine Mutter; ihr Ehemann, ein anständiger Kerl, wie man ihn selten fand; Milo, der früher wie ein Vater für Erik gewesen war; Rosalyn, die ihm so sehr eine Schwester gewesen war, als hätte seine Mutter ihr das Leben geschenkt; und Gerd, sein Neffe, was jedoch nur wenige wußten. Und, das war das Erstaunlichste, Kitty, ein schlankes Mädchen. Bevor er ihr begegnet war, hätte er es nicht für möglich gehalten, daß ihm in seinem Leben je ein Mensch so viel bedeuten könnte.

Erik sah den Wagen hinterher, bis sie im Treiben der Stadt verschwunden waren. Die anderen Bewohner Ravensburgs waren damit beschäftigt, ihr Hab und Gut auf Wagen oder Karren zu stapeln oder es zu Bündeln zusammenzuschnallen, die sie dann auf dem eigenen Rücken forttragen würden. Überall bereitete man sich darauf vor, sein Heim zu verlassen. Alles, was für den Unterhalt der Familie wichtig war, wurde verstaut: Werkzeuge, Samen, Ableger der besten Weine, Bücher und Schriftrollen, Inventar. Rudolphs Familie hatte ihre ganze Bäckerei zerlegt und selbst die eisernen Ofentüren und -roste und Backbleche gerettet, alles von Wert, so daß nur die leeren Steinöfen und ein paar hölzerne Regale zurückblieben.

Manche Familien hatten ihre Habseligkeiten hoch auf ihre Wagen oder Karren gestapelt, andere konnten nur wenig Wertvolles mitnehmen, derweil sie über Jahre Angesammeltes, Möbel wie Kleider und andere Haushaltsgüter, der drängenden Eile wegen opfern mußten. Manche Bürger der Stadt waren längst unterwegs, trieben kleine Herden Schafe, Ziegen oder Rinder vor sich her oder trugen Hühner, Enten und Gänse in Holzkisten davon.

Soldaten eilten vorüber und nahmen Positionen ein, die schon Monate, ehe Erik hier eingetroffen war, festgelegt worden waren. Für Erik zerbrach eine Welt in Scherben, aber er unterdrückte dieses Gefühl und wandte seine Aufmerksamkeit der bevorstehenden Verteidigung seiner Heimatstadt zu.

Er überdachte die Anweisungen, die er von Greylock erhalten hatte, und dankte den Göttern, daß der General und Hauptmann Calis so gründlich gearbeitet hatten. Denn bald würde der heftigste Kampf seit dem Fall von Krondor beginnen.

Alles, was Erik in Marschall Williams Bibliothek gelesen hatte, lief letztlich auf einen Punkt hinaus: Der Krieg war immer eine ungewisse Sache, unvorhersagbar; jene, die am besten auf alle Eventualitäten vorbereitet waren und jeden Vorteil nutzen konnten, würden am wahrscheinlichsten überleben.

Und genau darum kreisten in diesen Tagen immer wieder Eriks Gedanken, ums Überleben. Nicht um den Sieg, sondern einfach darum, länger durchzuhalten als der Feind. Sollte der zuerst zugrunde gehen, dafür betete er. Und er wußte, falls ihm bei der Vorbereitung manche Einzelheiten entgingen, so lag es nicht daran, daß er nicht alle Anstrengungen unternommen hätte, deren er fähig war.

Erik wendete sein Pferd und ritt davon, um die erste Verteidigungsreihe zu inspizieren.

Die Männer gruben hektisch und bauten Schanzwerk am Paß westlich von Ravensburg. Axtschläge hallten durch den Nachmittag von den Stellen her, wo Bäume gefällt wurden. Erik wischte sich den Schweiß von der Stirn und sah zur Sonne hoch, die gnadenlos auf ihn herabbrannte. Der Gedanke an Schnee lag an einem Tag wie diesem in weiter Ferne. Dennoch wußte er, daß der Winter hier in den Bergen seiner Heimat schon in einem Monat einbrechen konnte. Allerdings sagte ihm sein Instinkt, daß es dieses Jahr vermutlich einen späten und milden Winter geben würde. Betrachtete man die Pflanzen oder das Verhalten der wilden Tiere, mochten noch acht Wochen oder mehr vergehen, bis die ersten ernstzunehmenden Schneefälle einsetzten, ja selbst drei Monate könnte es noch dauern.

Erik erinnerte sich an das Jahr – damals war er vielleicht sechs gewesen –, als den ganzen Winter lang überhaupt kein nennenswerter Schnee gefallen war; nur gelegentlich hatte es einen nassen Schneeregen gegeben, und auch der hatte nicht lange angehalten.

Erik entschied, sich nicht weiter Sorgen über das Wetter zu machen und seine Aufmerksamkeit auf jene Dinge zu richten, die er beeinflussen konnte. Zwei Reiter kamen auf ihn zu, einer von Süden, der andere von Westen.

Der Reiter von Westen her traf als erster bei ihm ein und salutierte. Er trug die Uniform der Krondorischen Einheiten, blutbefleckt und voller Dreck. »Hauptmann«, begann er, »wir sind auf eine Kompanie Saaur gestoßen. Diese grünen Bastarde haben uns auseinandergenommen, ehe wir noch in Aufstellung gehen konnten.« Er blickte über die Schulter, als würde er erwarten, der Feind könne jeden Augenblick in Sicht kommen. »Sie scheinen es ziemlich übelgenommen zu haben, was die Lanciere mit ihnen gemacht haben, und darum halten sie nach leichter Kavallerie und berittener Infanterie Ausschau, um sich zu rächen. Jedenfalls bin ich ihnen entkommen. Ich nehme an, sie werden sich mit den Vortrupps neu ordnen und morgen bei Sonnenuntergang oder übermorgen bei Sonnenaufgang hier eintreffen.«

Erik sagte: »Gut. Reite in die Stadt, iß etwas und ruh dich aus.« Er blickte sich um. »Ich glaube, in der nächsten Zeit werden wir keine Nachhut mehr brauchen, also wirst du dich morgen bei meinem ersten Feldwebel melden, einem Schleifer namens Harper.« Erik lächelte. »Er wird schon Arbeit für dich finden.«

Nachdem der erste Reiter davongeritten war, erreichte ihn der zweite und salutierte ebenfalls. Er trug die Uniform der Späher. »Wir sind unter stärkeren Druck geraten, als wir erwartet haben, Hauptmann. Ich weiß nicht, wie lange wir unseren geordneten Rückzug noch durchhalten können.«

Erik ging in Gedanken die Aufstellung der südlichen Truppen noch einmal durch. »Eigentlich solltet ihr doch nur mäßigem Druck ausgesetzt sein. Was ist geschehen?«

»Ich weiß nicht, aber der Graf von Landreth hat das Kommando übernommen.«

»Was ist mit Herzog Gregory?« Der Herzog der Marken des Südens, Statthalter des Tals der Träume, hatte für den Rückzug den Befehl über die südlichen Einheiten erhalten und sein Vorgehen mit Greylocks Verteidigung der Mitte abgestimmt. Unter seinem Kommando standen große Kräfte, da man ihm die Truppen aus den Garnisonen von Shamata und Landreth unterstellt hatte.

»Tot, Sir. Wir dachten, Ihr wüßtet das. Die Kuriere sind schon letzte Woche aufgebrochen.«

Erik fluchte. »Bei General Greylock oder mir sind sie nie angekommen.« Man war davon ausgegangen, daß die Invasoren einen großen Teil ihrer Armee gegen Kesh werfen würden, um zu verhindern, daß das Kaiserreich die Wirren der Lage ausnutzte und versuchte, sein Gebiet zu vergrößern, doch dem Bericht des Soldaten zufolge schien der südliche Flügel der Verteidigungslinie zu schnell zusammenzubrechen. Erik sagte: »Reit in die Stadt, hol dir ein frisches Pferd und etwas zu essen. Ich werde euch zwei Kompanien Bogenschützen schicken, die euch beim Rückzug helfen sollen.« Indem er sich die Karten vor Augen rief, die er auswendig gelernt hatte, fügte er hinzu: »Schlag dem Grafen vor, er solle seinen südlichen Flügel zurückziehen und auf seiner linken Seite postieren. Dann kann er sich in Pottersville verschanzen. Die Stadt muß er jedoch mindestens drei Tage halten; vier wären besser. Bis dahin werden die Kämpfe auch uns erreicht haben, und der Feind darf uns nicht in die Seite fallen. Wenn er solange durchhält, kann er entlang der Linie nordwärts ziehen, über die Straße nach Breonton. Dort angekommen, kann er Fersengeld geben und sich nach Finstermoor aufmachen, aber nicht eher.«

Der Späher nickte und lächelte müde. »Ich nehme an, es wird Euch nichts ausmachen, wenn ich diese Vorschläge als die von General Greylock ausgebe?«

Erik erwiderte das Lächeln. »Natürlich nicht. Mir würde es niemals einfallen, dem Grafen irgend etwas befehlen zu wollen.« Das Lächeln verschwand von seinem Gesicht. »Aber uns fehlt die Zeit, erst nach Finstermoor zu reiten und von Owen exakt die gleichen Anweisungen einzuholen. Falls der Graf also fragt, sag ihm, es wären die Befehle des Generals. Ich werde für alle Probleme geradestehen, die sich aus dieser Notlüge ergeben könnten.«

Der Späher nickte. »Hauptmann, wenn wir erst alle in Finstermoor sind, werden wir ein ziemlich gemischtes Kommando haben; und vielen der Adligen wird es nicht gefallen, sich Befehle erteilen zu lassen.«

Erik lächelte. »Nun, genau aus diesem Grund hat Prinz Patrick sich dort eingefunden.«

»Der Prinz hält sich in Finstermoor auf?«

»Das habe ich jedenfalls gehört. Und jetzt iß etwas, und dann reitest du zurück zum Grafen von Landreth.«

Der Späher salutierte und machte sich auf. Erik beobachtete, wie man die gefällten Bäume herüberschleppte, um die Königsstraße zu befestigen. Die Stellung wurde von zwei hohen Bergrücken gesäumt, und unter Eriks Augen wurden nun mit Maultieren Katapulte über Ziegenpfade in die Geschützstände gebracht, die man von Hand aus dem Fels geschlagen hatte. Wenn der Feind über die Straße herandrängte, würde er große Verluste erleiden.

Erik nickte beifällig. Er würde noch mehr Zugtiere hinausschicken, die die Baumstämme fortschleppten, zudem würde er die Männer arbeiten lassen, bis dort der letzte Baum gefällt war. Der Feind würde auf seinem Anmarsch auf Ravensburg keinerlei Deckung finden, jedenfalls, wenn es nach Erik von Finstermoor ginge.

Zweimal hatten sich die feindlichen Plänkler den Verteidigungsstellungen von Ravensburg genähert, waren jedoch stets im letzten Augenblick nach Westen abgezogen. Erik hatte sich auf dem zweiten Bergkamm an der Straße des Königs postiert, wo er hoch genug stand, um das Zentrum des Schlachtfeldes zu überblicken, und gleichzeitig dicht genug an der Front war, um schnell Befehle übermitteln zu lassen.

Vor einer Stunde war die Nachricht eingetroffen, daß sowohl am südlichen als auch am nördlichen Ende der zehn Meilen langen Verteidigungslinie heftige Kämpfe aufgeflammt waren. Dies waren die gefährlichsten Schwachstellen, denn alles hing davon ab, ob sie halten und so den Feind auf den vorbereiteten Weg in die Mitte drängen würden, wo Erik ihn bluten lassen konnte.

Wenn er schließlich den Befehl zum Rückzug gab, würden die nördlichen und südlichen Einheiten, soweit möglich, die Kampfhandlungen beenden und sich auf den Eilmarsch nach Finstermoor machen. Erik würde versuchen, einen weiteren Tag herauszuschlagen, dann würde sich die gesamte Truppe zurückziehen, und zwar ohne weitere Rückzugsgeplänkel. Owen und Erik hatten Calis' ursprünglichen Plan noch einmal überdacht und entsprechend angepaßt; Calis hatte Rückzugsgefechte gewollt, um den Feind weiter zu verlangsamen. Erik hatte Owen jedoch davon überzeugt, daß der Feind inzwischen an solche Rückzugsgeplänkel in der Mitte gewöhnt war und aus diesem Grund mit großer Vorsicht voranziehen würde, nachdem die Verteidiger Ravensburg verlassen hatten. Dadurch würde Erik jene Zeit gewinnen, die er brauchte, um so viele Männer wie möglich herauszubringen. Und einer Sache war sich Erik gewiß: jeder Mann, der nicht in Rückzugsgefechten fiel, würde sich bei der Verteidigung Finstermoors als doppelt wertvoll erweisen.

Jetzt warteten sie ab. Schwerter, Speere und Pfeile wurden geschärft, Fallen wurden aufgestellt, die Pferde ruhten sich aus. Die Männer saßen schweigend herum, manche überprüften Rüstung und Waffen wieder und wieder, damit sie auf keinen Fall auch nur den kleinsten Fehler übersahen, der möglicherweise tödliche Folgen nach sich ziehen konnte. Andere saßen reglos da und warteten, einige schliefen, und noch andere beteten Tith-Onanka um Mut für die Schlacht an oder machten ihren Frieden mit der Göttin des Todes, vor der sie ja vielleicht bald stehen würden.

Erik beobachtete das alles, ging ein ums andere Mal durch, ob alle Vorbereitungen zufriedenstellend getroffen worden waren, und suchte nach Fehlern, Fehleinschätzungen und möglichen Schwierigkeiten. Die Signalgeber standen mit ihren Flaggen neben ihm bereit, um jederzeit seine Befehle an die Einheiten auf den Bergkämmen im Norden und Süden zu übermitteln.

Das Gebiet, das sie als Schlachtfeld ausgewählt hatten, war ein kleines, flaches Stück Land, welches wie ein Trichter von den Bergen entlang der Königsstraße begrenzt wurde, und die erste Verteidigungslinie lag auf jenen niedrigen Hügeln, die die Straße durchschnitt. An der Stelle hatte Erik die erste Barrikade errichten lassen. Eine Schanze aus Baumstämmen sicherte die Straße. Der Feind würde vielleicht versuchen, die Felshänge zu beiden Seiten zu erklettern, doch für diesen Fall zählte Erik auf seine Bogenschützen.

Die Barrikade war so gebaut worden, daß sie von außen den Anschein erweckte, wahllos und in großer Eile errichtet worden zu sein, dieser Eindruck trog. Erik hoffte, der Feind würde die Möglichkeiten der Verteidiger, den großen Ansturm abzuwehren, unterschätzen.

Der Tag zog sich langsam dahin. Dann hörte man schließlich von der anderen Seite der freien Fläche den Hufschlag der feindlichen Pferde. Ein Dutzend Reiter erschien auf dem höchsten Punkt der Königsstraße, der letzten Erhebung vor dem freigeräumten Schlachtfeld. Sie zügelten die Pferde und betrachteten still die Verteidigungsanlagen. Dann sagte ein Mann, der wohl der Anführer war, etwas, und zwei der Reiter ritten zurück. Daraufhin zeigte der Anführer auf die Barrikade der Verteidiger, und zwei seiner Leute trieben ihre Tiere im Kantergalopp voran.

Erik sagte: »Befehl ausgeben; falls sie sich der Barrikade mehr als zwanzig Meter nähern, werden sie getötet. Wenn sie jenseits davon bleiben, können sie soviel herumreiten, wie sie wollen.« Entlang der Barrikade war ein schmaler Graben angelegt worden, den man mit großer Mühe getarnt hatte. Erik wollte nicht, daß die feindlichen Kundschafter diesen nun ausspähten, doch er hatte nichts dagegen, wenn sie zurückritten und ihren Anführern erzählten, der Weg wäre frei.

Der Bote salutierte und lief zur Barrikade los, wo er die Befehle weiterleitete. Knapp innerhalb Reichweite der feindlichen Bögen schwenkten die beiden Reiter von der Straße ab und schlugen rasch einen Bogen, wobei sie erwarteten, von den Verteidigern beschossen zu werden. Als jedoch nicht ein einziger Pfeil auf sie niederging, hielten sie auf der Straße an und blickten zurück zu ihrem Anführer. Der Mann gab ihnen ein Zeichen, und einer der Reiter winkte zur Antwort.

Die beiden verließen die Straße des Königs und trabten langsam auf dem Grassaum vorwärts.

»Die Kerle suchen nach Fallen«, hörte Erik Feldwebel Harper sagen. »Nicht dumm.«

Erik hatte nicht bemerkt, daß sich Harper zu ihm gesellt hatte, so sehr galt seine ganze Aufmerksamkeit den Reitern. »Alles bereit?« fragte er.

Harper erwiderte: »Schon seit Stunden. Was sollen wir mit den beiden machen?«

»Nichts. Mögen sie glauben, wir würden unsere Pfeile für die erste Angriffswelle aufsparen.«

»Und wenn sie zu nah an unseren Graben kommen?«

»Dann sind sie des Todes. Den entsprechenden Befehl habe ich schon ausgegeben.«

Harper nickte zustimmend. »Es ist gut, daß wir mal ein bißchen innehalten und die Bastarde bluten lassen. Diese ganzen Rückzüge machen einen ganz müde.«

»Ich glaube, nichts an dem, was hier stattfindet, kann man ›gut‹ nennen, Feldwebel.«

»Na ja, genau das habe ich doch gemeint, Hauptmann; ich hab's nur anders ausgedrückt.«

Erik schüttelte den Kopf und grinste. »Nun, wenn Ihr so erpicht darauf seid, Köpfe abzuschlagen, sollte ich Euch vielleicht in die vorderste Reihe stellen.«

»Also, wir wollen doch nichts überstürzen«, meinte Harper

daraufhin rasch. »Ich vermute, es wird heute noch genug Gelegenheit zum Kämpfen geben.«

»Das vermute ich allerdings auch«, stimmte Erik zu.

Die Späher näherten sich entlang der Straße, und als sie nur noch einige Meter von der Linie entfernt waren, hinter der sie auf Eriks Befehl getötet werden sollten, wendeten sie die Pferde und ritten eilig zu ihrem Anführer zurück. Dort verharrte die Vorhut regungslos und wartete auf die Kolonne, die die Straße herunterkommen würde.

Der größte Teil des Tages war vergangen, als von Westen her der dröhnende Gleichschritt marschierender Truppen herüberhallte. Zunächst noch leise, wurde das Getrampel lauter und lauter, bis Harper schließlich meinte: »Hört sich an, als würden sie uns diesmal alles entgegenwerfen, Hauptmann.«

»In der Tat«, erwiderte Erik.

Am anderen Ende der Straße, wo die Reiter warteten, befand sich zu beiden Seiten der Königsstraße dichter Wald. Das Getrampel der anmarschierenden Armee wurde lauter, doch kein einziger Soldat war zu sehen.

Dann plötzlich traten Männer in einer Linie aus dem Wald, Schilde, Kriegsäxte, Schwerter, Spere und Bögen in den Händen. Sie marschierten weiter, bis sie die Mitte zwischen Bäumen und den Verteidigern erreicht hatten, dann kamen sie zum Stillstand.

»Was haben wir denn da?« fragte Harper leise.

»Scheint, als hätten sie das eine oder andere dazugelernt, seit sie gelandet sind«, stellte Erik fest. »Wenn sie die Infanterie vorschicken, sind einige unserer Vorteile dahin.«

Seit der Zeit, als Calis' Kompanie unter der Smaragdkönigin gedient hatte, bestand die Taktik der Invasoren gewöhnlich darin, die Kavallerie auf jegliche Verteidigungsstellungen stürmen zu lassen. Die Infanterie beschränkte sich auf Belagerungen und darauf, sich auf Breschen in den Verteidigungslinien des Feindes zu stürzen.

Erik fluchte. »Ich dachte, wir würden allein einen Tag dadurch gewinnen, daß wir ihre Kavallerie abschlachten können.«

Harper meinte: »Gebt die Hoffnung nicht auf, Hauptmann. Kann immer noch sein, daß sie irgend etwas Unüberlegtes tun.«

Eine Reiterkolonne ritt über den fernen Hügel und zog zur Straße, wo sie kurz vor der Infanterie anhielt. Dort wartete sie. Offiziere kamen angeritten und nahmen vor ihren Männern Stellung ein. Noch immer marschierten sie nicht weiter vor.

»Wenn die Reiter über die Straße vorpreschen, während die Infanterie über den freien Grund vorrückt, könnte es recht interessant werden«, bemerkte Harper.

Erik erwiderte nichts darauf.

Weitere Reiter erschienen auf dem Hügel, dann ertönte ein Trompetensignal, drei kurze Stöße. Mit Gebrüll stürmte das Fußvolk über das Feld. »Signal an die Katapulte«, sagte Erik. Er hob die Hand, und der Signalgeber wiederholte die Geste mit einer roten Flagge.

Erik beobachtete, wie die Angreifer auf seine Stellungen zurannten. Er hatte das Gelände so gut studiert, daß er die Entfernungen ohne Markierungen abschätzen konnte. Als die vorderste Linie der Angreifer in Reichweite der Katapulte kam, zögerte er noch kurz, dann ließ er die Hand sinken. Die Flagge folgte einen Augenblick später, und schon schickten die gutgetarnten Kriegsmaschinen auf dem zweiten Bergkamm ihre Last los.

Ein Hagel von Steinen, manche so groß wie Fäuste, manche so groß wie Melonen, senkte sich auf die Angreifer. Männer brüllten und stürzten, tot oder mit gebrochenen Knochen. Jene hinter ihnen konnten nicht anhalten, und so wurden etliche der Verwundeten von ihren eigenen Kameraden zu Tode getrampelt.

Als wären die Steine das Signal gewesen, jagte die Kavallerie über die Königsstraße voran. »Sie wollen hier sein, ehe die Katapulte neu geladen sind«, sagte Harper.

»Schwarze Flagge!« rief Erik und hob wieder die Hand. Eine

zweite Flagge ging nach oben, und als die angreifenden Reiter die richtige Entfernung erreicht hatten, zog Erik die Hand herunter. Die schwarze Flagge kam ebenfalls herunter, und erneut hagelte es Geschosse. Pferde wieherten und Männer wurden abgeworfen, als die zweite Katapultkompanie ihren tödlichen Regen auf die Invasoren abfeuerte.

»Grüne Flagge!« befahl Erik, und die dritte Flagge ging hoch. Als sie niederging, wurden zwei ganz besondere Katapulte ausgelöst, Mangen, wie man sie nannte, große, mit Gegengewichten versehene Holzbalken, die aus ihrem Korb Metallsterne mit sechs scharfen Spitzen verschossen. Jene, die nicht gleich einen Angreifer trafen, blieben mit einer Spitze nach oben in der Erde stecken. Auf diese widerlichen Spitzen traten dann Pferde wie Männer – die Pferde lahmten, die Männer stürzten.

Als sich die Angreifer durch das Gewühl der Verwundeten in den vorderen Reihen gedrängt hatten, waren die Kriegsmaschinen wieder geladen und wurden erneut abgefeuert. Und als sich die grüne Flagge schließlich zum dritten Mal senkte, war die Front der Angreifer aufgebrochen und befand sich in ungeordnetem Rückzug.

Hunderte Männer und Pferde lagen tot am Boden, während die Abendsonne die Szene beschien. Nicht ein einziger Soldat des Königreichs war verletzt worden. Erik wandte sich an den grinsenden Harper. »Die Außenkompanien sollen ausschwärmen und nach Eindringlingen suchen. Der Feind wird versuchen, die Katapulte unbrauchbar zu machen, deshalb erwarte ich heute nacht eine Menge unerwünschter Besucher in den Hügeln.«

Harper erwiderte: »Sir!« und ging los, um den Befehl auszuführen.

Erik beobachtete den Rückzug. Heute waren seine Männer so gut davongekommen, wie es nur möglich war. Doch er wußte, daß die Dinge von morgen an um einiges schwerer werden konnten.

Sterbende Männer stöhnten vor Schmerz, bettelten um Wasser oder heulten. Manche riefen nach den Göttern, nach ihren Müttern oder Frauen, während andere nicht mehr in der Lage waren zu sprechen. Erik betrachtete das Blutbad, derweil im Westen die Sonne hinter den Bergen unterging.

Was seine Voraussage betraf, daß die Invasoren nicht eher wieder angreifen würden, bis sie zumindest versucht hätten, die Katapulte der Verteidiger auszuschalten, hatte er recht behalten. Gruppen von Eindringlingen waren die ganze Nacht gegen die vermeintlichen Schwachstellen vorgegangen, wo sie jedoch stets auf den Widerstand der Verteidiger gestoßen waren. Jadows Männer waren im Norden von Bresche zu Bresche gejagt, um den Bedrängten zu helfen, eine zweite Kompanie unter dem Befehl eines Korporal Wallis hatte diese Aufgabe im Süden übernommen.

In der Morgendämmerung war deutlich geworden, daß die Angreifer den Versuch, eine Schwachstelle zu finden, aufgegeben und nun entschieden hatten, ihre Männer schlicht gegen die Verteidiger zu werfen. Viermal an diesem Tag beobachtete Erik, wie Tausende von Invasoren über das Schlachtfeld rannten, das er bei sich den »Trichter« nannte, nur um im verheerenden Geschoßhagel der Verteidiger zu fallen.

Harper fragte: »Werden sie denn nicht um Waffenstillstand bitten, um die Verwundeten zu bergen?«

Erik antwortete: »Nein. Das ist nicht ihre Art. Ihre Verwundeten machen sie nur langsamer.«

»Das ist allerdings bitter. Demnach werden wir in der Zukunft auch keine Gelegenheit bekommen, unsere Jungs zu bergen?«

»Ja«, bestätigte Erik. »Ich kann Euch nur einen Rat geben, falls Ihr verwundet werdet: Tut so, als wärt Ihr tot, und hofft, daß sie sich nicht die Zeit nehmen, das zu überprüfen. Und dann krabbelt davon, wenn sie abgezogen sind.«

»Ich werde mir das merken, Sir.«

Drei Kompanien der Angreifer hatten im letzten Vorstoß die

Barrikade erreicht, und obwohl keiner seiner Männer bei der Verteidigung gefallen war, hatten doch einige Verletzungen davongetragen.

Die Angreifer hatten auf die harte Tour Bekanntschaft mit Eriks Fallen gemacht. Die Gruben mit angespitzten Pfählen und der schlau verborgene Graben vor der Barrikade hatte Hunderte von feindlichen Soldaten das Leben gekostet, doch nun waren sie alle markiert. Erik warf einen Blick zur Sonne und dachte, daß vor Sonnenuntergang vielleicht noch ein weiterer Angriff erfolgen würde. Er betete jedoch darum, daß dies nicht der Fall sein würde. Denn er hatte geplant, sich im Schutze der Nacht zur zweiten Verteidigungslinie zurückzuziehen, einer weiteren, wohlplazierten Barrikade, von der aus die Bogenschützen freies Schußfeld auf die Angreifer hatten, während diese über die erste Barrikade kletterten. Auf den fünfzig Metern offenen Grunds bis zur zweiten Barrikade wären sie seinen Schützen ohne Deckung ausgesetzt. Und den morgigen Tag noch an der zweiten Barrikade, dann mußten die Flüchtlinge aus Ravensburg inzwischen Finstermoor erreicht haben und in Sicherheit sein.

Patrouillen ritten die östlichen Hänge der Berge ab und überprüften, ob nicht kleinere Kompanien von Angreifern durchgeschlüpft waren, um den Verteidigern von hinten in den Rücken zu fallen. Doch vor allem fürchtete Erik, daß die Angreifer noch eine Überraschung parat hatten, die all seine schlauen Pläne zunichte machen würde.

Trompeten erschollen, und Erik fluchte: »Verdammt! Ich hatte gehofft, sie würden uns endlich eine Pause gönnen.«

»Nicht sehr wahrscheinlich, Sir!« meinte Harper, zog das Schwert, ein langes Ding, das man mit beiden Händen halten mußte, welches er jedoch Kurzschwert und Schild vorzog.

Zwischen den Bäumen auf der anderen Seite des Feldes rannten Männer hervor und spornten sich mit Gebrüll gegenseitig an, bis zur Verteidigungslinie vorzustoßen und sie zu durchbrechen.

Erik ließ Signale geben, und die Katapulte und Mangen warfen ihre tödliche Last auf die Angreifer. Sodann ließen die Bogenschützen ihre Waffen singen. Doch diesmal wälzte sich der Angriff voran.

Als die ersten Männer die Barrikade erreichten und in dem Versuch, sie zu erklettern, fielen, sah Erik, daß mehr und mehr Soldaten aus den Bäumen kamen und in den Trichter marschierten. Wer immer auf der gegnerischen Seite das Kommando hatte, er warf all seine Truppen ins Feld. Erik zog ebenfalls das Schwert. »Feldwebel, die Reservekompanien sollen sich bereithalten. Sie sollen sich direkt hinter unseren Männern auf der Barrikade postieren.«

»Sir!« rief Harper und begann, die Befehle auszugeben.

Jede der Reservekompanien bestand aus drei Schwadronen, also insgesamt hundertachtzig Mann, die unter dem Befehl eines Feldwebels standen, dessen Aufgabe es war, jegliche Bresche sofort aufzuspüren und auszufüllen. Der Bereich zwischen den beiden Barrikaden wäre wertlos, wenn sich dort Angreifer mit Verteidigern vermischten; die Bogenschützen oben auf den Felsen und auf der zweiten Barrikade konnten dann nicht in Ruhe schießen, ohne die eigenen Leute zu gefährden.

Erik entdeckte einen federbesetzten Helm, einen Hauptmann der Armee der Smaragdkönigin. Der Mann versuchte, sich an einem entschlossenen Angreifer, der einen der Verteidiger bezwungen hatte, vorbeizudrängen. Erik wollte den Bogenschützen schon Befehl geben, auf den Offizier zu schießen, doch oben auf dem Hügel hatte ihn bereits jemand gesehen und schickte einen Pfeil los, ehe Erik noch ein Wort sagen konnte.

Entlang der Barrikade tobte die Schlacht, und niedergeschlagen stand Erik auf dem hinteren Hügel, das Schwert in der Hand; er wußte, daß alle Vorteile verloren wären, wenn er erst selbst kämpfen müßte. Er dachte daran, daß er nunmehr ein Offizier war und den Befehl über die gesamten Truppen hatte, daher schob er das Schwert in die Scheide zurück und fügte sich in seine Rolle als Beobachter.

Als die Sonne hinterm Horizont verschwand, war die Schlacht an der Barrikade noch immer nicht entschieden. Die Verstärkung der Angreifer schwärmte durch den Trichter, um die Gefallenen zu ersetzen. Von beiden Flanken trafen Nachrichten ein; die Kämpfe waren dort gleichermaßen heftig, doch alle Stellungen hielten.

Dann schließlich wurde der Himmel im Westen dunkel, und Erik erwartete das Signal zum Rückzug. Es kam nicht. Während es dunkler und dunkler wurde, ließen sich im Westen Fackeln erkennen, und Soldaten trugen diese herüber, um die Kämpfe in der Dunkelheit fortzusetzen.

»Verdammt«, fluchte Harper, »die wollen gar nicht mehr abhauen.«

»Offensichtlich nicht«, antwortete Erik. Jetzt würde er eine Entscheidung treffen müssen; wenn er mit dem Rückzug begann, dann verlor er die Möglichkeit, diesen über den Bereich zwischen den beiden Barrikaden zu decken, würde aber die meisten seiner Männer zur zweiten Barrikade bringen können. Diese würde die Nacht durchhalten. Oder er setzte die Kämpfe fort und versuchte standzuhalten, bis sich der Angreifer zurückzog. Falls sie dabei siegreich waren, würde es ein großer Erfolg sein, denn dann könnte er den Feind noch einige Zeit hier in Ravensburg festsetzen. Doch falls die Verteidigungslinie zusammenbrach und die Invasoren die zweite Barrikade überrannten, bevor sich die Truppen des Königreichs zurückgezogen hatten, konnte das zu einer Katastrophe für sie werden.

Erik zögerte. Zum ersten Mal, seit er nach Ravensburg zurückgekehrt war, verfluchte er Calis, weil dieser jetzt nicht bei ihm war. Er oder Greylock hätten diese Entscheidung treffen sollen, nicht ein junger Soldat, der solcherlei Situationen nur aus Büchern kannte.

Harper hatte das Schwert bereits gezogen. «Was machen wir nun, Sir?«

Erik schwirrte der Kopf. Er brauchte eine Inspiration, eine Möglichkeit, wie er seine Männer bei Sonnenaufgang zur zweiten Barrikade zurückziehen konnte, ohne daß der Feind ihnen sogleich folgte.

Harper sagte: »Vielleicht stolpern diese Kerle mit ihren Fackeln ja über etwas und stecken sich selbst in Brand.«

Erik riß die Augen auf. »Harper, Ihr seid ein Genie!«

»Ich weiß, Sir, aber das hilft uns im Moment auch nicht weiter.«

»Greift an«, erklärte Erik. »Bringt jeden Mann, den wir haben, auf die Barrikade und haltet sie bis Sonnenaufgang.«

»Sehr wohl, Sir.« Harper drehte sich um und begann, Befehle zu brüllen, und die Reserve sprang plötzlich über die zweite Barrikade nach vorn, um die erste zu verstärken.

»Jetzt wird alles gut«, meinte Erik.

»Wenn Ihr das sagt, Sir«, gab Harper zurück. »Bleiben wir hier stehen oder kämpfen wir mit?«

Erik zog das Schwert. »Wir kämpfen.« Die beiden Männer stürmten nach vorn.

Zehn

Rückzug

Erik brüllte.

Es war ein sinnloses Geschrei, entstanden aus Schmerz und Erschöpfung, und es diente allein dem Zweck, seine Wut herauszubringen, damit er den Kampf fortsetzen konnte. Es war ein animalisches Gebrüll, ohne jeden Sinn. Ein Gebrüll, wie es im Laufe der Nacht von Tausenden herausgeschrien worden war.

Zum ersten Mal seit dem Fall von Krondor stand das Hauptelement der Armee der Invasoren gegen das Königreich in der Schlacht. Die ganze Nacht hindurch war Angriffswelle auf Angriffswelle gefolgt.

Als sich im Osten die ersten Vorboten der Dämmerung andeuteten, als sich der Himmel von seiner Grabesschwärze in mattes Grau verwandelte, schien der Kampf um ein Dutzend Meter Grund seit Ewigkeiten anzudauern. Auf beiden Seiten der Barrikaden stapelten sich die Toten, und Erik und Harper standen wie Felsen in der Brandung.

Dreimal hatten sie in dieser Nacht etwas Ruhe gefunden; dann waren ihnen die Eimer mit Wasser gebracht worden, und die Jungen aus der Gepäckkompanie hatten die Verwundeten, Sterbenden und Toten fortgebracht. Doch der größte Teil der Nacht war mit greulicher Metzelei ausgefüllt gewesen, einem Schwertkampf, bei dem man keine besonderen Fertigkeiten brauchte, sondern nur schlicht die Klinge heben und senken mußte, genauso wie damals, als Erik noch Stahl geschmiedet hatte. Doch dieses Meer von Fleisch, diese nichtendenwollende Flut von Leibern, die sich willig durchbohren und niederschlagen ließen, hielt nicht inne.

In einem Augenblick der Klarheit, als er gerade wieder einen Mann, der die Barrikade erklimmen wollte, niedergemacht hatte, sah Erik nach hinten. In weniger als zwei Stunden würde es hell sein. Er keuchte Harper zu: »Haltet mal ein paar Minuten lang für mich die Stellung.«

Harper grunzte nur zur Erwiderung, während Erik sich aus dem Kampfgeschehen zurückzog. Er taumelte ein paar Schritte, als seine Beine unter ihm wegrutschten. Er kam wieder hoch und bemerkte, daß er über das Bein eines Mannes gestolpert war. Wo sich der Rest des Mannes befand, konnte Erik nicht erkennen.

Er war dankbar dafür, daß es noch so dunkel war. Wenn die Sonne erst einmal aufgegangen war, würde sich ein unglaubliches Blutbad vor ihm erstrecken. Das schlimmste Schlachthaus des Königreichs würde im Vergleich zu dem, was diese beiden Armeen hier in der letzten Nacht angerichtet hatten, wie das Nähzimmer einer Gräfin erscheinen.

Ein Botenjunge wartete neben einem Eimer mit Wasser. Erik fiel auf die Knie, hob den Eimer und schüttete sich mit offenem Mund das Naß übers Gesicht. Das Wasser rann ihm die staubtrockene Kehle hinunter und erfüllte ihn mit neuem Leben. Als er seinen Durst gelöscht hatte, sagte er dem Jungen: »Lauf nach hinten und suche Leutnant Hammond. Kennst du ihn?«

Der Junge nickte.

»Er ist bei der Reservekompanie. Sag ihm, ich würde ihn jetzt brauchen. Und er soll Fackeln mitbringen. Und Öl, falls es welches gibt.«

Erik erhob sich auf die Beine, die so schwer waren, daß er sie kaum noch hochbekam, doch als er wieder an Harpers Seite war, trieben ihn Instinkt und langjährige Ausbildung abermals nach vorn, ließen in ihm das Feuer des Kampfes auflodern, den Willen, den Feind zu töten und zu überleben.

Die Zeit schien stillzustehen, Schwerthieb folgte auf Schwerthieb und immer so fort. Irgendwann im Laufe der Nacht hatte

Erik seinen Schild verloren, jetzt hielt er sein Schwert mit beiden Händen, so wie Harper, der mit weiten Schwüngen zuschlug. Jene, die sich unter dem langen Schwert ducken wollten, bekamen einen Tritt ins Gesicht, oder Harper zog das Schwert nach unten und zermalmte Rückgrate, schlug Köpfe ab.

Plötzlich hörte Erik von hinten einen Ruf: »Hammond, Sir. Was gibt es für Befehle?«

Erik blickte über die Schulter, und das hätte ihn fast das Leben gekostet. Nur aus den Augenwinkeln sah er die Schwertspitze, die auf seine Seite gerichtet war, und er konnte ihr im letzten Moment noch ausweichen. Er schlug mit dem Schwert zu, spürte, wie die Klinge auf Widerstand traf und hörte zugleich, wie Knochen krachend barsten. Ein Mann schrie. Erik zog sich aus dem Kampfgeschehen zurück und wandte sich an Hammond: »Habt Ihr Öl mitgebracht?«

»Wir haben nur noch ein Dutzend kleine Fässer.«

»Steckt die Barrikade in Brand!» befahl er und richtete die nächsten Worte an Feldwebel Harper. »Sobald das Feuer in Gang ist, zieht sich die gesamte Truppe zurück.«

»Sir«, antwortete Harper und schlitzte im selben Moment einem Mann die Brust auf, so daß Erik die weißen Knochen durchschimmern sah.

Erik roch das Öl, welches die Männer am Fundament der Barrikade vergossen. Schließlich fragte Leutnant Hammond: »Bereit?«

»Ja!« rief Erik, während er einen weiteren Mann tötete.

Harper bellte über den Schlachtenlärm: »Rückzug!«

Trompeter bliesen zum Rückzug, und während Erik und alle anderen von der Barrikade fortrannten, wurden Dutzende von Fackeln ins Holz gesteckt. Die wenigen Invasoren, die gerade in diesem Moment die Barrikade erklommen, verbrannten entweder in den Flammen, oder sie landeten auf der falschen Seite des Feuers und wurden von den Soldaten des Königs niedergemacht.

Halb taumelnd, halb rennend, brachten die Verteidiger den Weg zur zweiten Barrikade hinter sich. Dort warteten Wasser und Essen auf sie. Diejenigen, die noch dazu in der Lage waren, aßen und tranken, während sich andere, die für jede weitere Bewegung zu müde waren, einfach an Ort und Stelle fallen ließen. Einige Männer verloren wegen der hinter ihnen liegenden Anstrengungen das Bewußtsein, während andere die Augen schlossen und die Gelegenheit zum Schlaf ausnutzten, und mochte es nur für ein paar Augenblicke sein.

Einige der Männer begaben sich sofort zu ihren Stellungen entlang der Barrikade, falls es dem Feind gelingen sollte, ihnen auf dem Fuße zu folgen, doch als die Flammen auf der ersten Barrikade aufloderten, war abzusehen, daß zumindest in der nächsten Stunde niemand dort durchkommen würde. Harper sagte: »Ihr seid ein verrückter Hund, Hauptmann, aber die Idee war verdammt gut.«

Erik saß mit dem Rücken an die Barrikade gelehnt. Er hatte gerade die dritte Kelle Wasser getrunken und nahm nun ein feuchtes Tuch entgegen, mit dem er sich Dreck, Schweiß und Blut von Gesicht und Händen wischte. »Danke, Feldwebel. Das gibt uns eine Stunde Ruhe, und außerdem können wir sie jetzt in dem Bereich zwischen den Barrikaden abschießen.« Er blickte nach Osten, wo bald die Sonne über die Berge steigen würde. »Wenn wir sie hier noch heute und die Nacht durch festhalten können, sollten wir es mit den meisten Männern sicher nach Finstermoor schaffen.« Er erhob sich und rief nach einem Boten.

»Such einen zweiten Boten«, befahl Erik dem jungen Mann. »Der Norden und der Süden sollen benachrichtigt werden, daß der Rückzug bevorsteht. Sag den beiden Kommandeuren an den Flanken, wenn sie sehen, daß sich der Feind in die Mitte rührt, sollen sie so tun, als würden sie einen Gegenangriff starten, und dann, sobald der Feind sich bewegt, in größter Eile nach Ravensburg aufbrechen.«

Der Bote lief los.

Erik ließ sich wieder an die Barrikade sinken. »Ich muß ein wenig schlafen.«

»Eine Stunde solltet Ihr jetzt haben«, meinte Harper mit einem Blick auf das Feuer. Als keine Antwort kam, wandte er sich wieder Erik zu; der hatte die Augen bereits geschlossen.

»Das ist eine hervorragende Idee, Sir«, sagte Harper und schnappte sich einen Reservesoldaten am Ärmel. »Ich werde mir eine Mütze voll Schlaf genehmigen, also sei so gut und halt ein Auge auf die Lage, ja?« Ohne die Antwort abzuwarten, ließ sich Harper neben Erik nieder und schlief schon, ehe sein Kinn die Brust berührt hatte. Überall entlang der Front versuchten die Männer, die die ganze Nacht durchgekämpft hatten, ein wenig Ruhe zu finden, während die Reserve die brennende Barrikade vor ihnen bewachte.

Pug stöhnte. Miranda verlangte: »Halt still!«

Er lag auf einem Tisch, der mit einem frischen weißen Tuch bedeckt war, während sie seinen Rücken massierte. »Benimm dich nicht wie ein Kleinkind«, schimpfte sie.

»Es tut aber weh«, hielt Pug dagegen.

»Natürlich tut es weh«, antwortete sie. »Du wirst von einem Dämon fast zu Asche verbrannt, und sobald du wieder aufstehen kannst, suchst du dir den nächsten Dämon, mit dem du dich anlegen kannst.«

»Eigentlich waren es sieben«, verbesserte Pug sie.

Sie saß rittlings auf seinem Rücken und massierte ihn. »Nun, einen hast du dir ja noch aufbewahrt, aber den wirst du dir erst vornehmen, wenn du wieder in Form bist.«

»Wir haben nicht mehr soviel Zeit«, erwiderte Pug.

»Tomas sollte bald in Sethanon eintreffen, und solange es nicht weitere Überraschungen gibt, sollte er mit diesem Jakan fertig werden.«

»Ich weiß es nicht«, meinte Pug. »Nach dem wenigen, was ich aus dem Kampf deines Vaters gegen Maarg und aus meinem eigenen gegen Jakan gelernt habe, sollten wir besser alle in Sethanon sein, wenn der Dämon dort eintrifft.«

Miranda stieg von seinem Rücken, und Pug bewunderte ihre langen Beine, die unter dem kurzen Rock nach queganischer Mode so wunderbar zur Geltung kamen. Er setzte sich auf und reckte sich. »Das hat gut getan.«

»Schön«, erwiderte sie. »Dann laß uns essen. Ich sterbe vor Hunger.«

Sie machten sich auf den Weg zum Speisezimmer der Villa Beata, Pugs Heim auf dem Eiland des Zauberers. Ein Diener, ein Realitätsmeister der Ji-kora, erschien. Dieses Wesen sah aus wie eine große, auf zwei Beinen gehende Kröte. Ein Jahr zuvor hatte er einfach vor der Tür gestanden und um Aufnahme in Pugs Schule gebeten, und Pug hatte zugestimmt. Wie die anderen Studenten auf dem Eiland des Zauberers mußte er als Schulgeld Arbeiten im Haus erledigen. »Ihr Essen?« fragte er.

»Bitte«, antwortete Pug, und die häßliche Kreatur stolzierte in Richtung Küche davon.

Das Mittagsmahl war hervorragend, wie es jeden Tag der Fall gewesen war, seit sie aus den Minen der Pantathianer zurückgekehrt waren. Obwohl es erst eine Woche her war, erschien es Pug, als wären Ewigkeiten vergangen, seit sie orientierungslos und erschöpft in der Dunkelheit aufgewacht waren. Miranda hatte ihre letzte Kraft aufbringen müssen, um ein magisches Licht zu entzünden, mit dem sie wenigstens sehen konnten.

Bei dem in zwei Hälften geteilten Dämon hatte bereits die Verwesung eingesetzt, und so waren sie mindestens zwei oder drei Tage bewußtlos gewesen. Pug hatte seine letzten Kraftreserven eingesetzt, um sie zum Eiland des Zauberers zu teleportieren, wo Gathis sich sofort um sie gekümmert hatte.

Man hatte sie in ihre Zimmer und ins Bett gebracht, wo sie

noch einen Tag verschlafen hatten. Nach dem Aufstehen hatten sie gegessen, waren sodann wieder ins Bett zurückgekehrt und hatten abermals einen Tag geschlafen. Jetzt war eine Woche vergangen, und Pug fühlte sich wieder nahezu vollständig bei Kräften.

Gathis näherte sich, als sie ihre Mahlzeit beendeten.»Dürfte ich mich wohl kurz mit Euch unterhalten?«

Miranda erhob sich. »Ich lasse euch allein.«

»Nein, bitte«, widersprach das goblinähnliche Wesen. »Es betrifft Euch gleichermaßen, meine Dame.«

Sie setzte sich wieder. Gathis begann: »Wie ich Euch einst erzählt habe, war ich auf gewisse Weise mit dem Schwarzen Zauberer verbunden« – er sah Miranda an – «Eurem Vater, meine Dame.«

Sie nickte.

Wieder an Pug gewandt, fuhr Gathis fort: »Als Macros beim letzten Mal Midkemia verlassen hat, am Ende des Spaltkriegs, habe ich Euch gesagt, ich würde es merken, falls er sterben sollte.«

Pug fragte: »Glaubst du, er ist tot?«

Gathis gab zurück: »Ich weiß, daß er tot ist.«

Pug blickte Miranda an, doch ihrem Gesicht konnte er nicht das geringste ablesen. Er sagte zu Gathis: »Von uns allen hast du ihn am besten gekannt. Der Verlust muß dich schwer treffen. Mein Beileid.«

»Vielen Dank für Eure Teilnahme, Meister Pug, doch ich fürchte, Ihr habt mich falsch verstanden.« Er winkte den beiden zu, ihm zu folgen. »Es gibt etwas, das ich Euch zeigen muß.«

Sie erhoben sich und folgten ihm einen langen Korridor hinunter. Er führte sie nach draußen, über die Wiese, die sich auf der Hinterseite des großen Hauses erstreckte, zu einem kleinen Hügel. Als sie den Hügel halb hinaufgestiegen waren, machte Gathis eine Bewegung mit der Hand, und ein Höhleneingang erschien.

»Was ist das für ein Ort?« fragte Pug.

»Das werdet Ihr bald sehen, Meister Pug«, antwortete Gathis und führte sie in die Höhle.

Innen fanden sie einen kleinen Altar mit einem Standbild vor. Es stellte einen Mann dar, welcher auf einem Thron saß. Und dieser Mann war gleichermaßen Pug wie Miranda sehr wohl vertraut.

»Vater«, flüsterte Miranda.

»Nein«, entgegnete Pug. »Sarig.«

Gathis nickte. »Es ist in der Tat der Gott der Magie.«

»Was für ein Ort ist dies?« fragte Miranda.

»Ein Schrein«, antwortete Gathis. »Als der Schwarze mich fand, war ich der letzte meiner Art, die einst eine wichtige Stellung auf unserer Welt innehatte.«

»Du hast mir einmal erklärt, du wärest mit den Goblins so verwandt wie die Elben mit den Moredhel«, meinte Pug.

»Nun, das ist doch ein wenig einfach dargestellt. Elben und Dunkle Brüder gehören zur selben Art und sind lediglich verschiedene Wege gegangen. Mein Volk, wenngleich entfernt mit den Goblins verwandt, unterscheidet sich doch viel mehr von diesen. Wir waren ein Volk von Gelehrten und Lehrern, Künstlern und Musikern.«

»Was ist aus deinem Volk geworden?« erkundigte sich Miranda.

»Die Chaoskriege dauerten Jahrhunderte an. Für die Götter waren das nur Augenblicke, für die niederen Wesen waren es Generationen.

Menschen, Goblins und Zwerge gehörten zu jenen, die am Ende der Chaoskriege nach Midkemia kamen. Mein Volk verblieb auf unserer Heimatwelt. Während andere gediehen, war dies bei uns nicht der Fall. Macros fand mich, den letzten unserer Art, und hat mich hierhergebracht.«

Miranda sagte: »Wie traurig.«

Gathis zuckte mit den Schultern. »Das ist der Lauf des Universums: nichts hält ewig, vielleicht nicht einmal das Universum selbst.

Doch neben dem, was ich bereits erwähnt habe, war mein Volk vor allem eine Priesterschaft.«

Pug machte große Augen. »Ihr wart eine Priesterschaft der Magie!«

»Genau.« Gathis nickte. »Wir haben Sarig verehrt, allerdings unter anderem Namen.«

Pug blickte sich um und entdeckte einen Steinsims, auf den er sich setzte. »Fahr fort, bitte.«

»Als letzter meiner Art war ich natürlich auf der verzweifelten Suche nach jemandem, der den Dienst am Gott der Magie fortführen konnte. Ich wollte nur, daß jemand vor meinem Tod unsere wichtigste Aufgabe übernahm, die Magie nach Midkemia zurückzubringen.«

»Auf Midkemia hat es doch immer Magie gegeben«, wandte Miranda ein.

»Ich glaube, Gathis meint die Erhabene Magie«, erklärte Pug.

»Noch mehr«, sagte Gathis. »Die Rückkehr der Magie in die erwünschte Ordnung.«

»Von wem erwünscht?« fragte Miranda.

»Von der Natur der Magie selbst.«

»Es gibt keine Magie«, sagte Pug und lachte.

»Genau«, stimmte Gathis zu. »Nakor glaubt, es gäbe eine grundlegende Realität im Universum, die jeder beeinflussen, zum Wohl aller benutzen und aus der jeder Vorteile ziehen könne, wenn er es nur versucht. Damit hat er teilweise recht. Was den Menschen als Niedere Magie bekannt ist, stellt eigentlich eine intuitive Magie dar, eine Magie der Poesie und der Lieder, der Gefühle und Empfindungen. Aus diesem Grunde benutzt die Niedere Magie Totems und Sinnbilder zur Identifikation.

Die Priester der anderen Orden glauben, daß Magie ein Gebet ist, welches beantwortet wurde. Das ist richtig, doch nicht auf solche Weise, wie sie annehmen. Es sind nicht ihre Götter, die auf Gebete reagieren, sondern die Magie selbst, die in Abstimmung mit der jeweiligen geistlichen Anrufung antwortet. Daran liegt es auch, daß nur die Hohenpriester und andere hohe Mitglieder der einzelnen Orden Magie ausüben können, die ähnliche Auswirkungen mit sich bringt, während dies geringeren Praktikern ein Greuel wäre.

Alles ist aus einem Stück.«

»Also willst du sagen, Magier würden eigentlich alle Sarig verehren?« fragte Miranda.

»Man könnte es so ausdrücken, doch so ganz richtig ist auch das nicht. Jedesmal, wenn ein Zauber der Erhabenen Magie beschworen wird, besteht die Möglichkeit eines Gebetes, und dann wird Sarig ein wenig Verehrung zuteil, was ihn seiner Rückkehr zu uns ein bißchen näher bringt.«

»Nun, also«, fragte Miranda, »warum bist du dann nicht drüben in Stardock und sammelst Anhänger?«

Pug lachte. »Politik.«

»Genau«, stimmte Gathis zu. »Könnt Ihr Euch vorstellen, was geschähe, wenn jemand wie ich auftauchte und behauptete, was ich Euch gerade erzählt habe?«

Miranda nickte. »Ich verstehe, worauf du hinauswillst. Ich weiß genug, um sagen zu können, daß du vermutlich recht hast, und dennoch fällt es mir schwer, daran zu glauben.«

»Du bist eben auch nur ein Produkt deiner Ausbildung, genauso wie ich«, erklärte Pug. »Wir müssen uns davon freimachen.«

»Aber was hat das alles mit uns zu tun? Ich meine, warum erzählst du uns das gerade jetzt?«

»Macros der Schwarze war der mächtigste Meister der Magie auf Midkemia, bis Meister Pug von Kelewan zurückkehrte«, erklärte Gathis. »Mein Auftrag ist es, den Rest meines Lebens so nahe wie möglich bei diesem mächtigsten Magier zu verbringen, wer immer das auch sein mag.

Solange der Schwarze lebte, gleichgültig, wie weit entfernt er sich aufhielt, war ich mit ihm verbunden. Jetzt, da er nicht länger existiert, muß ich meine Arbeit im Sinne Sarigs fortsetzen.«

»Also willst du einen ähnlichen Bund mit mir eingehen?« fragte Pug.

»Gewissermaßen schon. Doch solltet Ihr genau wissen, was dies bedeutet.

Der Bund zwischen Macros und Sarig war Euch bekannt. Sarig betrachtete Macros als den Seinen, als seine ausführende Hand auf Midkemia, und stattete ihn deswegen mit seiner Macht aus. Ihr wart derjenige, der diesen Bund getrennt hat.«

Pug sagte: »Doch am Ende hat Macros Sarigs Macht benutzt, um Maarg zu besiegen.«

»Das mag sein«, erwiderte Gathis. »Ich war nicht Zeuge dieses Kampfes, doch falls es so ist, wie Ihr es mir geschildert habt, dann war Sarigs letztes Geschenk an Macros die Macht, sich selbst und diesen Dämon zu zerstören, anstatt dem zum Opfer zu fallen, was hinter diesem Dämon steht.«

»Und was steht hinter diesem Dämon?« fragte Miranda, und plötzlich wurde sie sich des Wissens bewußt, welches in ihrem Kopf verschlossen lag. »Ich glaube, ich verstehe.«

Gathis nickte. »Das glaube ich auch. Meister Pug, Ihr seid andererseits nicht mit Sarig verbunden. Ihr habt Eure Macht nicht einmal auf dieser Welt erlangt. Eure Erfahrungen mit dem Erbe der Tsurani und ihren Praktiken sowie Eure Abstammung von Midkemia geben Euch eine neutrale Stellung in all diesem.

Und aus diesem Grunde habt Ihr jetzt die Wahl.«

»Und worin besteht diese?«

»Ihr begreift jetzt, um welch einen jahrhundertealten Konflikt es sich handelt, zwischen so riesigen und uralten Mächten, die unsere sterblichen Seelen kaum erfassen können; wir können nur unseren kleinen Teil in diesem großen Konflikt beisteuern. Zwischen folgendem dürft Ihr wählen: entweder dient ihr weiterhin als Unabhängiger jenen Zielen, die Ihr dessen für würdig erachtet, oder Ihr widmet Euch ganz Sarig und nehmt den Platz von Macros ein. Falls Ihr dies tut, erlangt Ihr noch größere Macht, als Ihr schon besitzt, denn Ihr werdet nicht nur das gesamte Wissen und die gesamte Macht der Götter von Midkemia Euer eigen nennen, sondern zudem noch über das Wissen von Kelewan verfügen.«

»Willst du damit sagen, ich würde als Macros' Nachfolger ausgewählt und ausgebildet?«

Gathis blickte Pug einen Moment lang schweigend an. »Was die Götter betrifft, habe ich soviel gelernt: Oftmals handeln wir aus Gründen, die sich uns verschließen. Wer könnte schon sagen, ob Macros jemals etwas ohne Sarigs Einfluß getan hat? Macros hat Euch gefunden, als Ihr noch ein kleines Kind wart, und er hat etwas Seltenes und Mächtiges in Euch freigesetzt. Ich weiß nicht zu sagen, ob er Euch als seinen Nachfolger ausgewählt hat, jedenfalls seid Ihr jetzt in der Position, wo Ihr selbst entscheiden könnt, ob Ihr diesen Platz einnehmen wollt. Es hängt allein von Euch ab.«

»Was würde ich dabei aufgeben?« fragte Pug.

»Eure Freiheit«, antwortete Gathis. »Ihr werdet den Drang verspüren, bestimmte Dinge zu tun, ohne zu verstehen, weshalb. Macros behauptete, er könnte in die Zukunft sehen, und das entsprach zum Teil der Wahrheit, doch teilweise war es nur Schauspielerei, der Trick eines eitlen Mannes, der alle glauben lassen will, er stelle weitaus mehr dar, als er eigentlich ist. Was nicht der Ironie entbehrt, war er doch tatsächlich der mächtigste Mann, den ich je kennengelernt habe – bis ich Euch begegnete, Meister Pug. Allerdings hat selbst der Mächtigste Eurer Art seine Fehler, wie ich über die Jahrhunderte hinweg festgestellt habe.

Wie dem auch sei, Ihr werdet merken, daß Eurer Leben nicht mehr Euch selbst gehört.«

Pug erwiderte: »Du bietest mir sehr viel an, aber du verlangst auch viel.«

»Nicht ich, Meister Pug; er.« Gathis zeigte auf die Statuette des Gottes.

Miranda fragte: »Wie lange kann er sich die Antwort überlegen?«

»Solange er will«, meinte Gathis. »Die Götter wandeln auf ihren eigenen erhabenen Wegen, und die Leben der Sterblichen sind ihnen nicht mehr als flüchtige Herzschläge.«

Pug antwortete: »Du hast mir viel nachzudenken gegeben. Was geschieht, wenn ich nein sage?«

»Dann werden wir warten, bis ein anderer erscheint, einer, dessen Charakter und Macht von jener Art sind, daß der Gott ihn zu seinem Stellvertreter auserwählt.«

Pug sah Miranda an. »Na, dann haben wir ja noch etwas, worüber wir uns streiten können.«

Sie nickte.

Gathis sagte: »Ich werde Euch nun allein lassen. Vielleicht wird der Gott selbst Eure Gedanken lenken. Falls Ihr etwas braucht, findet Ihr mich im Haus.«

Der grüngesichtige Haushofmeister der Villa ging hinaus, und Pug sagte: »Was soll ich tun?«

»Ein Gott sein? Ein Angebot, das man kaum ausschlagen kann.«

Pug streckte die Hand aus und zog Miranda an sich. Während er sie im Arm hielt, sagte er: »Gleichzeitig kann ich es auch nur schwer annehmen.«

»Nun, wir haben Zeit«, meinte Miranda und erwiderte seine Umarmung.

»Haben wir wirklich Zeit?« fragte er, während sich seine Gedanken wieder dem Krieg zuwandten.

Erik brüllte Befehle, während die Schlacht ihren Höhepunkt erreichte. Seit zwei Tagen dauerten die Kämpfe an der zweiten Barrikade an, und nur einmal war der Feind durchgebrochen. Erik hatte alle Reservetruppen in die Bresche geworfen, um sie zu schließen. Mit großem Erfolg hatte er seine Stellung verteidigt. Nach einem genauen Plan wurden jene Soldaten, die am längsten gekämpft hatten, abgelöst, damit sie etwas Ruhe fanden.

Die Verwundeten wurden inzwischen mit den Versorgungszügen nach Finstermoor befördert. Und schon in wenigen Minuten würde Erik den Befehl zum Rückzug geben. Dann würde er auch das Haus, in dem er seine Kindheit verlebt hatte, den Flammen überantworten.

Oftmals in den vergangenen Monaten, seit ihm Calis' Plan für die Schlacht zum ersten Mal vor Augen gekommen war, hatte er mit Bedauern an diesen Moment gedacht. Doch nun war er so erschöpft, daß er überhaupt nichts mehr empfand. Vielleicht würde sich das ändern, wenn er das Gasthaus Zur Spießente, die Halle der Winzer und all die anderen so vertrauten Gebäude von Ravensburg erst in Flammen stehen sah, doch im Augenblick sorgte er sich allein um den geordneten Rückzug.

Der Feind schien keine Zahl zu haben. Eriks Berechnungen nach hatten die Invasoren an den beiden Barrikaden sechstausend Mann verloren, während die Verteidiger weniger als fünfzehnhundert Soldaten Verlust hinnehmen mußten. Doch ein Verhältnis von vier zu eins würde die Smaragdkönigin akzeptieren, während es für das Königreich schon fast katastrophal war. Es brauchte ein Verhältnis von sechs zu eins, um dem Feind auf Dauer zu widerstehen.

Erik parierte den Axthieb eines kräftigen Kerls und durchbohrte ihn dann mit dem Schwert. Er trat aus dem Kampfgeschehen zurück und überließ seinen Platz einem seiner Soldaten. Daraufhin warf er einen Blick in die Runde; es war Zeit, zum Rückzug zu blasen. Wenn sie Finstermoor erreichten, würde schon die Nacht anbrechen. Er entfernte sich weit genug aus der Schlacht, damit er außer einem verirrten Pfeil nichts mehr zu befürchten hatte, und winkte die Boten zu sich. Vier von ihnen traten an und salutierten. »Verbreitet folgenden Befehl auf ganzer Linie: allgemeiner Rückzug auf mein Signal hin.«

Die Soldaten eilten davon, und Erik bemerkte, daß der Magier Robert d'Lyes auf ihn zukam. »Kann ich Euch irgendwie helfen?« fragte der Magier.

»Danke, doch solange Ihr nicht irgendeinen Trick kennt, mit dem Ihr die Bastarde auf der anderen Seite für ein paar Minuten nach hinten drängen könnt, damit wir uns sicher zurückziehen können, nicht.«

Der Magier fragte: »Wie viele Minuten?«

»Zehn, fünfzehn. Mehr wäre natürlich besser, doch in der Zeit schaffen wir es immerhin, die Verwundeten auf die Wagen zu verladen, und die Reste der berittenen Infanterie können in die Sättel steigen. Die berittenen Bogenschützen können den Feind in Schach halten, während das Fußvolk abzieht; falls das gelingt, würden wir alle lebend Finstermoor erreichen, um dort weiterzukämpfen.«

Robert sagte: »Ich habe da eine Idee. Ich weiß nicht, ob sie funktioniert, aber es könnte schon sein.«

»Wir ziehen sowieso ab, also versucht es doch einfach«, ermunterte ihn Erik.

»Wann werdet Ihr den Befehl geben?«

»In fünf Minuten«, antwortete Erik, während er Zeichen gab, man möge ihm sein Pferd bringen.

Während ein Soldat mit Eriks Reittier angelaufen kam, meinte d'Lyes: »Das sollte eigentlich genügen.«

Der Magier eilte nach vorn, fast bis ins Kampfgetümmel, wobei er das Risiko einging, einen verirrten Pfeil als Lohn für seine Bemühungen einzufangen. Er schloß die Augen und begann eine Beschwörungsformel, dann schob er die Hand in sein Hemd und zog einen kleinen Lederbeutel hervor. Diesen öffnete er, nahm etwas heraus – Erik konnte nicht erkennen, was es war – und machte etliche Bewegungen mit der Hand.

Plötzlich stieg eine Wolke grünlich schwarzen Rauchs von der Barrikade auf. Die Invasoren husteten und würgten. Der Rauch breitete sich aus, folgte der gesamten Frontlinie, und auf beiden Seiten wichen die Männer zurück.

Dann schrie d'Lyes: »Gift!«

Erik blinzelte erstaunt; dann rief er in der Sprache der Invasoren: »Gift! Gift! Rückzug! Rückzug!«

Der Ruf wurde entlang der Linien wiederholt, und die Armee des Königreichs zog sich von der Barrikade zurück. Robert d'Lyes eilte an Eriks Seite: »Sie werden sich nicht allzulange davon täuschen lassen. Wenn sich die Männer, die sich gerade übergeben, etwas erholt haben, sind sie wieder da.«

»Was habt Ihr da eigentlich gemacht?«

»Das ist ein kleiner Zauberspruch, mit dem man normalerweise Mäuse, Ratten und anderes Ungeziefer in Scheunen vernichtet. Wenn man den Rauch einatmet, wird einem für etwa eine Stunde sehr übel, aber danach geht es einem wieder gut.«

»Schön, daß Euch das eingefallen ist.«

»Keine Ursache. Es wäre noch nützlicher, wenn ich die giftige Wirkung erhöhen könnte, damit der Feind wirklich daran krepieren würde.«

»Sollte Euch das je gelingen, müßt Ihr auch eine Möglichkeit finden, den Rauch auf der richtigen Seite des Schlachtfelds zu halten.«

»Das ist allerdings richtig«, stimmte der Magier zu. »Das wäre ein Problem. Also, was machen wir jetzt?«

»Wir laufen wie der Teufel«, erklärte Erik.

»Sehr wohl«, erwiderte d'Lyes und machte sich eilig zu seinem Pferd auf.

Erik gab den Befehl und beobachtete erleichtert, wie diejenigen, die zu verwundet zum Gehen waren, von ihren Kameraden zum letzten Gepäckwagen getragen wurden. Andere liefen zu den Pferden. Die Bogenschützen in den Felsen kletterten, so schnell es ging, nach unten und bestiegen ihre Pferde oder schlossen sich dem allgemeinen Rückzug an, je nachdem, welche Aufgabe der jeweiligen Einheit zugedacht war.

Erik sah den Feind nach Westen fliehen, viele hielten sich die Bäuche und wälzten sich auf dem Boden – im Todeskampf, wie sie glaubten. Ein paar seiner Männer, die ebenfalls den Rauch eingeatmet hatten, wurden von ihren Kameraden in Sicherheit gebracht.

Erik zählte die Minuten, und es dauerte genau zehn, bis er schließlich sagte: »Zurück!«

Die leichte Kavallerie bildete mit wurfbereiten Speeren die vorletzte Einheit vor den berittenen Bogenschützen. Erik passierte sie und sah erschöpfte, blutende Männer, die jedoch einen Blick in den Augen hatten, der seine Brust mit Stolz erfüllte. Er salutierte vor ihnen und trieb sein Pferd im Kantergalopp zur Stadt.

Während er von der Barrikade fortritt, sah er auf den Bergen das Feuer der Katapulte und Kriegsmaschinen, die in Brand gesetzt worden waren. Die Maschinen waren zu schwer, um sie schnell genug abzutransportieren, deshalb wurden sie vernichtet, damit sie dem Feind nicht in die Hände fielen.

In Ravensburg sah er Männer, die bereits Fackeln bereithielten. Er blickte sich noch einmal in seiner Heimatstadt um, während die Gepäckzüge hindurchrollten und Ausrüstung wie Verwundete in die nächste Verteidigungsstellung schafften. Erik stieg ab und lockerte den Sattelgurt, damit sich sein Tier ein wenig ausruhen konnte. Er führte das Pferd zu einem Wassertrog und ließ es trinken. Dabei hielt er Ausschau nach dem Signal der Nachhut, welches ihm mitteilen sollte, daß die Hatz begonnen hatte und er seine Heimatstadt niederbrennen mußte.

Doch die Zeit verstrich, und kein Feind zeigte sich. Vermutlich waren sie mißtrauisch und fürchteten sich, den Ort zu betreten, den d'Lyes »vergiftet« hatte. Diese zusätzliche Stunde verhalf den

Soldaten des Königreichs zu einem wichtigen Vorteil. Schließlich rief Erik: »Die Bogenschützen und Lanciere sollen sich zurückziehen!«

Ein Bote ritt nach Westen, um den letzten Soldaten des Königreichs den Rückzugsbefehl zu überbringen, und Erik machte sich zum Gasthaus Zur Spießente auf. Als er es erreichte, stand ein Soldat bereit, das Heu zu entzünden, welches am Zaun und an der Außenwand aufgeschichtet war. »Gib sie mir«, sagte er und deutete auf die Fackel.

Der Soldat gehorchte, und Erik warf die Fackel ins Heu. »Niemand außer mir persönlich wird mein Elternhaus in Brand stecken«, sagte er. Dann wandte er sich um und rief: »Brennt alles nieder.«

Überall in der Stadt ritten oder rannten Soldaten herum und legten Feuer. Erik konnte es nicht über sich bringen, die Zerstörung des Gasthauses mit anzusehen, daher ritt er zurück in die Stadtmitte. Schon schlugen die Flammen aus den Häusern, während die ersten Elemente der leichten Kavallerie durch die Straßen trabten. Die Bogenschützen würden die letzten sein, und Erik wollte sich ihnen anschließen.

Die berittenen Bogenschützen kamen in großem Tempo näher und vollführten dabei ein Manöver, welches sich Calis ausgedacht hatte und das, so sagte man, ursprünglich von den wilden Reitern in Novindus, den Jeshandi, stammen sollte. Die halbe Truppe ritt dabei vor, während die andere Hälfte stehenblieb und ihre Pfeile verschoß. Dann hielt die erste Hälfte an und deckte den Rückzug der zweiten Gruppe. Dieses Manöver erforderte große Genauigkeit und viel Übung, doch Calis hatte diese berittenen Bogenschützen bis hin zur Perfektion gedrillt, und so verlief der Rückzug ohne Fehler. Nur wenige feindliche Pfeile wurden ihnen hinterhergeschossen, als die Feuer den Invasoren verkündeten, daß sich die Armee der Königreichs zurückzog, doch die meisten hatte man blind abgefeuert, in hohem Bogen aus dem Schutz von

Felsen heraus, und sie fielen, ohne Schaden anzurichten, zu Boden.

Als jedoch mehr und mehr Pfeile kamen, wußte Erik, daß es an der Zeit war. Er brüllte: »Das reicht! Rückzug!«

Die Bogenschützen wendeten wie ein Mann, gaben ihren Pferden die Sporen und galoppierten in Richtung Osten davon. In wildem Ritt ging es voran, bis sie den Feind mit Sicherheit abgeschüttelt hatten, dann ließen sie die Tiere in mäßigem Kanter laufen, um deren Kräfte zu schonen.

Gewöhnlich brauchte man drei Stunden, um die Nachbarstadt Wolfsstedt zu erreichen, wenn man das Pferd im Schritt laufen ließ. Erik kam nach einer Stunde dort an. Den ganzen Weg war er an Gepäckwagen vorbeigeritten, die über die Straße rumpelten, und als er in Wolfsstedt eintraf, sah er, wie die Wagen langsamer wurden und um ein Haus am Stadtrand herumfuhren. Jadow und ein weiterer Mann seiner Kompanie winkten Erik zu, und er ritt zu ihnen hinüber. »Was gibt's?«

»Der größte Teil deiner Kavallerie und Infanterie ist vor zehn, fünfzehn Minuten hier vorbeigekommen. Es hätte fast ein Unglück gegeben, als sie die Wagen überholt haben.«

»Hast du den Verkehr gelenkt?«

Jadow grinste. »Nicht nur das. Habe ein paar Fallen aufgestellt, um die du mich gebeten hast, und die sollten den Feind ein wenig aufhalten.« Sie warteten, während die Wagen vorüberrollten. Wieder gönnte Erik seinem Pferd etwas Ruhe. Sowohl er als auch Jadow waren zu besorgt darüber, ob der Feind den letzten Gepäckzug einholen würde, so daß sie kaum ein Wort wechselten. Zwei Stunden lang rollte Wagen auf Wagen an ihnen vorbei, bis plötzlich eine Kompanie Reiter auftauchte, Eriks Nachhut. Jadow zeigte auf die Reiter. »Sind das die letzten?«

Erik nickte. »Wenn du noch länger hierbleiben willst, kann ich dir nur einen Rat geben: den nächsten Reiter, der kommt, solltest du töten.«

Jadow zeigte auf die beiden Pferde, die an den Resten eines Zauns festgebunden waren. »Ich glaube, ich reite lieber mit dir.« Jadow und der Soldat gingen zu den Pferden, stiegen auf und kehrten zu Erik zurück. »Folgt mir einfach, Jungs, und alles wird gut enden.«

Erik ließ Jadow mit einer Handbewegung den Vortritt und folgte ihm in die kleine Stadt Wolfsstedt hinein. »Was habt ihr vorbereitet?«

»Nun«, begann Jadow, »du wolltest ja ein paar gemeine Überraschungen, also haben wir gehorcht. Ein paar Gruben hier, ein paar Fäßchen mit Öl dort, ein paar Fackeln in einigen Gebäuden, die wir gerade erst angezündet haben, und noch andere Kleinigkeiten. Nichts von sonderlich großer Zerstörungskraft, doch es sollte sie schon ein wenig aufhalten, wenn sie die Gebäude durchsuchen.«

Erik nickte beifällig. »Sehr gut.«

Sie ritten durch Wolfsstedt. Die Stadt lag an der Königsstraße und wurde im Norden wie im Süden von weitläufigen Wiesen und Wäldchen gesäumt, was es unmöglich machte, sie als Verteidigungsstellung zu nutzen. Wenn Jadows Überraschungen den Feind nur ein wenig aufhielten und dazu zwangen, die Stadt zu umgehen, anstatt mitten hindurchzuziehen, würden die gewonnenen Minuten Leben retten. Erik und Jadow erreichten nun den letzten Wagen, der langsam über die Königsstraße fuhr. Erik wandte sich an Jadow: »Du wirst diesen Wagen und den anderen Nachzüglern mit den berittenen Bogenschützen Deckung geben. Ich muß schon vorreiten.«

»Jawohl, Sir!« sagte Jadow, grinste dabei wie gewohnt und salutierte ein wenig spöttisch.

Erik trieb sein erschöpftes Pferd voran, passierte den letzten Wagen und ein paar Verwundete, die daneben hergingen, weil sie keinen Platz mehr darin gefunden hatten. Zweimal sah er Männer, die am Rand der Straße Rast machten, und ihnen befahl er weiterzuziehen, damit sie nicht zu weit zurückblieben und dem Feind in die Hände fielen.

Als der Sonnenuntergang nicht mehr fern war, mußte er seinem Pferd erneut eine Pause gönnen. Hier führte die Straße auf einen Berg und stieg steil an. Er blickte zurück und stellte mit Erstaunen fest, wie lang die Reihe der Männer und Wagen war, die da über die Königsstraße zogen. Er war an jedem einzelnen Wagen vorbeigeritten, und doch war ihm bis zu diesem Moment nicht klar gewesen, wie viele seiner Männer noch immer unterwegs waren. Hier und da hatte man Fackeln angezündet, und bald sah es aus, als würde eine lange, brennende Schlange über die Königsstraße kriechen.

Plötzlich verspürte Erik den Drang, nicht länger unnütz herumzustehen, also führte er sein Pferd am Zügel weiter. Er passierte einen Wagen, der am Straßenrand stand, während Männer hektisch damit beschäftigt waren, eine gebrochene Speiche zu reparieren, und als er einer Wegbiegung folgte, sah er es vor sich liegen: Finstermoor.

Mitten auf der Straße des Königs gelegen, erstreckte sich die Stadt, die von einer Mauer umgeben war. Im Osten befand sich das Alptraumgebirge. Dort würde sich, wie Erik wußte, das Schicksal des Königreichs und der ganzen Welt Midkemia entscheiden. Die Stadt war nun von Laternen und Fackeln entlang der Mauer erleuchtet, und aus der Ferne sah es aus, als wäre ein Fest im Gange. Natürlich war dies nicht der Fall, das wußte auch Erik. Jene Lichter verkündeten ganz im Gegenteil, daß bald die versammelten Streitkräfte des Westlichen Reiches in Kampfbereitschaft stehen würden.

Die Region Finstermoor lag eigentlich im Süden und Osten der Stadt, die ihren Namen trug. Die Burg Finstermoor war einst als wesentlichste Befestigung der Grenzen des Königreichs erbaut worden, lange bevor man Krondor gegründet hatte. Über die Jahre hinweg war die Stadt stetig gewachsen, bis man sie mit einer Mauer umfaßt hatte. Hinter Wolfsstedt war Erik nur noch durch relativ leere Landstriche geritten, da das Gebiet um die Stadt felsig und kaum zur Landwirtschaft zu nutzen war. Kleine Bäumchen und zähe Berggräser, niedriges Gebüsch und ein paar Blumen säumten die Straße. Weiter hinten wuchsen tief in den Felsspalten und Tälern der Westseite des Gebirges Bäume. Um die Stadt herum jedoch waren die Wälder schon vor langer, langer Zeit abgeholzt worden. Versorgt wurde die Stadt von den tieferliegenden Weilern.

Auf der höchsten Spitze der Königsstraße erhob sich wie ein Wächter der ursprüngliche Bergfried der Burg Finstermoor. Jetzt war er eine Zitadelle, die einst als Fort angelegt worden war, und man hatte Mauer und Wassergraben belassen, wie sie waren. Die Stadt breitete sich über den Paß aus und wurde von hohen Türmchen flankiert, die alle mit zinnenbewehrten überhängenden Brustwehren ausgestattet waren. Niemandem, der versuchen würde, das Tor zu erreichen, würde dies gelingen, ohne einem ständigen Pfeilhagel, Katapulten und heißem Wasser und Öl von oben ausgesetzt zu sein.

Die Abendsonne tauchte die Burg in rotes Licht, und Erik wandte sich nach Westen. In der Ferne versank die Sonne im Dunst und Rauch der Feuer, die in Ravensburg und Wolfsstedt brannten.

Erik erreichte das Stadttor, wo er feststellte, daß sich überall in den Straßen die Flüchtlinge aus dem Westen drängten. Er führte sein Pferd an mutlosen Soldaten vorbei, die den Menschenstrom zu ordnen versuchten, der sich in die Stadt schob.

Erik rief: »Wo geht es zur Burg?«

Ein Soldat warf ihm einen Blick über die Schulter zu und antwortete, als er den blutroten Adler auf Eriks Gewand und das Rangabzeichen sah: »In die Stadtmitte, Hauptmann, und dann die Hohe Straße entlang!«

Erik lenkte sein Pferd durch das Gedränge, wobei er gelegentlich jemanden zur Seite schieben mußte, um an den Trauben von besorgten Bürgern und erschöpften, ungeduldigen Soldaten vorbeizugelangen. Er brauchte fast eine Stunde für den Weg.

Schließlich kam er an einer alten Zugbrücke an, die über den Burggraben führte und die Zitadelle vom Rest der Stadt trennte. Eine Schwadron Soldaten hatte die Straßen auf hundert Meter vor der Burg in alle Richtungen abgesperrt, damit jene, die raschen Zugang zum Hauptquartier des Prinzen brauchten, nicht aufgehalten wurden.

Erik näherte sich der Wache und zeigte nach Westen. »Sagt mir, gibt es einen freien Weg zum Westtor?«

Die Wache antwortete: »Ja. Die Mauer entlang um die Ecke dort.«

Erik seufzte. »Ich wünschte, das hätte man mir am Tor mitgeteilt.« Er wollte an der Wache vorbei, doch diese senkte ihren Spieß vor Eriks Brust.

»Was denn? Was glaubt Ihr, wo Ihr hinwollt?«

»Zum Prinzen und zu General Greylock«, sagte Erik vollkommen erschöpft.

»Dann werdet Ihr mir wohl Eure Befehle zeigen können, ja?«

Erik fragte: »Befehle? Von wem?«

»Von Eurem Offizier, es sei denn, Ihr wärt ein Deserteur, der dem General irgendeine Lügengeschichte darüber auftischen will, daß er von seiner Einheit abgeschnitten wurde.«

Erik langte langsam nach oben, packte den Speerschaft und drückte ihn, ohne daß man ihm die geringste Anstrengung hätte anmerken können, nach hinten, dem Versuch des Soldaten, ihn so zu halten, wie er war, zum Trotz. Als der Mann die Zähne zusammenbiß und die Augen aufriß, sagte Erik: »Ich bin Offizier. Ich weiß, meine Uniform sieht ein wenig mitgenommen aus, dennoch muß ich sofort zum Prinzen vorgelassen werden.«

Andere Soldaten kamen hinzu, als sie die Auseinandersetzung bemerkten. Einer rief: »He, Feldwebel!«

Ein Feldwebel in der Uniform von Finstermoor, einem schwarzen Schild mit einem roten Raben auf einem Zweig vor gelbbraunem Grund, lief herbei. »Was gibt's denn schon wieder?«

Der Soldat erwiderte: »Dieser Kerl will zum Prinzen vorgelassen werden.«

Der Feldwebel, ein zäher alter Haudegen, der strengsten Gehorsam von seinen Leuten verlangte, fauchte: »Und wer, zum Teufel, bist du, daß der Prinz dich sehen wollte?«

Erik schob den Speer zur Seite und trat vor, wobei er dem Feldwebel grimmig in die Augen blickte. »Erik von Finstermoor, Hauptmann der Spezialeinheit des Prinzen!«

Als sein Name fiel, traten einige der Soldaten zurück, während andere den Blick auf den Feldwebel richteten. Der alte Veteran grinste. »Mir scheint, Hauptmann, als hättet Ihr einiges Ungemach hinter Euch.«

»So könnte man es ausdrücken. Und jetzt tretet zur Seite!«

Der Feldwebel zögerte nicht länger und gab Erik den Weg frei. Während er vorbeiging, reichte Erik dem Feldwebel die Zügel seines Pferdes. »Es braucht Wasser und Futter. Es ist fix und fertig. Und sagt mir Bescheid, in welchem Stall Ihr es untergebracht habt. Es ist ein gutes Tier, und ich will es nicht verlieren.«

Der Feldwebel nahm die Zügel. Erik rief ihm, während er schon davonging, noch über die Schulter zu: »Ach, und wenn mein Feldwebel kommt, schickt ihn sofort zu mir. Ihr werdet ihn leicht erkennen: groß, sieht aus wie ein Keshianer, dunkle Haut, und er wird Euch den Kopf vom Hals reißen, wenn Ihr ihm nur halb soviel Ärger macht wie mir.«

Erik überquerte die Zugbrücke und blickte hoch zu den vielen hellerleuchteten Fenstern der alten Burg. Obwohl von seinen Vorfahren erbaut, war Burg Finstermoor für Erik ein fremder Ort. In seiner Kindheit hatte er stets davon geträumt, eines Tages hierher zu seinem Vater gerufen zu werden und, als unehelicher

Sohn anerkannt, seinen Platz in seinem Haus einzunehmen. Schließlich stand jedoch fest, daß sich diese Träume nicht erfüllen würden, doch geblieben war die Neugier. Und dann hatte auch die Neugier nachgelassen. Jetzt erweckte das Schloß nur noch Beunruhigung in ihm; es war ein schlechter Ort zum Sterben, und während er durch das Torhaus schritt und den alten Burghof betrat, wurde ihm bewußt, daß dieses Gefühl nicht nur von der Armee herrührte, die hierher unterwegs war; nein, in dieser Burg wohnte eine Frau, die ihm tödliche Rache geschworen hatte: Mathilda von Finstermoor, die Witwe seines Vaters und Mutter seines Halbbruders, den er mit eigener Hand getötet hatte.

Einen tiefen Seufzer auf den Lippen, wandte sich Erik an den Hauptmann der Wache. »Bringt mich zu Greylock. Ich bin Hauptmann von Finstermoor.«

Ohne ein Wort zu antworten, salutierte der Hauptmann, drehte sich flotten Schritts um und führte Erik in die Heimstatt seiner Vorfahren.

Elf

Finstermoor

Calis betrachtete den Stein.

Er war so in diese Beobachtung vertieft, daß er das Erscheinen der vier Gestalten in der großen Halle des Orakels fast nicht bemerkt hätte. Er blickte hinüber zu den Dienern des Orakels, und da sie keinerlei Anzeichen von Beunruhigung zeigten, ging von den Neulingen vermutlich keine Gefahr aus.

Er erkannte seinen Vater, der in seiner prächtigen gold-weißen Rüstung neben Nakor, Sho Pi und einem Mann im Gewand eines Mönchs des Ishap stand. Calis zwang sich, seine Studien am Stein zu unterbrechen, und erhob sich, um die vier zu begrüßen.

»Vater«, sagte er und umarmte Tomas. Dann schüttelte er Nakor die Hand.

»Das ist Dominic«, stellte Nakor den Unbekannten vor. »Der Abt von Sarth. Ich dachte, es könnte sich als nützlich erweisen, ihn dabeizuhaben.«

Calis nickte.

Tomas stellte fest: »Du warst in den Stein vertieft, als wir eintrafen?«

»Ich sehe etwas darin, Vater«, antwortete Calis.

»Wir müssen uns unterhalten«, sagte Tomas. Er sah die anderen an. »Doch zuerst muß ich jemandem meinen Respekt zollen.«

Er durchquerte die Halle, trat zu dem großen ruhenden Drachen und blieb neben dessen riesigem Kopf stehen. »Du hast es wohl getroffen, meine alte Freundin«, sagte er leise.

Dann wandte er sich an den ältesten ihrer Gefährten und fragte: »Ist sie wohlauf?«

Der alte Mann verneigte sich kaum merklich. »Sie träumt, und in ihren Träumen durchlebt sie tausend Leben aufs neue und teilt sie mit der Seele, die diesen Körper hernach besitzen wird.« Er deutete auf einen Jungen, der nun herüberkam. »Das gleiche mache ich mit demjenigen, der mich ersetzen wird.«

Tomas nickte. »Wir haben Euch, das älteste aller Völker, von einem düsteren Schicksal befreit und vor das nächste gestellt.«

»Es gibt stets ein Risiko«, sagte der alte Mann, »und es gibt stets einen Sinn. Das wissen wir.«

Tomas nickte erneut und kehrte zu den anderen zurück.

Dominic blickte mit großen Augen an Tomas vorbei. »Das hätte ich niemals geglaubt.«

Nakor lachte. »Gleichgültig, was ich auch sehe, ich denke nie, ich hätte schon alles gesehen. Das Universum hält unendlich viele Überraschungen bereit.«

Calis fragte: »Wie kommt es, daß ihr alle zusammen hier eingetroffen seid?«

»Das ist eine lange Geschichte«, erklärte Nakor. Er holte eine der Tsurani-Teleportkugeln hervor. »Von diesen gibt es leider nicht mehr viele. Wir sollten uns noch einige besorgen.«

Calis lächelte. »Unglücklicherweise befindet sich der Spalt nach Kelewan in Stardock, und soviel ich mitbekommen habe, befindet sich dieses nun fest in der Hand von Kesh.«

»So fest nun auch wieder nicht«, erwiderte Nakor und grinste.

»Was meinst du damit?« wollte Calis wissen.

Nakor zuckte mit den Schultern. »Pug hat mich gebeten, mir ein paar Kleinigkeiten auszudenken, also habe ich das getan.«

»Was denn?« fragte Tomas.

»Das erzähle ich euch, wenn wir die bevorstehende Probe überstanden haben und das Schicksal von Stardock wieder von Bedeutung für uns ist.«

Tomas wandte sich an seinen Sohn. »Calis, was wolltest du damit sagen: Du siehst etwas in dem Stein?«

Calis blickte seinen Vater überrascht an. »Kannst du sie nicht sehen?«

Tomas richtete seine ganze Aufmerksamkeit auf den Stein des Lebens, ein Artefakt, welches er in mehrerlei Hinsicht besser kannte als jedes andere Lebewesen auf Midkemia. Er entspannte seinen Geist und betrachtete die kühle grüne Oberfläche, und einen Augenblick später bemerkte er ein pulsierendes Licht, schwach und kaum wahrnehmbar, wenn man sich zu sehr darauf konzentrierte. Schließlich sagte er: »Ich kann keine Bilder sehen.«

»Eigentümlich«, sagte Calis. »Sie sind mir gleich aufgefallen, nachdem ich den Stein ein paar Sekunden betrachtet habe.«

»Was siehst du denn?« erkundigte sich Nakor.

»Ich weiß nicht, ob ich die richtigen Worte dafür finde«, antwortete Calis. »Doch ich glaube, ich sehe die wahre Geschichte dieser Welt.«

Nakor setzte sich auf den Boden. »Oh, das hört sich aber sehr interessant an. Komm, erzähl mir, was du zu sehen glaubst.«

Calis setzte sich ebenfalls, als könne er so seine Gedanken besser sammeln.

In diesem Augenblick erschienen Pug und Miranda wie aus dem Nichts.

Tomas hieß seinen alten Freund und Miranda willkommen und bat sie mit einer Geste, ebenfalls Platz zu nehmen.

»Was gibt es denn?« fragte Pug.

»Calis wollte uns gerade erzählen, was er im Stein des Lebens entdeckt hat.«

Calis warf erst Miranda und dann Pug einen Blick zu, und letzteren ließ er einen Moment lang nicht aus den Augen. Dann lächelte er: »Wie schön, euch beide endlich wiederzusehen.«

Miranda gab sein Lächeln zurück. »Das geht uns genauso.«

»Ich muß euch vom Stein des Lebens erzählen«, sagte Calis.

Nakor drehte sich zu Sho Pi um. »Du merkst dir jedes Wort, wenn du dich weiterhin als meinen Schüler bezeichnen willst, ja?«

»Ja, Meister.«

Calis begann: »Der Stein des Lebens ist Midkemia – in seiner reinsten Form, eine Spiegelung allen Lebens, das war, das ist, das sein wird, von der Dämmerung der Zeit bis zu ihrem Ende.«

Niemand unterbrach die Stille, während Calis sich seine nächsten Worte überlegte.

»Im Anfang gab es nichts, und dann kam das Universum. Pug und mein Vater wurden Zeugen dieser Schöpfung, so wie ich die Geschichte gehört habe.« Er grinste seinen Vater an. »Und nicht nur einmal.

Als das Universum geboren wurde, besaß es ein Bewußtsein, doch eines, welches unser Begreifen übersteigt. Wir können uns keine verständliche Vorstellung von diesem Bewußtsein machen.«

Nakor lächelte. »Man stelle sich Ameisen vor, die Futter zu ihrem Haufen schleppen, während über ihnen ein Drache auf einem Berg sitzt. Die Ameisen haben auch keine Vorstellung von dem Drachen.«

Calis sagte: »Nun, es geht noch darüber hinaus, doch der Vergleich trifft den Sachverhalt recht gut.

Dieses Bewußsein ist mehr, als jeder von uns – alle von uns zusammen – je begreifen könnte. Es ist so riesig, so zeitlos ...« Er hielt inne. »Ich glaube, mehr kann ich auch nicht darüber sagen.

Als Midkemia entstand, war es die Heimat von großen Mächten, grundlegenden Kräften der Natur. Nicht mit Geist versehen, waren sie Kräfte, die schufen und zerstörten.«

»Rathar und Mythar«, ergänzte Tomas, »die Zwei Blinden Götter des Ursprungs.«

»Dieser Name ist für jene Kräfte genausogut wie jeder andere«, meinte Nakor.

Calis fuhr fort: »Dann begannen sich die Dinge neu zu ordnen. Bewußtsein erhob sich, und die Wesen, die keinen Geist hatten, bekamen einen Sinn. Wir sind es, die die Götter definieren, auf eine Weise, die für uns Sinn ergibt, doch sie stellen soviel mehr dar als das.

Die Ordnung des Universums ist wie ein Edelstein mit vielen Facetten, und wir sehen nur eine, jene, welche die Existenz unseres Universums spiegelt.«

Pug fragte: »Wird sie mit anderen Welten geteilt?«

»Oh, ja«, antwortete Calis leise. »Mit allen Welten. Das ist der wichtigste Grund dafür, daß alles, was wir hier tun, eine solch tiefgehende Wirkung auf alle anderen Welten im Kosmos besitzt. Es ist der ursprüngliche Widerstreit zwischen Gut und Böse, und dieser Kampf findet in jedem Winkel der Schöpfung statt.«

Er wandte sich den anderen in der großen Höhle zu. »Ich könnte noch Stunden so weitersprechen, doch laßt mich kurz zusammenfassen, was ich glaube, entdeckt zu haben.«

Calis sammelte erneut seine Gedanken und fuhr fort: »Die Valheru waren mehr als nur die ersten Wesen, die auf Midkemia lebten. Sie waren eine Brücke zwischen den Unsterblichen und den Sterblichen. Sie waren das erste Experiment der Götter, wenn ihr so wollt.«

»Experiment?« warf Nakor ein. »Was denn für ein Experiment?«

»Ich weiß es nicht«, antwortete Calis. »Ich bin nicht einmal sicher, ob das, was ich euch erzählte, wahr ist; doch es fühlt sich wahr an.«

Nakor sagte: »Es ist wahr.«

Alle Augen richteten sich auf den kleinen Isalani. Der grinste. »Schließlich ergibt es einen Sinn.«

»Was ergibt Sinn?« erkundigte sich Pug.

»Hat sich außer mir denn noch niemals jemand gefragt, warum wir denken können?« wollte Nakor wissen.

Da die Frage offensichtlich ins Blaue hinein gestellt wurde, wechselten alle erstaunte Blicke. Pug lachte. »In letzter Zeit nicht, nein.«

»Wir denken, weil uns die Götter die Kraft der Auffassung geschenkt haben«, sagte Dominic.

Nakor drohte dem Abt mit dem Zeigefinger. »Du weißt, das ist nur ein Dogma, und du weißt auch, daß die Götter genausogut die Schöpfung der Menschen sind wie die Menschen die Schöpfung der Götter.«

Pug fragte: »Und worauf willst du hinaus?«

»Oh, ich habe mich nur darüber gewundert«, erwiderte Nakor. »Ich habe an diese Geschichte gedacht, die du mir erzählt hast, als du mit Tomas aufgebrochen bist, Macros zu suchen, und später die Schöpfung des Universums mit angesehen hast.«

»Und?« wollte jetzt Tomas wissen.

»Nun«, meinte Nakor, »mir scheint, ihr müßt am Anfang anfangen.«

Pug starrte den kleinen Mann an und platzte lachend heraus. Einen Augenblick später lachte die ganze Gesellschaft.

»Na, seht ihr«, sagte Nakor, »Humor ist eine Eigenschaft der Intelligenz.«

»Ja, ja, Nakor«, mischte sich Miranda ein. »Aber was willst du uns eigentlich mitteilen?«

»Irgend etwas hat mit allem begonnen«, antwortete Nakor.

»Ja«, sagte Dominic. »Es gab einen ursprünglichen Trieb, einen Schöpfer, irgend etwas.«

»Angenommen«, schlug Nakor vor, »es hat sich selbst geschöpft?«

»Das Universum hätte sich eines Tages entschlossen, einfach aufzuwachen?« fragte Miranda.

Nakor dachte über diese Frage einen Moment nach. »Es gibt da etwas, das wir nie aus den Augen verlieren sollten: alles, worüber wir sprechen, wird von unseren eigenen Wahrnehmungen begrenzt, unseren Fähigkeiten des Begreifens, kurz: unserer eigentlichen Natur.«

»Das ist wahr«, stimmte Pug zu.

»Wenn man also sagt, das Universum wäre eines Tages einfach erwacht, so ist das gleichzeitig die treffendste und dabei die unvollkommenste Beschreibung.«

Dominic meinte: »Diese Art Debatte kennen wir in den Tempeln sehr gut. Solche Exerzitien zur Logik und zum Glauben nehmen oft ein enttäuschendes Ende.«

»Aber Abt, ich glaube, wir haben hier etwas, was Euren Brüdern fehlt«, hielt Nakor dagegen. »Augenzeugen der Schöpfung.«

»Falls es tatsächlich die Schöpfung war, die sie gesehen haben«, wandte Dominic ein.

»Aha.« Nakor konnte seine hinterhältige Freude kaum verbergen. »Wir können uns also über nichts sicher sein, nicht wahr?«

»›Was ist Realität?‹ ist eine der häufigsten Fragen in den Debatten, die ich gerade erwähnt habe«, erwiderte der Abt.

»Realität ist das, wogegen du im Dunkeln stößt«, warf Miranda trocken ein.

Nakor lachte. »Du hast mir von dieser großen Kugel erzählt, die explodierte und so das Universum schuf, ja?«

Pug nickte.

»Also befand sich alles in dieser Kugel?«

»Davon gehen wir aus«, bestätigte Pug.

»Nun, und was befand sich dann außerhalb der Kugel?«

»Wir«, antwortete Pug rasch, »und der Garten und die Ewige Stadt.«

»Aber ihr stammt doch eigentlich aus dieser großen Kugel«, bohrte Nakor weiter, erhob sich und begann, hin und her zu schreiten, von dem Gefühl getrieben, am Rande der Erkenntnis zu stehen. »Ich meine, vom Zeitpunkt der Schöpfung aus gesehen, wart ihr doch weit in der Zukunft geboren worden, und zwar aus dem Stoff dieser Kugel, nicht wahr?«

»Was ist mit der Ewigen Stadt?« fragte Miranda.

»Vielleicht wurde sie in der fernen Zukunft gebaut; was meint ihr?«

»Von wem?« wollte Pug wissen.

Nakor zuckte mit den Schultern. »Ich weiß es nicht, und im Moment ist es mir auch gleichgültig. Vielleicht wirst du, wenn du tausend Jahre alt bist, die Ewige Stadt erschaffen und sie zurück in die Dämmerung der Zeit schicken, damit du und Macros einen Ort habt, von dem aus ihr die Geburt des Universums beobachten könnt.«

»Universen in den Kinderschuhen und tausend Jahre alte Magier«, schnaubte Dominic, der sich offensichtlich geduldig zeigen wollte, was ihm jedoch gründlich mißlang.

Nakor hob die Hand. »Warum nicht? Wir wissen, daß Reisen durch die Zeit möglich sind. Was uns zu der Frage bringt: Was ist eigentlich die Zeit?«

Sie blickten einander an, und jeder wollte antworten, doch sie verstummten alle. »Die Zeit ist eben die Zeit«, erklärte Dominic. »Sie markiert den Fluß der Ereignisse.«

»Nein«, entgegnete Nakor. »Die Menschen markieren den Fluß der Ereignisse. Der Zeit ist das gleichgültig; sie ist einfach da. Aber was ist sie?« Er trug ein entzücktes Grinsen im Gesicht, als er seine eigene Frage beantwortete: »Die Zeit ist das, was die Ereignisse davon abhält, alle im selben Moment zu passieren.«

Pug runzelte die Stirn. »Also wäre in der Kugel alles zur gleichen Zeit passiert?«

»Und dann hat sich das Universum verändert!« sagte Nakor ausgelassen.

»Warum?« fragte Miranda.

Nakor zuckte mit den Achseln. »Wer soll das wissen? Es geschah eben einfach. Pug, du hast mir erzählt, als du Macros beim letzten Mal gefunden hast, hätte er begonnen, mit Sarig zu verschmelzen. War er noch Macros oder war er Sarig?«

»Für eine Zeitlang war er beide, doch im wesentlichen war er noch Macros.«

»Ich würde ihm jetzt zu gern folgende Frage stellen: ›Als du verschmolzen bist, hast du dabei das Gefühl verloren, Macros zu sein?‹« Einen Augenblick lang war Nakor tiefstes Bedauern anzusehen, doch dann kehrte das Grinsen auf sein Gesicht zurück. »Ich denke, ich darf behaupten, daß man, je mehr man zum Gott wird, desto weniger man selbst ist.«

»Jetzt verstehe ich endlich«, sagte Dominic.

»Was?« fragte Miranda.

»Worauf dieser Verrückte hinauswill.« Der alte Abt tippte sich mit dem Finger an die Schläfe. »Verstand. Der Geist der Götter, dieses ›Alles‹, über das er redet wie über seinen ›Stoff‹. Wenn *alles* im selben Moment passieren würde, vor dieser Schöpfung, dann wäre *alles alles.* Es gäbe keine Unterscheidungen.«

»Jawohl!« meinte Nakor, entzückt über die Beobachtungen des Abtes.

»Aus Gründen, die uns auf ewig unbekannt sein werden, hat die Ganzheit der Schöpfung also gehandelt, um sich selbst zu differenzieren. Diese ›Geburt‹ des Universums war für das Universum eine Möglichkeit ...« Der Abt riß die Augen auf. »Es war der Versuch des Universums, sich bewußt zu werden!«

Tomas legte die Stirn in Falten. »Ich kann Euch nicht mehr folgen. Menschen haben ein Bewußtsein, so wie andere intelligente Arten auch, und die Götter haben ein Bewußtsein, doch das Universum ist ... das Universum *ist* eben, und das ist alles.«

»Nein«, entgegnete Nakor. »Warum die Menschen? Warum andere denkende Geschöpfe?«

»Ich weiß es nicht«, sagte Pug.

Nakors Miene wurde ernst. »Weil Sterblichkeit das Mittel ist, mit dem das Universum, dieser ›Stoff‹, von dem ich immer spreche, sich seiner selbst bewußt wird. Jedes Leben ist ein Experiment des Universums, und jeder von uns bringt dem Universum Wissen zurück, wenn er stirbt. Macros strebte danach, mit einem Gott eins zu werden, und dabei hat er etwas Wichtiges gelernt: je weiter man sich von der Sterblichkeit entfernt, desto mehr schwindet auch das Bewußtsein von sich selbst. Die Niederen Götter sind von diesem ›Selbst‹ weiter abgerückt als die Sterblichen. Und die Großen Götter noch weiter, möchte ich wetten.«

Dominic nickte. »Die Träne der Götter erlaubt es unserem Orden, mit den Großen Göttern Kontakt aufzunehmen. Das ist ein schwieriges Unterfangen. Wir versuchen es nur selten, und wenn wir es tun, ist die Verständigung oft nicht begreiflich.« Der alte Abt seufzte. »Die Träne ist eine sehr wertvolle Gabe, denn mit ihrer Hilfe können wir Magie ausüben, die unseren Dienern beweist, daß Ishap noch lebt, damit wir ihn verehren und auf seine Rückkehr hinarbeiten können, doch die Natur der Götter, selbst dessen, den wir verehren, übersteigt unsere Auffassung.«

Nakor lachte. »Sehr gut, falls nun das Universum tatsächlich an dem Tag geboren wurde, als Macros, Pug und Tomas dabei zusahen, was sagt uns das dann über das Universum?«

»Ich weiß es nicht«, mußte Pug eingestehen.

»Es ist noch ein Kleinkind«, sagte Nakor.

Pug lachte. Er konnte nicht anders. »Das Universum ist mehrere Milliarden Jahre alt, wenn ich mich nicht verrechnet habe.«

Nakor zuckte nur mit den Schultern. »Das könnte in unseren Begriffen einem zweijährigen Kind entsprechen. Und was, wenn das der Fall ist?«

»Worauf willst du hinaus?« fragte Miranda.

»Ja«, meinte Tomas, »das ist alles sehr faszinierend. Aber trotzdem liegen einige schwerwiegende Probleme vor uns, die der Lösung harren.«

Nakor erwiderte: »Das ist wahr, doch je besser wir verstehen, womit wir es zu tun haben, desto größere Chancen haben wir, diese Probleme zu bewältigen.«

»Einverstanden, doch wo sollen wir anfangen?«

»Ich habe vorhin gefragt, warum wir überhaupt denken. Mir scheint, ich habe da eine Idee.« Nakor hielt kurz inne und fuhr dann fort: »Nehmen wir einmal an, das Universum, alles darin und alles, was war, und alles, was sein wird, ist miteinander verbunden.«

»Als hätte alles etwas gemeinsam?« fragte Dominic.

»Nein, noch darüber hinaus; als wären wir alle das gleiche.« Nakor blickte Pug und Miranda an. »Ihr nennt es Magie. Ich nenne es Tricks.« Er wandte sich an Dominic. »Und du nennst es Gebete. Aber dennoch ist es das gleiche, und was wäre ...«

»Nun?« drängte Pug.

»Das ist genau der Punkt, wo es problematisch wird. Ich nenne es ›Stoff‹.« Er seufzte. »Es ist etwas Grundlegendes, etwas, aus dem alles gemacht ist.«

»Du könntest es auch Geist nennen«, schlug Dominic vor.

»Du könntest es genausogut Wäsche nennen«, meinte Miranda trocken.

Nakor lachte nur darüber. »Was auch immer es ist, wir sind ein Teil davon, und es ist ein Teil von uns.«

Pug schwieg einen Augenblick lang. »Das treibt einen doch in den Wahnsinn. Ich fühle mich, als wäre ich kurz davor, es zu verstehen, und doch kann ich es nicht greifen.«

»Und was hat es mit unseren anstehenden Angelegenheiten zu tun?«

»Alles. Nichts. Ich weiß es nicht«, sagte Nakor überrascht. »Ich habe eben nur darüber nachgedacht.«

Tomas meinte: »Vieles von dem, was du sagst, erinnert mich an Dinge, die ich einst wußte, als ich eins mit Ashen-Shugar war.«

»Das kann ich mir vorstellen«, sagte Nakor. »Das Universum lebt, es ist ein Wesen von unglaublicher Komplexität und Größe. Es ist, nun, ich weiß kein besseres Wort, ein Gott. Vielleicht *der* Gott. Ich kann es nicht sagen.«

»Macros hat es das Höchste genannt«, berichtete Tomas.

»Das gefällt mir!« sagte Nakor. »Der Höchste Gott, der Eine über Allen. So nennen die Anhänger von Ishap ihren Gott.«

»Aber du sprichst nicht von Ishap«, wandte Dominic ein.

»Nein, der ist zwar ein wichtiger Gott, aber er ist nicht der Höchste. Ich glaube, dieser Höchste hat überhaupt keinen Namen. Er *ist* einfach.« Nakor seufzte abermals. »Könnt ihr euch ein Wesen mit Sternen im Kopf vorstellen, mit Milliarden Sternen? Wir haben Blut und Galle, und dieses Wesen hat Welten und Kometen und intelligente Arten … einfach alles!«

Nakor war offensichtlich von diesem Bild vollkommen hingerissen, und Pug warf Miranda einen Blick zu. Ihrem Lächeln entnahm er, daß sie sich ebenso wie er über die Freude des kleinen Mannes amüsierte.

»Der Höchste, wenn ihr so wollt, weiß alles, ist alles, doch Er ist ein Kleinkind. Wie lernen kleine Kinder?«

Pug, der zwei Kinder großgezogen hatte, meinte: »Sie beobachten, sie werden von ihren Eltern verbessert, sie ahmen nach …«

»Aber«, unterbrach ihn Nakor, »wenn du Gott bist, hast du weder Mama noch Papa, wie lernst du dann?«

Miranda lachte. »Ich habe keine Ahnung.«

»Du experimentierst«, sagte Dominic.

»Ja«, stimmte Nakor zu und grinste noch breiter. »Du probierst verschiedene Dinge aus. Du erschaffst Dinge, so wie Menschen, und du läßt sie los, um zu sehen, was passiert.«

Miranda fragte: »Also sind wir so etwas wie ein kosmisches Puppentheater?«

»Nein«, widersprach Nakor. »Gott betrachtet uns nicht auf einer himmlischen Bühne – Gott ist selbst in den Puppen.«

»Jetzt begreife ich gar nichts mehr«, gestand Pug ein.

»Wir sind wieder bei der Frage, warum wir denken«, erklärte Nakor. »Falls Gott alles ist, Verstand, Geist, Gedanke, Handlung, Dreck, Wind« – er blickte Miranda an –, »Wäsche, also alles, das ist, und alles, das sein kann, dann muß jedes Ding, das Er ist, einen Sinn haben.

Weshalb leben wir?« fragte er rhetorisch. »Es ist eine Möglichkeit, Gedanken zu entwickeln. Und wofür sind Gedanken gut? Sie sind eine Möglichkeit, sich bewußt zu werden, ein Stadium zwischen dem Körperlichen und dem Geistigen. Und Zeit? Die Zeit ist die beste Möglichkeit, die Dinge voneinander zu trennen. Und warum gibt es letztlich Menschen und Elben und Drachen und all die anderen denkenden Geschöpfe?«

»Damit der Geist ein Bewußtsein von sich selbst erlangt?« fragte Dominic.

»Richtig!« sagte Nakor. Er sah aus, als würde er gleich vor Freude zu tanzen anfangen. »Jedesmal, wenn einer von uns in Lims-Kragmas Halle geht, teilt er seine Lebenserfahrung mit Gott. Dann geht er wieder zurück und lebt noch einmal, und immer und immer wieder.«

Miranda machte keinen besonders überzeugten Eindruck. »Willst du damit sagen, wir leben in einem Universum, in dem Gott für das Böse genauso verantwortlich ist wie für das Gute?«

»Ja«, bestätigte Nakor. »Weil Gott es nicht als gut oder böse ansieht; Gott lernt nur über Gut und Böse. Für Ihn ist es nur eine seltsame Weise, wie sich Geschöpfe verhalten.«

»Er scheint aber ziemlich langsam zu lernen«, warf Pug ein.

»Nein, Er ist nur so riesig!« beharrte Nakor. »Er macht es immer und immer wieder, eine Milliarde Mal jeden Tag auf einer Milliarde Welten!«

Tomas sagte: »Irgendwann einmal haben Pug und ich Macros gefragt, warum es, da wir doch in einem so riesigen und komplexen Universum leben, so schlimm wäre, wenn ein einziger kleiner Planet in die Hände der Valheru fiele. Er erklärte uns, die Natur des Universums hätte sich nach den Chaoskriegen gewandelt, und das abermalige Hervortreten der Valheru auf Midkemia würde diese neue Ordnung der Dinge erneut umstoßen.«

»Ich glaube das nicht«, wandte Nakor ein. »Oh, ich meine, es wäre ein großes Unglück für alle auf Midkemia, doch schließlich würde das Universum alles wieder in Ordnung bringen. Gott lernt. Natürlich würden Milliarden von Menschen sterben, bevor das geschähe, was die Dinge wieder ins Lot rückt.«

Miranda meinte: »Wenn man dir zuhört, wird plötzlich alles so belanglos!«

»Nun ja, so könnte man es sehen«, gestand Nakor ein. »Doch ich sehe es lieber so: wir lehren Gott, das Richtige zu tun – wir verbessern ihn wie ein kleines Kind. Und es lohnt sich immer, für das Gute zu kämpfen, denn Liebe ist besser als Haß, und Schöpfung ist besser als Zerstörung, und so weiter.«

»Jedenfalls«, stellte Pug fest, »ist diese Frage für die Menschen im Königreich allenfalls von akademischer Bedeutung.«

Calis sagte: »Nakor hat recht.«

Alle Blicke wandten sich ihm zu. »Er hat mir gerade geholfen zu verstehen, was getan werden muß und warum ich hier bin.«

»Und warum?« fragte Miranda.

Calis lächelte. »Ich muß den Stein des Lebens entsiegeln.«

Erik nahm einen tiefen Schluck. Es war gekühlter Weißwein, wie er in diesem Teil des Herzogtums viel getrunken wurde. »Danke«, sagte er, indem er den Kelch absetzte.

Prinz Patrick, Owen Greylock und Manfred von Finstermoor saßen mit Erik am Tisch. Um sie herum stand ein halbes Dutzend anderer Adliger, von denen einige wie feine Höflinge gekleidet waren, andere jedoch wie Erik von Blut und Schmutz starrten.

Patrick sagte: »Ihr habt viel geleistet, wenn man den verfrühten Fall von Krondor bedenkt.«

»Danke, Euer Hoheit«, erwiderte Erik.

Greylock meinte. »Ich wünschte nur, wir hätten mehr Zeit für unsere Vorbereitungen.«

»Man hat nie genug Zeit«, erwiderte Patrick darauf. »Wir müssen uns darauf verlassen, daß wir genug getan haben und sie hier in Finstermoor aufhalten können.«

Ein Bote eilte herein, salutierte und reichte Greylock einen

Brief. Greylock öffnete ihn. »Schlechte Nachrichten. Die südliche Reserve ist überrannt worden.«

»Überrannt?« fragte Patrick und schlug wütend mit der Faust auf den Tisch. »Sie sollten doch auf jeden Fall versteckt bleiben und den Feind von hinten angreifen und bluten lassen. Was ist passiert?«

Owen reichte das Pergament an den Prinzen weiter und gab den anderen im Raum den Inhalt bekannt. »Kesh. Sie haben ihre Armee bis zu einem Punkt südlich von Dorgin vorgeschoben. Dadurch ist die südliche Flanke des Feindes in Bedrängnis geraten, und als sie auf die Keshianer gestoßen sind und die Zwerge vor sich hatten, haben sie sich nach Norden gewandt und unsere Befestigungsanlagen überrannt.«

»Kesh hat sich eingemischt?« fragte ein alter, müde wirkender Adliger, den Erik nicht kannte.

»Das war nicht anders zu erwarten«, erwiderte Patrick. »Wenn wir diesen Krieg überleben, werden wir uns anschließend mit Kesh beschäftigen.«

»Was ist mit Lord Sutherland?« fragte der Adlige.

»Der Herzog der südlichen Marken ist tot. Gregory und auch der Graf von Landreth sind in den Kämpfen gefallen. Meine Lords, falls dieser Bericht stimmt, existiert keine Reserve im Süden mehr, all unseren Bemühungen zum Trotz«, erklärte Greylock.

Einer der adrett gekleideten Höflinge sagte: »Vielleicht sollten wir darüber nachdenken, ob wir uns bis Malacs Kreuz zurückziehen, Hoheit?«

Der Prinz warf dem Mann einen verächtlichen Blick zu und würdigte die Frage keiner Antwort. Er sah Erik an. »Diejenigen, die gerade erst eingetroffen sind, mögen sich doch von den Junkern in ihre Gemächer führen lassen. Dort warten sowohl ein Bad wie auch frische Kleider. Es wäre mir angenehm, wenn ich in einer Stunde mit Euch speisen könnte.« Er erhob sich, und die anderen folgten seinem Beispiel. »Wir werden die Debatte morgen in aller Frühe fortsetzen. Bis dahin haben wir hoffentlich weitere Berichte erhalten.« Er drehte sich um und verließ den Saal.

Nachdem der Prinz gegangen war, winkte Manfred Erik und Greylock zu sich. »Nun, meine Herren, ich fürchte, wir haben da ein kleines Problem.«

Erik nickte. »Das ist mir in dem Augenblick klargeworden, als ich die Zugbrücke überschritten habe.«

Owen sagte: »Wir stehen in den Diensten des Prinzen, wenn ich Eure Lordschaft daran erinnern darf.«

Manfred tat die Bemerkung mit einer Handbewegung ab. »Erzählt das meiner Mutter.« Dann lächelte er bedauernd. »Im Augenblick aber vielleicht besser noch nicht.«

Erik sagte: »Wir können hier nicht Krieg führen und gleichzeitig ständig auf der Hut vor deiner Mutter sein, Manfred.«

»Erik hat recht«, stimmte Owen zu.

Manfred seufzte. »Sehr wohl, Owen. Ich habe unseren jetzigen Schwertmeister angewiesen, er möge Euch Eure alten Gemächer überlassen; ich dachte, Ihr hättet es dort bequemer, und um die Wahrheit zu sagen, ist es hier im Haus zur Zeit ein wenig eng.«

Owen lächelte. »Ich möchte wetten, Percy wird das gar nicht gefallen.«

»Euer früherer Gehilfe war nie ein glücklicher Mann; ich glaube, er ist schon mit einem langen Gesicht zur Welt gekommen.« Er wandte sich an Erik. »Du wohnst in einem Zimmer ganz in meiner Nähe. Je näher du bei mir bist, desto geringer ist die Wahrscheinlichkeit, daß Mutter jemanden auf dich ansetzen wird.«

Erik sah ihn mißtrauisch an. »Herzog James wollte ihr doch ins Gewissen reden.«

»Niemand kann Mutter ins ›Gewissen‹ reden. Ich nehme an, das wirst du noch am eigenen Leib spüren, ehe der Abend vorbei ist.« An Greylock gerichtet, fuhr er fort: »Owen, ich sehe Euch beim Abendessen.«

»Mein Lord«, erwiderte Owen. Die drei verließen den Ratssaal, und während Owen in die andere Richtung verschwand, nahm Manfred Erik mit sich.

»Die Burg ist ziemlich groß«, erklärte Manfred. »Man kann sich nur allzuleicht verirren. Falls dir das passiert, brauchst du nur einen der Diener zu fragen.«

»Ich weiß nicht, wie lange ich hierbleiben werde«, gab Erik zurück. »Owen und der Prinz haben mir noch nicht mitgeteilt, wo ich als nächstes eingesetzt werde. Während des Rückzugs von Krondor habe ich Calis' Position eingenommen, doch diese Phase ist nun zu Ende.«

»Das scheint mir auch so«, antwortete Eriks Halbbruder. »Doch offensichtlich hast du ganze Arbeit geleistet.« Er blickte sich in den alten Hallen von Burg Finstermoor um. »Ich hoffe nur, ich werde meine Sache ebensogut machen, wenn die Zeit gekommen ist.«

»Das wirst du gewiß«, meinte Erik.

Sie traten um eine Ecke, und Erik wäre fast gestolpert. Den Gang entlang kam ihm gemessenen Schritts eine Prozession entgegen, eine alte Frau in fürstlichen Gewändern, der zwei Wachen und eine Reihe Zofen folgten. Sie blieb kurz stehen, als sie Manfred sah, und dann, als sie Erik erblickte, riß sie die Augen weit auf. »Es ist der *Bastard.* Der mordende Bastard!«

Sie wandte sich an die Wachen und rief: »Tötet ihn!«

Die wie vom Blitz getroffenen Wachen blickten von Mathilda, der Mutter des Barons, zu Manfred, der sie mit der Hand zurückscheuchte. Die Wachen nickten und traten zur Seite. Manfred sagte: »Mutter, das haben wir doch schon besprochen. Erik wurde vom König begnadigt. Was immer geschehen ist, es ist vorbei.«

»Niemals!« fauchte die alte Frau mit einem Haß, der Erik vollkommen unvorbereitet traf. Er hatte immer gewußt, daß sie ihn nicht mochte, allein schon deshalb, weil Eriks Mutter Freida jahrelang vom alten Baron von Finstermoor verlangt hatte, er solle Erik als Sohn anerkennen. Doch so etwas wie diesen Haß, der ihm jetzt entgegenschlug, hatte er noch nie erlebt. Von allen Männern, denen er in der Schlacht gegenübergestanden hatte, hatte ihn niemals einer mit solch deutlicher, nackter Ablehnung angestarrt, wie sie sich nun in Mathilda von Finstermoors Augen offenbarte.

»Mutter!« fuhr Manfred auf. »Das reicht. Ich gebiete dir Einhalt!«

Die Frau richtete den Blick auf ihren Sohn, und Erik bemerkte, daß sich ihr Haß nicht auf ihn allein beschränkte. Sie trat vor, und einen Moment lang fürchtete Erik, sie würde ihren Sohn ins Gesicht schlagen. In aufgebrachtem Flüsterton zischte sie: »Du wagst es, mir Befehle zu geben?« Sie musterte ihren Sohn von oben bis unten. »Wenn du der Mann wärst, der dein Bruder gewesen ist, hättest du diesen mörderischen Bastard getötet, ehe er davonkommen konnte. Und wenn du nur halb der Mann wärest, der dein Vater war, hättest du längst geheiratet und würdest nun einen Sohn haben, und der Anspruch dieses Bastards wäre ein für allemal hinfällig. Soll er vielleicht auch erst noch dich umbringen? Willst du im Staub liegen, während dieser Mörder sich deinen Titel aneignet? Willst ...«

»Mutter!« brüllte Manfred. »Genug!« Er wandte sich an die Wachen. »Bringt meine Mutter zurück in ihre Gemächer.« Seiner Mutter sagte er: »Falls du dich beherrschen kannst, speise heute abend mit uns, doch solltest du vor Prinz Patrick nicht ein Fünkchen Würde zeigen, dann erweise uns den Gefallen und speise in deinem Zimmer. Und jetzt geh!«

Manfred drehte sich um und ging los, und Erik folgte ihm, doch er sah noch einmal über die Schulter zurück. Sie ließ ihn keinen Moment aus den Augen, und Erik war sich nur zu bewußt, wie sehr ihm diese alte Frau den Tod wünschte.

Erik war so mit der Baronin beschäftigt, daß er Manfred fast umgerannt hätte, als dieser um eine Ecke bog. »Es tut mir leid, Erik.«

»Das habe ich nicht erwartet. Ich dachte, ich hätte verstanden ...«

»Mutter verstehen? Da wärst du der erste.« Er winkte Erik mit sich. »Dein Zimmer ist dort hinten, am Ende des Gangs.«

Als Erik die Tür öffnete und eintrat, folgte ihm Manfred. »Ich habe es dir aus zwei Gründen ausgesucht«, erklärte Manfred. Er zeigte zum Fenster. »Dort kann man schnell hinaus. Und es ist eines der wenigen Zimmer in Finstermoor, das keinen geheimen Zugang hat.«

»Keinen geheimen Zugang?«

»Den hat hier fast jedes Zimmer, wirklich. Die Burg wurde viele Male erweitert, seit der erste Baron den Bergfried gebaut hat. Es gab Notausgänge für den Fall einer Erstürmung der Burg, und geheime Gemächer, in denen sich der Lord mit seiner Lieblingsmagd des Nachts treffen konnte. Manche hatten auch den Zweck, daß sich die Diener unsichtbar durch die Burg bewegen konnten, doch die meisten sind einfach alte Nebengänge, die nur Spionen oder Meuchelmördern von Nutzen sind.«

Erik ließ sich auf einem Stuhl in der Ecke nieder. »Ich danke dir.«

»Keine Ursache«, erwiderte Manfred. »Wenn ich dir das raten darf, so bade doch schnell und wechsle die Kleidung. Ich lasse die Diener sofort Wasser bringen. Die Kleider in dem Schrank dort sollten dir eigentlich passen.« Er grinste. »Sie haben Vater gehört.«

»Macht es dir Spaß, deine Mutter aufzuregen?« fragte Erik.

Auf Manfreds Gesicht zeigte sich eine Spur Wut. »Mehr, als du es jemals für möglich halten wirst.«

Erik seufzte. »Ich habe viel über das nachgedacht, was du mir damals im Kerker über Stefan erzählt hast. Ich schätze, ich habe nie so recht einschätzen können, wie hart das alles für dich sein muß.«

Manfred lachte. »Das wirst du wohl nie erfahren.«

»Dürfte ich dich vielleicht etwas fragen?«

»Ja?«

»Warum haßt sie dich? Ich weiß, daß sie mich haßt, doch dich hat sie genauso haßerfüllt angeguckt wie mich.«

»Das, Bruder, ist etwas, das ich dir vielleicht eines Tages erklären werde, vielleicht jedoch auch nicht. Für den Augenblick wollen wir es dabei belassen: Mutter hat es nie gefallen, wie ich mein Leben führe. Als ich nur der Zweitgeborene war, der den Titel nicht erbt, hat ihr das nur wenig Ungemach bereitet. Doch seit Stefans … Ableben sind die Spannungen zwischen uns ständig gewachsen.«

»Tut mir leid, daß ich gefragt habe.«

»Ist schon in Ordnung. Ich kann deine Neugier verstehen.« Manfred wandte sich zur Tür. »Und irgendwann werde ich dir vielleicht alles erzählen. Nicht, weil du ein Recht darauf hast, es zu wissen, sondern weil es Mutter höchst unglücklich machen würde, wenn ich das tue.«

Mit einem bösartigen Grinsen auf den Lippen verließ Manfred das Zimmer. Erik lehnte sich zurück und wartete auf die Diener, die das Wasser bringen sollten. Er war gerade eingedöst, als es klopfte. Verschlafen stand er auf und öffnete die Tür. Ein halbes Dutzend Diener traten mit Eimern dampfenden Wassers und einer großen Zinnwanne ein.

Er erlaubte den beiden Männern, die die Wanne getragen hatten, ihm die Stiefel auszuziehen. Als er schließlich im heißen Wasser saß, ließen Schmerzen und Beschwerden langsam nach. Er lehnte sich einen Augenblick zurück und saß plötzlich kerzengerade, als einer der Diener begann, ihn zu waschen.

»Stimmt etwas nicht, mein Lord?«

»Ich bin kein Lord. Nenn mich ›Hauptmann‹, und danke, ich

kann mich alleine waschen«, sagte Erik und nahm dem Mann Seife und Waschlappen aus der Hand. »Das wäre dann alles.«

»Sollen wir die Kleider herauslegen, bevor wir gehen?«

»Ach ja, das wäre schön«, sagte Erik, nun wieder hellwach. Die anderen Diener gingen hinaus, während der eine, der gesprochen hatte, Kleider aus dem Schrank nahm. »Soll ich Euch Stiefel holen, Hauptmann?«

»Nein, ich trage meine eigenen.«

»Ich werde sie putzen, bevor Ihr aufbrecht, Sir.« Er war schon aus der Tür, ehe Erik widersprechen konnte. Also zuckte Erik nur mit den Schultern und begann sich zu waschen. Den Luxus eines heißen Bades hatte er in letzter Zeit selten genossen, und als das Wasser nach und nach abkühlte, spürte er, daß seine Lebensgeister von neuem erwachten. Wenn das Abendessen erst vorbei wäre – und falls der Prinz nicht noch ein weiteres Treffen ansetzte –, würde er sich zurückziehen und in einen tiefen, todesähnlichen Schlaf fallen.

Dann dachte er noch einmal darüber nach und entschloß sich, besser nur leicht zu schlafen, selbst mit verriegelter Tür. Erik wußte nicht, wie spät es war, doch er wollte zum Abendessen mit dem Prinzen pünktlich sein. Er trocknete sich ab und begutachtete die Kleider, die der Diener für ihn ausgesucht hatte. Eine blaßgelbe enge Hose, ein hellblaues Hemd und einen eleganten hellgrauen, fast weißen Mantel. Erik beschloß, den Mantel beiseite zu lassen, und legte die Hose und das Hemd an. Gerade, als er damit fertig war, öffnete der Diener die Tür. »Eure Stiefel, Hauptmann.«

Erik war verblüfft. In den paar Minuten war es dem Mann gelungen, Blut und Dreck abzuputzen und das Leder wieder zum Glänzen zu bringen. »Danke«, sagte Erik, als er die Stiefel entgegennahm.

Der Diener fragte: »Soll ich den Zuber fortbringen lassen, während Ihr speist?«

»Ja«, antwortete Erik, derweil er sich die Stiefel anzog. Der Diener zog sich zurück, und Erik fuhr sich mit der Hand über das Kinn. Er wünschte, er hätte ein Rasiermesser und Seife zur Hand, und nahm an, er hätte vorhin nur danach zu fragen brauchen, doch nun entschied er, ein paar Stoppeln wären es nicht wert, den Prinzen von Krondor warten zu lassen.

Er trat hinaus in den Gang und ging um die Ecke, in die Richtung, wo der Ratssaal lag. Vor dem Saal standen zwei Wachen. Er fragte sie nach dem Weg zum Speisezimmer, und die eine Wache salutierte. »Folgt mir bitte, Hauptmann.«

Genau das tat er, und der Mann führte ihn durch eine Reihe von Gängen, die Erik für einen Teil des ursprünglichen Bergfrieds hielt, oder einen Teil, der noch in der Frühzeit der Burg angebaut worden war. Der Speisesaal war überraschend klein. Ein viereckiger Tisch bot vielleicht einem Dutzend Gäste Platz, doch nur wenige Fuß hinter jedem Stuhl befand sich schon die Wand, so daß es recht eng werden mochte, wenn sich zu viele Leute gleichzeitig erhoben. Erik nickte einigen der Adligen, die er in Krondor kennengelernt hatte, zu und wurde von einigen anderen, die in private Gespräche vertieft waren, geflissentlich übersehen. Owen war bereits anwesend und bat ihn, neben sich Platz zu nehmen.

Erik trat um den Tisch herum, wo rechts von Greylock noch drei Stühle frei waren. »Nimm diesen«, sagte Greylock und deutete auf den Stuhl links von ihm. »Dieser ist für den Prinzen«, fügte er noch schnell hinzu, indem er auf den für Patrick bestimmten Stuhl klopfte.

In diesem Augenblick bemerkte Erik, daß ihn alle Adligen am Tisch ansahen, und plötzlich wurde er verlegen. Herzöge und Grafen, Barone und Junker, alle waren in der Tischordnung unter ihm plaziert worden. Wie er wußte, war es für die Stellung am Hofe von großer Bedeutung, wo man, vom Prinzen aus gesehen, saß, und mit einem Mal verspürte Erik den Wunsch, er hätte daran gedacht, einen Stuhl auf der anderen Seite des Tisches dem Prinzen gegenüber zu wählen.

Einige Minuten später öffnete sich die Tür hinter ihm, und als er sich umdrehte, sah er Prinz Patrick eintreten. Er erhob sich zusammen mit den anderen Adligen, und alle neigten die Köpfe.

Dann trat Baron Manfred ein, ihr Gastgeber, dem seine Mutter folgte.

Der Prinz wählte den Platz in der Mitte des Kopfendes, während Manfred denjenigen rechts von ihm wählte. Mathilda ging auf ihren Stuhl zu, doch als sie Erik erblickte, erklärte sie: »Ich werde nicht am selben Tisch sitzen wie der Mörder meines Sohnes.«

Manfred erwiderte kalt: »Dann, meine Dame, werdet Ihr allein speisen müssen.« Mit einem Kopfnicken wies er die Wachen an, seine Mutter aus dem Saal zu geleiten. Sie drehte sich um und verließ schweigend den Raum.

Einige der anwesenden Adligen besprachen den Vorfall leise untereinander, bis sich der Prinz vielsagend räusperte. »Können wir anfangen?« fragte er.

Manfred neigte den Kopf, und der Prinz setzte sich. Die anderen taten es ihm nach.

Das Essen war vorzüglich, der Wein der beste, den Erik je gekostet hatte, doch die Erschöpfung ließ es ihm schwerfallen, aufmerksam zu bleiben. Dennoch waren die Gespräche um ihn herum von großer Wichtigkeit, da alle Männer nur über die bevorstehende Schlacht redeten.

Einmal merkte jemand an, daß es sich als ratsam erweisen könnte, zur Unterstützung von Finstermoor Soldaten von der nördlichen Flanke abzuziehen, weil diese sich so gut hielt. Der Prinz hörte die Bemerkung und sagte: »Das wäre nicht besonders weise. Wir wissen nicht, ob sie nicht ausgerechnet dort am nächsten Tag mit doppelter Kraft angreifen.«

Die Gespräche am Tisch widmeten sich nun verstärkt Spekulationen über die bevorstehende Schlacht, und nach einer Weile sagte Prinz Patrick: »Hauptmann von Finstermoor, Ihr kennt den Feind aus erster Hand und somit besser als jeder andere hier im Raum. Was dürfen wir erwarten?«

Alle Blicke im Saal wandten sich Erik zu. Der warf Greylock einen Blick zu, welcher ihm kaum merklich zunickte.

Erik räusperte sich. »Wir dürften mit etwa hundertfünfzig- bis hundertfünfundsiebzigtausend Soldaten rechnen, die vor den Stadtmauern und entlang des gesamten Alptraumgebirges aufmarschieren.«

»Wann?« wollte einer der prächtig gekleideten Höflinge wissen.

»Jederzeit«, antwortete Erik, »von morgen an.«

Der Mann wurde angesichts dieser Neuigkeiten blaß. »Vielleicht sollten wir die Armeen des Ostens zu Hilfe rufen, Hoheit. Die liegen doch gleich hinter den Bergen im Osten.«

Patrick erwiderte darauf: »Die Armeen des Ostens werde ich rufen, wenn ich die Zeit für gekommen halte.« Er blickte Erik an. »Was für Männern werden wir gegenüberstehen?«

Wie Erik wußte, hatte der Prinz alle Berichte gelesen, die Calis von seinen drei Reisen nach Novindus geschickt hatte – während der Regentschaft seines Großvaters Arutha, während der Regierung seines Onkels Nicholas und während der letzten Fahrt. Er hatte selbst noch mehrfach persönlich mit dem Prinzen über dieses Thema gesprochen, nicht weniger als fünfmal. Also fragte der Prinz nur im Interesse jener Adligen, die noch keinerlei Erfahrung auf dem Schlachtfeld gesammelt hatten.

Erik warf Greylock abermals einen Blick zu, und dieser nickte erneut. Erik kannte Owen gut genug, um zu wissen, was dieser von ihm erwartete.

Er räusperte sich. »Hoheit, die feindlichen Truppen setzen sich aus vormaligen Söldnerkompanien zusammen, Männern, die für Lohn und unter strengem Regiment kämpfen. Man hat sie durch

Mord, Schreckensherrschaft und dunkle Magie zu einer Streitmacht zusammengeschmiedet, wie man sie in der Geschichte des Königreichs nie gesehen hat.« Er blickte in die Runde. »Manche dieser Söldner haben sich durch die halbe Welt gekämpft, von den Westlanden auf Novindus bis hin zur Zerstörung von Krondor. Seit zwanzig Jahren kennen sie nichts anderes als Krieg, Plünderungen und Vergewaltigung.« Er sah dem Höfling in die Augen. »Manche von ihnen sind Kannibalen.«

Der Mann wurde noch blasser, fast schien es, als würde er ohnmächtig werden.

Erik fuhr fort: »Sie werden über uns herfallen, weil sie keine andere Wahl haben. Wir haben ihre Flotte hinter ihnen zerstört, und sie haben nichts zu essen. Unter ihnen befinden sich außerdem zehn- bis zwanzigtausend Saaur – wir kennen ihre genaue Zahl nicht.« Manchen der Adligen aus dem Osten schien der Name nichts zu sagen. »Für die, die bisher nicht in Kenntnis gesetzt wurden: Die Saaur sind Eidechsenmenschen, die mit den Pantathianern verwandt sind, doch drei Meter groß werden. Sie reiten Streitrösser, die am Widerrist fünfundzwanzig Hände messen, und ihr Schlachtruf dröhnt wie Donner über die Berge.«

»Bei den guten Göttern!« fuhr der Höfling auf, erhob sich und schlug sich die Hand vor den Mund. Er eilte aus dem Zimmer, und nach einem Augenblick des Schweigens brachen einige der Lords lauthals in Gelächter aus.

Der Prinz fiel mit ein. Dann, nachdem sich die Fröhlichkeit gelegt hatte, sagte er: »Meine Lords, meine Herren. Trotz dieser Erheiterung, jedes Wort des Hauptmanns von Finstermoor entspricht der Wahrheit. Mehr: wenn überhaupt, hat er bei der Beschreibung des Feindes untertrieben.«

»Was sollen wir denn tun?« fragte einer der anderen wohlgekleideten Lords, der aussah, als wüßte er nicht, an welchem Ende man ein Schwert anpacken mußte.

»Mein Lord, wir werden kämpfen. Hier stehen wir, in Finstermoor, am Alptraumgebirge. Und wir werden keinen Zoll weichen, denn sollte der Feind uns passieren, ist das Schicksal des Königreichs besiegelt. Es gilt Sieg oder Tod. Eine andere Wahl haben wir nicht.«

Schweigen breitete sich im Saal aus.

Zwölf

Offenbarungen

Trommelschlag dröhnte.

Trompeten erschollen, und Männer liefen die Wehrgänge der Mauern von Finstermoor entlang. Erik zog sich so schnell er konnte an und eilte zum Ratssaal.

Er kam als dritter dort an, nach Patrick und Greylock, und einige Augenblicke später strömte ein halbes Dutzend anderer Adliger herein. Manfred trat ein, blickte kühl in die Runde und verkündete: »Sie sind da.«

Niemand brauchte zu fragen, wer ›sie‹ waren.

Patrick verlor keine Zeit. »Owen«, begann er, »Ihr und Graf Montrose reitet nach Süden, zum Bergrücken im Osten. Nehmt eine Kompanie mit und seht nach, wie die Dinge dort auf der Flanke stehen. Wenn die gesamte südliche Reserve verloren ist, wie berichtet wurde, muß ich wissen, was der Feind nach Norden wirft. Geht allen Kämpfen aus dem Weg, solange Ihr nicht angegriffen werdet, und dann möchte ich Euch so bald wie möglich wieder hier sehen. Falls Ihr auf Überreste der Reserve stoßt, bringt sie mit.«

In diesem Augenblick trat Arutha, Graf am Hofe, mit seinen beiden Söhnen ein. Erik nickte ihm zu.

»Arutha«, sagte Patrick. »Du kommst gerade zur rechten Zeit. Ich möchte, daß du die Verwaltung der Stadt übernimmst. Wir werden die Tore schließen lassen, und die Vorräte werden rationiert. Vor allem darf niemand unsere Sicherheit gefährden, indem er schmuggelt oder versucht, die Stadt zu verlassen.« Er wandte sich an Manfred. »Euch untersteht die Zitadelle, wie es Euer

Recht ist, doch ich werde die Kriegshandlungen von hier als meinem Hauptquartier führen.«

Manfred nickte. »Hoheit.«

Der Prinz richtete das Wort an Erik. »Ihr reitet nach Norden und überwacht unsere Stellungen dort. Falls der Süden so schwach ist, wie ich befürchte, darf es im Norden auf keinen Fall Breschen geben.« Er suchte Eriks Blick. »Solange Ihr nicht zurückgerufen werdet, verteidigt Ihr die Stellungen bis zum letzten Mann.«

Erik nickte. »Verstanden.« Er wartete keine weiteren Befehle ab, sondern eilte aus dem Raum hinunter in den Burghof, ließ sich sein Pferd bringen und ritt davon.

Eine Stunde war er auf einer der neugebauten Straßen unterwegs, die in die östliche Seite der Berge geschlagen worden waren, ein Dutzend Meter unterhalb der Kammlinie. Entlang der Gipfel über ihm konnte er die Verteidigungsstellungen erkennen. So wie es aussah, waren die Männer in Bereitschaft, denn sie liefen umher, brachten Ausrüstung dorthin, wo sie gebraucht wurde; Befehle wurden ausgeteilt und Waffen ein letztes Mal überprüft. Die Kämpfe hatten zwar noch nicht begonnen, doch der Feind war nah.

Er trieb sein Pferd an. Und unterwegs studierte er jeden Meter des Bergrückens.

Obwohl die Front etwa hundert Meilen lang war, ungefähr fünfzig auf jeder Seite von Finstermoor, lag der nördliche Kommandoposten nur ungefähr zwanzig Meilen nördlich der Stadt. Erik erreichte ihn gegen Mittag.

Jadow Shati stand vor einem kleinen Kommandozelt und stritt sich offenbar mit einem kleinen Mann im Waffenrock von Loriél. Als Erik ins Lager einritt, meinte Jadow: »Mann, bin ich froh, dich zu sehen.«

Während er einem Soldaten die Zügel übergab, fragte Erik: »Was gibt's?«

Jadow deutete mit dem Kopf auf den anderen Mann.

Der Kurze, der einen eckigen Kopf, kurzgeschorenes graues Haar und ein gedrungenes Kinn hatte, fragte: »Wer, zum Teufel, seid Ihr?«

Erik fiel ein, daß er in der Eile das blaue Hemd und die gelbe Hose angezogen und seine Uniform in Finstermoor zurückgelassen hatte. Er taxierte den Mann rasch und sagte: »Ich bin Euer Kommandant. Wer, zum Teufel, seid Ihr?«

Der Mann blinzelte. »Ich bin der Graf von Loriél!« Dann senkte er die Stimme. »Und Ihr?«

»Hauptmann von Finstermoor, von der Spezialeinheit des Prinzen. Ich habe den Befehl über die Nordflanke.«

»Nun, das wird sich noch erweisen«, sagte der Mann, dessen Hautfarbe sich zusehends rötete. »Ich bin Vasall des Herzogs von Yabon, und ich bin auch dem Prinzen von Krondor zu Gehorsam verpflichtet, doch diese Spezialeinheiten mit ihren emporgekommenen Jungoffizieren, da dreht sich mir der Magen um! Ich werde runter nach Finstermoor reiten und mit dem Prinzen persönlich sprechen.«

»Mein Lord«, erwiderte Erik leise, doch mit fester Stimme.

»Was?«

»Guten Ritt.«

Nachdem der Mann gegangen war, brach Jadow in schallendes Gelächter aus. »Mann, dieser Kurze ist ungefähr so angenehm wie ein Furunkel am Hintern. Ich hoffe, er bleibt einen Monat weg.«

»Nun, wenn ich bedenke, in welcher Stimmung unser Prinz war, als ich aufgebrochen bin, wird ihre Lordschaft mit ihrem Protest auf äußerst taube Ohren stoßen. Abgesehen davon, wie ist die Lage?«

»Soweit ich es beurteilen kann, haben wir sechs Kompanien hier, dazu ausreichend Vorräte unten am Berg. Einige der Jungs sind ziemlich zerschlagen, das sind die, die den ganzen letzten

Monat an der Nordfront gekämpft haben, doch wir haben auch ein paar frische Reserven, insgesamt sieht es also nicht so übel aus. Die schlechte Nachricht ist: wir werden gegen Duko antreten müssen.«

»Ich habe von ihm gehört. Was wissen wir über ihn?«

»Nicht viel. Hauptsächlich Gerüchte. Ein paar Dinge haben wir aus den Gefangenen rausgeholt. Er ist verdammt schlau, hat überlebt, wo es anderen, wie Gapi, nicht gelungen ist, und er hat immer noch ein großes Kontingent zur Verfügung. Mann, ich weiß nicht. Wenn du mich fragst, das ist nach Fadawah ihr bester Mann.«

»Na«, meinte Erik, »dann haben wir uns ja mal wieder die richtige Aufgabe ausgesucht.«

Jadow fragte: »Wie lauten die Befehle?«

»Einfach. Jeder, der den Hang heraufkommt, wird getötet.«

»Ich mag es einfach«, gab der frühere Söldner aus dem Tal der Träume zurück. »Ich habe diese ganzen Rückzüge satt.«

»Damit hat es jetzt ein Ende«, erklärte Erik, »wenn wir uns das nächstemal zurückziehen, haben wir verloren.«

»Nun«, stellte Jadow fest, »dann sollten wir uns darum kümmern, daß das nicht geschieht.«

Eine Trompete erscholl, und Jadow meinte: »Sieht so aus, als würden sie kommen.«

Erik zog das Schwert. »Auf geht's. Begrüßen wir sie.«

Während sie den Hang zur Kammlinie hinaufstiegen, fragte Erik: »Wer ist noch auf dieser Flanke?«

»Dein alter Freund Alfred. Er hat eine Kompanie nördlich von dieser, dann kommt Harper, und Jerome bildet das Ende. Im Süden steht Turner, dann Frazer, und als nächstes das Hauptquartier des Prinzen in der Stadt.«

Erik grinste. »Mit solchen Feldwebeln können wir einfach nicht verlieren.«

Jadow grinste nur zurück.

Erik blickte den Westhang hinunter, der jenseits der Kammlinie lag. »Ein Haufen Männer wird wegen zwanzig Metern Dreck das Leben lassen.«

»Das ist wahr. Doch wenn auch das wahr ist, was uns Hauptmann Calis damals am Strand in Novindus erzählt hat, sind es verdammt wichtige zwanzig Meter.«

»Daran gibt es keinen Zweifel«, erwiderte Erik. Er drehte sich um und betrachtete die Menschen, die den Hang erklommen. Die Bogenschützen eröffneten das Feuer, und Erik spürte, wie sich seine Schulter spannte, als er auf den ersten Mann wartete, der ihm entgegentreten würde. Er wollte die Sache hinter sich bringen.

Dann, als würden sie aus dem Boden wachsen, erschien eine Flut von Angreifern vor ihm. Der Kampf ging los.

Pug runzelte die Stirn. »Den Stein des Lebens entsiegeln? Und was schlägst du vor, wie wir das bewerkstelligen?«

»Was soll das heißen?« fragte Tomas und sah seinen Sohn an. »Kommen die Valheru dadurch frei?«

Calis schüttelte den Kopf. Er seufzte, als wäre er müde. »Ich weiß nicht, ob ich eure Fragen beantworten kann. Und ich weiß ebenfalls nicht, wie ich die Kräfte in diesem Ding freisetzen kann.« Er zeigte auf den grünen, pulsierenden Stein, aus dem das goldene Schwert ragte. »Ich weiß nur, daß ich, wenn ich erst einmal damit begonnen habe, in der Lage sein sollte, die Energien darin zu beeinflussen.«

»Und woher weißt du das?« fragte Nakor.

Calis lächelte ihn an. »Wie du immer so gern sagst: ›Ich weiß es eben.‹ Doch sollte ich einmal angefangen haben, kann ich das Ganze vielleicht nicht mehr aufhalten, und deshalb wollte ich mich vergewissern, ob ich das Richtige tue.« Er zeigte erneut auf den Stein. »Dieses Ding hätte es niemals geben dürfen.«

Tomas rieb sich das Kinn. »Ashen-Shugar hat das gleiche zu Draken-Korin gesagt.«

»Dadurch wurden die Chaoskriege ausgelöst«, meinte Nakor.

Alle Blicke richteten sich auf ihn. »Wie kannst du dir da so sicher sein?« fragte Tomas.

»Denk doch mal drüber nach. Du besitzt die Erinnerungen des Valheru. Warum wurde der Stein des Lebens geschaffen?«

Tomas ließ seine Gedanken in die Vergangenheit zurückschweifen, rief Erinnerungen wach, die er zum ersten Mal vor fünfzig Jahren durchlebt hatte, die jedoch von einem Wesen stammten, welches seit Äonen tot war. Und plötzlich überfluteten ihn die Erinnerungen.

Ein Ruf ertönte. Ashen-Shugar saß allein in seiner Halle, tief unter den Bergen. Sein Reittier, der goldene Drache Shuruga, hatte sich zum Schlafen unter dem tiefen Schacht zusammengerollt, der ihm Zutritt zum Himmel von Midkemia gewährte.

Es war ein eigentümlicher Ruf, so, wie er noch keinen gehört hatte. Eine Aufforderung, doch eine ohne die Blutgier, welche das Drachenheer gewöhnlich zusammentrieb, um zum Plündern zwischen den Sternen umherzufliegen. Hier in seiner Halle hatte Ashen-Shugar gespürt, wie er sich veränderte, als eine fremde Präsenz, ein Wesen namens Tomas, zu ihm gekommen war, in Gedanken, von einem fernen Ort. Seiner Natur gemäß hätte er gegenüber der Präsenz in seinem Kopf Zorn und Mordgelüste verspüren sollen, doch dieser Tomas schien ebenso ein Teil von ihm zu sein wie seine rechte Hand.

Mit einem Gedankenbefehl weckte er Shuruga und sprang auf den Rücken des Untiers. Der Drache erhob sich und strebte mit mächtigem Flügelschlag gen Himmel, hinaus aus den Bergen, dem Hort des Herrschers, Soweit die Adler Fliegen.

Nach Osten flog er, über die Gebirgskette hinweg, die eines Tages den Namen Graue Türme tragen, und über eine zweite, die Calastiusgebirge heißen würde, zu einer riesigen Ebene, wo sich alle seiner Art trafen. Er erschien als letzter.

Er ließ Shuruga einen Kreis ziehen und befahl dem großen Drachen dann zu landen. Alle Valheru warteten, derweil der mächtigste unter ihnen herabstieß. In der Mitte ihres Kreises stand eine Gestalt in schwarz-orangefarbener Rüstung, Draken-Korin, der sich selbst Herr der Tiger nannte. Zwei seiner Kreaturen, Tiger, denen durch Magie angeboren war, zu sprechen und aufrecht zu gehen, standen fauchend zu seiner Rechten und seiner Linken, die kräftigen Arme verschränkt. Sie bedeuteten dem Herrscher, Soweit die Adler Fliegen, nichts, denn trotz ihres bedrohlichen Äußeren stellten diese niederen Geschöpfe keine Gefahr für den Valheru dar.

Gemeinhin hielt man Draken-Korin für den seltsamsten Abkömmling des Volkes. Er hatte Ideen, Ideen von neuen Dingen. Niemand wußte, woher diese Ideen kamen, doch er war von ihnen besessen.

Tomas blinzelte. »Draken-Korin! Er war *anders*!«

Nakor erkundigte sich. »Hast du dich nicht gefragt, wieso?«

Tomas erwiderte: »Nein. Ich meine, Ashen-Shugar hat sich das nie gefragt.«

»Scheinbar waren die Valheru eine Art, der es an einer gesunden Portion Neugier fehlte«, stellte Nakor fest. »Doch das ist gleichgültig. Woran kannst du dich noch erinnern?«

»Ich erinnere mich daran, daß ich gerufen wurde.«

»Wohin?« fragte Pug.

»Draken-Korin rief uns alle zusammen, und er verkündete, daß sich die Ordnung des Universums verändere. Die alten Götter, Rathar und Mythar, seien geflohen ...« Tomas riß die Augen auf. »Er sagte: ›oder seien ihres Amtes enthoben‹!«

»Ihres Amtes enthoben?« hakte Miranda nach.

»Von den Herrschergöttern!« entfuhr es Dominic.

»Wartet!« meinte Tomas. »Ich muß mich erinnern!« Er schloß die Augen.

»... doch aus welchem Grund auch immer, Ordnung und Chaos haben keine Bedeutung mehr. Mythar ließ die Stränge der Macht fallen, und aus ihnen erhoben sich die neuen Götter«, sagte Draken-Korin. Ashen-Shugar betrachtete seinen Bruder-Sohn und entdeckte etwas in seinen Augen, etwas, daß er jetzt als Wahnsinn erkannte. »Wenn Rathar die Stränge der Macht nicht mehr zusammenknotet, werden diese Wesen die Macht ergreifen und eine neue Ordnung einführen. Dem müssen wir uns entgegenstellen. Diese Götter wissen, haben Bewußtsein, und sie fordern uns heraus.«

»Wenn sich einer zeigt, töte ihn«, antwortete Ashen-Shugar, den Draken-Korins Worte nicht beunruhigten.

Draken-Korin wandte sich seinem Bruder-Vater zu. »Sie sind uns an Macht ebenbürtig. Im Augenblick streiten sie noch untereinander und streben nach der Vorherrschaft untereinander und danach, die Macht, welche die Zwei Blinden Götter des Anfangs hinterlassen haben, zu erlangen. Doch dieser Streit wird ein Ende finden, und dann werden sie unsere Existenz bedrohen. Sie werden sich auf uns stürzen.«

Ashen-Shugar erwiderte: »Was sollen wir uns darum sorgen? Wir werden kämpfen, wie wir zuvor gekämpft haben. Das wird unsere Antwort sein.«

»Nein, wir müssen mehr tun. Wir müssen sie gemeinsam bekämpfen, nicht jeder für sich, sonst werden sie uns überwältigen.«

Ashen-Shugar sagte: »Tu, was du willst. Ich werde mich nicht beteiligen.« Er stieg auf Shuruga und flog nach Hause.

Tomas sagte: »Ich habe nie geträumt.«

»Wie?« fragte Pug.

Den Blick auf Miranda gerichtet, fuhr Tomas fort: »Dein Vater hat es gewußt! Er hat nicht nur einfach eine Waffe geschaffen, um die Eroberungen der Tsurani aufzuhalten oder selbst die Rückkehr des Drachenheeres nach Midkemia zu verhindern, sondern er hat uns auch auf diesen Kampf vorbereitet!«

»Das mußt du uns erklären«, bat Nakor.

»Etwas hat Draken-Korin verändert«, erzählte Tomas. »Nach den Maßstäben seiner eigenen Art war er verrückt. Er hatte diese seltsamen Vorstellungen und litt unter eigentümlichen Zwängen. Er war die treibende Kraft hinter der Erschaffung des Lebenssteins. Und er war der führende Kopf, als die Valheru ihre Macht dem Stein übertrugen.«

»Nein«, widersprach Calis. »Er war nur ein Werkzeug. Geführt wurden sie von etwas anderem.«

»Von wem?«

»Nicht von wem«, warf Nakor ein, »von was?«

»Was meinst du damit?« fragte Pug.

Nakor erklärte: »In jedem von euch ist etwas verborgen.« Er zog mit der Hand einen Bogen durch die Luft, und ein goldener Nimbus hellen Lichts erhob sich und erfüllte den Raum. Pug riß die Augen auf, denn er hatte zwar gewußt, daß Nakor weitaus mehr Macht besaß, als er für gewöhnlich zugab, doch diese Schutzhülle war etwas, das Pug noch nie gesehen hatte. Er erkannte sie als das, was sie war, hatte aber nicht den geringsten Hauch einer Ahnung, wie der kleine Mann sie ohne jegliche Anstrengung erzeugt hatte.

Miranda fragte: »Wer bist du?«

Nakor grinste. »Nur ein kleiner Mann, das hab' ich doch schon so oft gesagt.«

»Aber du bist mehr«, meinte Dominic daraufhin trocken.

Nakor zuckte mit den Schultern. »Ich bin auch ein Werkzeug, in gewissem Sinn.« Er sah einen nach dem anderen an. »Einige von euch haben mich bereits aus meinem Leben erzählen hören, und alles, was ich gesagt habe, entspricht der Wahrheit. Als ich noch ein Kind war, kamen diese Kräfte über mich, und mein Vater warf mich wegen meiner Schabernacke raus. Ich reiste viel umher und lernte, und den größten Teil meines Lebens war ich das, was ihr nun vor euch seht.

Dann begegnete ich einer Frau namens Jorna, die ich zu lieben glaubte – junge Männer verwechseln die Triebe des Körpers oft mit Liebe –, und in meiner Eitelkeit dachte ich, sie würde mich ebenfalls lieben; wir können das Ganze auch etwas logischer betrachten, wenn es unserem Zweck dient. Seht mich an!« Er lächelte. »Eine junge und wunderschöne Frau sollte meinem Werben erliegen?« Er zuckte mit den Schultern. »Doch das ist nicht weiter von Belang. Hingegen ist etwas anderes von Belang: diese Frau ließ einen weiseren, wenn auch ungleich traurigeren Mann zurück.« Er sah Miranda an. »Du weißt, was als nächstes geschah. Deine Mutter suchte nach jemandem, der ihr mehr beibringen konnte als ich, denn ich bin, wie ich stets gesagt habe, nur ein Mann, der ein paar Tricks kennt.«

Miranda unterbrach ihn: »Warum habe ich dann das Gefühl, du wärest der einzige Mann auf diesem Planeten, der diese Beschreibung auf dich anwenden würde?«

»Sei es, wie es will«, fuhr Nakor fort, »Jorna wurde Macros' Frau, und ich wurde wieder ein Reisender.« Er blickte sich im Raum um. »Mein Leben veränderte sich, als ich eines Nachts in einer ausgebrannten Hütte am Rand der Berge in Isalani schlief. Ich hatte immer die Fähigkeit besessen, Tricks auszuüben, kleine Sachen, doch in dieser Nacht träumte ich, und in meinem Traum wurde mir befohlen, etwas zu suchen.«

»Was?« fragte Pug.

Nakor öffnete seine stets präsente Tasche und langte hinein. Es war nicht das erste Mal, daß Pug sah, wie der kleine Mann den Arm bis zur Schulter hineinsteckte, obwohl die Tasche von außen so aussah, als ob sie höchstens zwei Fuß tief sei. Pug wußte, daß sich darin etwas befand, etwas wie ein kleiner Spalt, der es Nakor erlaubte, durch die Tasche hindurch zu einem Ort zu greifen, wo er eine erstaunliche Ansammlung von Gegenständen deponiert hatte. »Ah!« sagte der Isalani und zog etwas heraus. »Ich habe es gefunden.«

Dominic machte große Augen, während die anderen nur neugierig guckten. Nakor hielt einen Zylinder hoch, vielleicht achtzehn Zoll lang und mit vier Zoll Durchmesser. Das Ding war von kalter, gräulichweißer Farbe. An beiden Enden des Zylinders befand sich ein geriffelter Knauf.

»Was ist das?« fragte Miranda.

»Ein sehr nützliches Ding«, erklärte Nakor. »Du würdest dich wundern, welches Wissen darin steckt.« Er drehte an einem Ende, und der Zylinder öffnete sich klickend; der Deckel gab einen halbzollbreiten Spalt frei, und Nakor holte ein langes, blaßfarbenes, durchscheinendes Pergament oder Papier hervor. »Wenn du lange genug ziehst, kannst du den ganzen Raum damit füllen.« Er zog und zog, und immer noch spuckte der Zylinder mehr und mehr von dem langen Papierstreifen aus. »Dieser Stoff ist erstaunlich. Man kann ihn nicht schneiden oder zerreißen oder darauf schreiben. Schmutz bleibt nicht daran hängen.« Das Papier war mit einer wunderschönen Handschrift bedeckt. »Doch was immer du wissen willst, du findest es bestimmt hier drin.«

»Erstaunlich«, meinte Pug. Er betrachtete die Schrift. »Was für eine Sprache ist das?«

»Ich weiß es nicht«, sagte Nakor, »doch über die Jahre hinweg habe ich die Fähigkeit erlangt, einiges davon zu lesen.« Er drehte an dem geriffelten Ende, und augenblicklich glitt der Streifen zurück in den Zylinder, der sich sodann wieder schloß und an dem man danach weder die Öffnung noch irgendeinen Makel feststellen konnte – ein massives Stück Metall. »Ich wünschte nur, ich wüßte, wie man es richtig bedienen muß.«

»Du hättest ein jahrelanges Studium vor dir, denn es enthält die Reste der verlorenen Überlieferungen der Götter des Wissens. Es ist der Codex«, erklärte Dominic, von Ehrfurcht ergriffen.

»Und das wäre …?« fragte Miranda.

»Der Codex von Wodar-Hospur. Man hat ihn verloren geglaubt.«

»Nun, ich habe ihn jedenfalls gefunden«, sagte Nakor. »Das Problem ist nur, sobald ich ihn öffne, verrät er mir Dinge, doch niemals das gleiche zweimal. Einiges davon ist nicht im geringsten zu verstehen. Manches ist fürchterlich langweilig. Ich glaube, es gibt einen Weg, wie man an das Wissen kommt, das man sucht, doch bisher habe ich den noch nicht herausgefunden.« Er grinste. »Aber ihr wärt erstaunt, was man alles lernt, wenn man es sich im Schlaf unter den Kopf legt.«

Dominic sagte: »Der Codex ist auch unter dem Namen Räuber der Träume bekannt. Jenen, die zu nah bei ihm schlafen, raubt er die Träume, und nach einiger Zeit werden sie in den Wahnsinn getrieben.«

»Nun ja, du wärst nicht der erste, der mich für ein wenig verrückt hält«, meinte Nakor. »Abgesehen davon habe ich schon seit über hundert Jahren nicht mehr in meinem Zimmer in seiner Nähe geschlafen. Allerdings habe ich eine Weile gebraucht, bis ich herausgefunden habe, daß er mich vom Träumen abhält.« Er schüttelte den Kopf. »Es geschehen seltsame Dinge, wenn man des Nachts nicht träumt. Ich bekam langsam Halluzinationen, und ehrlich gesagt, war ich ein wenig reizbar.«

»Was ist es denn nun?« fragte Miranda. »Diese Namen sagen mir gar nichts.«

»Es ist das heiligste Artefakt aus dem Tempel der Götter des Wissens«, erklärte Dominic. »Es ist ein Text, in dem alles Wissen aus dem Tempel der Verlorenen Götter des Wissens enthalten ist. Wodar-Hospur war einer der niederen Götter, doch einer, der all jene Fragen, mit denen wir uns gerade beschäftigen, für wichtig erachtete. Was dieser Vagabund da wer weiß wie viele Jahre lang mit sich herumgetragen hat, hätte unserem Orden ein unglaubliches Wissen und nicht vorstellbare Einsichten gewährt, wenn wir den Codex in unseren Händen gehabt hätten.«

Nakor sagte: »Vielleicht, aber auf der anderen Seite hättet ihr wahrscheinlich einige Jahrhunderte herumgesessen und das Ding angestarrt, ohne zu verstehen, was in ihm steckt.« Nakor blickte in die Runde. »Wissen ist Macht. Ihr alle besitzt Macht. Ich habe Wissen. Zusammen können wir den Namenlosen besiegen.«

Als Nakor diesen Satz aussprach, wurde es im Raum ein wenig dunkler und kälter. »Der Namenlose?« fragte Miranda, und dann griff sie sich an den Kopf. »Da ist doch etwas, ich weiß, aber ich ... weiß nicht.«

Nakor nickte. »Ich werde seinen Namen nicht aussprechen.« Er blickte Dominic demonstrativ an. »Es hat seine Vorteile, wenn man ein bißchen verrückt ist und ein riesiges Wissen besitzt.« Erneut sah er einen nach dem anderen an. »Ich bin euch noch das Ende der Geschichte schuldig.

Der Namenlose besitzt keinen Namen, weil man, selbst wenn man ihn nur denkt, seine Aufmerksamkeit auf sich lenkt. Wenn man dies tut, ist man verloren, denn kein sterbliches Geschöpf besitzt die Macht, seinem Ruf zu widerstehen« – Nakor grinste – »außer mir.«

Dominic fragte: »Wie ist das möglich?«

»Wie ich gerade sagte, es hat seine Vorteile, wenn man ein bißchen verrückt ist. Und es gibt Tricks, mit denen man etwas denken kann, ohne zu wissen, daß man eigentlich daran denkt. Hört nun also der Namenlose seinen Namen und kommt, um nach dir zu suchen, findet er dich einfach nicht. Selbst ein Großer Gott kann dich nicht dort finden, wo du nicht bist.«

»Jetzt bin ich vollständig durcheinander«, meinte Miranda.

»Und damit stehst du nicht allein«, stimmte Pug zu.

Calis lächelte. »Ich denke, ich kann dir noch folgen, Nakor.«

Nakor grinste ihn an. »Das kommt nur, weil du noch jung bist.« Er sah die anderen an. »Als die Chaoskriege wüteten, versuchte einer der Sieben Herrschergötter, eben jener Namenlose, dessen Wesen ihr als böse bezeichnen würdet, das Gleichgewicht der Dinge auf den Kopf zu stellen.

Er war es auch, der Draken-Korin verdrehte und die Valheru auf ihren selbstzerstörerischen Weg brachte. Sie hatten nämlich eins übersehen: die Götter stellten überhaupt keine Bedrohung für sie dar. Für die Valheru war es ein unmöglicher Gedanke, doch die Götter hätten sich mit ihnen als Anbeter genauso zufriedengegeben wie mit den Menschen, Elben, Goblins und anderen intelligenten Arten, die heutzutage hier leben.«

Tomas lächelte. »Ich möchte behaupten, du hast recht. ›Unmöglicher Gedanke‹ faßt es sehr gut zusammen.«

»Jedenfalls«, fuhr Nakor fort, »als die Valheru sich erhoben, um die Götter herauszufordern, folgten darauf die Chaoskriege.« Er sah Tomas an. »Wie lange haben sie gedauert?«

Tomas antwortete: »Also ... ich weiß nicht.« Er schloß die Augen, als versuche er, sich zu erinnern, doch schließlich öffnete er sie wieder. »Ich habe keine Ahnung.«

»Sie zogen sich über Jahrhunderte hin«, sagte Nakor. »Die Götter, wie wir sie uns vorstellen, sind an einen Ort gebunden, an Midkemia, aber sie spiegeln größere Realitäten wider, welche Millionen von Welten berühren.«

»Ich komme schon wieder nicht mehr mit«, warf Miranda ein. »An einen Ort gebunden, und trotzdem über eine riesige Anzahl von Welten ausgebreitet?«

Nakor erklärte: »Es ist dasselbe, als würden wir alle um einen Berg verteilt sitzen. Jeder sieht denselben Berg aus einer anderen Perspektive. Trotzdem ist es derselbe Berg.

Die Göttin, die ihr und ich Sung die Reine nennen, repräsentiert einen bestimmten Aspekt der Realität, etwas Grundlegendes, Wichtiges, Unbeflecktes, Makelloses, Perfektes, und dieser Aspekt der Realität existiert an mehr Orten als nur hier um die Ecke.« Er sah Miranda an. »Damit will ich sagen: falls du versuchen würdest, Sung die Reine zu vernichten, würdest du nicht nur hier auf Midkemia, sondern auch in einem großen Teil der Realität Verwüstungen anrichten.«

»Alles ist miteinander verwoben«, sagte Calis und schob seine Finger ineinander. »Du kannst nicht einen Teil der Realität zerschlagen, ohne einen anderen zu beschädigen.«

»Also dieser Namenlose«, nahm Nakor seine Geschichte wieder auf, »ist auf Zerstörung aus, auf Vorteile; darauf, in der Ordnung der Dinge Disharmonie zu erzeugen. Er verleitete Draken-Korin und die Valheru zu zwei Taten: den Stein des Lebens zu erschaffen und sich gegen die Götter zu erheben.

Das Ergebnis war, daß viele der Niederen Götter vernichtet wurden, oder zumindest so vernichtet, wie dies bei einem Gott möglich ist, was bedeutet, daß er lange Zeit nicht anwesend sein wird; andere ... veränderten sich. Killians Macht erstreckt sich heute über das Meer, wo Eortis einst herrschte. Das ergibt einen gewissen Sinn, da sie die Göttin der Natur ist, doch eigentlich ist es nicht ihre Aufgabe.« Nakor schüttelte den Kopf. »Wißt ihr, dieser Namenlose hat einigen ernsthaften Schaden angerichtet, wenn man so darüber nachdenkt, und wir haben es noch immer mit ihm zu tun.« Er zeigte in die ungefähre Richtung von Finstermoor, nach Westen. »Ein großer Dämon befindet sich auf dem Weg hierher, mit einer riesigen Armee hinter sich, und er will dieses Ding.« Nakor deutete auf den Stein des Lebens. »Vermutlich weiß er nicht einmal, warum er dieses Ziel hat oder daß der Stein des Lebens hier ist. Und wenn er ihn erst in den Fingern hat, wird er nicht wissen, was er damit anstellen soll. Dennoch wird er alles tun, um ihn zu bekommen. Und dann ...«

Calis ergänzte: »Dann wird er dem Leben auf dieser Welt, wie wir es kennen, ein Ende bereiten.« Alle Blicke richteten sich nun auf Calis. »Es liegt in der Natur des Steins des Lebens, daß er alles in dieser Welt miteinander verbindet. Wenn man ihn zerschlägt, stirbt alles.«

»Das genau ist der Fallstrick«, sagte Nakor. »Und den hat Draken-Korin nicht gesehen, als er glaubte, die perfekte Waffe erschaffen zu haben. Er glaubte, wenn er die Macht des Steins freisetzte, würde die Energie die Götter einfach wegpusten oder so etwas.« Er warf Tomas einen Blick zu.

Der nickte.

»Aber so funktioniert es nicht«, fuhr Nakor fort. »Die ganze Welt wäre gestorben, nur die Götter nicht. Die Niederen Götter wären geschwächt worden, weil niemand sie mehr verehrt hätte. Doch die Herrschergötter wären genauso geblieben, wie sie immer waren.«

»Ich bekomme langsam Kopfschmerzen«, beschwerte sich Miranda. »Wenn sich für die Herrschergötter nichts verändert hätte, was hätte dann der Namenlose davon?«

»Nichts«, antwortete Nakor. »Das ist die Ironie an der ganzen Sache. Ich glaube, er hatte sich vorgestellt – wenn ihr mir erlaubt, kurz einmal wie ein Gott zu denken –, daß die allgemeine Zerstörung seinen Zielen dienen und für die Herrschergötter einen Nachteil darstellen würde.«

»Wäre es nicht so?«

»Nein«, erklärte Dominic. »Jeder Gott füllt eine festgelegte Rolle aus, und innerhalb dieser Rolle kann er agieren, doch nicht gegen seine Natur.«

Miranda erhob sich, offensichtlich verzweifelt. »Was geht denn dann eigentlich vor sich? Warum handelt dieser Gott gegen seine Natur?«

»Weil er wahnsinnig ist«, erklärte Calis.

»Die Tage des Wahnsinnigen Gottes Zorn«, sagte Tomas. »So nennt man die Chaoskriege auch.«

»Was treibt einen Gott in den Wahnsinn?« fragte Sho Pi.

Die anderen wandten sich dem Schüler zu, der bislang geschwiegen hatte. Nakor sagte: »Du bist doch nicht so ein Dummkopf, wie ich immer dachte, Junge. Was für eine wunderbare Frage.« Er blickte in die Runde. »Hat jemand eine Antwort?«

Niemand sagte etwas.

»Vielleicht liegt es in seiner Natur, doch der Namenlose hat Dinge getan, die seinen eigenen Zielen zuwiderliefen. Er hat eine Situation heraufbeschworen, die darin gipfelte, daß man ihn verstoßen und weit, weit entfernt eingekerkert hat.

Einst lebten sieben Götter im Gleichgewicht, jeder entsprechend seiner Natur. Aus welchem Grunde auch immer, das Gleichgewicht wurde gestört. Die Chaoskriege endeten mit der Vernichtung zweier Herrschender, denn sie mußten handeln, um das zu bewahren, was von dieser Welt noch übrig war. Die Substanz, Ishap, der wichtigste der sieben, ist vernichtet. Die Göttin des Guten, Arch-Indar, ist ebenfalls vernichtet, und der Namenlose wurde verbannt, von den verbliebenen vieren eingesperrt. Sein Gegenpart ist tot, und der Gott, der das Gleichgewicht bewahrte, ebenfalls, also mußten die restlichen vier, Abrem-Sev, Ev-Dem, Graff und Helbinor, handeln. Sie hatten keine andere Wahl.

Letztendlich blieben wir in einer Welt zurück, die außer Kontrolle geraten ist, aus dem Gleichgewicht, einer Welt, der es an Zusammenhalt fehlt. Aus diesem Grund ereignen sich auf Midkemia so viele eigentümliche Dinge. Sicherlich ein interessanter Ort zum Leben, allerdings ein wenig gefährlich.«

Pug fragte: »Sind das Vermutungen, oder weißt du diese Dinge?«

Nakor deutete auf das Artefakt. »Dominic?«

»Er weiß es«, sagte der Abt von Sarth. »Dieser Gegenstand wurde von dem Hohenpriester des Wodar-Hospur getragen, dem Gott des Wissens. Angeblich beantwortet der Codex jede Frage, die ein Mensch stellen kann. Doch der Preis, den der Hohepriester für das Tragen zahlen mußte, ist enorm hoch. Es bedarf der gemeinsamen Anstrengungen eines Dutzends anderer Priester im Tempel, um den Wahnsinn, der daraus resultiert, daß der Hohepriester nicht träumen kann, im Zaum zu halten.« Er sah den Isalani an. »Nakor, wie bist du diesem Wahnsinn entgangen?«

Nakor grinste. »Wer sagt denn, daß ich das wäre?«

Pug meinte darauf: »Ich habe dich schon oft für ein wenig eigenartig gehalten, aber als wahnsinnig habe ich dich noch nie betrachtet.«

»Nun, die Sache mit dem Wahnsinn verhält sich so: man kann nur eine gewisse Zeit verrückt sein. Entweder bringt man sich dann um, oder man wird wieder gesund. Ich bin wieder gesund geworden.« Nakor grinste. »Es hat vor allem geholfen, daß ich nicht mehr mit dem verdammten Ding in einem Zimmer geschlafen habe.«

Sho Pi fragte: »Wie kommt es, daß Ihr«, er zeigte auf Tomas, »der Ihr die Rüstung des Valheru tragt, und Ihr«, er zeigte auf Pug, »der Ihr der Meister zweier Welten der Magie wart, und du«, er zeigte auf Nakor, »der du diesen Gegenstand besitzt, und Macros, der Sarigs Stellvertreter war, an diesem Punkt der Geschichte zusammengekommen seid?«

»Wir sind hier, um zu helfen«, erklärte Nakor. »Die Götter haben es vielleicht so geplant, doch aus welchem Grund auch immer müssen wir den Schaden reparieren, der vor so vielen Jahrhunderten angerichtet wurde.«

»Wird uns das gelingen?« fragte Miranda.

»Uns nicht«, erwiderte Nakor. »Nur ein einziges Wesen in dieser Welt kann es überhaupt versuchen.« Er wandte sich Calis zu. »Kannst du es?«

»Ich weiß es nicht«, antwortete Calis. »Aber ich muß es versuchen.« Sein Blick suchte den Stein des Lebens. »Und zwar bald.«

Nakor sagte: »Unsere Aufgabe dabei ist es, sein Leben zu schützen, während er sich an dieser Aufgabe versucht.«

Erik stand hinter den Linien, beobachtete, wie seine Männer wieder einen Angriff zurückschlugen, und wartete auf den nächsten. Duko war gut, und keiner seiner Angriffe während des heutigen Tages war eine vergebliche Anstrengung gewesen. Erik hatte alle

Tricks, die er kannte, benutzen und zudem Reserven hinzuziehen müssen, um standzuhalten. Boten mit Nachrichten von anderen Stellungen entlang der Front trafen ein, und keiner von ihnen brachte gute Neuigkeiten.

Das Königreich widerstand, doch entlang der gesamten Front wurde es erbittert bedrängt. Patrick befürchtete, der Feind würde schließlich doch durchbrechen. Aus diesem Grund hielt er die Armeen des Ostens noch zurück, die in den östlichen Ausläufern des Gebirges ihr Lager aufgeschlagen hatten. Sie standen bereit, um bei einem eventuellen Durchbruch einzugreifen. Eine kleine Armee war hierher beordert worden, um zu verhindern, daß Truppenteile des Gegners, die die Front durchdrungen hatten, bis nach Sethanon weiterziehen konnten.

Es war später Nachmittag, und als Erik das Trompetensignal zum Rückzug hörte, atmete er erleichtert auf. Aus Finstermoor war ein Bote mit seiner Uniform zurückgekehrt, und frische Kleidung kam ihm jetzt gerade recht. Er war mit Dreck und Blut besudelt, und wenn er nicht baden konnte, so würden ein neues Hemd und eine neue Hose seine Laune ein wenig heben.

Nachdem er sich umgezogen hatte, kam Jadow in sein Zelt. »Wir haben einen Bericht erhalten, demzufolge der Feind irgendwo über den Kamm geschlüpft ist und sich in einem kleinen Cañon eine Meile nördlich von hier verkrochen hat.«

»Nimm dir eine Schwadron und merze sie aus«, sagte Erik. »Falls du Hilfe brauchst, schnapp dir, wer immer in der Nähe ist, aber vertreib diese Männer dort.«

Jadow brach sofort auf, und Erik seufzte. Er blätterte den Stapel Berichte und Meldungen durch, fand jedoch nichts, was sofort seiner Aufmerksamkeit bedurft hätte. Also erhob er sich, trat aus dem Zelt und eilte zur Essensausgabe. Er wollte sich nicht an die Spitze der Schlange dort vordrängeln, und er war gerade fast an der Reihe, als sich ein Reiter näherte.

Es war Dashel Jameson, der ihm zuwinkte. Erik warf einen bedauernden Blick auf den großen Topf, in dem der Eintopf blubbernd köchelte, und trat aus der Reihe. »Hallo!«

Dash stieg ab. »Der Prinz hat mich geschickt, um dir mitzuteilen, daß für den Grafen von Loriél andere Aufgaben gefunden wurden.« Er senkte die Stimme und fuhr fort: »Falls hier noch irgendein anderer Adliger vorbeikommt und dir Schwierigkeiten machen will, soll ich ... die Dinge regeln.«

Erik sagte: »Danke.« Es fiel ihm nicht leicht, die Frage zu stellen, die ihm auf der Seele brannte. »Gibt es Nachricht von deinem ... Großvater?«

Dashels Miene verfinsterte sich grimmig. »Nein. Weder von ihm noch von Großmutter.« Er richtete den Blick gen Westen, Richtung Krondor. »Wir haben uns mit der Tatsache abgefunden, daß sie es vorgezogen haben, gemeinsam dem Tod ins Auge zu schauen.« Er seufzte. »Mein Vater kommt damit nicht sehr gut zurecht, doch er wird bald darüber hinweg sein.« Dash zuckte mit den Schultern. »Um die Wahrheit zu sagen, mir fällt es auch nicht gerade leicht.« Er sah Erik an. »Wie kann ich dir helfen?«

»Ich brauche jemanden, der alle Meinungen sichtet, die eingehen und mich vor jenen verschont, die nicht dringend sind. Die Kommandostruktur hier ist nicht sehr gut organisiert.«

»Wir haben viele Adlige verloren«, sagte Dash, »und viele ihrer Stellvertreter sind Kasernenratten, die keine Erfahrung auf dem Schlachtfeld haben.«

»Das ist mir auch schon aufgefallen«, erwiderte Erik. Er warf Dash einen Blick zu. »Viele Adlige?«

Dash wirkte beunruhigt. »Der Herzog der Südlichen Marken ist gefallen. Der Herzog von Yabon liegt verwundet danieder, und niemand weiß, ob er die Verletzung überleben wird. Wenigstens ein Dutzend Grafen und Barone sind gefallen. Und ehe dies vorbei ist, werden noch etliche dazukommen, denke ich.« Er senkte die Stimme. »Während du in den Bergen warst und Rekruten ausgebildet hast, hat Patrick alle Lords, die sich hier versammeln würden, angewiesen, einen Sohn daheim zu lassen, falls das möglich war. Sollten wir dies überstehen, wird es nächstes Jahr in der Versammlung der Lords eine Menge neuer Gesichter geben. Dieser Krieg verlangt einen hohen Blutzoll.«

»So ist es.« In diesem Augenblick erschollen Trompeten, und während der nächste Angriff erfolgte, wurde Alarm geschlagen. »Und wir werden einen hohen Blutzoll vom Feind fordern«, sagte Erik entschlossen, indem er das Schwert zog und zu der Stelle eilte, die er sich als Kommandoposten ausgesucht hatte.

Calis erklärte: »Es ist an der Zeit.«

Pug stellte sich neben den Sohn seines alten Freundes. »Bist du sicher?«

»Ja.«

Calis sah seinen Vater an, und zwischen ihnen ging etwas vor sich; etwas Stilles, aber trotzdem Schwerwiegendes, etwas, das keiner Worte bedurfte. Dann blickte Calis zu Miranda hinüber, und sie lächelte ihn an.

Calis trat vor den Stein des Lebens, diesen riesigen, grünen Smaragd, der vor Energie pulsierte. Er forderte seinen Vater auf: »Zieh dein Schwert heraus.«

Tomas zögerte nicht. Er sprang auf das Podest, auf welchem der Stein ruhte, ergriff das Heft des weiß-goldenen Schwertes und zog. Zuerst widerstand das Schwert seinen Anstrengungen, schließlich kam es frei.

Tomas reckte das Schwert in die Höhe, und zum ersten Mal seit dem Ende des Spaltkriegs fühlte er sich wieder als ein Ganzes. Ein urtümlicher Siegesschrei löste sich aus seiner Kehle.

Der Stein begann zu pulsieren, und Calis legte die Hände darauf. »Ich bin Valheru! Ich bin Mensch!« Er schloß die Augen. »Ich bin Eledhel!«

Nakor meinte: »Interessant. Er ist einzigartig; er besitzt die Merkmale dreier Arten.«

Calis öffnete die Augen und starrte in den Stein. »Es ist so offensichtlich!« sagte er und senkte den Kopf, bis seine Stirn den Stein berührte. »Es ist so einfach!«

Pug sah Tomas an, und beide stellten sich schweigend die gleiche Frage: was war so offensichtlich und was so einfach?

In einem großen Pavillon, von Dienern und Beratern umringt, schäumte Jakan von Wut. Etwas rief nach ihm, etwas Zwingendes, Befehlendes, etwas, das darauf bestand, daß er zu ihm kommen sollte. Er wußte nicht, was für ein Ding es war, das ihn da rief, doch es spukte durch seine Träume und sang zu ihm. Er wußte, wo es sich befand, an einem Ort nordöstlich von hier, Sethanon, und er wußte, daß jene, die ihm entgegentraten, ihm dieses Ding streitig machen würden.

Der selbsternannte Dämonenkönig von Midkemia erhob sich, doch für jene, die sich in seiner Gegenwart befanden, hatte noch immer die Illusion der Smaragdkönigin Bestand. Sie schien es zu sein, die ihnen befahl, den Pavillon zu verlassen, nur nicht jenen Begleitern, die stets in ihrer Nähe waren, dem verbliebenen pantathianischen Schlangenpriester namens Tithulta und dem Menschen, General Fadawah. Diese wußten von der Täuschung und waren die einzigen Überlebenden jener blutigen Nacht, in der Jakan die Smagardkönigin gefressen hatte. Es war so einfach gewesen. Sie war mit einem ihrer Opfer allein, einem Mann, der in ihren Armen starb, während sie sein Blut trank. Jakan war in ihr Zelt geschlichen und hatte sie und ihren letzten Liebhaber rasch getötet. Die Frau hatte eine beachtenswerte Macht besessen, doch sie hatte zuviel Energie auf ihre jugendliche Erscheinung verschwendet. Dem Dämon war dies unbegreiflich; es war soviel einfacher, eine Illusion zu erzeugen, so wie er es getan hatte.

In dem Augenblick, als er die Frau verschlungen hatte, war dem Dämon Fremdartiges und dennoch Vertrautes widerfahren. Er war von dieser Kraft berührt worden und kannte ihren Namen, Nalar. Doch über das Wissen um ihre Gegenwart hinaus hatte sich der Dämon über den magischen Widerhall in der Seele der Smaragdkönigin keine Gedanken gemacht.

Maarg hatte einen Pakt abgeschlossen mit jemandem, der diese seltsamen Kreaturen, die wie Pantathianer aussahen, dazu brachte, den Spalt zur Welt der Saaur und zu dieser Welt zu öffnen. Aber das wollte er Maargs Sorge sein lassen. Sollte er doch auf Shila verrotten oder ins Dämonenreich mit seinen kargen Freuden zurückkehren. Jakan war der einzige seiner Art auf dieser Welt, und seine Macht wuchs von Tag zu Tag.

Er betrachtete seinen Arm und stellte fest, wie sehr er gewachsen war. Den letzten Menschen hatte er schon in einem Stück verschlungen, und es war ein wunderbarer Moment gewesen, als die Kreatur fast eine Minute lang in seinem Schlund geschrien hatte. Und jetzt sah er mit Freuden, wie das Gesicht des Menschen auf seinem Bauch erschien. Er bewegte die Schultern und spürte, wie seine großen Flügel fast die Seiten und die Decke des Pavillons berührten. Er würde ihn vergrößern lassen müssen. Die Illusion der Smaragdkönigin konnte sich mit Leichtigkeit in diesem Zelt bewegen, doch Jakan war nun über sechs Meter groß, und solange er fressen konnte, würde er weiterwachsen. Einen Augenblick lang überlegte er, ob er das Fressen einschränken sollte, aber dieser Gedanke war ihm fremd, und so tat er ihn ab.

Er duckte sich, als er durch den Zelteingang trat, den die Wachen der Königin für ihn aufhielten. Fadawah und Tithulta erschienen und folgten ihm in respektvollem Abstand; niemand ohne die Sehfähigkeiten eines Zauberers würde die magischen Ketten und Halsringe erkennen, mit denen Jakan sie an sich band.

Die Armee sah, wie die Smaragdkönigin das große Zelt erreichte, welches sie für die Verwundeten hatte errichten lassen. Sie trat ein. Soldaten kümmerten sich um die Sterbenden. »Geht hinaus«, befahl sie, und alle, die dazu in der Lage waren, folgten ihrem Befehl, denn man hatte so seine Vermutungen, was nun geschehen würde.

Jakan trat zu dem ersten Mann, der zwar bewußtlos war, aber noch lebte. Der Dämon hob ihn mit einer Hand hoch, biß ihm den Kopf ab und schluckte ihn. Das Blut und die Lebenskraft, die dem Dämon die Kehle hinunterrannen, erfüllten ihn mit einem fast schmerzlichen Vergnügen. Niemals zuvor war ein Dämon so rasch gewachsen, so mächtig geworden, und dabei hatte er noch große Möglichkeiten vor sich. Er würde der mächtigste Dämonenkönig in der Geschichte seiner Art werden! Nichts würde ihn auf seinem Marsch aufhalten können, und wenn er diesen Planeten erst leergefressen hatte, würde er das Wissen dieser Leute über Spalte benutzen, um in andere Welten vorzudringen. Schließlich, dachte er, werde ich ein Gott sein!

Er wandte sich einem Mann zu, der sich wegen seiner Verletzungen kaum mehr regen konnte, dessen Augen jedoch voller Entsetzen über das waren, was er gerade mitangesehen hatte. Jakan hatte, wie er jetzt bemerkte, in seiner Blutgier die Illusion nicht mehr aufrechterhalten, und die kranken, sterbenden Männer stöhnten vor Grauen. Grinsend trat Jakan zum nächsten, spießte ihn mit einer einzigen Kralle auf und hob ihn zu sich hoch. Mit einem Biß verschlang er ihn und ergötzte sich an dem Gefühl des zuckenden Körpers, der durch seinen riesigen Schlund glitt. Niemals zuvor hat es jemanden wie mich gegeben, dachte er.

Jakan wandte sich seiner Marionette, Fadawah, zu. »Gebt den Befehl zum Angriff! Wir werden diese schwächlichen Menschen heute überrennen!«

In den leeren Augen Fadawahs war keine Reaktion zu erkennen. Er steckte den Kopf aus dem Zelt und rief: »Befehlt alle Einheiten zum Angriff!«

Bald, dachte Jakan, werde ich Tausende verschlingen, und dann werde ich diesen Ort erreichen, Sethanon, und erfahren, was mich dorthin ruft.

Calis lächelte. »Es ist, als würde man einen Knoten lösen!«

Seine beiden Hände lagen auf dem Stein des Lebens, und das pulsierende grüne Licht umhüllte ihn, überflutete ihn, drang in ihn ein. Obwohl er keinen einzigen Muskel bewegte, hatten ihn jene, die ihn kannten, noch nie so lebendig und kraftvoll gesehen.

Sein Vater trat zu ihm und fragte: »Was kannst du erkennen?«

»Vater«, antwortete Calis verzückt, »ich kann alles sehen!«

Eine zwei Meter hohe wirbelnde Säule grüner Energie entwich dem Stein wie eine Stichflamme, wogte und erzeugte einen scharfen Ton. In der Flamme flackerten Gesichter auf, und Tomas zog die goldene Klinge.

»Die Valheru!« krächzte er heiser und bereitete sich mit allen Sinnen auf den Kampf vor.

»Nein«, entgegnete Calis. »Dies ist nur ein Widerhall ihrer früheren Existenz. Was sie zu werden erstrebten, hat sich ihnen entzogen. Was sie zurückerlangen wollten, wurde niemals ihres.« Er drehte den Kopf und blickte seinen Vater an. »Mach dich bereit.«

»Wofür?«

»Für die Verwandlung.« Calis schloß die Augen, und die Flamme schoß in die Höhe, hinauf zur Decke der Höhle, wo sie sich auf dem Felsgestein kreisförmig ausbreitete. Und währenddessen verging sie, bis nur noch ein schwacher grüner Schein blieb, der sich über den goldenen Schimmer von Nakors Schutzhülle legte.

Tomas fiel auf die Knie, das Schwert glitt ihm aus den Händen, und ein schmerzliches Stöhnen entrang sich seiner Kehle. Er umklammerte Brust und Bauch, als winde er sich in Todeskrämpfen. Pug lief zu ihm. »Was ist los?«

Tomas biß die Zähne zusammen und schüttelte sich. Er war nicht in der Lage zu antworten.

Calis erklärte: »Die, welche die Valheru waren, sind auf die Welt zurückgekehrt.«

Pug ließ Tomas allein und trat an Calis' Seite. »Wird er das überleben?«

»Das wird er«, antwortete Calis. »Er ist mehr als ein Valheru. So wie ich.«

Dann erkannte Pug, daß sich auch Calis einer schmerzhaften Verwandlung unterzog, denn der Teil von ihm, der das Erbe der Valheru darstellte, wurde ihm entrissen. Der Schweiß rann ihm in Strömen über die Stirn, seine Arme zitterten, doch seine Augen funkelten, und er wandte den Blick keinen Moment vom Stein ab.

»Was geschieht?« fragte Pug leise.

»Etwas, das dieser Welt genommen wurde, wird ihr zurückgegeben«, erläuterte Calis. »Und ich bin das Werkzeug, das diese Rückkehr möglich macht.«

Einen Augenblick später wirbelten kleine grüne Lichtpunkte von dem glühenden Nimbus fort, der Calis und den Stein einhüllte, und flogen in alle Richtungen davon. Pug duckte sich vor dem ersten Sprühregen aus Licht, und er ging an ihm vorbei, und als er wieder hochkam, traf ihn der zweite in die Brust. Doch anstelle von Schmerz oder Verwundung spürte er nur Energie, etwas Warmes, Heilendes, das ihn durchflutete.

Er sah zu Tomas, der sich noch immer in Krämpfen krümmte, doch als auch ihn die winzigen grünen Punkte trafen, begann sich auch Tomas zu erholen. Schließlich blickte sein Jugendfreund auf, und in seinen Augen konnte Pug keinen Schmerz mehr entdecken.

Tomas erhob sich und kam langsam zu Pug und Calis. Er blickte Pug an, und dem Magier entging das Erstaunen in Tomas' Augen nicht, ein Erstaunen, wie er es nicht mehr bei ihm erlebt hatte, seit Tomas die Rüstung von Ashen-Shugar, dem letzten der Valheru, angelegt hatte. Zum ersten Mal seit fünfzig Jahren schien Tomas wieder der Junge aus Crydee zu sein, und mit einer Stimme, die voller Verwunderung war, sagte Tomas: »Mein Sohn heilt die Welt.«

Und dann hallte ein Freudengeschrei durch die Höhle, ein Laut, der durch und durch ging und von dem Pug nicht hätte sagen können, ob er ihn wirklich hörte oder nur fühlte. Der Stein schien zu explodieren, und eine Ehrfurcht gebietende Flamme des Lebens breitete sich im ganzen Raum aus. Nakor tänzelte verzückt umher, während Dominic das Schutzzeichen seines Gottes in die Luft malte.

»Den brauchen wir nicht mehr«, sagte Nakor und beendete seinen Schutzzauber.

Und während die Schutzhülle verschwand, hallte etwas aus der Welt zurück, so finster und böse, wie es zuvor lebendig und gut gewesen war. Nakor riß die Augen auf. »Huch!«

Der Dämon hob den Kopf von seinem Schmaus. »Nein!« brüllte er, als er spürte, wie ihm etwas entrissen wurde. Sethanon! kreischte die Stimme in seinem Kopf.

Alle Träume von Macht und Ruhm waren vergessen. Die magischen Fesseln seiner beiden Sklaven fielen zu Boden, als der Dämon zum Zelteingang schritt.

Zwei Wachen drehten sich um, als Jakan heraustrat. Sie erbleichten und ergriffen voller Panik die Flucht.

General Fadawah blinzelte, als würde er aus einem Dämmerschlaf erwachen. Der Dämon hatte den Eingang des Zeltes zerfetzt. Er erhaschte nur einen kurzen Blick auf das Ungeheuer, bevor es sich in die Lüfte schwang, doch der genügte.

Der General drehte sich zu dem verwirrten pantathianischen Hohenpriester um, der gleichfalls aus dem Dämmer erwachte. Zorn ergriff den General, und er zog seinen Zierdolch. Er riß die Klinge hoch und versenkte sie zwischen Hals und Schulter des Pantathianers. Der Schlangenpriester ging in die Knie. Einen Augenblick schwankte die Kreatur noch, dann brach sie zusammen.

Fadawah machte sich gar nicht erst die Mühe, seine Klinge aus dem letzten, nun im Sterben liegenden Pantathianer herauszuziehen. Er trat durch die Rückwand aus dem Pavillon der Smaragdkönigin und eilte zum Kommandozelt, wo er seine entsetzten Offiziere vorfand. Indes er ihren Blicken folgte, entdeckte er den Dämon, der in Richtung der Berge, gen Finstermoor, aufstieg.

Einer der Hauptleute der Söldnerkompanien, der in den Offiziersstab der Armee aufgenommen worden war, bemerkte seinen Kommandanten und stammelte: »Befehle, Sir?«

Fadawah fragte: »Was ist geschehen? Ich stand unter dem Einfluß dieses Ungeheuers und weiß nicht, was passiert ist. Berichtet mir!«

»Ihr habt gerade den Generalangriff befohlen. Alle Einheiten. Wir sind auf ganzer Front entlang des Bergrückens in Gefechte verwickelt.«

»Verdammt!« fluchte der General. Er hatte keine Ahnung, wie lange ihn der Dämon im Bann gehalten hatte, doch eins wußte er: Er mußte sich so schnell wie möglich über die Geschehnisse ein Bild machen. Das letzte, an das er sich deutlich erinnern konnte, war, daß er im Zelt der Smaragdkönigin vor der Stadt am Schlangenfluß gewesen war; danach hatte er in einem zeitlosen Dunst gelebt, in einem vagen Traum voller Furcht und Entsetzen. Und nun befand er sich auf der anderen Seite der Welt mitten in einer Schlacht, ohne die geringste Ahnung, gegen wen er kämpfte und wie seine Truppen aufgestellt waren oder ob sie siegten oder verloren. Und da die Königin tot war, wußte er nicht einmal, ob sie den Kampf fortsetzen oder beenden sollten.

Er sah seine Offiziere an. »Karten! Ich will sehen, wo wir stehen, wo die Einheiten liegen und was wir über den Feind wissen.« Und während die Offiziere eilends den Befehlen nachkamen, warfen einige von ihnen der im Osten verschwindenden Gestalt des Dämons noch verstohlene Blicke hinterher. Fadawah hingegen kannte nur noch einen Gedanken: Überleben.

Dreizehn

Konfrontation

Erik kämpfte.

Was mit mäßigem Druck begonnen hatte, wie ein Austesten der möglichen Schwachpunkte in der Verteidigungslinie, war ohne Vorwarnung zu einer Großoffensive geworden. Erik stieß den Mann, den er gerade getötet hatte, mit dem Fuß zurück und ließ ihn den Hang hinunter zu den Bäumen rollen.

Entlang des ganzen Alptraumgebirges kämpfte die Armee des Königreichs gegen die Invasoren, ein Gemetzel ohnegleichen seit den Tagen des Spaltkriegs. Erik warf einen Blick ringsumher, als der Sturm einen Moment lang nachließ. Die Verwundeten und Toten wurden von ihren Kameraden geborgen, andere labten sich rasch aus den Wassereimern, die die Jungen vom Gepäckzug gebracht hatten.

Jadow kam angerannt, Feldwebel Harper folgte ihm auf dem Fuß. »Sie haben die Nordflanke aufgemischt«, berichtete Harper, dessen Gesicht mit Blutspritzern übersät war. »Jerome ist tot, und mit ihm seine ganze Kompanie. Duko hat seine Leute auf dieser Seite des Bergrückens, und sie drängen uns nach Süden zurück.«

»Verdammt!« fluchte Erik. Er wandte sich einem Boten zu. »Befehle an die Reserveeinsatztruppe …«

»Es gibt keine Reserve mehr. Ich habe sie losgeschickt, sobald Harper bei mir eintraf. Sie sind jetzt dort oben.«

Erik rieb sich das Gesicht. Es fühlte sich an, als hätte sich die Erschöpfung wie Sand in seine Haut eingegraben. Seine Gedanken gingen wild durcheinander, da er in den letzten beiden Tagen nur noch gekämpft und nicht mehr geschlafen hatte. »Gut«, sagte er zu den beiden Feldwebeln. »Nehmt jeden dritten Mann von hier und verstärkt den Norden. Wenn ihr euch nicht mehr halten könnt, zieht euch zurück, und wenn ihr die erste Verteidigungsstellung auf unserer Seite Richtung Norden erreicht, grabt euch dort ein. Haltet sie dort auf, und wenn sie sich dann nach Osten über die Berge wenden, ist es das Problem der Armeen des Ostens.« Er wandte sich an den Boten. »Geh nach Finstermoor. Sag dem Prinzen, die Flanke im Norden sei eingebrochen, und wir würden versuchen, uns einzugraben. Aber wir brauchen Verstärkung. Verstanden?«

Der junge Soldat salutierte. »Jawohl, Sir.« Dann rannte er zu seinem Pferd.

Erik sah, daß Jadow und Harper bereits losgegangen waren, um jeden dritten Mann abzuziehen und nach Norden zu bringen. Dash stand mit gezogenem Schwert in der Nähe, Hemd und Hose über und über mit Blut verschmiert. Erik sagte: »Ich dachte, ich hätte dich angewiesen, die Meldungen zu lesen.«

Dash lächelte. »Im Augenblick wäre da nichts, was nicht warten könnte, und ein Schwert mehr kann doch wohl nicht schaden.«

Erik nickte. »Da hast du wohl recht.«

Plötzlich drängte der Feind abermals über den Kamm, und Erik wurde in den nächsten Kampf verwickelt.

Tomas sagte: »Es kommt etwas!«

Pug nickte. »Ich kann es ebenfalls spüren.« Er hielt inne. »Ich erkenne diese Präsenz. Es ist Jakan!«

Nakor sagte: »Sho Pi, du und der gute Abt, ihr müßt euch verstecken.«

»Ich werde hier bei euch bleiben, Meister«, widersetzte sich Sho Pi.

Nakor schnappte sich den jungen Mann und schob ihn auf ein Loch in der Wand zu. Dadurch gelangten sie zu den unterirdischen, verstaubten Ruinen des letzten Kampfes, der hier in der uralten Stadt der Valheru stattgefunden hatte, unter dem zerstörten Sethanon. »Mein Schutztrick hat uns zwar vor den Ohren des Namenlosen versteckt, doch ich kann damit einen wütenden Dämon nicht aufhalten! Rein da!« beharrte Nakor. »Versteckt euch in dem Loch, denn das, was jetzt auf uns zukommt, könnte uns alle vernichten, doch wenigstens haben wir, die wir hierbleiben, gewisse Mittel, uns zu wehren!«

Das Mauerwerk war in einem Kampf der Titanen zerschmettert worden, den der Drache Ryath, dessen schlafender Leib nun vom Orakel von Aal vereinnahmt war, und ein Schreckenslord, welchen Nalar als Ablenkung geschickt hatte, um die Rückkehr der Valheru zu decken, ausgetragen hatten. »Geht da runter und laßt euch nicht blicken.«

Nakor eilte zurück und blieb neben Miranda stehen, während Pug und Tomas sich bei Calis postierten. Miranda fragte: »Kannst du dich verteidigen?«

»Ich bin um einiges zäher, als ich aussehe«, erwiderte Nakor, doch dieses Mal grinste er nicht.

Calis arbeitete weiter versunken daran, den Stein des Lebens zu entsiegeln, in seinem Gesicht mischten sich Verzückung und Ruhe. Die Augen hatte er nun fest auf einen Punkt in der Mitte des Steins gerichtet, welcher kleiner und kleiner wurde, je mehr Funken der Lebensenergie von ihm fortstoben.

Miranda meinte: »Was immer das ist, es fühlt sich gut an.«

»Wenn wir nicht gerade auf das Eintreffen eines wütenden Dämonenkönigs warten würden, könnten wir es richtig genießen.«

Miranda spürte, wie ein großes Stückchen grüner Lebenskraft durch ihren Bauch ging; sie machte große Augen. »Oh!«

Nakor kicherte. »Das sieht interessant aus.«

»Es hat sich auch interessant angefühlt«, erwiderte sie. Sie strich sich über den Bauch. Besorgnis und Unsicherheit zeichneten sich auf ihrem Gesicht ab, und sie sagte: »Es geht etwas vor sich.«

Nakor blickte sich in der Halle um, welche nun fast zur Gänze von dem grünen Licht erhellt war. »Die Lebensstruktur dieser Welt wird in Ordnung gebracht. Es ist ein Heilprozeß, eine Verjüngung. Alte Seelen, die seit Jahrhunderten in diesem Ding gefangen waren, kommen frei und kehren ins Universum zurück.« Er warf Miranda einen Blick zu. »Aber die Nebenwirkungen könnten überraschend sein.«

»Das möchte ich nicht bezweifeln«, gab Miranda zurück.

Tomas kniff die Augen zusammen und neigte den Kopf, als würde er auf etwas lauschen. »Er kommt.«

»Wer?« fragte Miranda.

»Jakan«, antwortete Pug.

Tomas packte sein Schwert fester. «Und zwar schon bald. In der nächsten Stunde, höchstens in zweien.«

Pug blickte zu Calis hinüber, der immer noch in seine Aufgabe vertieft war. »Wird er dann fertig sein?«

Tomas zuckte mit den Schultern. »Ich weiß es nicht.«

Sie warteten.

Erik duckte sich, als der nächste Schwarm Pfeile über ihn hinwegsauste. Im nächsten Augenblick erhoben sich seine eigenen Bogenschützen und schossen zurück. Der Angriff hatte während des Nachmittags noch an Heftigkeit zugenommen, und jetzt befürchtete er, sie würden die Kontrolle über den Höhenrücken verlieren.

Und plötzlich standen feindliche Soldaten oben, und wieder sah er sich dem Kampf Mann gegen Mann gegenüber. Die Entschlossenheit seiner Männer kannte keine Grenzen, doch ihr Durchhaltevermögen erlahmte.

Seit er Jadow und Harper losgeschickt hatte, um die Nordflanke zu verstärken, hatte er nichts mehr von ihnen gehört, und die Männer, die er ihnen mitgegeben hatte, hätte er nun dringend hier gebraucht. Erik machte sich Sorgen, ob er so nicht beide Stellungen in Gefahr gebracht hatte.

Das Tosen der Schlacht lenkte seine Gedanken jedoch von diesen Sorgen ab, als die Front um ihn herum mehr und mehr unter Druck geriet, da Feind auf Feind erschien und immer weniger Verteidiger blieben. Erik ließ das Schwert kreisen wie eine Sense, mähte die Angreifer nieder wie Weizen. Er hörte Männer schreien, grunzen, fluchen und richtete seine Aufmerksamkeit ganz auf das Hier und Jetzt. Die Schlacht war an einem Punkt angelangt, wo man keine Ordnung mehr aufrechterhalten konnte; sie würde sich ganz allein nach der Stärke der Männer entscheiden, die sie austrugen. Falls sich die Entschlossenheit der Angreifer als größer erwies, würden sie den Sieg davontragen.

Erik sah zwei Gegner vor sich, und in diesem Moment spürte er tief in seiner Seele, daß die Schlacht verloren war. Er schlug den ersten Mann nieder, zerschmetterte seinen Schild mit einem gewaltigen Hieb, konnte jedoch dem Hieb des zweiten kaum ausweichen.

Und dann gingen ein dritter und ein vierter Mann auf ihn los, und dies war der Augenblick, in dem er wußte, daß er sterben müßte. Er schlug zu und erwischte den zweiten im Gesicht und schlitzte ihm die Haut bis zum Knochen auf, welcher zersplitterte, als ihn die Klinge traf. Sofort riß Erik sein Schwert zurück und stieß den Mann den beiden anderen entgegen.

Erik wußte, es war nur noch eine Frage von Momenten, und er war entschlossen, so viele Feinde wie nur möglich mit sich in den Tod zu nehmen, ehe sie ihn überwältigten.

Er senkte einen Hieb in den nächsten Mann, als ihn ein Schlag in die Rippen traf. Als er daraufhin herumfuhr, öffnete er seine Deckung für einen weiteren Schwerthieb. Eine Klinge erwischte ihn am Arm, zerschlitzte das Leder seines Handschuhs und hinterließ einen blutigroten Streifen auf seinem Unterarm.

Dann traf ihn ein Hieb an der Schläfe, und seine Knie gaben unter ihm nach. Er konnte sich nicht mehr auf den Beinen halten, und als er zurückweichen wollte, rutschte er aus, was ihm das Leben rettete. Er fiel nach hinten, landete zwischen Steinen und Staub und wälzte sich kopfüber ein paar Meter davon. Dann blieb er auf dem Rücken liegen und sah über seine Stiefel hinweg den fünf feindlichen Soldaten entgegen, die auf ihn zuliefen, um sein Leben zu beenden.

Als der erste seiner Gegner, das Schwert hoch über den Kopf zum tödlichen Stoß ausholend, bei Erik ankam, ragte plötzlich ein mit Gänsefedern besetzter Pfeil aus seinem Hals. Der Mann schaffte noch einen Schritt, ging auf die Knie und brach dann vornüber zusammen. Erik krabbelte rückwärts, während sich die Angreifer nach links – von Erik aus rechts – wandten, und der nächste Pfeil riß einen der Angreifer von den Beinen und warf ihn rücklings zu Boden. Allein ein Langbogen konnte eine solche Wucht haben. Erik sah sich um und entdeckte ein halbes Dutzend in Leder gekleideter Männer, die auf die Angreifer schossen, während Kinder vorwärtsstürmten.

Erik blinzelte. Das waren keine Kinder, das waren Zwerge in Rüstung, die ihre Kriegshämmer und Äxte schwangen. Sie stießen ihren Schlachtruf aus, warfen sich auf die Invasoren und metzelten sie nieder.

Starke Hände packten unter Eriks Armen durch und zogen ihn auf die Beine. »Wie geht's dir, Mann?« fragte eine wohlvertraute Stimme, und Erik blickte in das grinsende Gesicht von Jadow Shati.

»Jetzt geht's mir besser«, seufzte Erik. »Viel besser.«

Feldwebel Harper berichtete: »Uns ging es schon an den Kragen, Sir, als die Kerle, die uns gerade den Garaus machen wollten, plötzlich sorgenvoll nach hinten blickten.« Er grinste und achtete nicht auf das getrocknete Blut, mit dem sein Gesicht verschmiert war. »Die Zwerge und Elben kamen den Berg runter und haben ein großartiges Gemetzel veranstaltet.«

Als würde ein Wind eine Rauchwolke auseinandertreiben, strömten nun Zwerge und Elben vor Eriks Augen über den

Kamm. Ein Zwerg mit einem breiten goldenen Halsring und einem Hammer von enormem Gewicht trat zu ihnen und fragte: »Seid Ihr der Offizier?«

Erik nickte. »Sir?«

Der Zwerg lächelte. Er setzte den Hammer ab, richtete sich zu seiner vollen Größe – knapp unter anderthalb Meter – auf und schlug sich zum Gruß zackig mit der Faust vor die Brust. »Ich bin Dolgan, König der Zwerge des Westens, Häuptling des Dorfes Caldara und Kriegsherr des Zwergenvolkes von den Grauen Türmen!« Dann lächelte er und fügte hinzu: »Sieht aus, als könntet Ihr ein wenig Hilfe brauchen.«

Erik grinste. »Ich denke, es sieht nicht nur so aus.«

Ein Elb trat dazu. »Ich bin Galain. Tomas bat uns, über den Höhenrücken von Falkenhöhle hierherzukommen, um dafür zu sorgen, daß sich dort keine ungebetenen Gäste herumtreiben.«

Erik grinste noch breiter. »Wahrlich, Ihr seid genau zum rechten Zeitpunkt eingetroffen.«

»Nun«, meinte Dolgan, »besser spät als nie, und die Schlacht ist ja prächtig im Gange. Meine Jungs werden sich köstlich amüsieren, wenn sie noch ein paar Köpfe einschlagen können.« Er senkte die Stimme. »Tomas hat uns ganz offen erzählt, was auf dem Spiel steht, und ich gelobe, wir werden diese Bande von Mördern auf der Westseite des Alptraumgebirges halten.«

»Ich danke Euch«, sagte Erik.

»Du bist ja verwundet«, sagte Jadow.

Erik setzte sich auf einen Felsbrocken, und Jadow legte rasch einen provisorischen Verband an.

Immer mehr seiner Männer kamen aus dem Norden an, und Harper berichtete: »Wir rollen sie nach Süden hin auf, Sir.«

»Gut«, meinte Erik. »Laßt nicht nach. Falls wir sie unten um Finstermoor herum niederringen können, gewinnen wir diese Schlacht vielleicht.«

Er wartete, bis Jadow den Verband angelegt hatte, erhob sich dann und kehrte zu seinem Aussichtspunkt, einem großen Felsen, zurück, von wo aus er einen guten Blick über das Schlachtfeld hatte.

Jenseits des Kamms hatte sich der Feind hinter einigen großen Felsen verschanzt. Die Bogenschützen der Elben hatten den offenen, zwanzig Meter breiten Streifen auf dem Höhenrücken freigeschossen, und nun wagte sich keiner der Feinde mehr hinter den Felsen hervor.

Erik blickte umher, entdeckte den Jungen, der sein Pferd hielt, und winkte ihn zu sich. Zu Jadow sagte er: »Schick eine Patrouille nach oben, damit sie nicht versuchen, wieder hochzuklettern. Ich reite nach Finstermoor, um Patrick von der Ankunft der Zwerge und Elben in Kenntnis zu setzen.«

Indem er sein Pferd bestieg, sagte er: »König Dolgan ...«

»Dolgan reicht vollkommen«, unterbrach ihn der Angesprochene. »Titel sind überflüssig.«

»Dolgan, wie viele Männer habt Ihr bei Euch?«

»Dreihundert Zwerge und zweihundert Elben. Genug für eine großartige Schlacht.«

Erik lächelte. »Gut.« Er wandte sich an Harper. »Haltet die Stellung, bis ich zurück bin.«

Harper erwiderte: »In Ordnung, Sir!«

Erik ritt nach Süden, und unterwegs sah er, daß die Frontlinie eine Wellenform angenommen hatte, da der Feind von Elben und Zwergen an einigen Stellen bereits zurückgedrängt worden war. Die Front hielt jetzt, und während zwar weiterhin Pfeile aufeinander abgeschossen wurden, gab es nur noch vereinzelte Gefechte Mann gegen Mann.

Er erreichte Finstermoor innerhalb einer Stunde, wobei die Strecke von den Ausläufern zum Nordtor nur durch eine erneuerte Barrikade freigehalten werden konnte. Der Feind hatte in der westlichen Vorstadt jedes Haus niedergebrannt, und die Häuser im Norden waren längst verlassen.

Erik ritt nun mit einer Eskorte, die er am äußersten Verteidigungsposten der Stadt zusammengesucht hatte. Die Männer trugen den Waffenrock von Finstermoor. Das große Nordtor war geschlossen, während ein kleineres Ausfalltor offenstand. Erik ritt hindurch und ohne Aufenthalt weiter zur Burg.

Dort ging er unverzüglich zum Ratssaal des Prinzen und erstattete Bericht. Nachdem er Patrick über das Eintreffen der Zwerge und Elben in Kenntnis gesetzt hatte, sagte der Prinz: »Jetzt ergibt alles einen Sinn.« Er zeigte auf eine Karte. »Während Ihr die Nordflanke gehalten habt, wurden aus dem Süden Berichte übermittelt, denen zufolge dort ein ähnlicher Rückzug stattfindet.«

»Die Zwerge von Dorgin«, stellte Erik fest.

»Das ist zu vermuten«, bejahte der Prinz und überging Eriks Bruch des Protokolls. »Damit wird der Druck auf die Mitte jedoch unerwartet stark.« Er tippte mit dem Finger auf Finstermoor. »Hier haben wir es mit verstärkten Angriffen zu tun, und wahrscheinlich fällt die äußere Mauer bald.«

Erik blickte sich im Saal um. Er war der einzige Offizier, der anwesend war, die anderen waren Boten und Schreiber. Er wagte zu fragen: »Die Armeen des Ostens?«

Patrick antwortete: »Ich habe ihnen schon Nachricht gesandt, doch der Großteil der Truppen wird nicht vor morgen früh hier eintreffen.« Er zeigte auf eine andere Karte, eine der Stadt. »Hier haben wir drei mögliche Schwachstellen.« Erik rechnete. »Laßt mich eine Kompanie von der Nordflanke abziehen, dann können wir dieses Loch stopfen.« Er zeigte auf die mittlere der möglichen Breschen. »Wenn wir diese Stelle gesichert haben, können wir nach Bedarf die Flanken unterstützen.«

»Werdet Ihr rechtzeitig eine Schwadron hier haben?«

Erik winkte einen Boten herbei. »Mit Erlaubnis Ihrer Majestät?«

Prinz Patrick nickte.

Erik befahl dem Boten: »Mach dich nach Norden auf, mit dem schnellsten Pferd, das du auftreiben kannst, und sag Feldwebel Jadow Shati, er solle mit so vielen Muttermördern hier erscheinen, wie Harper entbehren kann. Er wird wissen, was ich damit meine.«

Der Bote blickte den Prinzen fragend an, welcher nickte, und rannte hinaus. Patrick erkundigte sich: »Wie steht es mit Euren Verletzungen?«

Erik betrachtete kurz seinen verbundenen Unterarm und die Rippen. »Ich habe nicht aufgepaßt. Aber es sieht schlimmer aus, als es ist.«

Patrick lächelte. »Ihr macht mir zwar gar nicht den Anschein, als würde es Euch gutgehen, Hauptmann, doch ich glaube Eurem Wort.«

In diesem Augenblick platzte Greylock in den Saal, schmutzig, verschwitzt, blutverschmiert. »Ich brauche die Reserven, Hoheit, und zwar sofort.«

Patrick zuckte mit den Schultern. »Nehmt sie. Wir haben nichts mehr zu verlieren.«

Erik erklärte: »Ich werde mit dem General gehen. Ich glaube, wir können auf der Mauer jedes Schwert gebrauchen.«

Patrick zog das Schwert. »Sehr wohl. Ich werde mitkommen.«

Greylock drehte sich um und legte dem Prinzen von Krondor die Hand auf die Brust. Hand an den Fürsten zu legen, war eine Majestätsbeleidigung, auf die der Strang stand, doch in diesem Augenblick war er nicht der General, der seinen Lehnsherrn beleidigte, sondern der alte Schwertmeister von Finstermoor, der einen übereifrigen jungen Soldaten zurechtwies. »Hoheit, Euer Platz ist hier. Falls Ihr Euch da draußen umbringen laßt und wir diesen Krieg gewinnen, hätte ich einige Schwierigkeiten, dies dem König zu erklären, und würde wohl um ein für mich sehr unangenehmes Gespräch mit Eurem Vater nicht herumkommen. Also, seid ein guter Kerl und erledigt Eure Aufgaben, während wir uns um unsere kümmern.« Er ließ Patricks Hemd los und wischte darüber, als hätten seine Hände einen Fleck hinterlassen. »Ich denke, ich habe mich verständlich gemacht.« Und als er sich zur Tür wandte, sagte er: »Komm, Erik.«

Erik folgte ihm und ließ hinter sich einen gedemütigten Herrscher zurück, der fluchte, als ihm schmerzlich bewußt wurde, wie recht sein oberster Befehlshaber hatte.

Der Dämon fauchte, derweil er kreisend auf die verlassene Stadt Sethanon hinunterging. Er brüllte eine Herausforderung an alle, die sich ihm in den Weg stellen wollten, doch niemand antwortete.

Jakan landete vor einem zerstörten Tor, welches Einlaß in einen ausgebrannten Bergfried gewährte. Er blickte sich um, entdeckte allerdings niemanden.

Etwas rief ihn, und es betrübte ihn, daß er nicht feststellen konnte, woher dieser Ruf kam. Er drehte sich einmal um die eigene Achse und wiederholte fauchend seine Herausforderung in alle Himmelsrichtungen. Und noch immer bekam er keine Antwort.

So brüllte er seinen Zorn in den Himmel hinauf, suchte nach jemandem, mit dem er kämpfen, den er töten konnte, während er noch immer den Ruf hörte, der ihn zu seinem Ziel zog. Dieses Ziel begriff er nicht, doch es erfüllte ihn mit einer Gier wie nichts, was er je zuvor erlebt hatte. Dann kam dem Dämon ein Gedanke in den Sinn. Er bemerkte nicht, daß dieser Gedanke nicht von ihm selbst stammte, daß ihm ein riesiges, böses Wesen aus unvorstellbar weiter Entfernung diese Idee einsagte: ihm verriet, wie er den Stein des Lebens finden könnte.

Nakor sah zur Decke. Niemand hatte das Gebrüll des Dämons gehört, doch er konnte es spüren. »Er ist nahe.«

Tomas nickte, hielt die goldene Klinge in der Hand. Er sah Pug an. »Ich wußte gar nicht, wie sehr ich das Schwert vermißt habe.«

»Ich wünschte wirklich, du würdest es nicht benutzen müssen«, erwiderte Pug.

»Das geht mir genauso«, meinte Miranda.

Alle warteten, während über ihnen der Dämon durch die ausgebrannte Stadt schritt und nach der Quelle seiner Gier suchte.

»Vielleicht findet er uns ja einfach nicht«, sagte Nakor.

»Sollen wir darauf eine Wette abschließen?« gab Miranda zurück.

Nakor grinste. »Nein.«

»Wenn er nicht herausbekommt, wie er sich in der Zeit bewegen muß, kann seine Suche nach uns Jahre dauern, und am Ende findet er uns trotzdem nicht«, erklärte Pug.

»Nun, falls er wirklich so dumm ist«, sagte Nakor, »dann wird ihm der Namenlose schon den richtigen Weg weisen.«

»Genau«, meinte Miranda und sah nach oben. »Das darf man nicht vergessen.«

Wieder hallte der Zorn des Dämons durch den Boden in die Höhle.

Miranda warf einen Blick auf Calis, der mit geschlossenen Augen dastand und die Hände auf den Stein des Lebens gelegt hatte. Der Stein war nun nur noch halb so groß wie zu Beginn, und weiterhin sonderte er Pünktchen grüner Energie ab, die durch die Umstehenden hindurchflogen. Miranda stellte fest: »Nakor, du siehst jünger aus.«

Nakor grinste. »Bin ich vielleicht auch hübscher geworden?«

Miranda lachte. »Kaum, aber immerhin jünger.«

»Es ist der Stein des Lebens«, sagte Pug, »er verjüngt uns.«

Miranda runzelte die Stirn und legte die Hand auf den Bauch. »Das würde es erklären.«

»Was?« wollte Nakor wissen.

»Bauchschmerzen. Und zwar solche, wie ich sie vor hundertfünfzig Jahren zum letzten Mal hatte. Und nicht noch einmal zu bekommen glaubte.«

Nakor lachte.

Plötzlich erbebte die Höhle unter wütendem Geheul, das von oben durch die Felsen dröhnte.

»Ich glaube«, sagte Nakor, »er ist sehr nahe.«

Erik stand auf der Mauer und beobachtete das Haupttor. Eine riesige Ramme wurde darauf zugerollt, und Manfred rief: »Feuer!«

Katapulte schleuderten ihre Ladung Steine in die Luft, und viele der Angreifer wurden niedergestreckt, doch die Ramme rollte weiter. Sie hatte ein Holzdach, unter dem die Männer Schutz fanden, und Manfred sagte: »Wenn sie das Tor aufbrechen, sind sie in der Stadt. Wir können uns keinen Häuserkampf leisten. Also müssen wir uns in die Zitadelle zurückziehen.«

Erik erwiderte: »Verstärkung ist unterwegs.«

»Nun, die sollte lieber innerhalb der nächsten Stunde eintreffen«, gab Manfred darauf zurück. »Sonst werden wir überrannt.« Er drehte sich um und rief: »Öl!«

Heißes Öl aus Kesseln wurde von der Mauer heruntergegossen, und kochender Tod regnete auf die feindlichen Soldaten herab. Männer brüllten vor Schmerz, manche wichen zurück, doch die nächste Welle Angreifer rannte schon auf die Mauer zu und schleppte Sturmleitern heran.

»Runter!« rief Greylock, und instinktiv duckten sich Erik und sein Halbbruder hinter der Brustwehr über dem Stadttor, während Hunderte von Pfeilen über sie hinwegzischten.

Männer, die zu langsam reagiert hatten, brüllten auf, viele stürzten von der Mauer hinunter in die Straßen der Stadt.

Manfred duckte sich neben Erik, beide drückten sich mit dem Rücken gegen den kalten Stein der Mauer. Manfred betrachtete die Verwundeten und Sterbenden. »Falls deine Verstärkung nicht innerhalb der nächsten zehn Minuten hier ist, gebe ich den Befehl zum Rückzug.«

Erik antwortete nur: »Sie können in zehn Minuten noch nicht hier sein.«

»Nun, dann sollten wir am besten sofort den geordneten Rückzug antreten.« Er wandte sich an einen Mann im Waffenrock von Finstermoor, auf dessen Brust die Winkel eines Feldwebels genäht waren. »Sagt den Männern, sie sollen sich gebietsweise zurückziehen. Beginnt an der Südmauer und bringt die Leute in die Hohe Straße. Von dort aus schlagen wir uns durch. Und zerstört die Katapulte. Sonst werden sie die gegen uns selbst richten.«

Von draußen war donnernder Hufschlag zu hören, und Erik riskierte einen Blick zwischen zwei Zinnen hindurch. Saaurreiter versammelten sich vor dem Tor. »Manfred, sobald das Tor offen ist, haben wir eine Kompanie Saaurreiter am Hals!«

Manfred wagte ebenfalls einen Blick über die Mauer. »Ich habe mich schon immer gefragt, wie die wohl aussehen …« Er riß die Augen auf. »Mutter der Götter!«

»Wir sollten besser gleich aufbrechen«, schlug Erik vor.

Manfred stimmte zu. Zu dem Feldwebel sagte er: »Setzt die Katapulte in Brand, dann gilt: allgemeiner Rückzug. Jeder Mann soll sich zur Zitadelle aufmachen!«

Der Befehl wurde weitergegeben, und die Bogenschützen schossen ein letztes Mal ihre Pfeile ab, die Sturmleitern wurden noch einmal mit langen Stangen umgestoßen. Doch sobald der Rückzug begann, wurden die Leitern wieder angestellt, und die Invasoren kletterten hinauf.

Manfred und Erik liefen die Steinstufen zur Straße hinunter. Hier herrschte bereits heilloses Durcheinander. Ein paar Zivilisten, die zu stur oder zu dumm gewesen waren, um sich evakuieren zu lassen, rannten jetzt, Säcke mit ihren Habseligkeiten auf den Schultern, zur Zitadelle. Verwundete Soldaten wurden von Unversehrten getragen, und einige wenige Bogenschützen behielten einen klaren Kopf und schossen auf den Feind, als dieser über die Mauer kam. Insgesamt jedoch geriet der Rückzug zu einer wilden Flucht.

»Hast du Greylock gesehen?« wollte Manfred wissen.

»Nicht mehr, seit er zur Südmauer aufgebrochen ist«, antwortete Erik.

»Hoffentlich schafft er es«, sagte Manfred. Ein Pfeil zischte wenige Zoll neben seinen Füßen in den Boden, und er zuckte zusammen.

Erik packte ihn am Ärmel und zog ihn hart nach links, wobei er ihn beinahe aus dem Gleichgewicht gebracht hätte. Drei weitere Pfeile trafen dort auf, wo Manfred gerade noch gestanden hatte.

»Danke«, keuchte Manfred, während sie um eine Ecke hasteten.

»Bogenschützen arbeiten meist in Gruppen«, erklärte Erik.

Sie kamen an eine Kreuzung und hielten sich rechts, dann bogen sie wieder links ab, und Erik konnte über den Dächern schon die Lichter des höchsten Turms der Zitadelle sehen. Die Straßen wanden sich nach oben auf die alte Burg zu, und als sie die Hohe Straße erreichten, war der Durchgang mit verschreckten Flüchtlingen, atemlosen Soldaten und Männern, die ihre verwundeten Kameraden mit sich schleppten, vollständig blockiert.

»Macht Platz!« rief jemand, und Erik bemerkte, daß Manfred von einem seiner Soldaten aus Finstermoor erkannt worden war. »Der Baron ist hier! Macht Platz!«

Erik blieb dicht bei seinem Halbbruder. Sie drängten sich mit den Ellbogen durch das Gewühl und schafften es bis zum Rand der Zugbrücke. Soldaten säumten die Seiten der Brücke und winkten die Passierenden hektisch weiter.

Erik und Manfred stürzten beide auf das Pflaster im Burghof, wo ihnen Soldaten zu Hilfe eilten. »Wasser«, keuchte der Baron.

Erik krächzte: »Ich habe ganz vergessen, wie anstrengend es sein kann, wenn man in dieser Höhe rennt.«

»Ich habe ganz vergessen, wie anstrengend Rennen an sich sein kann«, erwiderte Manfred darauf.

Ein Eimer Wasser wurde gebracht, und Manfred trank, dann reichte er den Eimer an Erik weiter, dem das Wasser über Brust und Arme lief, während er es hinunterkippte.

Manfred rief: »Feldwebel!«

Sein Feldwebel kam herbei. »Mein Lord?«

»Befehl an den Beobachtungsposten. In dem Augenblick, wo sich der Feind am anderen Ende der Hohen Straße zeigt, wird die Zugbrücke hochgezogen.«

»Manfred, du kannst nicht so lange warten«, wandte Erik ein. »Du mußt sie jetzt räumen lassen, oder du bekommst sie nie rechtzeitig hoch.« Er zeigte auf die Flut von Menschen, die Zivilisten mit ihren Karren, die alten Männer und Frauen zu Fuß, die sich alle durch das Torhaus drängten und sich dabei nur gegenseitig im Weg standen. »Sieh es dir doch an!«

Manfred sah sich mit einem Blick die Lage an, dann sagte er zu dem Feldwebel: »Räumt die Zugbrücke. Sagt jenen auf der anderen Seite, sie sollten sich so schnell wie möglich zum Osttor aufmachen. Das können wir noch etwas länger offenhalten. Die anderen werden sehen müssen, wie sie sich durchschlagen.«

Beide Männer wußten, daß es einem Todesurteil gleichkam, nicht in die Zitadelle zu gelangen.

Manfred erhob sich und winkte Erik mit sich. »Wir sollten dem Prinzen besser Bericht erstatten.«

Erik stand auf und folgte seinem Halbbruder. Sie trotteten durch den Haupteingang des Bergfrieds, während sie von hinten das verärgerte Geschrei und tränenreiche Gejammere jener hörten, die vom Tor vertrieben wurden, weil es geschlossen werden sollte.

Manfred führte Erik die Treppen zu dem Geschäftszimmer hinauf, welches der Prinz für sich vereinnahmt hatte.

Patrick sah auf. »Vollständiger Rückzug?«

Manfred sagte: »Alle sind auf dem Weg hierher.«

Patrick fixierte Erik. »Greylock?«

Erik zeigte zur Stadt. »Irgendwo dort draußen.«

»Verdammt!« fluchte Patrick. Er sah aus dem Fenster und bemerkte die ersten Brände in den äußeren Bereichen der Stadt. »Hat all das hier eigentlich auch etwas Gutes an sich?«

»Eine Sache schon«, antwortete Erik. »Die Invasoren müssen jetzt an drei Fronten kämpfen. Wir haben Männer auf dem Höhenrücken, die von den Zwergen und Elben an den Flanken unterstützt werden, und falls wir bis morgen früh durchhalten, werden hoffentlich die Armeen des Ostens hier eintreffen.«

Der Prinz bat sie mit einer Geste, Platz zu nehmen, was beide Männer taten. Manfred sagte: »Unglücklicherweise werden sich die Armeen des Ostens auf der falschen Seite der Stadtmauer befinden, und solange nicht jemand hinausschlüpft und die Tore für sie öffnet, haben wir ein ernstzunehmendes Problem.«

Erik fragte: »Manfred, gibt es irgendwelche Geheimgänge zu den Toren im Osten?«

Manfred schüttelte den Kopf. »Das wäre zwar sehr klug, aber leider gibt es keine solchen Gänge. Im Palast stößt man an jeder Ecke auf Schlupflöcher und Geheimgänge, doch die alten Stadtmauern wurden aus massivem Stein errichtet, abgesehen von den wenigen Lagerhäusern, die man hineingebaut hat. Wir werden warten müssen, und, falls notwendig, morgen früh einen Ausfall zum Osttor machen, um unsere Armee hereinzulassen.«

»Wir haben noch einen langen Nachmittag und eine noch längere Nacht vor uns, Manfred«, erinnerte ihn Erik.

»Hoheit?« fragte Manfred.

Patrick zeigte ob all dieser schlechten Nachrichten keine Unruhe. »Ich brauche einen Lagebericht, und zwar so schnell Ihr ihn mir beschaffen könnt. Ihr und Erik, findet heraus, wie vielen Männern der Rückzug gelungen ist und wie viele vermutlich noch in der Stadt sind und kämpfen. Vor allem aber, was wir tun müssen, um diese Zitadelle zu verteidigen. Essen und Wasser sind nicht das Problem, denn wie ich vermute, wird sich diese Angelegenheit binnen eines Tages entschieden haben.«

Erik und Manfred erhoben sich, verneigten sich vor dem Prinzen und verließen den Raum. Draußen sagte Manfred: »Ich kenne die Aufstellung der Einheiten, die der Burg zugeteilt sind, also beginne ich damit. Du gehst runter in den Hof und siehst nach, wen wir dort noch haben, und stellst die Ordnung unter ihnen wieder her.«

Erik lächelte. »Mein Lord.«

Manfred sah Erik an. »Mutter hat immer befürchtet, du könntest mir den Titel des Barons streitig machen. Jetzt würde ich ihn dir am liebsten überlassen.«

Erik lächelte noch immer. »Besten Dank. Dann wäre ich derjenige, der die Stufen zu den Türmen hochsteigen müßte.«

»Wie ich erwartet habe, denkst du praktisch.« Manfred wandte sich der Treppe zum nächsten Stockwerk des Bergfrieds zu, während Erik nach unten in den Hof eilte.

Plötzlich wurde es still.

Pug hob die Hand, legte den Kopf schief und lauschte.

Dann stand der Dämon in der Höhle.

»Ich wußte nicht«, sagte Nakor, »daß Dämonen sich teleportieren können.«

»Oder Zeitsprünge machen«, fügte Miranda hinzu.

Nun bemerkte der Dämon, daß er nicht allein in der Höhle war. Sein Gebrüll ließ die Felswände erzittern, und aus den Rissen in der Decke rieselte Staub.

Pug schleuderte ihm seinen ersten Zauber entgegen, während Tomas mit einem Satz zwischen das Ungeheuer und seinen Sohn sprang.

Knisternde blaue Energien erhoben sich um Jakan, der daraufhin zu brüllen begann. Doch er schrie nicht vor Schmerz, sondern aus Wut wegen dem, was er vor sich sah: Calis, der die gefangenen Kräfte aus dem Stein des Lebens befreite.

»Nein!« fauchte die Bestie in der Sprache von Novindus. »Das ist meins!«

Pug fühlte sich beim Anblick von Jakan an Maarg erinnert, doch dieser Dämon war dünner und muskulöser. Weder fanden sich bei ihm die Fettrollen, noch waren so viele Gesichter gepeinigter Opfer auf der Haut. Pug bemerkte zudem seinen spitzen Schwanz, an dem kein Schlangenkopf wie bei Maarg zu sehen war.

Jakan schlug auf Tomas ein, doch Tomas riß reflexartig den weißen Schild hoch, wodurch der mächtige Hieb abglitt und keine einzige Spur auf dem goldenen Drachen hinterließ, der in den Schild eingearbeitet war. Dann schlug Tomas mit der Klinge zu, und Jakan heulte auf und wich zurück. Giftiges, rotschwarzes Blut tröpfelte aus der Wunde und zischte und rauchte, wo es auf den Stein fiel.

Miranda schickte dem Untier einen Energiestrom entgegen und traf es hart genug, um es ein Stück nach links zu stoßen. Während Jakan sich umdrehte und feststellen wollte, wer ihn da angegriffen hatte, sah Tomas seine Chance gekommen, und er setzte abermals zu einem Hieb an. Tomas' Klinge drang tief in den rechten Schenkel des Ungeheuers ein, und Jakan schlug mit der rechten Hand, deren Krallen die Größe von Dolchen hatten, nach dem Valheru.

Doch Tomas parierte den Angriff und stieß erneut zu, und erneut floß giftiges Blut.

»Verstärkt den Angriff!« rief Nakor.

Pug entfesselte einen Energiestoß, einen blauen Speer aus Licht, der durch die Flügel des Dämons fuhr und ein Loch von der Größe einer Faust hineinriß. Der Dämon trat zurück, seine Flügel kratzten über die Steinwände der Höhle, und nochmals schlug er nach Tomas.

Tomas glitt einen Schritt zurück, zog es vor, dem Hieb auszuweichen, anstatt ihn zu parieren.

Das Ungeheuer zögerte, offensichtlich von dem plötzlichen Widerstand verwirrt. Dann rief Nakor: »Seine Wunden heilen!«

Pug sah genau hin: tatsächlich, die erste Wunde, die Tomas ihm beigebracht hatte, schloß sich rasch.

Nakor rief entsetzt: »Der Stein des Lebens! Er heilt die Wunden.«

Pug überlegte. Calis hatte den Stein inzwischen auf weniger als ein Drittel seiner ursprünglichen Größe verkleinert, und der Vorgang beschleunigte sich zusehends, wodurch er, wie Pug hoffte, in weniger als einer Stunde abgeschlossen sein würde. Das bedeutete allerdings, daß man den Dämon solange in Schach halten mußte, bis Calis fertig war. Pug wandte sich an Miranda. »Ruh dich aus. Tomas und ich werden versuchen, den Dämon von Calis fernzuhalten. Falls einer von uns wankt, mußt du seinen Platz einnehmen.«

Er lief so nah, wie er es nur wagte, an das Ungeheuer heran und kreuzte die Arme an den Handgelenken. Ein roter Lichtblitz schoß hervor, traf Jakan ins Gesicht und warf ihn zurück an die Wand.

Tomas zögerte nicht. Er sprang vor und schnitt mit einem Rückhandschlag auf das Bein des Dämons tief in dessen Fleisch; ein Schwall giftigen Blutes ergoß sich auf den Stein. Das Blut verdampfte, als es den Boden berührte, und der Gestank von Fauligem erfüllte die Luft.

Jakan heulte vor Wut und machte einen Satz auf Tomas zu. Dieser wollte zurückweichen, was ihm auch insofern gelang, als daß der Dämon nicht auf ihm landete, doch Jakan war nun dicht genug, um den Versuch zu unternehmen, Calis zu packen.

Eine krallenbewehrte Hand von der Größe eines Mannes streckte sich nach Calis aus, und Tomas reagierte, indem er mit dem goldenen Schwert so hart wie möglich zuschlug. Er hackte das vier Fuß starke Handgelenk durch, und das Ungeheuer brüllte vor Schmerz auf und wich zurück. Die Hand war vom Körper abgetrennt.

Ein Strom fauligen schwarzen Blutes spritzte durch die Luft und traf Calis, der vor Schmerz aufschrie und den Stein des Lebens losließ.

»Calis!« rief Miranda und lief zusammen mit Nakor zu ihm. Ohne zu zögern warfen sich Pug und Tomas wieder in den Kampf. Energien blitzten auf, und Tomas schlug mit dem Schwert zu und trieb den Dämon weiter zurück. Jakan drückte den blutenden Armstumpf an die Brust und ließ sich an die Wand drängen.

Nakor hatte Calis erreicht, nahm eine seiner Hände, während Miranda die andere ergriff, und zusammen zogen sie ihn aus der schwarzen Blutlache. Augenblicklich waren alle Aktivitäten des Steins zum Stillstand gekommen.

Calis lag auf dem Boden und zuckte, seine Haut brannte und pellte sich, als hätte er in Säure gebadet. Er biß die Zähne zusammen und schloß die Augen, derweil er leise wimmerte wie ein Tier in Todesangst. Miranda und Nakor merkten, daß auch ihre Hände anfingen zu brennen, und wischten sie rasch an ihren Kleidern ab. Sofort zeigten sich daraufhin Löcher im Stoff, doch der Schmerz in ihren Händen hörte auf.

Miranda blickte sich um; in der entlegensten Ecke der großen Halle hatten sich die Diener des Orakels zusammengekauert und versteckten sich halb hinter dem Drachen. Sie lief zu ihnen hinüber und sagte: »Wir brauchen Hilfe!«

Das älteste Mitglied der Gruppe, der Mann, der zuvor mit ihr gesprochen hatte, antwortete: »Es gibt nichts, was wir tun könnten.«

Miranda faßte den Alten am Arm und zog ihn auf die Beine. »Denkt Euch etwas aus!«

Sie zerrte den Alten näher an die Kampfszene heran und zeigte auf Calis, der stöhnend dalag. »Helft ihm!«

Der Alte winkte zwei andere herbei, und gemeinsam gelang es ihnen, Calis ganz aus der Lache schwarzen Blutes herauszuholen. Der Anführer bedeutete ihnen, sie sollten Calis zur anderen Seite des Steins tragen, dann sagte er zu Nakor: »Wenn er den Stein des Lebens wieder in Gang setzen kann, wird dieser ihn vielleicht retten.«

Nakor zog die Brauen hoch und begriff. »Natürlich, die Heilkraft!« Er sah Miranda an. »Es ist wie Reiki!«

Nakor wandte sich den beiden Dienern des Orakels zu. »Haltet ihn dicht an den Stein.«

Sie taten wie geheißen, obwohl jede Bewegung ein schmerzvolles Stöhnen von Calis zur Folge hatte. Nakor nahm die Hände des Verwundeten, verbrannt und blasenübersät, wie sie waren, und legte sie auf den Stein. »Hoffentlich funktioniert das.« Er malte einige Zeichen über den Händen in die Luft und murmelte dabei ein paar Sätze, dann legte er seine Hände auf die von Calis.

Nakor spürte die Wärme und blickte auf die Hände. Ein schwaches grünes Licht hüllte sie ein. »Die Energie fließt wieder«, stellte er fest. Er wartete kurz ab, während der Kampf zwischen Pug, Tomas und dem Dämon weiterging, wobei jedoch keine Seite in der Lage zu sein schien, die Oberhand zu gewinnen.

Nakor trug den beiden Dienern des Orakels auf: »Haltet ihn so! Seine Hände müssen ständig den Stein berühren.« Dann lief er zu Miranda.

»Es funktioniert nicht«, sagte diese.

»Ich weiß.«

Pug schoß gerade einen magischen Energiestoß ab, der zwar dem Auge verborgen blieb, jedoch die Luft zum Zischen brachte, als er den Dämon traf. Tomas zeigte keinerlei Anzeichen der Ermüdung, da ihn seine von den Valheru geschmiedete Rüstung mit übermenschlichen Kräften ausstattete. Der Dämon würde Tomas nur ernsthaft verletzen können, wenn er ihn geradewegs in die Krallen bekam.

Pug wich zurück. »Wir können bestenfalls hoffen, ihn in Schach zu halten. Wie geht es Calis?« wollte er von Miranda wissen.

Sie zeigte zum Stein. Calis saß aufrecht da, gestützt von den beiden Dienern, und die Luft um ihn herum glühte jetzt grün, hüllte ihn in einen smaragdfarbenen Nimbus. Pug betrachtete ihn einen Augenblick. »Er wird stärker.«

»Ja«, stimmte Nakor zu, »solange er den Stein berührt, heilt ihn dieser, und indem er geheilt wird, bekommt er wieder genug Kraft, um seine Arbeit an dem Stein fortzusetzen. Seht!« Er zeigte auf Calis.

Der hatte die Augen aufgeschlagen, und wenn sein Gesicht auch die Schmerzen verriet, unter denen er noch immer litt, so setzte Tomas' Sohn doch nun die Entsiegelung des Lebenssteins wieder fort.

Und aufs neue füllte sich die Höhle mit winzigen Stäubchen grüner Energie – Leben, das an seinen rechtmäßigen Platz zurückkehrte. Pug zeigte auf die abgetrennte Hand des Dämons, die nun zu verschwinden begann, während sich an dem blutenden Armstumpf eine neue ausbildete. »Der Dämon wird leider auch geheilt.« Dann fragte er Miranda plötzlich: »Kennst du nicht einen starken Zauber der Fesselung?«

»Stark genug für dieses Ding?« fragte Miranda zurück.

»Du mußt ihn nur für zwei Minuten festsetzen.«

Man konnte ihr die Zweifel ansehen, dennoch sagte sie: »Ich werde es versuchen.«

»Tomas!« rief Pug. »Beschäftige ihn noch einen Augenblick!«

Pug schloß die Augen und murmelte einen Zauberspruch vor sich hin, und Miranda tat das gleiche. Mit einem Mal umgaben das Ungeheuer krebsrote Energiebänder, fesselten es und drückten ihm die mächtigen Flügel auf den Rücken. Dann zogen Miranda und Pug zu, und Jakan heulte vor Schmerz.

»Tomas!« schrie Pug. »Du mußt ihm jetzt den Todesstoß versetzen!«

Tomas holte mit dem goldenen Schwert aus und versenkte es tief zwischen zweien der krebsroten Bänder, fast bis zum Heft, und durchbohrte das, was auch immer Jakan als Herz dienen mochte. Des Dämons schwarze Augen wurden groß, Blut troff aus Mund und Nase. Tomas riß sein Schwert wieder heraus.

Pug ließ eine Hand sinken, und unvermittelt legte sich Stille über die Halle, als der Dämon vor ihren Augen verschwand.

Schweigend standen sie einen Moment lang da. Schließlich fragte Miranda: »Wo ist er?«

»Verschwunden«, erklärte Pug. »Wir konnten ihn nicht töten, doch ich kannte einen Ort, an dem er nicht überleben würde.«

»Welchen?« erkundigte sich Nakor.

»Ich habe ihn auf den Grund des Ozeans zwischen hier und Novindus verbannt. Dort befindet sich ein Meeresgraben, der mehr als drei Meilen tief ist.« Plötzlich überkam Pug eine große Erschöpfung, und er ließ sich auf dem Steinboden nieder. »Ich habe ihn durch Zufall vor einigen Jahren entdeckt, und jetzt habe ich mich an das erinnert, was dein Vater als letztes gesagt hat.« Er blickte Miranda an.

»Er sagte: ›Sie sind Kreaturen des Feuers.‹« Sie lachte, nervös und erschöpft. »Jetzt erinnere ich mich auch. Ich habe mich gefragt, was er damit gemeint hat.«

Nakor setzte sich neben Pug. »Das ist wunderbar. Das ist mir gar nicht in den Sinn gekommen.« Er schüttelte den Kopf. »Dabei ist es so offensichtlich.«

»Was ist offensichtlich?« wollte Tomas wissen. Er steckte sein Schwert in die Scheide und gesellte sich zu ihnen.

»Selbst der größte Dämon ist im Grunde nicht viel mehr als ein Feuergeist«, erläuterte Nakor.

»Einmal habe ich in der Nähe von Stardock gegen Luftgeister gekämpft«, erzählte Pug, »und sie dadurch zerstört, daß ich sie ins Wasser gedrängt habe.« Er zeigte auf den Platz, wo der Dämon gestanden hatte. »Ihn nur einfach einzutauchen, hätte Jakan nicht getötet, doch aus einer Tiefe von drei Meilen an die Wasseroberfläche zu schwimmen, noch dazu mit Mirandas Bändern gefesselt und mit der Wunde im Herz, die Tomas ihm zugefügt hat, dürfte ihm nicht gelingen.«

»Das ist wunderbar. Jetzt ist es endlich vorbei«, sagte Nakor.

»Nein«, widersprach Pug. Er deutete auf Calis.

Calis konnte nun wieder ohne Hilfe sitzen und hatte den Blick abermals auf das Herz des Lebenssteins gerichtet, welcher nur mehr ein Fünftel seiner ursprünglichen Größe besaß. Die Wunden an Gesicht und Händen verschwanden, als hätten sie nie existiert.

»Er wird bald fertig sein, glaube ich«, sagte Nakor. »Wir können warten.«

Tomas wandte ein: »Während wir warten, verlieren Menschen ihr Leben.«

»Das ist natürlich sehr traurig. Aber das hier ist wichtiger«, hielt Nakor ihm entgegen.

Dominic und Sho Pi kamen aus ihrem Versteck, und Dominic sagte: »Er hat recht. Es ist vielleicht das Wichtigste, was je ein Sterblicher auf dieser Welt vollbracht hat. Jetzt wird das bedrängte Leben auf dieser Welt befreit, und die Ordnung der Dinge kann beginnen, sich wiederherzustellen.«

»Beginnen?« fragte Miranda.

Dominic nickte. »Es dauert schon eine Weile, einen Schaden von diesen Ausmaßen wiedergutzumachen. Jahrhunderte, vielleicht Jahrtausende lang wurde er immer weiter vergrößert. Aber nun wird der Heilungsprozeß beginnen. Der Weg für die Rückkehr der Götter, den der Namenlose so lange versperrt hat, ist jetzt frei.«

»Wie lange werden wir noch warten müssen?« wollte Miranda wissen.

Nakor lachte. »Mehrere Tausend Jahre, aber« – er erhob sich – »jeden Tag wird es ein bißchen besser sein als zuvor, und schließlich werden die alten Götter zurückkehren, und dann wird dieser Planet wieder so sein, wie es ihm bestimmt war.«

Pug fragte: »Glaubst du, wir werden jemals herausfinden, was den Namenlosen in den Wahnsinn getrieben hat?«

Dominic antwortete: »Manche Geheimnisse werden nie gelüftet. Und selbst wenn wir die Antwort erführen – verstehen würden wir sie dennoch nicht.«

Nakor griff tief in seine Tasche und holte den Codex hervor. Er reichte ihn Dominic. »Den nimmst du. Ich glaube, du kannst etwas Gutes damit bewirken.«

»Was ist mit dir?« fragte Pug. »Solange ich dich kenne, habe ich dich stets für das neugierigste Wesen auf diesem Planeten gehalten. Willst du das Ding nicht weiter entziffern?«

Nakor zuckte mit den Schultern. »Ich spiele jetzt schon zweihundert Jahre damit herum. Inzwischen ist es langweilig. Außerdem haben Sho Pi und ich Arbeit vor uns.«

»Was denn für Arbeit?« wollte Miranda wissen.

Nakor grinste. »Wir müssen eine Religion stiften.«

Pug lachte. »Wieder so eine Gaukelei von dir?«

»Nein, ich meine es ganz ernst«, entgegnete Nakor und gab sich alle Mühe, verletzt zu wirken, was ihm jedoch nicht gelang. Er grinste. »Ich bin der neue Patriarch des Ordens der Arch-Indar, und der hier ist mein erster Jünger.«

Dominic wirkte erschüttert, Tomas hingegen lachte nur. »Warum?« fragte Pug.

Nakor sagte: »Wenn diese alten Männer die *Substanz* zurückholen, muß sich immer noch jemand um die Gute Göttin kümmern, als Ausgleich für den Namenlosen. Ansonsten wird Ishap nichts haben, was er mit dem Namenlosen ins Gleichgewicht bringen kann.«

Dominic stammelte: »Ein … würdiges … ehrgeiziges Vorhaben, aber sehr …«

Miranda half ihm aus. »Ehrgeizig eben?«

Dominic konnte nur sachte nicken. «Sehr ehrgeizig.«

Pug klopfte Nakor auf die Schulter. »Nun, wenn das jemandem gelingen kann, dann unserem Freund hier.«

Calis sagte: »Es ist vorbei.«

Alle drehten sich zu ihm um, und während er die Worte aussprach, schob er seine Hände unter die winzigen Überreste, die vom Stein des Lebens geblieben waren, und warf sie mit einer sanften Bewegung in die Luft.

Wie tausend smaragdgrüne Schmetterlinge stoben die letzten Lebensenergien, die über Äonen gefangen gewesen waren, in die Höhe, und dann war es plötzlich dunkel in der Höhle. Die Diener des Orakels zündeten die Fackeln wieder an, die während des Kampfes erloschen waren, und die riesige Kammer wurde in einen warmen, gelben Schein getaucht. Der juwelenbesetzte Drache ließ sich davon jedoch nicht in seinem Schlaf stören.

Calis erhob sich kraftvoll. Seine Kleidung war vom Blut des Dämons zerfetzt, doch er selbst wirkte unversehrt. Er ging hinüber zu seinem Vater, und die beiden umarmten sich.

Tomas sagte: »Du warst unglaublich. Du ...«

Calis unterbrach ihn. »Ich habe nur getan, wofür ich geboren wurde. Es war mein Schicksal.«

»Dennoch gehörte Mut dazu«, sagte Pug.

Calis lächelte. »Keinem in diesem Raum kann man einen Mangel an Mut vorwerfen.«

»Ich schon«, wandte Nakor ein. »Ich selbst habe nämlich nicht viel davon. Mir ist nur kein Weg eingefallen, wie ich hier verschwinden kann.«

Miranda meinte nur: »Lügner!« und stupste ihn neckisch.

Calis sah seinen Vater an. »Mutter wird überrascht sein.«

»Worüber?« fragte Tomas.

»Du hast dich verändert«, entgegnete Pug.

»Verändert? Wie?«

Nakor griff in seine immer gegenwärtige Tasche und tastete

herum, dann zog er einen kleinen Spiegel aus silberbeschichtetem Glas hervor. »Hier, sieh es dir selbst an.«

Tomas nahm den Spiegel und machte große Augen, als ihm deutlich wurde, was sein Sohn gemeint hatte. Der fremdartige Zug an ihm war verschwunden, das, was er stets als sein Valheru-Erbe betrachtet hatte. Jetzt sah er sterblich aus, ein menschlicher Mann mit elbischen Ohren. Er betrachtete seinen Sohn. »Du hast dich ebenfalls verändert.«

Dominic stellte fest: »Wir haben uns alle verändert.« Er zog seine Kapuze zurück, und Pug sagte: »Dein Haar!«

»Es ist wieder schwarz, nicht wahr?« fragte Dominic.

»Du siehst aus wie zu der Zeit, als wir nach Kelewan gereist sind, vor so vielen Jahren.«

Miranda verlangte: »Gib mir den Spiegel«, und schnappte ihn Tomas aus der Hand. Sie begutachtete sich und staunte: »Bei den Göttern! Ich sehe aus, als wäre ich wieder fünfundzwanzig!«

Dann reichte sie den Spiegel Pug, und der riß die Augen auf. Aus dem Spiegel blickte ihm ein Gesicht entgegen, das er seit seiner Rückkehr von Kelewan nicht mehr gesehen hatte, ein junger Mann ohne die geringste Spur von Grau in Haar oder Bart. »Ich bin ...«, flüsterte er. Er bewegte seine Finger. »Ich kann es nicht glauben.«

»Was denn?« fragte Miranda.

»Vor Jahren habe ich mir in die rechte Hand geschnitten, und seitdem konnte ich damit nie mehr richtig zupacken.« Er starrte die Hand einen Augenblick an, ballte sie mehrmals hintereinander zur Faust. »Ich glaube, es ist vollständig verheilt.«

Nakor wollte wissen: »Wie alt sehe ich aus?« Er nahm Miranda den Spiegel ab und betrachtete sich. »Hmm. Ich sehe aus wie vierzig.«

»Das scheint dich zu enttäuschen«, bemerkte Miranda.

»Ich habe gehofft, ich würde hübsch aussehen.« Er grinste. »Vierzig ist ja auch nicht schlecht.«

Calis sagte: »Jetzt verstehe ich, was das für ein Schlüssel war, den die Pantathianer aus gefangenen Leben geschmiedet haben, und worin diese fremdartige Präsenz bestand.«

»Der Namenlose?« fragte Tomas.

Calis schüttelte den Kopf. »Nein, eine andere Präsenz. Vielleicht diese Geschöpfe, die die Spalte für die Pantathianer geschaffen haben. Doch eins ist klar: dieser Schlüssel hätte es Maarg oder Jakan erlaubt, den Stein des Lebens zu benutzen.«

»Als Waffe?« fragte Dominic.

»Nein«, entgegnete Calis. »Als destillierte Lebensenergie. Das ist Nahrung für Dämonen. Kannst du dir Jakan zehnmal größer und hundertmal mächtiger vorstellen? Das wäre dabei herausgekommen, wenn ein Dämon diesen Schlüssel für den Stein des Lebens in die Hände bekommen hätte.«

Miranda schüttelte verwundert den Kopf. »Und trotzdem wissen wir immer noch nicht, wie all diese verschiedenen Spieler, die Dämonen, die Pantathianer, diese ...«, sie sah Pug an, »wie hast du sie noch genannt?«

»Shangri«, antwortete Pug.

»Und diese Shangri zueinander gefunden haben«, beendete Miranda den Satz.

»Ja, es gibt immer noch Rätsel, aber die müssen wir für eine Weile außer acht lassen«, sagte Pug.

Calis nickte. »Es gibt noch etwas, das wir tun müssen.«

»Und das wäre?« fragte Miranda.

Calis' Miene verfinsterte sich. »Wir müssen einen Krieg beenden.«

Vierzehn

Wahrheit

Eine Schlacht tobte.

Es war ein Bild wie aus der Hölle. In den von Fackeln beleuchteten Straßen wimmelte es von Männern. Die Burg hatte bis zum Einbruch der Nacht standgehalten, doch der Feind hatte sich im Schutz der Dunkelheit nicht zurückgezogen. Für Erik war es offensichtlich, daß ein Wechsel im Kommando stattgefunden hatte, denn obwohl er sich noch immer dem gleichen zusammengewürfelten Haufen von Söldnern gegenübersah wie schon seit Beginn des Krieges, agierten diese jetzt koordiniert und setzten ihre Überzahl wirksam ein, um die Verteidiger zu zermalmen.

Erik führte seine Männer an der Südmauer entlang, während die Invasoren versuchten, den Wassergraben mit allem aufzufüllen, was ihnen Zugang zur Mauer verschaffen konnte. Möbel, kaputte Wagen, Unrat, alles, was sie fanden, warfen sie ins Wasser.

Die Verteidiger schossen so viele Pfeile wie menschenmöglich ab, doch der Angriff blieb unerbittlich.

Manfred spähte über die Mauer auf das Menschenmeer, die Tausende von Soldaten, die auf den alten Bergfried zudrängten. »Das sieht ja wenig erfreulich aus«, meinte er.

»Du hast eine gewisse Vorliebe für Untertreibungen, wie?« gab Erik zurück. Er legte Manfred die Hand auf die Schulter und zog ihn sachte nach unten.

Manfred duckte sich, dann zischten einige Steine, von Männern auf den umliegenden Dächern jenseits der Mauer mit Schleudern abgeschossen, an ihm vorbei.

»Wie machst du das?« fragte Manfred.

»Was?«

»Wissen, wann du dich ducken mußt?«

Erik lächelte. »Ich habe die Männer mit den Schleudern bei Sonnenuntergang auf die Dächer klettern sehen. Und seitdem habe ich sie nicht mehr aus den Augen gelassen. Das wird einem zur Gewohnheit.«

»Wenn man lange genug überlebt.«

»Wie sieht die Lage jetzt aus?« wechselte Erik das Thema.

»Ich habe dem Prinzen gerade erzählt, daß wir, wenn wir sie davon abhalten können, Sturmleitern an die Mauer zu legen, ohne Schwierigkeiten bis morgen früh durchhalten werden. Heikel wird es erst, wenn wir zum Osttor müssen, um die Armeen des Westens hereinzulassen.«

»Ich habe Patrick angeboten, bei Sonnenaufgang einen Ausfall anzuführen«, sagte Erik.

Manfred lachte. »Das gleiche habe ich ihm auch angeboten.«

»Du kannst nicht«, wandte Erik ein.

»Warum nicht?«

»Weil du der Baron bist und ich nur der ...«

»Bastard?«

»Ja.«

Manfred hielt dagegen: »Aber du hast eine Frau und ich nicht.«

»Das ist nicht von Bedeutung«, tat Erik den Einwand ab, und er wußte, daß die Worte in Manfreds Ohren genauso hohl klangen wie in seinen eigenen.

»Du mußt schon mit einem besseren Argument als dem aufwarten«, frotzelte Manfred.

»Wie wär's damit, daß du ein Adliger bist und ich nicht? Viele Menschen sind von dir abhängig.«

»Und von dir nicht?« entgegnete Manfred. »Außerdem, hat ein Hauptmann der Armee des Prinzen nicht gleichzeitig auch das Amt eines Barons am Hofe inne?«

»Das ist etwas ganz anderes. Ich habe keine Anwesen und

Pächter, die von meinem Schutz abhängen. Ich muß nicht Recht sprechen oder Streitigkeiten schlichten. Ich habe keine Städte und Dörfer und ... es ist einfach nicht das gleiche.«

Manfred lächelte. »Bist du sicher, daß du nicht lieber Baron wärst?«

Erik antwortete: »Du hast Vaters Titel geerbt!«

»So ist es.« Manfred blickte abermals über die Mauer. »Nimmt es denn nie ein Ende mit denen?«

»Jedenfalls nicht, daß man es bemerken würde«, sagte Erik.

Einen Augenblick lang ruhten sie sich aus, saßen im Schutz der Mauer da. »Wieso hast du nie geheiratet?« fragte Erik. »Ich dachte, der Herzog von Ran hätte eine Dame für dich im Sinn gehabt.«

Manfred lachte. »Die Dame hat mir die Ehre eines Besuches erwiesen, doch ich habe sie wohl leider nicht besonders beeindruckt.«

»Das kann ich kaum glauben.«

Manfred blickte seinen Halbbruder an. »Ich dachte, du wärst vielleicht von selbst draufgekommen, aber das ist ja offensichtlich nicht der Fall.« Er sah sich um und versicherte sich, daß gerade niemand über die Mauer kletterte. »Wenn man eine Mutter wie die meine hat, neigt man schnell dazu, ein gestörtes Verhältnis zu Frauen zu bekommen. Stefan gefiel es, Frauen weh zu tun. Ich bevorzuge es, ihnen aus dem Weg zu gehen.«

Erik sagte: »Oh.«

Manfred lachte. »Wenn wir das hier überleben, werde ich dir etwas erzählen. Dann kannst du mir einen Dienst erweisen. Ich werde irgendeine Dame heiraten, die mir der Prinz als Lohn für meine Mühe aussucht, und du kannst den nächsten Erben der Baronie von Finstermoor zeugen. Es wäre unser Geheimnis, und ich glaube, die betreffende Dame würde mir dafür danken, daß ich dich in ihr Schlafgemach geschickt habe.«

Erik lachte, derweil ein Schwarm Pfeile über sie hinwegzischte.

»Ich glaube, das würde meiner Frau ganz und gar nicht gefallen.« Dann fügte er hinzu: »Da ist etwas, das du wissen solltest.«

»Was?« fragte Manfred.

»Du hast einen Neffen.«

»Wie bitte?«

»Das Mädchen, das Stefan vergewaltigt hat, Rosalyn: Sie hat einen Sohn geboren.«

»Bei den Göttern!« fuhr Manfred auf. »Ist das auch bestimmt Stefans Kind?«

»Ein Blick genügt. Der Junge ist ein von Finstermoor.«

»Nun, das verändert einiges«, sagte Manfred.

»Inwiefern?«

»Auf jeden Fall muß einer von uns überleben, ansonsten wird der Kleine der Gnade oder Ungnade meiner Mutter ausgeliefert sein.«

Erik lachte. »Nur, wenn du es ihr erzählst.«

»Oh, sie wird es schon herausfinden. Mutter mag vielleicht verrückt sein, doch sie hat ihre Verbindungen und genießt Intrigen.« Er senkte die Stimme, als fürchte er, jemand könnte mithören. »Manchmal denke ich, daß Mutter womöglich das Ihrige zu Vaters Anfällen beigesteuert hat.«

»Meinst du, sie habe ihn vergiftet?«

»Irgendwann muß ich dir mal Mutters Familiengeschichte erzählen. Wie auch immer, Gift hat eine große Rolle dabei gespielt, als ihr Urgroßvater seinen Titel erlangte.«

Ein großer Felsbrocken schlug in der Zitadelle ein und ließ die Außenmauer des Bergfrieds erzittern. »Nun denn«, sagte Manfred, indem er den Staub von seiner Kleidung abbürstete, »mir scheint, daß unsere Gäste ein Katapult gefunden haben.«

Erik sah über die Mauer. Die Kriegsmaschine stand in der Mitte der Hohen Straße. Er winkte einen Soldaten zu sich. »Sag Feldwebel Jadow, er solle sich um das Katapult kümmern.« Ein zweiter Felsbrocken schlug gegen die Mauer, und die Soldaten unten auf der anderen Seite des Wassergrabens jubelten. »Schnell!«

Der Soldat lief in den Bergfried. »Das sieht ja alles ganz einfach aus«, sagte Manfred.

»Was?«

»Sie schlagen eine Bresche in die Mauer, füllen den Wassergraben mit allem, was sie finden, und überrennen uns dann.«

»Im Prinzip ja.«

»Nun, wir sollten es vielleicht noch ein wenig interessanter machen.« Manfred winkte einen anderen Soldaten herbei. »Sag Feldwebel Macafee, daß er das Öl ausgießen soll.«

Während der Soldat davoneilte, fragte Erik: »Wir setzen den Wassergraben in Brand?«

»Warum nicht?«

Erik lehnte sich zurück. »Wie lange wird das Öl auf dem Wasser brennen?«

»Drei, vier Stunden.«

Der nächste Felsbrocken schlug gegen die Mauer, und Erik sagte: »Jadow!«

Als hätte dieser Erik gehört, schleuderte das Katapult oben auf dem Hauptturm ein halbes Dutzend Fässer in die Luft. Die Fässer gingen um das Katapult herum in der Straße nieder und tränkten Maschine und Mannschaft in Öl.

Die Katapultmannschaft des Feindes stob auseinander. Das Öl, welches sich in der Straße verteilte, erreichte rasch eins der vielen Feuer, und plötzlich brannte die Kriegsmaschine lichterloh. Nun war es an Eriks Männern auf den Mauern der Zitadelle, in Jubel auszubrechen.

»Das wär's dann also«, sagte Erik.

»Wenn das Öl im Wassergraben abgebrannt ist, werden sie wieder versuchen, ihn aufzufüllen«, meinte Manfred.

»Wenigstens werden sie bis Sonnenaufgang nicht in die Zitadelle kommen.«

»Ja«, stimmte Manfred zu. »Was unser Problem nicht löst.«

Die Halbbrüder wechselten einen Blick und sagten wie aus einem Munde: »Das Osttor.«

»Verjüngung ist wirklich etwas Wunderbares«, sagte Pug, »aber ich bin müde.«

»Ich muß auch unbedingt schlafen«, erklärte Tomas.

»Draußen sterben Männer«, wandte Calis ein.

Tomas sah seinen Sohn an. »Ich weiß. Obwohl es den Stein des Lebens nicht mehr gibt, steht da noch eine riesige Armee vor Finstermoor.«

»Selbst wenn Fadawah jetzt von der Herrschaft des Dämons befreit ist, wird er sich nicht einfach heimlich davonstehlen.« Calis seufzte. »Nur wir in diesem Raum und einige wenige andere wissen, was wirklich auf dem Spiel stand, doch jetzt haben wir es mit einem verschlagenen und gefährlichen Kriegsherrn zu tun, dessen Armee trotz aller Verluste nicht zurückweicht. Und zudem besitzt er die Kontrolle über den größten Teil des Westlichen Reiches.«

»Das wird nicht so schnell vorbei sein«, seufzte Pug.

»Zumindest können wir mit den Saaur Frieden schließen«, sagte Miranda.

»Falls wir sie davon überzeugen können, daß Hanam mir die Wahrheit erzählt hat.«

Tomas meinte: »Wir müssen es versuchen.«

»Und wie kommen wir dorthin?« fragte Nakor.

»Nicht wir«, beschloß Pug. »Nur Tomas und ich werden nach Finstermoor gehen. Solange die Schlacht noch nicht vorbei ist, besteht kein Grund, euch auch noch in Gefahr zu bringen.«

Calis widersprach. »Denk dran, ich stehe in den Diensten des Prinzen.«

»Und mich wirst du doch wohl nicht hier zurücklassen wollen«, jammerte Miranda.

Nakor deutete auf Sho Pi und Dominic, grinste und zuckte mit den Schultern. »Uns auch nicht.«

Pug seufzte verzweifelt. »Also gut. Kommt her.«

Miranda wandte sich an den ältesten der Diener des Orakels. »Danke für Eure Hilfe.«

Der alte Mann verneigte sich. »Nein, wir haben zu danken, weil Ihr uns gerettet habt.«

Miranda eilte an Pugs Seite, und der Magier sagte: »Haltet euch an den Händen.«

Und so nahm einer die Hand des anderen, und im nächsten Augenblick standen sie im Hof der Villa Beata auf dem Eiland des Zauberers. »Das ist doch nicht Finstermoor«, beschwerte sich Miranda.

»Nein. Doch ich war noch nie in Finstermoor. Und wenn ihr nicht unbedingt inmitten der tosenden Schlacht oder einer Steinmauer auftauchen wollt, gönnt mir eine Stunde Pause.«

Gathis kam herausgelaufen und hieß sie willkommen. »Ein warmes Mahl wird in Kürze bereitet sein«, versprach er und scheuchte sie ins Haus.

Tomas gesellte sich zu Pug. »Hier lebst du also?«

»Die meiste Zeit«, sagte der Magier.

Tomas blickte sich in dem schönen Anwesen um. Eine sommerliche Brise wehte vom Meer her über die Wiesen. »Ich hätte dich schon vor langer Zeit einmal besuchen sollen.«

»Wir haben uns verändert«, erwiderte Pug darauf. »Bis heute morgen konnte dich nichts dazu bringen, Elvandar zu verlassen.«

»Wir beide haben viel verloren. Die Menschen, mit denen wir unsere Kindheit in Crydee verbracht haben, sind lange tot. Auch meine Eltern, obwohl sie ein langes und glückliches Leben hatten. Und du hast sogar deine Kinder schon verloren …«

Pug nickte. »Ich habe es während der letzten Jahre gespürt, daß ich sie beide überleben würde. Sowohl Gamina als auch William wurden älter – ich nicht.« Pug sah zu Boden und hing einen Augenblick schweigend seinen Gedanken nach. Schließlich sagte er: »Und wenngleich ich damit gerechnet habe, so hat es mich dennoch schmerzlich getroffen, daß ich meine Kinder nie wiedersehen werde.«

»Ich kann dich verstehen«, sagte Tomas nur.

Schweigend standen die beiden Freunde eine Weile lang da. Dann blickte Pug hoch zu den Sternen. »Das Universum ist so unermeßlich. Manchmal komme ich mir so unbedeutend vor.«

»Falls Nakors Theorie über das Universum stimmt, sind wir, und zwar alle, unbedeutend und belanglos.«

Pug lachte. »So eine Idee kann auch nur Nakor haben.«

»Du kennst ihn doch schon eine Zeitlang. Was hältst du von ihm?« fragte Tomas.

Pug legte seinem Freund die Hand auf den Arm und führte ihn zum Haus. »Ich werde es dir erzählen, während ich mir überlege, wie ich uns nach Finstermoor bringe. Entweder ist er der größte Gauner in der Geschichte dieser Welt, oder der klügste Kopf, dem ich je begegnet bin.«

»Oder beides.«

Pug lachte. »Oder beides.« Sie betraten das Haus.

Pug zog mit den Händen einen Kreis in die Luft, und eine große Kugel bläulichen Lichts erschien, in der goldene Funken schimmerten. Höher als ein Mann, war sie so breit wie eine Kutsche für sechs Passagiere.

»Diese Kugel wird uns nach Finstermoor bringen«, erklärte Pug. »Ich weiß nicht genug über die Stadt, deshalb kann ich uns nicht sicher dorthin teleportieren. Und wenn ich nichts habe, an das ich mich halten kann, keinen Ort, den ich gut kenne, ist es einfach zu gefährlich.«

»Ich kenne die Prozedur«, sagte Miranda. »Ich dachte, wir wären nur hierhergekommen, um eine dieser Tsuranikugeln zu holen.«

»Das ist keine gute Idee«, meinte Nakor dazu und holte seine aus der Tasche, »solange man nicht zu einem Ort will, den man sehr gut kennt.« Er schüttelte die Kugel. »Falls sie überhaupt noch funktioniert.«

Er steckte sie wieder ein. »Also fliegen wir mit dir in einer Seifenblase.«

»Wie kommen wir hinein?«wollte Miranda wissen.

»Du brauchst nur einzutreten«, erklärte Pug und machte es ihr vor.

Die anderen folgten seinem Beispiel. »Ich mußte den Zauberspruch dafür erst suchen, doch jetzt, da ich mich wieder erinnere« – er machte eine Handbewegung, und die Kugel hob ab –, »ist es ganz einfach.«

Gathis winkte ihnen zum Abschied, während die sieben Freunde hoch über das Anwesen hinweg in Richtung Krondor davonflogen. »Es ist leichter, wenn man Orientierungspunkten am Boden folgt, wie zum Beispiel der Königsstraße.«

»Wann werden wir in Finstermoor sein?« fragte Calis.

»Kurz nach Tagesanbruch.«

Sie sausten übers Meer dahin, dreißig Meter über den weißen Wellenkämmen. Als der letzte der drei Monde Midkemias im Westen versank, begann im Osten leise der Morgen zu grauen. Draußen wehte der Wind, doch im Inneren waren sie geschützt. Sie standen im Kreis, und jeder hatte ein wenig Platz, gerade genug, um sich rühren zu können.

»Es wäre schön, wenn man sitzen könnte«, bedauerte Miranda.

»Wenn wir das alles hinter uns haben, werde ich dir das Buch leihen, aus dem ich diesen Zauberspruch habe, und dann kannst du ihn gern so verändern, daß es Sitze in der Kugel gibt.«

Nakor lachte.

»Wie schnell sind wir?« fragte Tomas.

»So schnell wie der schnellste Vogel«, antwortete Pug. »In einer Stunde sollten wir Krondor erreicht haben.«

So verstrich die Zeit, und sie beobachteten, wie sich das Schwarz des Himmels in dunkles Grau verwandelte. Langsam brach der Tag an, und jetzt konnten sie schon die Gischt auf den Wellen sehen, die sich schwach von dem aufgewühlten Wasser abhob. »Bist du sicher, daß der Dämon tot ist?« erkundigte sich Nakor.

»Er ist bestimmt tot«, sagte Pug. »Wasser ist seiner Art ein Greuel. Jakan war mächtig genug, um dem Wasser eine Weile lang zu trotzen, doch nicht in solcher Tiefe und mit den Wunden, die Tomas ihm beigebracht hat.«

»Seht«, rief Miranda, »Krondor!«

Pug war vom Eiland des Zauberers eine gerade Linie geflogen, und so näherten sie sich der Stadt des Prinzen fast genau aus Westen.

»O Götter!« platzte Miranda heraus.

Am Horizont, dort, wo einst eine große Stadt voller Leben gestanden hatte, breitete sich nun nur noch ein entseelter schwarzer Fleck aus. Selbst zu dieser frühen Morgenstunde hätten in der Stadt Lichter gefunkelt; die ersten Bürger wären auf dem Weg zur Arbeit gewesen. Boote wären von den kleinen Fischerdörfern vor der Mauer im Norden ausgelaufen, und Schiffe, die zur Reise in ferne Länder aufbrachen, hätten die Segel gesetzt.

»Es ist nicht mehr da«, sagte Nakor.

»Dort bewegt sich etwas«, beobachtete Calis. Er zeigte auf einen Punkt die Küste aufwärts, und im dämmrigen Licht konnten sie eine Kompanie Reiter erkennen, die auf der Uferstraße nach Norden ritt.

»Es scheint, als wären sie aus der Armee der Königin desertiert«, stellte Sho Pi fest.

»Jetzt, da sie von dem Dämon befreit sind, wird das sicherlich kein Einzelfall bleiben«, vermutete Pug.

Sie jagten über die äußeren Wellenbrecher des Hafens von Krondor dahin, und unter ihnen reckten sich die Masten ausgebrannter Schiffe wie ein Wald verkohlter Knochen, die nach dem Himmel greifen, in die Höhe. An Land war alles bis zur Unkenntlichkeit verbrannt. Der Hafen war verschwunden, die meisten Gebäude ebenfalls. Hier und da ragte noch ein Stück Mauer auf, ansonsten gab es nur Trümmer zu sehen. Der Palast des Prinzen war nur dann noch zu erkennen, wenn man wußte, daß er am Südende des Hafens gelegen hatte, hoch auf dem Hügel, von dem aus der erste Prinz von Krondor geherrscht hatte.

»Es wird lange, lange Zeit dauern, bis in diesem Hafen wieder ein Schiff vor Anker geht«, sagte Calis.

Tomas legte seinem Sohn die Hand auf die Schulter. Diese Stadt, die er zu beschützen geschworen hatte, in Schutt und Asche liegen zu sehen, mußte ihn über alle Maßen schmerzen. Natürlich wußte Calis besser als jeder andere, was er durch die Entsiegelung des Lebenssteins erreicht hatte. Doch so viele Menschen hatte einen hohen Preis dafür zahlen müssen.

Pug führte die Kugel entlang der Königsstraße. Meile um Meile bot sich ihnen das immer gleiche Bild der Zerstörung. Jeder Bauernhof, jedes Haus war niedergebrannt, und so viele Leichen säumten den Weg, daß sich die Geier und Krähen mit ihren vollgefressenen Bäuchen kaum mehr in die Lüfte erheben konnten. Dominic sagte: »Wir müssen so viele Priester wie möglich hierherschicken, denn diesem Gemetzel werden die Seuchen auf dem Fuße folgen.«

»Alle vom Orden der Arch-Indar werden euch unterstützen«, versicherte ihm Nakor.

»Alle beide?« fragte Miranda.

Selbst angesichts dieser unermeßlichen Zerstörung fiel es Pug schwer, nicht zu lachen.

»Viele Priester werden die Katastrophe ebenfalls nicht überlebt haben«, sagte Tomas.

»Nein«, widersprach Calis. »Wir haben schon vor Monaten die verschiedenen Tempel unterrichtet, damit sie ihre Geistlichen nach und nach in Sicherheit bringen. Herzog James wußte, wie sehr wir sie brauchen würden, falls wir überlebten.«

»Bei all meinen Sorgen über die Smaragdkönigin und den Dämon und den Stein des Lebens habe ich schlicht aus den Augen verloren, daß das Königreich von einer riesigen Armee angegriffen wurde«, sagte Pug.

»Ich nicht«, sagte Calis. Er zeigte nach vorn »Seht.«

Sie erreichten die Ausläufer des Gebirges, und Pug sah ein Meer von Lagerfeuern und kleinen Unterständen, zwischen denen sich gelegentlich ein Kommandozelt fand. Dann flogen sie plötzlich über einen riesigen Pavillon hinweg, der so groß war wie ein Haus. Je näher sie Finstermoor kamen, desto mehr Soldaten waren unterwegs. »Bei den Göttern«, entfuhr es Tomas. »Eine solche Armee habe ich noch nicht gesehen. Selbst während des Spaltkriegs haben nie mehr als dreißigtausend Mann im Feld gestanden, und auch dann nicht am selben Ort.«

Calis sagte: »Sie haben fast eine Viertelmillion Menschen übers Meer gebracht.« Leidenschaftslos fügte er hinzu: »Die da unten gehören zu der Hälfte, die wir noch nicht getötet haben.«

»So viele Tote«, seufzte Nakor. »Und ohne jeden Grund.«

Tomas sagte: »Pug, wie oft habe ich dich schon gefragt, ob es je einen wirklich triftigen Grund für Kriege gab?«

»Freiheit«, erwiderte Calis. »Das zu schützen, was unser ist.«

Pug meinte: »Es gibt gute Gründe, Widerstand zu leisten. Doch selbst diese sind keine guten Gründe, einen Krieg zu beginnen.«

Während das Gelände unter ihnen anstieg, hielt Pug die Kugel stetig auf gleicher Höhe. Doch nachdem mehr und mehr der Männer unten auf sie zeigten und schließlich einige mit Pfeilen nach ihnen schossen, zog er die Kugel hoch.

Oben aus den Wolken bekamen sie einen Überblick über das ganze Schlachtfeld. »Unglaublich«, stöhnte Dominici.

Eine Armee von achtzig- oder neunzigtausend Mann breitete

sich unter ihnen aus wie Ameisen, die einen Hügel hinaufklettern. Auf der Spitze dieses Hügels lag Finstermoor. Die Vorstadt und den größten Teil der Stadt selbst schien der Feind bereits in Händen zu haben, und im Rest der Stadt tobten erbitterte Kämpfe.

»Können wir nicht irgend etwas tun?« fragte Miranda.

Calis sagte: »Ich bezweifle es. Die Invasoren sitzen hier auf der falschen Seite des Ozeans ohne Proviant fest.« Er blickte Pug an und fügte hinzu: »Solange es nicht irgendwelche magischen Mittel gibt, mit denen wir sie nach Novindus zurückbringen können …«

»Immer ein paar auf einmal, vielleicht«, meinte Pug daraufhin, »doch so viele, nein.«

»Dann müssen wir zunächst die Kämpfe beenden und verhandeln, sobald wir dem Töten Einhalt geboten haben.«

»Siehst du die Saaur?« fragte Pug. Tomas zeigte auf einen Winkel der Stadt im Südwesten, wo sich die hünenhaften grünen Reiter auf einem Marktplatz drängten. Pug hielt die Kugel an. »Unternehmen wir doch wenigstens den Versuch, sie von weiteren Feindseligkeiten gegen uns abzubringen.«

Er ließ die Kugel langsam sinken, und sobald der erste Saaur sie entdeckt hatte, schossen die Eidechsen auf die Menschen darin.

Doch die Pfeile blieben in den Wänden der Kugel stecken oder prallten davon ab, und Pug senkte die Kugel weiter. Als klar wurde, daß von dem Zauberding keine unmittelbare Bedrohung ausging, wurde das Feuer eingestellt.

Pug ließ die Kugel vor einer Gruppe Reiter landen, von denen der in der Mitte einen besonders prächtigen Helm mit Pferdeschweif trug, dazu einen verzierten Schild und ein Schwert, welches aus Urzeiten zu stammen schien. Pug warnte die anderen: »Haltet euch bereit, falls es schiefgeht.«

Als sich die Kugel auflöste, sagte Pug in der Sprache von

Yabon, die dem Dialekt von Novindus sehr verwandt ist: »Ich suche Jatuk, Sha-shahan aller Saaur!«

»Ich bin Jatuk«, erwiderte der geschmückte Reiter. »Wer bist du, Zauberer?«

»Man nennt mich Pug. Ich bin gekommen, um Frieden zu schließen.«

Die fremdartige Miene des Saaur war nicht zu lesen, aber Pug spürte das Mißtrauen, welches dieser ihm entgegenbrachte. »Ihr müßt wissen, wir sind durch Eid an die Smaragdkönigin gebunden und können nicht eigenmächtig Frieden schließen.«

»Ich bringe Euch eine Nachricht von Hanam«, erklärte Pug.

Jetzt zeigte das Reptiliengesicht, welchen Ausdrucks es fähig war, denn der Schock enthüllte sich überdeutlich in seinen Zügen. »Hanam ist tot! Er starb auf der Welt meiner Geburt!«

»Nein«, entgegnete Pug. »Deines Vaters Meister des Wissens benutzte seine Künste, um sich des Verstandes und des Körpers eines Dämons zu bemächtigen, und in diesem Körper kam er in diese Welt. Er suchte mich auf, und wir sprachen miteinander. Inzwischen ist er tatsächlich gestorben, doch seine Seele weilt nun wieder auf Shila und reitet mit der Himmlischen Horde.«

Jatuk drängte sein Reittier vorwärts, und als er direkt vor Pug stand, wie ein Turm über ihm aufragend, sah er auf ihn herab. »Sagt, was Ihr wollt.«

Pug begann, erzählte von dem uralten Krieg zwischen Gut und Böse, vom Wahnsinn der Priester von Ahsart und vom Betrug, den die Pantathianer an den Saaur begangen hatten. Zuerst wollten ihm die Saaur scheinbar nicht glauben, doch Pug sagte, was Hanam ihm zu berichten aufgetragen hatte. Schließlich kam er zum Ende: »Hanam sagte mir, Ihr müßtet ebenso wie Shadu, Euer Meister des Wissens, Chiga, Euer Träger des Bechers, und Monis, Euer Träger des Schildes, wissen, daß ich die Wahrheit spreche. Die Ehre Eures Volkes verlangt, die Wahrheit anzunehmen, und der Betrug an Eurem Vok besteht aus mehr als nur Lügen. Die Pantathianer und die Smaragdkönigin und die Dämonen – sie gemeinsam haben Euch Eure Heimatwelt geraubt. Sie waren diejenigen, die Shila zerstörten und Euch Euer angeborenes Recht auf ewig entrissen.«

Die Saaur grollten bestürzt. »Lügen!« rief einer. »Schlaue Falschheiten von einem Meister der schwarzen Künste«, sagte ein anderer.

Jatuk hob die Hand. »Nein. Was er sagt, klingt glaubhaft. Wenn Ihr seid, wer Ihr zu sein behauptet, falls Ihr diese Worte wirklich von Hanam gehört habt, dann wird er Euch etwas gesagt haben, mit dem Ihr mir beweisen könnt, daß Ihr nicht lügt.«

Pug nickte. »Er sagte, ich solle Euch an den Tag erinnern, als Ihr kamt, um Eurem Vater zu dienen. Ihr wart der letzte Sohn Eures Vaters. All Eure Brüder waren tot. Ihr habt gezittert, während Ihr auf die Begegnung mit Eurem Vater gewartet habt, doch einer stand an Eurer Seite und flüsterte Euch ins Ohr, daß alles gut werden würde.«

Jatuk erwiderte: »Das ist wahr. Doch wie lautet der Name desjenigen, der mich getröstet hat?«

»Es war Kaba, Eures Vaters Träger des Schildes, der Euch mitteilte, was Ihr Eurem Vater zu sagen hattet. Ihr solltet sagen: ›Vater, hier bin ich, um dem Volke zu dienen, um meine Brüder zu rächen und deinen Geboten zu gehorchen.‹«

Jatuk lehnte sich zurück, wandte sein Gesicht dem Himmel zu und brüllte. Es war ein tierischer Laut, ein Laut des puren Zorns, der reinen Qual. »Wir wurden betrogen!« schrie er.

Ohne ein weiteres Wort zu Pug wandte er sich an seine Mitstreiter. »Verkündet es überall! Unser Bund wurde gelöst. Wir dienen keinem mehr außer den Saaur! Tod soll die Belohnung für jene sein, die uns hintergangen haben! Tod den Pantathianern! Keine Schlange soll überleben! Tod der Smaragdkönigin und ihren Dienern!«

Unvermittelt hielten die Saaurreiter zurück auf die Stadttore zu, und Jatuk sagte: »Mensch, wenn dies erledigt ist, werden wir Euch aufsuchen und Frieden mit Euch schließen, doch zunächst muß eine ungeheuerliche Blutschuld beglichen werden!«

Tomas erwiderte: »Sha-shahan! Eure Krieger kämpfen seit Jahren. Legt die Waffen nieder. Zieht Euch aus diesem Krieg zurück. In diesem Augenblick ist eine Armee hierher unterwegs, um die Invasoren zu vertreiben. Tretet zur Seite und laßt Eure Frauen und Kinder wissen, daß ihre Männer und Väter lebendig zu ihnen zurückkehren.«

Jatuk hielt sein Schwert, als stecke Leben darin, und seine Augen funkelten. »Dies ist *Tual-masok,* Bluttrinker in der alten Sprache. Mehr als alles andere ist er das Wahrzeichen meines Amtes und der Ehre meines Volkes. Er wird nicht in der Scheide ruhen, solange das Unrecht nicht gerächt wurde.«

»Dann wisset«, sagte Pug, »daß die Smaragdkönigin tot ist. Sie wurde durch einen Dämon vernichtet.«

Jatuk wirkte, als könnte er sich kaum mehr beherrschen. »Dämonen! Dämonen haben unsere Welt zerstört!«

»Ich weiß«, erwiderte Pug, »doch der Dämon ist ebenfalls tot.«

»Wer soll dann den Preis bezahlen?« wollte der Sha-shahan wissen.

Tomas legte sein Schwert zur Seite. »Niemand. Sie sind alle tot. Falls noch Pantathianer leben, so verstecken sie sich unter Bergen in einem fernen Land. Die einzigen, die noch leben, sind die Opfer, die Werkzeuge, die Betrogenen.«

Der Anführer der Saaur brüllte seine ohnmächtige Wut in den Himmel hinaus. »Ich werde Vergeltung finden!«

Pug schüttelte den Kopf. »Verschone dein Volk, Jatuk!«

»Blut muß für Blut fließen!«

»Dann geht, doch laßt diese Stadt in Ruhe«, sagte Tomas.

Jatuk zeigte mit dem Schwert auf Tomas. »Meine Soldaten werden abziehen, und kein einziger wird diesen Ort mehr behelligen. Doch wir sind ein Volk ohne Heimat, und unsere Ehre ist befleckt. Nur mit Blut allein können wir diesen Makel abwaschen.« Er wendete sein Pferd in Richtung des Stadttors und setzte das riesige Reittier mit harten Tritten in die Flanken in Bewegung.

Der Rest der Kompanie folgte ihm, und während in der Stadt weiter der Krieg tobte, kehrte in der südwestlichen Ecke von Finstermoor plötzlich Stille ein. Von den Barrikaden her ließ sich eine Stimme vernehmen: »Sind sie abgezogen?«

Pug drehte sich herum, und Owen Greylock kletterte hinter einem Stapel Möbel, Getreidesäcken und Teilen eines Wagenaufbaus hervor.

»Magier!« meinte Owen. »Ich glaube, wir sind Euch einigen Dank schuldig.«

»Ihr braucht Euch noch nicht zu bedanken«, erwiderte Pug. »Die Kämpfe sind noch nicht beendet.«

»Wenn Ihr uns die Saaur vom Hals geschafft habt, schulden wir Euch allen Dank der Welt.« Owen schüttelte den Kopf. »Verdammt, die halten einen ganz schön auf Trab.«

»Nun, dafür halten sie jetzt die Invasoren auf Trab«, meinte Tomas dazu. »Man hat ihnen mitgeteilt, daß sie verraten wurden, und sie haben das nicht gerade mit Wohlgefallen aufgenommen.«

Owen lächelte. »Das kann ich mir vorstellen. Ich habe bislang nur ein paar Saaur aus der Nähe gesehen, aber ich glaube, ihnen fehlt doch der rechte Sinn für Humor.« Er wandte sich an die Männer hinter ihm. »Schwärmt aus, und schaut, ob ihr nicht noch welche von unseren Jungs findet. Die Zitadelle wird belagert, und ich habe vor, dem Feind in den Rücken zu fallen.«

Tomas zog das Schwert. »Da könnte ich euch eine Hilfe sein.«

»Da sage ich nicht nein.« Er musterte den zwei Meter großen Tomas von oben bis unten und fragte: »Wir haltet Ihr das ganze Weiß sauber?«

Tomas lachte. »Das ist eine lange Geschichte.«

»Dann erzählt sie mir nach der Schlacht«, sagte Owen und gab seinem kleinen Haufen Soldaten das Zeichen, sie sollten ihm ins Kampfgeschehen um die Zitadelle folgen.

»Wir sehen uns später«, verabschiedete sich Pug.

»Wohin gehst du?« wollte Tomas wissen.

»In den Bergfried. Ich will sehen, ob ich nicht diesen ganzen Wahnsinn beenden kann.«

Tomas nickte, drehte sich um und lief neben Owen Greylock her. Pug winkte die anderen zu sich. Sie reichten sich die Hände. Pug richtete seinen Blick auf die ferne Zitadelle, und dann waren sie alle verschwunden.

Manfred und Erik blickten hoch, als sie von oben einen Aufschrei hörten. »Was ist jetzt?« frage Erik und zog das Schwert.

Die Männer auf dem Dach riefen etwas, doch es klang eher nach Überraschung denn nach einem Alarm. Manfred zog gleichfalls das Schwert und trat zwischen Prinz Patrick und die Tür, nur für den Fall, daß der Feind in die Zitadelle eingedrungen war.

Während er einen Gang am unteren Ende des zentralen Treppenhauses im Bergfried erreichte, entdeckte Erik Calis, der die Steintreppe hinuntereilte. Nakor, Miranda und die anderen folgten ihm.

Erik grinste: »Hauptmann!«

Calis erwiderte das Grinsen. »Hauptmann!«

»Wie gut, Euch zu sehen. Wie seid Ihr hier hereingekommen?«

Calis zeigte auf Pug.

»Der Magier!« Man konnte Erik die Erleichterung deutlich anmerken. »Könnt Ihr nicht irgend etwas tun?«

Pug antwortete: »Ja, ich könnte alle Männer jenseits der Mauern töten, doch das würde unsere Soldaten mit einbeziehen, die dort draußen noch in Häuserkämpfe verwickelt sind. Lieber würde ich das Töten zu einem Ende bringen. Der Dämon, der die Armee der Smaragdkönigin angeführt hat, ist tot. Der Stein des

Lebens existiert nicht mehr. Es gibt keinen Grund mehr, die Kämpfe fortzusetzen.«

»Erzählt das mal den Mördern dort draußen«, wandte Erik ein.

»Genau da liegt das Problem. Selbst wenn ich es ihnen erzählen würde, bleibt es fraglich, ob sie mir überhaupt zuhören würden.«

»Nein«, meinte Calis entschieden. »Wie ich schon sagte, sie sind hungrig, und sie wissen zu gut, was hinter ihnen liegt. Sie können nur eine einzige Richtung einschlagen: vorwärts.«

»Wenn dieser Dämon, von dem Ihr gesprochen habt, tot ist, was ist dann mit der Smaragdkönigin?« fragte Erik.

»Die ist schon seit Monaten tot. Doch das erklären wir Euch später«, erwiderte Pug.

»Und was ist mit Fadawah? Können wir mit ihm vielleicht einen Waffenstillstand aushandeln? Er ist ein mörderischer Bastard, doch er kennt die alten Regeln von Novindus bezüglich eines Waffenstillstands«, schlug Erik vor.

»In diesem Augenblick hat Fadawah es mit einer sehr verärgerten Saaurarmee zu tun, die jemanden sucht, an dem sie ihre Rachegelüste stillen kann. Und er ist der wahrscheinlichste Kandidat dafür. Falls er nur halb so klug ist, wie ich denke, sucht er schon nach einem Loch, wo er sich den Winter über verkriechen kann.«

»Winter!« platzte Nakor heraus.

»Ja?« fragte Pug.

Nakor drängte sich an Calis vorbei und fragte Erik: »Ursprünglich hattet ihr doch den Plan, diese Armee bis zum Winter hier festzuhalten, nicht wahr?«

»Ja. Wir dachten, wenn der Schneefall einsetzt, müßten sie sich zurückziehen.«

Nakor wandte sich an Pug. »Wenn wir nach Stardock gehen, könntest du uns dann wieder hierher zurückbringen?«

»Ja«, antwortete Pug. »Aber warum?«

»Ich habe keine Zeit, es zu erklären. Tu es einfach!«

Pug sah Miranda, Calis und die anderen an und zuckte mit den Schultern. Er legte Nakor die Hand auf die Schulter, und die beiden waren verschwunden.

»Was ist denn eigentlich los?« verlangte Patrick zu wissen, als er mit Manfred den Gang betrat.

»Hoheit, Baron«, sagte Calis und neigte zum Gruß den Kopf.

»Hauptmann«, erwiderte Patrick. »Ich hoffe, Ihr bringt gute Nachrichten.«

»Nun, was das betrifft, so kann ich Euch immerhin mitteilen, daß die Hauptbedrohung nicht mehr besteht.«

»Der Stein des Lebens ist in Sicherheit?« fragte Patrick.

»Er existiert nicht mehr. Er wurde entsiegelt und kann nun von niemandem mehr mißbraucht werden«, erklärte Calis.

»Den Göttern sei Dank«, sagte Patrick. Jedes Mitglied der königlichen Familie wußte, was auf dem Spiel stand, seit der Stein des Lebens vor fünfzig Jahren unter der Stadt Sethanon entdeckt worden war. »Am liebsten würde ich ein Fest ausrichten lassen.« Der Donner eines Katapults über ihnen, das auf die Angreifer schoß, unterstrich seinen nächsten Satz: »Doch das wäre ein wenig voreilig. Wir erwarten die Armeen des Ostens.«

Manfred legte Erik die Hand auf die Schultern. »Mein Bruder und ich haben uns gerade darüber gestritten, wer das Osttor öffnen darf und die Armee hereinläßt, damit sie uns retten kann. Oder habt Ihr einen besseren Plan?«

»Ich nicht«, antwortete Calis, »aber ich hoffe doch, Nakor.«

Miranda erklärte mit fester Stimme: »Ich werde aufs Dach gehen und nachschauen, ob die Armeen des Ostens bereits eingetroffen sind.« Sie betrachtete Erik und Manfred mit einem Blick, wie man auf trödelnde Kinder hinuntersieht, und fügte hinzu: »Es würde sich doch nicht lohnen, sich umbringen zu lassen, wenn die Armeen noch gar nicht vor dem Osttor angekommen sind, oder?«

Erik und Manfred wechselten einen entsetzten Blick, doch Miranda stieg bereits die Stufen zur Spitze des Bergfrieds hoch. Calis entschuldigte sich: »Ich bin gleich zurück, mein Lord, Hauptmann«, und eilte hinter ihr her.

Oben angekommen, stellten sie fest, daß der Bergfried nur ein kleiner Teil der Zitadelle war. Zwei Beobachtungsposten waren bemannt und dirigierten die beiden Katapulte, die auf einem Balkon im Dach ein paar Meter unter ihnen aufgebaut waren. Miranda blickte nach Osten und begann leise, fast unhörbar, zu singen. Dann schlug sie die Augen auf, und Calis war überrascht, als er die Veränderung an ihnen bemerkte. Waren sie sonst tief bernsteinbraun, so ähnelten sie nun denen einen Raubvogels. Sie ließ den Blick über den Horizont schweifen, dann, einen Moment später, schloß sie die Augen erneut und rieb sie sich. Als sie sie abermals öffnete, sahen sie wieder aus wie zuvor. »Die Armeen des Ostens marschieren auf die Stadt zu. Ich schätze, daß sie hier bei Sonnenuntergang eintreffen. Wahrscheinlich jedoch eher morgen bei Tagesanbruch.«

Calis fluchte. »Falls wir das alles überleben, erinnere mich daran, mit dem König ein paar offene Worte über die Kampfesfreude seiner östlichen Adligen zu reden.« Er beugte sich über die Kante der Mauer und sah nach unten. Ohne Unterlaß ging der Kampf weiter. Männer starben bei dem Versuch, den Burggraben zu füllen, andere dabei, dies zu verhindern.

»Das ist alles so sinnlos!«

Miranda legte ihm von hinten die Arme um den Bauch. »Du kannst sie nicht alle retten!«

Calis wandte sich um und nahm sie in die Arme. »Ich habe dich so sehr vermißt.«

»Du weißt doch, daß ich mit Pug zusammen bin?« fragte sie.

»Ja, das weiß ich.«

»Er ist meine andere Hälfte. Ich habe viel von mir vor dir verborgen, und eines Tages, wenn wir Zeit haben, werde ich dir die Wahrheit darüber erzählen, wer ich bin und weshalb ich gelogen habe, um meine Geheimnisse zu bewahren, doch was ich dir jetzt sage, ist die reine Wahrheit: Ich liebe dich, Calis. Du bist einer der besten Männer, die ich in meinem langen Leben kennengelernt habe.«

Calis blickte ihr in die Augen und betrachtete ihr Gesicht, als wolle er es sich für immer einprägen. »Aber Pug liebst du mehr.«

Sie nickte. »Ich weiß nicht, ob ›mehr‹ das richtige Wort ist. Pug stellt das dar, was ich brauche. Und ich das, was er braucht, obwohl er das vermutlich noch nicht so recht begriffen hat; tief in ihm ist noch sehr viel Schmerz verschlossen.«

Calis nickte und hielt sie so, daß ihr Gesicht an seiner Brust lag. »William«, sagte er leise.

»Und Gamina. Sie und James sind in Krondor geblieben.«

Calis schloß die Augen. »Das habe ich nicht geahnt.« Er seufzte.

»Es wird eine Weile dauern, doch seine Wunden werden schließlich heilen«, meinte sie. Dann trat sie zurück. »Und die deinen ebenfalls.«

Calis lächelte. »Mir geht es gut.«

»O nein.« Sie pikte ihm mit dem Finger in die Brust. »Du mußt mir etwas versprechen.«

»Was?«

»Wenn wir diesen Krieg hinter uns haben, mußt du nach Hause gehen und deine Mutter besuchen.«

Calis lachte. »Warum?«

»Einfach so. Versprochen?«

Er zuckte mit den Schultern. »Gut. Ich werde mit meinem Vater nach Hause zurückkehren und meine Mutter besuchen. Noch etwas?«

»Ja, doch darüber reden wir später. Wir müssen dem Prinzen mitteilen, daß jenseits der Mauern noch keine Hilfe auf uns wartet.«

Sie gingen in den Ratssaal zurück, wo sich alle um den Tisch herum versammelt hatten. Der Lärm der Schlacht draußen bildete ein ständiges, wenn auch leises Hintergrundgeräusch. Miranda berichtete Patrick, was sie gesehen hatte, und der Prinz erklärte: »Nun, so müssen wir wohl warten, bis Pug zurückkommt und uns aus dieser Misere befreit.«

Eine Stunde später erschienen Pug, Nakor und ein halbes Dutzend Männer in Roben draußen im Gang vor dem Ratssaal. Nakor rannte hinein und rief: »Das müßt ihr euch ansehen!«

Prinz Patrick und die anderen eilten zu Pug und den Männern in Roben, und einer von ihnen sagte: »Ich protestiere!«

»Protestiere, soviel du willst, Chalmes«, meinte Nakor nur. »Du bist die beste Wetterhexe auf ganz Midkemia, selbst wenn du einem ständig auf die Nerven fällst. Also fang schon an.«

Chalmes richtete den Zeigefinger auf Nakor. »Und Ihr werdet Euch an unsere Abmachung halten?«

»Ja«, versicherte ihm Nakor. »Natürlich. Aber zuerst müssen wir diese Schlacht beenden.«

»Sehr wohl.« Der dienstälteste Magier von Stardock wandte sich den anderen fünf zu, die ihn begleiteten. »Wenn es begonnen hat, werde ich vielleicht ohnmächtig werden. Sollte dieser Fall eintreten, müßt ihr weitermachen, bis ich mich wieder erholt habe.« Er drehte sich zu Nakor um. »Ich brauche einen Tisch.«

»Hier entlang«, sagte Nakor.

Chalmes betrachtete sich die Umgebung, während er den anderen in den Ratssaal folgte. Während er durch die Tür trat, fragte er: »Entschuldigt?«

Der Prinz von Krondor fragte: »Ja?«

»Könntet Ihr mir wohl einen brennenden Wachsstock holen?«

Patrick zog die Augenbrauen hoch, und Manfred beeilte sich zu sagen: »Ich werde mich darum kümmern.«

Chalmes öffnete die Tasche, die er trug. Er holte eine Kerze und einige andere Gegenstände heraus. »Wenn ich jetzt bitte den

Wachsstock haben könnte.« Ein Diener reichte ihn ihm, und Chalmes zündete die Kerze an und stellte sie ab. Indem er die Augen schloß, begann er mit einem leisen Singsang.

Einen Augenblick später zog ein kühler Wind durch das Fenster. Nakor grinste. »Es gelingt.«

Miranda stellte sich zu Pug und legte ihm den Arm um die Taille. »Warum kannst du das nicht machen?«

»Ich hätte einen Hurrikan entfesseln können, doch nicht so etwas Feines. Ich habe mich nie viel mit Wettermagie beschäftigt. Du?«

Miranda zuckte mit den Schultern. »Ich auch nicht.« Sie legte ihren Kopf auf seine Schulter und sah zu.

Chalmes konzentrierte sich, und jene im Saal, die eine magische Ausbildung besaßen, konnten die Energien spüren, als die Luft zunehmend elektrisiert wurde.

Und kälter.

Minute um Minute wurde die Luft kühler, und von draußen hörte man im Schlachtenlärm bereits vereinzelte alarmierte Rufe. Und kälter und kälter wurde es im Raum. Schließlich ließ Manfred Mäntel bringen.

Dann begann es zu schneien.

Von beiden Seiten des Wassergrabens waren verwirrte Stimmen zu hören. Erik sagte: »Laßt doch die Männer benachrichtigen, Hoheit, daß wir für diese Kälte verantwortlich sind.«

Prinz Patrick nickte und beauftragte einen Diener, er solle die Nachricht verbreiten, daß das ungewöhnliche Wetter ein Teil der Verteidigung der Burg sei. Manfred eilte ans Fenster und sagte: »Seht nur!«

Sie standen auf dem großen Balkon, von dem aus man den äußeren Burghof und die Mauer überblicken konnte. Ein paar der feindlichen Soldaten huschten über die schlüpfrigen Dächer gegenüber dem Bergfried. Erik sah, wie ein Mann sich umdrehte, die Sehne seines Bogens durchzog und schoß. Als Erik rufen wollte: »Duckt euch!«, hatte der Pfeil sein Ziel schon gefunden.

Mit Entsetzen stellte er fest, daß der Pfeil aus Manfreds Hals ragte. Pug sandte einen Energieblitz aus, und der Bogenschütze fiel vom Dach. Andere zerrten den Prinzen vom Balkon fort.

Erik fing Manfred auf, als dieser an der inneren Wand des Balkons nach unten glitt. Er hielt seinen Halbbruder und fluchte leise. »Verdammt!«

Innerhalb einer Stunde wurde es deutlich: Voller Verwirrung zog sich die angreifende Armee zurück. Die Verteidiger auf den Mauern der Zitadelle, die wußten, daß das Wetter zu den Plänen des Prinzen gehörte, jubelten.

Chalmes bekam weiche Knie, und Pug führte ihn zu einem Stuhl, während ein anderer Magier die Beeinflussung des Wetters fortsetzte. Prinz Patrick wandte sich an Pug, als ein Diener mit einem Glas gewürzten Weins für Chalmes angeeilt kam, und fragte: »Wie groß ist das Gebiet, in welchem dieser Sturm tobt?«

»Vielleicht fünfzehn Meilen in jede Richtung, aber wir können es noch vergrößern, wenn Ihr wollt.«

Patrick schüttelte erstaunt den Kopf. »Und wie lange könnt Ihr ihn aufrechterhalten?«

Pug lächelte. »Das hängt davon ab, wie viele Magier ich von Stardock hierherzerren muß.«

Patrick fuhr sich mit der Hand durchs Gesicht. Die Erschöpfung hatte dunkle Ringe unter seinen Augen hinterlassen. »Cousin Pug«, begann er, »entschuldigt die Frage, aber ... seid Ihr jünger, als ich Euch in Erinnerung habe?«

Pug lächelte erneut. »Das ist eine lange Geschichte. Ich werde sie Euch heute nacht erzählen.«

Eine weitere Stunde lang schneite es noch, bis draußen der Schnee knietief lag. Der Himmel war grau, und die Vögel saßen verwirrt auf den Mauern der Zitadelle und schienen sich zu fragen, ob sie gen Süden aufbrechen sollten oder nicht.

Dann kam eine Gruppe Männer über die Straße auf die Zitadelle zu, und Erik traute seinen Augen kaum: es war Owen Greylock, und Tomas ging an seiner Seite. Owen rief nach oben: »Werdet ihr wohl die Zugbrücke herunterlassen! Es ist verdammt kalt hier draußen!«

Erik lachte erleichtert, lehnte sich über den Balkon und rief: »Laßt die Zugbrücke runter.«

Fünfzehn

Wiedergeburt

Erik zitterte.

Finstermoor lag unter einer Schneedecke, die zu schmelzen begann, da der Sommer aufs neue Einzug hielt. Erik drehte den Rücken der Mauer zu und betrachtete, wie die Stadt zum Leben erwachte, während die Soldaten der Armeen des Ostens durch die Straßen zogen und die Nachzügler der Invasoren aufrieben, die sich in ausgebrannten Häusern verschanzt hatten.

Die Tore im Osten waren in der Dämmerung von Erik und einer Patrouille geöffnet worden. Ohne Probleme waren sie dorthin gelangt. Die wenigen Truppenelemente der Invasoren, die sich noch in der Stadt aufhielten, hatten einen weiten Bogen um sie gemacht. Sie waren zu erschöpft und hungrig, froren und waren zu entmutigt, um nach dem plötzlichen Wintereinbruch noch viel Widerstand zu leisten.

Erik sah zu, wie weitere Einheiten der Armee des Königs langsam in die Stadt einmarschierten. Seine eigenen Männer kamen ebenfalls an, da Patrick die frischen Soldaten in die Stellungen entlang des Alptraumgebirges abkommandiert hatte, und Erik erwartete, Jadow, Harper und die anderen überlebenden Feldwebel bald in Finstermoor zu sehen.

Eine vertraute Stimme sagte: »Von Finstermoor.«

Und da stand Jadow Shati unten und winkte ihm zu. »Na, wie haben wir das gemacht?« rief Erik.

»Nicht schlecht, bis dieser verdammte Schnee eingesetzt hat. Ich hätte mir fast den Hintern abgefroren.«

Erik eilte die Treppe hinunter zum Torhaus und ergriff die

Hand seines alten Freundes. Zuerst wollte er die schlechten Nachrichten hören. »Wie viele?«

»Zu viele«, antwortete Jadow. »Ich werde die genauen Zahlen erst in ein paar Tagen wissen, doch es sind verdammt viele.« Er wandte sich um und sah zu, wie die Kavallerie aus Salador unter wehenden Bannern durch die Morgenluft einritt. »Harper haben wir vor zwei Nächten verloren.«

»Verdammt«, fluchte Erik.

Jadow sagte: »Bald haben wir keine Feldwebel mehr, Erik.«

»Also müssen wir dafür sorgen, daß du am Leben bleibst.«

»Was machen wir als nächstes?«

»Das wird uns der Prinz sagen.«

Jadow fragte: »Können wir uns ein bißchen ausruhen?«

»Ich glaube, Patrick beabsichtigt, die Invasoren mit den Armeen des Ostens noch ein Stück den Berg hinunterzutreiben. Solange du also nichts anderes hörst, suchst du dir ein Quartier in der Nähe des Palastes und besorgst für die Männer erst einmal etwas zu essen und Decken.«

»Jawohl, Sir«, salutierte Jadow. »Das werden sie gern hören.«

Erik sagte: »Schick eine Nachricht zur Zitadelle, wenn ihr euch einquartiert habt. Ich habe noch einige Dinge zu erledigen.«

»Sir!« Jadow drehte sich um und eilte davon.

Erik wandte seine Aufmerksamkeit wieder dem Osttor zu, und nachdem er ein paar Minuten die Prozession farbenprächtiger Uniformen, sauberer Pferde und von Blut unbefleckter Waffen beobachtet hatte, machte er sich auf den Rückweg zur Zitadelle.

Langsam erholte sich die Stadt. Drei Tage, nachdem die Invasoren bis hinter Ravensburg zurückgedrängt worden waren, hörte Erik eine vertraute, süße Stimme aus dem Hof.

»Erik!«

Er fuhr herum, und auf dem Wagen, der in die Burg einfuhr,

saß Kitty hinter Roo und seiner Frau neben ihren Kindern und den Jacobys.

Erik hätte fast einen Junker umgerannt, als er die Treppe zum Hof hinunterstürmte, und er selbst wäre dafür fast umgerannt worden, als ihm seine Frau in die Arme flog. Er küßte sie und hielt sie fest umschlungen. Dann hielt er sie auf Armeslänge von sich und fragte: »Was machst du hier?«

Er sah Roo an. »Ihr solltet doch längst in Malacs Kreuz sein.«

»Nun, wir sind fast bis dorthin gekommen«, erwiderte Roo. Er sprang vom Kutschbock. »Dann sind wir auf diese Armee gestoßen, und wie die Dinge standen, hielt ich es für sicherer, hinter ihr her zu ziehen.«

»Wo ist Luis? Nathan, meine Mutter?«

»Sie sind unterwegs«, erklärte Roo. »Ich habe sie mit einer Liste nach Malacs Kreuz geschickt, während ich bei der Armee geblieben bin. Morgen sollten sie hier eintreffen.«

»Was für eine Liste?«

»Eine Liste mit Dingen, die sie nach Finstermoor mitbringen sollen«, meinte Roo. Er machte Karli und den anderen ein Zeichen, auszusteigen. Während Kitty ihn auf die Wange küßte, tippte er Erik auf die Brust. »Du und ich, wir haben einige große finanzielle Verluste erlitten, mein Freund.«

Erik lachte und erwiderte Kittys Kuß. »Dieses Geld, was ich dir geliehen habe – ich habe nie erwartet, irgend etwas davon wiederzusehen.«

»Nun, mag es sein, wie es will«, sagte Roo. »Du bist mein Partner.« Er legte Karli den Arm um die Hüfte, und Helen Jacoby gesellte sich ebenfalls zu ihnen. »Wir sind alle Partner.«

»Wobei?«

»Avery, Jacoby und von Finstermoor! Milo und Nathan laden in Malacs Kreuz Dinge auf, die hier gebraucht werden, und ich erwarte, daß wir in Kürze einen florierenden Handel auf die Beine gestellt haben.«

Erik lachte. »Du wirst dich auch nie ändern.«

Karli sagte: »Er hat sich schon verändert.« Dann errötete sie. »Wir bekommen noch ein Kind.«

Erik lachte aufs neue. »Also, dann wollen wir mal reingehen und sehen, ob wir nicht etwas zu essen bekommen.«

Sie machten sich zum Bergfried auf, und Erik sah Kitty an. »Du kannst dir nicht vorstellen, wie schön du aussiehst.«

»Nein«, erwiderte sie, »aber ich weiß, wie schön du aussiehst.«

»Essen wir zunächst etwas«, sagte Erik, »und dann zeige ich dir, wo ich untergekommen bin.« Er legte den Arm um sie, und langsam gingen sie auf den Bergfried zu, wobei sie es genossen, wieder vereint zu sein.

Erik betrat den Raum, und Patrick sagte: »Hauptmann! Hat sich Eure Familie eingelebt?« Der ganze Saal lachte. Erik entdeckte Owen, Calis, Arutha und die anderen Adeligen des Westlichen Reiches, die überlebt hatten. Pug und Miranda standen auf dem Balkon.

Erik errötete. »Ja, Sir.« Er hatte Kitty am Abend zuvor dem Prinzen vorgestellt. Und heute morgen hatte der Bote vom Prinzen laut an die Tür pochen müssen, um Erik aus Kittys Armen zu holen. Nathan, Milo, Rosalyn und die anderen waren eingetroffen. Roo war damit beschäftigt, zu tauschen und zu handeln, weswegen der Prinz nach Erik hatte schicken lassen, damit dieser Quartier für seine Familie suchte.

Patrick erklärte: »Vor mir liegen genug Regierungsgeschäfte und militärische Angelegenheiten, um zwei Könige und ein Dutzend Herzöge in Verwirrung zu stürzen, doch einer Sache wollte ich mich zuvor widmen, bevor sie zu lange hinausgezögert wird.«

Die Tür öffnete sich, und Erik zuckte zusammen, als er sah, wie ein Soldat Mathilda in den Saal eskortierte. Die alte Baroninwitwe verneigte sich vor dem Prinzen, doch als ihr Blick auf Erik fiel, funkelte Haß in ihren Augen.

»Meine Dame«, sagte Patrick. »Ich habe Euch hergebeten, um eine ganz bestimmte Angelegenheit zu regeln.«

»Hoheit?« fragte Mathilda.

»Es ist allgemein bekannt, daß Ihr Erik von Finstermoor mit bösen Absichten ...«

Mathilda unterbrach ihn. »Benutzt diesen Namen nicht! Er verdient es nicht, von Finstermoor genannt zu werden.«

»Meine Dame!« fuhr Patrick auf und schlug mit der Faust auf den Tisch. »Ihr vergeßt Euch! Ich vergebe Euch allein wegen des Schmerzes, denn Ihr zur Zeit ertragen müßt, doch hütet Eure Zunge!«

Mit großer Mühe verbiß sich die alte Frau jedes weitere Wort und neigte leicht den Kopf. Patricks Stimme war kalt wie Eis. »Euer verstorbener Gatte hat Erik diesen Namen nicht verweigert! Mehr noch, dieser Mann hat ihn sich verdient! Ihr werdet alle üblen Absichten, die Ihr gegen Hauptmann von Finstermoor hegt, nicht weiter verfolgen. Falls ihm irgend etwas widerfährt, als dessen Urheber man Euch ermitteln kann, werden Euch weder Euer Rang noch die Verbindungen Eurer Familie vor meinem Zorn schützen. Habt Ihr das verstanden?«

»Ja«, erwiderte sie, doch ihre Stimme klang ebenso eisig wie die des Prinzen. Dann blickte sie Erik an, und mit kaum verhohlener Wut sagte sie: »Nun, Bastard, jetzt kann dich nichts mehr aufhalten, wie? Nun ist Manfred tot, und du bist der einzige von Ottos Bastarden, der seinen Namen trägt, also kann dich dein Freund hier zum Baron ernennen.«

»Meine Dame! Wie könnt Ihr es wagen!« Patrick winkte der Wache zu, sie solle Mathilda hinausbringen.

»Euer Hoheit«, meldete sich Erik zu Wort. »Bitte vergebt mir, aber laßt sie noch bleiben. Da ist noch etwas, was ich ihr sagen muß.«

Patrick behagte das gar nicht, doch er fragte: »Was?«

Erik blickte Mathilda an. »Meine Dame, Ihr habt mich mein

ganzes Leben lang gehaßt, ohne mich überhaupt zu kennen. Ich kann nur die Schwäche meines Vaters für Frauen als Grund annehmen, doch obwohl ich Euch erst kurze Zeit kenne, kann ich ihn durchaus verstehen.« Sie starrte ihn bei diesen Worten böse an. »Aber vielleicht hätte er sich auch, wenn Ihr liebenswert, freundlich und sanft wäret, unter den anderen Frauen umgesehen. Vielleicht trifft Euch gar nicht die Schuld.

Das spielt auch keine Rolle. Mein Vater ist tot, und seine Söhne ebenfalls. Dennoch werde nicht ich der nächste Baron von Finstermoor sein.« Erik sah der alten Frau direkt in die Augen und wich ihrem Blick nicht aus. »Ihr habt einen Enkel.«

Mathilda fuhr auf: »Was? Welch ein Unsinn!«

»Kein Unsinn!« widersprach Erik. »Er ist Stefans Sohn.«

Mathilda schlug die Hand vor den Mund, und in ihren Augen sammelten sich Tränen. »Wo ist er?«

»Hier in der Burg.«

»Wer ist die Mutter? Ich will ihn sehen!«

Erik winkte eine Wache zu sich. »Geht zum Gasthaus auf der anderen Seite der Brücke und sucht Milo, den Gastwirt aus Ravensburg, und seine Tochter Rosalyn. Bringt sie mit dem Kind hierher.«

Patrick wandte ein: »Vielleicht wäre ein anderer Ort angemessener, Hauptmann, wenn es Euch nichts ausmacht.«

Erik sagte: »Bringt sie in den großen Saal.«

Patrick ergänzte: »Meine Dame, bitte wartet dort auf sie. Ich werde Erik sofort nachschicken.«

Nachdem Mathilda gegangen war, fragte Patrick, Prinz von Krondor: »Hauptmann?«

»Hoheit?«

»Dort draußen«, begann Patrick, »nur ein paar Meilen jenseits der Stadtmauern, verlaufen die neuen Grenzen des Königreichs der Inseln. Ich bin der Prinz von Krondor, doch Krondor gibt es nicht mehr!

Während sich alle hier im Saal der fürchterlichen Zerstörung bewußt sind, der wir entgangen sind, ist dieser Krieg doch noch lange nicht vorbei. Ich habe einen Auftrag für Euch, solltet Ihr bereit sein, ihn anzunehmen.«

»Sir?«

»Erobert das Westliche Reich zurück. Holt mir mein Fürstentum zurück!«

Erik blickte Calis an. Der schüttelte den Kopf. »Ich gehe nach Hause«, sagte er leise. Er blickte quer durch den Raum, durch die Tür, wo Pug und Miranda die Szene vom Balkon aus beobachteten. »Ich habe ein Versprechen gegeben.«

Owen meinte: »Du bist der neue Adler von Krondor, Erik.«

Während Erik vor Erstaunen starr dastand, ergänzte Patrick: »Allerdings erst, wenn Ihr meine Stadt zurückerobert habt.« Und verbittert fügte er noch hinzu: »Oder das, was davon übriggeblieben ist, damit wir mit dem Wiederaufbau beginnen können.

Und das ist mein erster Befehl an Euch. Wir überwintern hier, ruhen uns aus und rüsten uns neu, und im Frühjahr ziehen wir gen Krondor. Wir vertreiben die Reste der Invasorenarmee und bauen alles wieder auf.«

Erik wußte, welch riesige Aufgabe vor ihm lag. Owen sagte: »Doch bevor es losgeht, kannst du den Winter noch mit deiner Frau verbringen.«

Erik erwiderte nur: »Hoheit!«

Doch welche augenblickliche Befriedigung auch immer Erik aus dieser Verkündung zog, daß er nun an der Spitze von Calis' speziellem Kommando stand, so hielt sie doch nur kurz an. Denn der Prinz fuhr mit etwas fort, das Erik an einen schmerzlichen Verlust erinnerte. »Arutha«, sagte Patrick, und der Sohn von James trat aus der Ecke vor, in der er gestanden hatte. »Ich brauche einen neuen Herzog von Krondor, und ich ernenne Euch dazu. Vater wird meine Wahl bestätigen, sobald ich ihn benachrichtigt habe. Ihr und Eure beiden Söhne werden für mich von großer Wichtigkeit sein. Ach, übrigens, James und Dashel tragen ab sofort den Titel Baron am Hofe.«

Arutha verneigte sich. »Hoheit.« Es war offensichtlich, wie sehr es ihn ehrte, daß er nun das Amt einnahm, welches zuvor seinem Vater gehört hatte. Dennoch entging Erik der harte Ausdruck in Aruthas Gesicht keineswegs. Das war der Schmerz, den Arutha des Todes seiner Eltern und seines Onkels wegen verspürte. Dann grinste der frischgebackene Herzog, und in diesem Grinsen entdeckte Erik einen Zug des alten Herzogs. »Ich glaube, die Jungen werden sich köstlich über ihre neuen Titel amüsieren.«

Patrick lächelte Arutha an. »Ohne Zweifel.« Er wandte sich wieder der Liste vor ihm zu. »Greylock, Ihr seid ab sofort der Marschall von Krondor, bis ich einen Besseren finde.«

»Das dürfte Euch nicht so schwerfallen, Hoheit, also wartet nicht allzulange«, erwiderte Owen.

Patrick beugte sich vor und sagte leise: »Das solltet Ihr besser hoffen, denn falls ich das lange vor mir herschiebe, werden wir uns wohl noch darüber unterhalten müssen, wie Ihr mich kürzlich behandelt habt. Selbst wenn Ihr im Recht wart, lasse ich mich dennoch nicht gern grob behandeln.«

»Selbstverständlich, Hoheit«, gab Owen ernst zurück.

Patrick fuhr fort: »Sodann werden wir bis zum Frühjahr in Erfahrung bringen müssen, was uns von unserer Marine geblieben ist. Erik, Ihr schickt einige Eurer schwarzen Hemden nach Sarth, damit sie sich dort ein wenig umsehen. Findet heraus, ob wir noch Schiffe haben.«

Calis fragte: »Wohin sollen wir sie schicken, Hoheit, falls wir noch welche auftreiben? Ylith?«

Patrick blickte auf die Karte. »Nein, ich will den Handel mit der Fernen Küste und den Inseln des Sonnenuntergangs so bald wie möglich wieder in Schwung bringen. Teilt ihnen mit, sie sollten sich in dem Hafen einfinden, den Lord Vykor in der Shandonbucht gebaut hat. Es sollte zwar eigentlich nur ein provisorischer Ankerplatz sein, doch wir werden ihn wohl noch länger brauchen.« Patrick war berichtet worden, daß der Hafen von Krondor nicht mehr zu befahren war und voraussichtlich wenigstens für das nächste Jahr noch in diesem Zustand bleiben würde. »Und nach ihm werden wir ihn auch benennen: Port Vykor.«

Die Ernennungen und Neuaufteilungen des wiedererstandenen Königreichs des Westens nahmen ihren Fortgang.

Vor dem Ratssaal warteten Miranda und Pug. Calis verließ die Besprechung und ging zu ihnen hinaus. »Vater und ich brechen heute abend auf.« Er warf Miranda einen Blick zu. »Du hast gesagt, ich solle dir noch einen Gefallen tun?«

»Ja«, antwortete Miranda. »In Elvandar gibt es eine Frau namens Ellia.«

»Der Name sagt mir nichts«, erwiderte Calis.

»Sie ist von jenseits des Ozeans. Ihr Ehemann ist gestorben, und sie ist jetzt ganz allein mit ihren beiden Söhnen.«

Calis kniff kaum merklich die Augen zusammen. »Zwillinge?«

»Ja.«

»Die habe ich schon gesehen, sie bringen den anderen Kindern bei, wie man Fußball spielt. Wunderbare Kinder.«

Miranda fuhr fort: »Ich kenne mich mit den Lebensweisen eures Volkes nicht so genau aus, ich weiß nur das, was du mir erzählt hast. Doch in ihr habe ich etwas Besonderes gespürt. Sie und du, ihr habt viel gemeinsam. Suche sie auf, darum möchte ich dich bitten.«

»Wir sind beide in der Heimat, und trotzdem sind wir Außenseiter«, sagte Calis.

Miranda legte ihm die Hand auf die Wange. »Nicht mehr lange, glaube ich.«

Tomas kam die Treppe hinunter. »Sohn, es ist an der Zeit.«

»Ja, Vater«, erwiderte Calis.

Pug trat zu seinem Jugendfreund. »Es sollen nicht wieder Jahre vergehen, ehe wir uns wiedersehen.«

»Einverstanden«, meinte Tomas. Sie umarmten sich. »Und du? Kehrst du zurück zum Eiland des Zauberers?«

»Nein. Mirandas und meine Hilfe sind hier noch vonnöten, und so werden wir noch eine Weile bleiben.«

»Wenn ihr Zeit findet, besucht uns.«

»Das werden wir tun.«

Tomas und Calis verließen sie, und Miranda stellte sich zu Pug. Nach einem Augenblick, in dem beide schwiegen, fragte sie: »Also?«

»Was also?« fragte Pug zurück.

»Hast du nicht irgend etwas zu sagen?«

Pug lachte. »Als da wäre?«

Sie knuffte ihn vor die Brust. »Jüngere Männer! Warum seid ihr immer so starrköpfig?«

Pug packte sie und zog sie an sich. »Was willst du von mir hören? Du bist mein Leben, Miranda. Du hast mir etwas beschert, was ich niemals wieder zu empfinden hoffte, Glück. Bleib bei mir. Heirate mich.«

Miranda lächelte: »Unter einer Bedingung.«

»Und?« fragte er, halb belustigt, halb besorgt.

»Ich will ein Kind.«

Pug blieb der Mund offenstehen, während er einen Schritt zurücktrat. »Ein Kind?« Er blinzelte. »Wie? Du bist zweihundert Jahre alt!«

Sie verzog das Gesicht. »Der Stein des Lebens. Ich bin wieder jung, und ich bin bereit, Mutter zu werden.« Sie griff ihn vorn an seiner Robe und zog ihn zu sich. Indem sie ihn küßte, sagte sie: »Solange du dir nicht eine andere suchen willst?«

»Nein!« antwortete er. »Es ist nur ...«

»Ich weiß«, hauchte sie. »Aber ich habe es immer bedauert, keine Kinder zu haben, und jetzt bietet sich mir die Gelegenheit ein zweites Mal.« Sie senkte die Stimme. »Geliebter, ich weiß, wie sehr du unter dem Tod deiner Kinder leidest, und du hast so viel über den Schmerz gesprochen, sie zu überleben, doch diesmal wird es anders sein, das verspreche ich dir.«

Er sah ihr in die Augen. »Daran hege ich keinen Zweifel.«

»Gut«, sagte sie und führte ihn hinunter in die Gemächer, die Manfred ihnen zugeteilt hatte. »Dann wollen wir gehen und ein Kind machen.«

Pug lachte.

Roo, Nathan und die anderen hatten Erik zum Bergfried begleitet, als Rosalyn, Milo und Gerd gerufen worden waren. Sie traten ein, Roo so forsch wie immer, die anderen etwas zaghafter. Keiner außer Roo hatte je den Audienzsaal eines Lords betreten, auch wenn dieser durch die hinter ihnen liegende Schlacht ein bißchen mitgenommen aussah.

Mathilda war langsam vor Rosalyn getreten, die den kleinen Jungen im Arm hielt. Gerds Aufmerksamkeit wurde von der Halskette angezogen, die die Baronin trug, und er griff danach. Rosalyn hielt sanft seine Hand zurück, doch Mathilda sagte: »Nein, laß ihn damit spielen.«

»Er bekommt gerade Zähne«, erklärte die jüngere Frau leise. Rudolph, ihr Ehemann, legte ihr die Hand auf die Schulter, damit sie wußte, daß sie nicht allein war.

Mathildas Augen füllten sich mit Tränen. »Er kommt ganz nach seinem Vater.«

Rosalyn errötete. »Er ist ein gutes Kind.«

Mathilda wandte sich an Erik. »Was schlägst du vor?« Sie hatte die Beherrschung wiedererlangt und sprach befehlshaberisch wie zuvor.

Erik erwiderte: »Ich schlage überhaupt nichts vor. Stefan war Baron, als er Gerd gezeugt hat.« Er bemerkte, wie Rosalyn bei der Erinnerung an die Vergewaltigung die Augen senkte, und Rudolphs Griff wurde ein wenig fester, wie um ihr Rückhalt zu geben. »Für mich ist der Fall klar, Gerd ist der Baron von Finstermoor.« Dann wurde Eriks Stimme hart wie Stahl. »Und Patrick wird mich zu seinem Regenten ernennen.« Die Frau riß die Augen auf, und Erik konnte ihre Gedanken lesen: das alles war ein Komplott, damit Erik die Baronie in seine Hand bringen konnte. Doch noch ehe sie etwas sagen konnte, fuhr Erik fort: »Allerdings habe ich meine Pflichten im Westen. Deshalb muß ich meine Pflichten hier jemand anderem übergeben.« Er durchquerte den Raum und baute sich vor der Frau auf, die ihn so sehr haßte. »Ihr werdet hier regieren, meine Dame. Rosalyn und ihren Mann sollt Ihr hier in der Burg oder in der Stadt wohnen lassen, damit sie den Jungen jeden Tag sehen können. Doch werdet Ihr aus ihm den nächsten Baron von Finstermoor machen.« Er senkte seine Stimme. »Nur macht es diesmal besser als mit Stefan, oder Ihr werdet mit mir rechnen müssen.« Das Gesicht der Frau war starr wie eine Maske. »Manfred war ein guter Mann. Ungeachtet seiner Meinungsverschiedenheiten mit Euch wäre er dem Jungen ein hervorragender Lehrer gewesen. Behandelt Gerd, wie Ihr Eure Söhne hättet behandeln sollen, und zwischen uns wird es keine Zwistigkeiten geben. Doch solltet Ihr ihm irgendein Leid zufügen, bekommt Ihr es mit mir zu tun. Habe ich mich deutlich ausgedrückt?«

Mathilda blickte an Erik vorbei und sah das Kind lächeln. Sie trat auf es zu. »Gib ihn mir.«

Rosalyn reichte Gerd der alten Frau. Dann sagte sie: »Gerd, das ist deine Großmutter.«

Erik verließ den Saal, und Roo folgte ihm. Draußen erkundigte sich Roo: »Wird das gutgehen?«

Erik antwortete: »Das sollte es besser.« Er wandte sich seinem Freund zu. »Im nächsten Jahr wirst du um sie herumschwärmen wie eine Fliege um den Mist, und falls etwas geschieht, von dem ich besser wissen sollte, wirst du mich benachrichtigen.«

Roo grinste. »Und wo wirst du dich herumtreiben?«

Erik lächelte und schüttelte den Kopf. »Ich werde das Königreich zurückerobern, scheint es.«

Der Herold stieß in die Trompete, und Patrick sagte: »Wir haben etwas zu besprechen.«

Am Morgen war die Nachricht eingetroffen, daß sich eine größere Streitmacht berittener Kavallerie auf dem Weg aus dem Süden nach Finstermoor befand und sich mühselig über die Straßen westlich von Dorgin schleppte, da es am gestrigen Tag heftig zu regnen begonnen hatte.

Den Kundschafterberichten zufolge wehte über dieser Armee das Banner von Kesh. Jetzt standen sie vor den Toren, und während sich der Abend senkte, ritten Patrick, Erik, Owen, Pug und Arutha zu ihnen hin, um herauszufinden, warum sich eine keshianische Armee so weit im Norden herumtrieb.

»Vielleicht wollen sie uns zu Hilfe kommen«, meinte Nakor, derweil er an der Seite von Pugs Pferd ging.

»Irgendwie bezweifle ich das«, erwiderte Pug.

Sie erreichten die Keshianer, und einer der Männer aus Finstermoor, der die Aufgabe des Herolds übernommen hatte, fragte: »Wer tritt vor den Prinzen von Krondor?«

Der keshianische Herold gab zurück: »Hoheit, meine Lords, ich habe die Ehre, Euch den hochgeschätzten General Beshan Solan vorzustellen.«

»General«, fragte Prinz Patrick, »dürften wir erfahren, weshalb Ihr Euch im Königreich aufhaltet? Habt Ihr Euch womöglich verirrt?«

»Hoheit«, sagte der General. »Ich will mich kurz fassen. Es regnet, und ich würde gern so schnell wie möglich in mein Lager zurückkehren. Wir haben diese Invasion genau beobachtet, und Ihr habt uns ja auch ganz offen mit Informationen über den Feind, seine Aufstellung und seine Absichten versorgt.

Wir haben, wie auch immer, Verluste erlitten, als er versuchte, in ein Gebiet vorzudringen, welches von unseren Streitkräften besetzt war«, sagte der alte Soldat mit dem von Wind und Wetter gegerbten Gesicht. »Daher hat mein Meister, Seine Höchstkaiserliche Majestät, entschieden, daß die früheren Grenzen zwischen Groß-Kesh und Eurem Königreich nicht länger für uns akzeptabel sind.«

Patrick sah so aus, als würde er im nächsten Moment explodieren. »Ihr wagt es, in mein Fürstentum einzuziehen und mir mitzuteilen, daß das Kaiserreich über die getroffene Abmachung hinaus Gebiete annektiert?«

»Mit einem Wort: ja!«

»Nun, General, seht Euch um. Es mag Eurer Aufmerksamkeit nicht entgangen sein, daß sich der Großteil der Armeen des Ostens gegenwärtig hier in Finstermoor befindet. Sobald das Frühjahr gekommen ist, kann ich sie ebenso leicht nach Süden wie nach Westen schicken. Und ich bin sicher, daß ich meinen Vater davon überzeugen kann, zuerst gegen einige keshianische Abenteurer vorzugehen, ehe wir unseren Anspruch auf das Westliche Reich festigen.«

Der General zeigte sich unbeeindruckt. »Hoheit, bei allem Respekt, die Armeen des Westens sind in schlechtem Zustand und dezimiert, und Eure Armeen des Ostens können Euch nicht lange zur Seite stehen, da Ihr sonst Schwierigkeiten an Euren Grenzen im Osten bekommt. Von Eurer Marine sind keine nennenswerten Kräfte geblieben. Während Ihr zwar durchaus auf kurze Sicht Groß-Kesh einige Schwierigkeiten bereiten könntet, werdet Ihr damit auf lange Sicht keine Vorteile erringen.« Er zog ein zusammengerolltes Pergament hervor. »Hier sind die Bedingungen für einen Waffenstillstand, die mein Kaiserlicher Meister Eurem Vater übersendet.«

Patrick nickte, und einer der Soldaten nahm das Schriftstück entgegen. Patrick nickte abermals, und Arutha brach das Siegel und las den Brief. »Verdammt!« fluchte er einen Augenblick später.

»Mein Lord?« fragte Patrick.

»Sie wollen alles. Wir dürfen alles Land östlich von hier behalten. Sie beanspruchen alle Gebiete zwischen dem Großen Sternensee und den Zähnen der Welt westlich des Calastiusgebirges.«

»Das sind die historischen Grenzen von Kesh, wie Ihr sicherlich wißt«, erklärte der General, »ehe dieser unglückliche Krieg mit der aufständischen Konföderation im Süden uns dazu zwang, unsere Erblande aufzugeben.«

»Erblande!« fuhr Patrick auf. »Nicht in den schlimmsten Fieberträumen Eures verwirrten Monarchen, General.«

Arutha fragte: »Was ist mit Queg und den Freien Städten von Natal?«

Der General antwortete: »Kesh wird sich zu gegebener Zeit mit seinen abtrünnigen Kindern beschäftigen.«

Patrick sagte: »Falls Ihr so freundlich wärt zu warten, mein Lord, werde ich Eurem Kaiserlichen Meister eine Antwort schreiben. Und Ihr könnt Digaai von mir ausrichten, daß die formale Kriegserklärung von meinem Vater in Kürze eintreffen wird.«

Nakor fragte: »Hoheit?«

»Was denn?« fauchte ihn Patrick an, der seine Wut augenscheinlich kaum mehr im Zaum halten konnte.

»Ich glaube, da kann ich dir helfen.«

Pug fragte: »Was hast du nun wieder im Sinn?«

»Achtung!« Er zog die Tsurani-Teleport-Kugel hervor und verschwand.

»Was hat dieser seltsame kleine Mann denn nun wieder vor?« fragte der Prinz.

»Ich weiß es auch nicht«, antwortete Pug, »doch gewöhnlich wartet er mit außergewöhnlichen Erfolgen auf. Ich denke, wir können es uns leisten, eine Weile auf ihn zu warten.«

»Sehr wohl«, stimmte Patrick zu.

Einige Minuten später war Nakor zurück. »Seht nach Süden«, forderte er sie auf.

Die versammelten Offiziere der beiden Seiten folgten Nakors

Aufforderung und erblickten im Süden eine riesige Säule aus rubinrotem Licht, die sich in den Himmel erhob.

»Was ist das?« verlangte der keshianische General zu wissen.

»Das ist Stardock«, erklärte Pug.

»Stardock!« fuhr der General auf. »Unmöglich! Stardock ist Hunderte von Meilen entfernt.«

»Und doch«, widersprach ihm Pug, »stammt dieses Licht aus Stardock.«

Nakor meinte: »Nur eine kleine Demonstration unserer Macht. Damit du weißt, daß dort unten siebenhundert verärgerte Magier sind, denen es gar nicht gefällt, wie du mit ihnen umgehst.«

»Siebenhundert?« fragte Pug. »Ich dachte, es wären nur vierhundert.«

Nakor grinste. »Wir haben einige unserer alten Tsurani-Freunde zu einem Besuch eingeladen.«

Pug verdrehte die Augen. »Dreihundert Schwarze Roben?«

»Nun, vielleicht ein paar weniger.«

Der General fragte: »Siebenhundert Magier?«

»Verärgerte Magier«, betonte Erik.

»Und ein äußerst verärgerter Prinz, dazu die Armeen des Ostens, die zehn Meilen von hier entfernt lagern!« fügte Patrick hinzu. »Sobald das Frühjahr angebrochen ist, könnt Ihr mit einem Zweifrontenkrieg rechnen, General. Und so, wie diese Demonstration aussieht, werdet Ihr über die Folgen für das Kaiserreich nicht gern nachdenken wollen.«

Der keshianische General blickte sich um. »Was schlagt Ihr vor, Hoheit?«

»Nun, machen wir es einfach so«, sagte Patrick. »Ihr kehrt hinter die alte Grenze zurück, und im Frühjahr können die Gesandten meines Vaters und die des Kaisers über die Grenzen unserer Reiche neu verhandeln.«

»Hinter die alte Grenze!«

»Ja«, beharrte Patrick. »Shamata ist wieder unser!« Bei seinem lauten Ruf tänzelte sein Pferd einmal um die eigene Achse. »Ihr könnt darüber nachdenken, während Ihr nach Süden reitet, und Ihr solltet besser noch vor der Morgendämmerung unterwegs sein, ansonsten werde ich meine Armee nach Süden führen, und zwar eigenhändig, mag es nun regnen oder nicht! Habt Ihr verstanden?«

Der General betrachtete über die Schulter hinweg erneut das rote Licht. »Ich verstehe, Hoheit!«

»Gut!«

Patrick wendete sein Pferd und ritt davon, Erik und Greylock an seiner Seite.

Pug wartete ab, bis die Keshianer den Weg zurückzogen, auf dem sie gekommen waren. Als nur noch er und Nakor geblieben waren, fragte er: »Nakor, was hast du Chalmes und den anderen versprochen, damit sie das machen?«

Nakor lächelte. »Ich habe ihnen Stardock überlassen.«

»Du hast was getan?«

Nakor erklärte: »Nun, du hast mir doch gesagt, ich sollte mir etwas ausdenken.«

Pug hakte mit leiser Stimme noch einmal nach: »Du hast tatsächlich mein Herzogtum fortgegeben?«

»Ich mußte. Die Unabhängigkeit sowohl vom Königreich als auch von Kesh war das einzige, wofür sie kämpfen würden. Und den Tsurani gefällt der Gedanke, einen neutralen Zugang nach Midkemia zu haben. Aus diesem Grund haben sie geholfen.

Egal, was geschehen wäre, Stardock hättest du entweder an die Magier oder an das Kaiserreich verloren. So ist es, glaube ich, besser.«

»Aber du hast ein Herzogtum abgetreten! Was soll ich jetzt dem König erzählen?«

Nakor zuckte mit den Schultern. »Da wird dir schon etwas einfallen.« Er grinste.

Epilog

Folgen

Fadawah runzelte die Stirn.

Er sah auf die Karte, die ihm seine Gehilfen besorgt hatten. »Wie sieht die Lage hier aus, Kahil?«

»Diese Stadt heißt Ylith«, erklärte der Hauptmann, der den Auftrag erhalten hatte, Informationen zusammenzutragen. »Das ist ein großer Seehafen und der einzige Zugang zum Meer in der Provinz Yabon. Er ist ziemlich unversehrt, und der größte Teil der Garnison wurde nach Süden zur Verteidigung von Finstermoor geschickt. In der Nähe gibt es noch die Garnisonen von Zûn sowie die von Loriél und Yabon.« Er zeigte auf die verschiedenen Orte auf der Karte. »Wie auch immer, wenn wir Ylith erobern und bis zum Frühjahr halten können, dürften diese Garnisonen leicht zu besiegen sein.«

Draußen lagerte die neuformierte Armee vor den Toren von Questors Sicht. Sie hatten die Stadt überrannt, hatten kaum einen Tag gekämpft, da sie von weniger als einer Kompanie regulärer Truppen und einer halben Kompanie Milizsoldaten verteidigt worden war.

Fadawah nickte. »Gut. Nehmen wir Ylith ein.«

Zwanzigtausend Mann waren die Küste hinaufgezogen, nachdem Fadawah die Lage in Finstermoor als hoffnungslos erkannt hatte. Sobald er den Zustand der Männer bemerkt hatte, nachdem er aus der vom Dämonen bewirkten Trance erwacht war, wußte er, daß sie, selbst wenn sie Finstermoor einnahmen, nichts als einen Haufen Steine und einen Berg Leichen gewinnen würden.

Die Berichte nach dem Rückzug über den plötzlichen Schnee-einbruch und die Ankunft einer weiteren Armee aus dem Osten hatten ihn in dieser Entscheidung nur bestärkt. Es wäre der Schachzug eines Narren, über die Berge zu ziehen und eine Stadt, die allen Berichten zufolge verlassen war, zu erobern. Kurz hatte er sich über die Verrücktheit des Dämons gewundert, doch nach allem, was seitdem geschehen war, sandte er jede Nacht ein Gebet an Kalkin und bedankte sich bei dem Gott der Spieler für den Segen, den er ihm hatte zuteil werden lassen. Wie er überlebt hatte, da doch so viele andere von der Smaragdkönigin oder dem Dämon getötet worden waren, blieb ihm ein Rätsel.

Doch nun hatte er sich um wichtigere Belange zu kümmern. Seine Armee war weit von zu Hause entfernt und litt Hunger. Die gute Nachricht war, daß die Ländereien im Norden reicher waren und daß seine Männer endlich zu essen bekamen. Er sagte zu Kahil: »Schickt folgende Nachricht in den Süden: Alle, die aus Finstermoor entkommen sind, sollen sich in Ylith einfinden, um dort zu überwintern.«

»Sehr wohl, General«, erwiderte sein Spionageoffizier, salutierte und verließ das Zelt.

Fadawah wußte, daß dort draußen außerdem irgendwo die Saaur unterwegs waren, und das bereitete ihm weitere Sorgen. Falls er mit Jatuk sprechen könnte, würde er ihn vielleicht davon überzeugen, daß er selbst Opfer eines Betrugs geworden war, ein Werkzeug, welches man benutzt und weggeworfen hatte, doch sollten diese Gespräche nicht zustande kommen, würde die wütende Eidechse nach jemandem suchen, an dem sie ihren Zorn auslassen konnte. Und da Fadawah der höchste verbliebene Offizier der Armee der Smaragdkönigin war, erschien es nur allzu logisch, daß die Wahl auf ihn fallen würde.

Fadawah lehnte sich auf dem kleinen Stuhl in seinem Zelt zurück. Er war von den Launen des Schicksals an diese ferne Küste verschlagen worden, doch es lag in seiner Natur, jeden nur möglichen Vorteil zu nutzen. Nur aus diesem Grund hatte er es in Novindus zum General gebracht, war vom Söldnerhauptmann aus den Ostlanden zum militärischen Oberherrn der Smaragdkönigin aufgestiegen.

Sein oberster Hauptmann, Nordan, fragte: »Was werden wir tun, wenn wir Ylith eingenommen haben, General?«

Fadawah antwortete: »Wir haben mit Blut für die Gier und die Pläne anderer Leute bezahlt, mein alter Freund.« Er beugte sich vor und stützte die Ellbogen auf die Knie. »Jetzt werden wir unsere eigenen Ziele verfolgen.« Er lächelte seinen alten Gefährten an. Sein schmales Gesicht sah im schwachen Licht der kleinen Laterne, die an einem Zeltpfosten hing, noch unheilverkündender aus. »Wie würde es Euch gefallen, General unserer Armeen zu sein?«

Nordan fragte: »Wenn ich General werde, was wird dann aus Euch?«

Fadawah erwiderte: »Ich werde König.«

Sein Finger zog eine Linie über die Küste zwischen Krondor und Ylith. »Die Hauptstadt des Westlichen Reiches liegt in Ruinen, und zwischen Krondor und Ylith regiert kein Gesetz mehr.« Er dachte über die Möglichkeiten nach, die sich ihm boten. »Ja, König des Bitteren Meeres. Wie hört sich das an?«

Nordan verneigte sich. »Es hört sich ... angemessen an ... Euer Majestät.«

Und während der kalte Herbstwind von draußen gegen die Zeltwand drückte, stieß Fadawah ein wieherndes Lachen aus.

Die Personen dieses Buches

ACAILA – Anführer der Eldar am Hofe der Elbenkönigin
AGLARANNA – Elbenkönigin in Elvandar, Gemahlin von Tomas, Mutter von Calin und Calis
AKEE – Angehöriger der Hadati
ALFRED – Korporal aus Finstermoor
ANDREW – Priester von Ban-ath in Krondor
AVERY, ABIGAIL – Tochter von Roo und Karli
AVERY, DUNCAN – Cousin von Roo
AVERY, HELMUT – Sohn von Roo und Karli
AVERY, KARLI – Gemahlin von Roo, Mutter von Abigail und Helmut
AVERY, RUPERT »ROO« – junger Händler aus Krondor, Sohn von Tom Avery

BORRIC – König der Inseln, Zwillingsbruder von Prinz Erland, Bruder von Prinz Nicholas, Vater von Prinz Patrick
BROOK – Erster Offizier der *Königlicher Drache*

CALIN – Thronfolger von Elvandar, Halbbruder von Calis, Sohn von Aglaranna und König Aidan
CALIS – »Der Adler von Krondor«, Sonderbeauftragter des Prinzen von Krondor, Herzog am Hofe, Sohn von Aglaranna und Tomas, Halbbruder von Calin
CHALMES – Hoher Magier in Stardock

D'LYES, ROBERT – Magier aus Stardock
DE BESWICK – Hauptmann in der Armee des Königs

DE SAVONA, LUIS – früherer Soldat, heute Mitarbeiter von Roo
DOLGAN – König der Zwerge des Westens
DOMINIC – Abt der Abtei von Ishap in Sarth
DUBOIS, HENRI – Giftmischer aus Bas-Tyra
DUGA – Söldnerhauptmann aus Novindus
DUKO – General in der Armee der Smaragdkönigin
DUNSTAN, BRIAN – der »Kluge«, Anführer der Spötter, war früher unter dem Namen Lysle Rigger bekannt

ERLAND – Bruder des Königs und des Prinzen Nicholas, Onkel von Prinz Patrick
ESTERBROOK, JACOB – wohlhabender Händler in Krondor, Vater von Sylvia
ESTERBROOK, SYLVIA – Jacobs Tochter

FADAWAH – Oberster General der Armee der Smaragdkönigin
FREIDA – Eriks Mutter

GALAIN – Elb in Elvandar
GAMINA – Adoptivtochter von Pug, Stiefschwester von William, Gemahlin von James, Mutter von Arutha
GARRET – Korporal in Eriks Kompanie
GRAVES, KATHERINE »KITTY« – Diebin in Krondor
GREYLOCK, OWEN – Hauptmann in Diensten des Prinzen, später General
GUNTHER – Nathans Lehrling

HAMMON – Leutnant in der Armee des Königs
HARPER – Feldwebel in Eriks Kompanie
HANAM – Hüter des Wissens der Saaur

JACOBY, HELEN – Gemahlin von Randolph, Mutter von Nataly und Willem

JAMES – Herzog von Krondor, Vater von Arutha, Großvater von James und Dash
JAMESON, ARUTHA – Graf am Hofe des Prinzen, Sohn von Herzog James
JAMESON, DASHEL »DASH« – jüngerer Sohn von Arutha, Enkel von James
JAMESON, JAMES »JIMMY« – älterer Sohn von Arutha, Enkel von James

KALIED – Hoher Magier in Stardock

LIVIA – Tochter von Lord Vasarius

MARCUS – Herzog von Crydee, Cousin des Prinzen Patrick, Sohn von Martin
MARTIN – ehemals Herzog von Crydee, Großonkel von Prinz Patrick, Vater von Marcus
MILO – Besitzer des Gasthauses »Zur Spießente« in Ravensburg, Vater von Rosalyn
MIRANDA – Magierin und Verbündete von Calis und Pug

NAKOR DER ISALANI – Spieler, Benutzer von Magie, Freund von Calis und Pug
NATHAN – Schmied in Ravensburg, früherer Meister von Erik, verheiratet mit Freida
NICHOLAS – Admiral der Flotte des Westens, Prinz der Königlichen Familie, Onkel von Prinz Patrick

PATRICK – Prinz von Krondor, Sohn des Prinzen Erland, Neffe des Königs und des Prinzen Nicholas
PUG – Magier, Herzog von Stardock, Cousin des Königs, Vater von Gamina

REEVES – Kapitän der *Königlicher Drache*
ROSALYN – Tochter von Milo, Gemahlin von Rudolph, Mutter von Gerd
RUDOLPH – Bäcker in Ravensburg, Gemahl von Rosalyn, Stiefvater von Gerd

SHATI, JADOW – Feldwebel in Calis' Truppe
SHO PI – früherer Gefährte von Erik und Roo, heute Schüler von Nakor
SUBAI – Hauptmann der Krondorischen Späher

TITHULTA – Pantathianischer Hohepriester
TOMAS – Kriegsherr von Elvandar, Gemahl von Aglaranna, Vater von Calis, Erbe der Kräfte von Ashen-Shugar

VASARIUS – Queganischer Adliger und Kaufmann
VON FINSTERMOOR, ERIK – Soldat bei Calis' Blutroten Adlern
VON FINSTERMOOR, GERD – Sohn von Rosalyn und Stefan von Finstermoor, Neffe von Erik
VON FINSTERMOOR, MANFRED – Baron von Finstermoor, Halbbruder von Erik
VON FINSTERMOOR, MATHILDA – Baroneß von Finstermoor, Mutter von Manfred
VYKOR, KAROLE – Admiral der königlichen Flotte des Ostens

WILLIAM – Marschall von Krondor, Pugs Sohn, Gaminas Adoptivbruder, Onkel von Jimmy und Dash

1 DAS WRACK DER >ADLER<
2 SHINGAZIS ANLEGESTELLE
3 STADT AM SCHLANGENFLUSS
4 DAS GEBIRGE AM MEER
5 DER FLUSS DEE
6 DER FLUSS SATPURA
7 BUCHT VON SULTH
8 RATN' GARY GEBIRGE (PAVILLON DER GÖTTER)
9 DIE FLUSSLANDE
10 DIE OSTLANDE
11 SCHLANGENFLUSS
PFERDEKOPFKAP
SUMANUGEBIRGE
SOTHUGEBIRGE
SCHLANGENSEE
DIE HOHEN KLIPPEN
DIE HEISSEN LANDE
HAMSA
SULTH
DIE GROSSE STEPPE
KILBUR
IRABEK
KHAIPUR
LANADA
EBENE VON DJAMS
MAHARTA
WALD VON IRABEK
HAFEN DES LEIDS
PUNI
PALAMDS
BUCHT VON MAHARTA
CHUFTSKAN
ISPAR
DAS BLAUE MEER
DAS GRÜNE MEER
DER GROSSE WALD DES SÜDENS
GOLF VON RATN' GARY
KAP DES SCHICKSALS
NOVINDUS

NORDBERGE
NORDLANDE
BERGENSTEIN
5
ELVANDAR
HOHE BURG
TYR-SOG
4
YABON
DIE GRAUEN TÜRME
CRYDEE
LORIEL
LA MUT
FALKENHÖHLE
HOGEWALD
10
YLITH
WALINOR
CALASTIUS GEBIRGE
CARSE
JONRIL
HUSH
NATAL
NATALHAVEN
QUESTORS SICHT
SETHANON
DIE ENDLOSE SEE
TULAN
BORDON
QUEG
SARTH
MARGRAVS HAFEN
1
FINSTERMOO
STRASSE DER FINSTERNIS
PALANQUE
2
KRONDOR
SALADOR
DAS BITTERE MEER
LANDRETH
SEE DE TRÄUM
ELARIAL
DURBIN
SHAMATA
TAL DER TRÄUME
9
CARALYAN
TROLLHEIM-GEBIRGE
DIE STERNPFEILER
WÜSTE VON JAL-PUR
MIDKEMIA
N
W
S

Die Zähne der Welt
Eisenpass
Wächter des Nordens
6
Rodez
Ran
Romney
Tiburn
3
Silden
Cheam
Sadara
Rillanon
8
Timons
urronys
Tal
See des Königreichs
Niederhohnheim
e Grauen
Berge
Malvenhafen
Gipfel der
Ruhe
Das Kaiserreich
Gross-Kesh
7
1 Königreich Queg
2 Insel des Zauberers
3 Das Königreich
4 Das Grüne Herz
5 Himmelssee
6 Dunkelhain
7 Die Grünen Welten
8 Königreich Roldem
9 Grosser Sternensee
10 Ferne Küste